dtv

Eine grauenhafte Mordserie erschüttert Rom. Mit den Leichen junger Männer wird der Kreuzweg Christi nachgestellt. Eine Station an jedem Tag.
Commissario Daniele Varotto, Leiter der Sonderkommission »Judas«, steht vor einer schier unlösbaren Aufgabe. Deshalb wird ihm vom Justizministerium ein Experte für religiös inspirierte Logen und Bruderschaften zur Seite gestellt. Der Deutsche, der sich Matthias nennt und in einem sizilianischen Kloster lebt, hat wenige Jahre zuvor die katholische Kirche vor einer Katastrophe bewahrt. Gemeinsam mit der Journalistin Alicia stoßen die beiden Männer bei ihren Nachforschungen auf eine Reihe von Kindesentführungen, die über zwanzig Jahre zurückliegen und nie aufgeklärt wurden. Und nicht nur das: Alle getöteten Männer scheinen am selben Tag geboren zu sein. An einem Tag, an dem die seltene Sternenkonjunktion am Himmel stand, wie sie wahrscheinlich während Jesu Geburt zu sehen war …

*Arno Strobel*, 1962 in Saarlouis geboren, studierte Informationstechnologie und arbeitete bei einer großen deutschen Bank in Luxemburg. Im Alter von fast vierzig Jahren begann er mit dem Schreiben. 2007 erschien Arno Strobels erster Roman, der Vatikan-Thriller ›MAGUS. Die Bruderschaft‹, 2010 gelang ihm mit seinem Psychothriller ›Der Trakt‹ der Durchbruch. Seither zählt er zu den erfolgreichsten deutschen Thrillerautoren.

Arno Strobel

# CASTELLO CRISTO

## DIE VERSCHWÖRUNG

Thriller

dtv

Ausführliche Informationen über
unsere Autoren und Bücher
www.dtv.de

Von Arno Strobel
ist bei dtv außerdem erschienen:
MAGUS. Die Bruderschaft (21789)

*Für meine Mutter*

MIX
Papier aus verantwortungsvollen Quellen
FSC® C019821

Neuausgabe 2019

Umschlaggestaltung: Katharina Netolitzky
Unter Verwendung eines Fotos von Getty Images/Sean Gladwell
Satz: Fotosatz Amann, Memmingen
Gesetzt aus der Sabon Antiqua
Druck und Bindung: Druckerei C.H.Beck, Nördlingen
Gedruckt auf säurefreiem, chlorfrei gebleichtem Papier
Printed in Germany · ISBN 978-3-423-21818-4

# 3. November 1988

*Mailand*

1 Der Alte zog den Kragen seines schmutzigen Mantels enger. Der Wind war eisig geworden in den letzten Tagen. Er wusste nicht, welches Datum war. Er wusste nicht einmal den Wochentag. Dinge wie ein Kalender spielten für ihn schon lange keine Rolle mehr. Es musste wohl Ende Oktober oder Anfang November sein, eindeutig zu früh jedenfalls für diese verdammte Kälte.

Früher, in einem anderen Leben, hatte er sich auf den Winter gefreut. Früher – da hatte es auch noch den Professore Edoardo Calgietti gegeben. Damals hatten die ersten Eisblumen an den Scheiben ihn noch mit Vorfreude erfüllt, Vorfreude auf lange Waldspaziergänge im dicken Mantel, während derer er seine Lungen mit kalter, klarer Luft fluten konnte, und auf den Advent mit seinen würzigen Düften und gemütlichen Abenden vor dem Kamin. Damals ...

Das Geräusch, mit dem seine schwere Plastiktüte über den Boden der menschenleeren Straße schleifte, vertrieb die Bilder einer Vergangenheit, die mit der Zeit immer nebulöser wurden. Irgendwann würden sie ganz aus seinem Gedächtnis gelöscht sein. Der Schnaps würde es schon richten.

Edoardo dachte an die halb leere Flasche, die er in der Tüte mit sich trug, und augenblicklich wurde sein Gaumen trocken. Nur noch wenige Minuten, dann würde er den Bretterzaun erreichen, hinter dem, sorgsam vor den

Blicken der achtbaren Bürger verborgen, der halb zerfallene Ziegelsteinbau lag, dessen Keller im Moment sein Zuhause war. Gleich könnte er auf sein Lager aus Styroporresten und alten Kartons sinken und die wertvolle Flasche auspacken, die ihm mit jedem Schluck ein weiteres Stück des Vergessens schenken würde. Er würde den Ratten bei ihrer Suche nach etwas Fressbarem zusehen, und irgendwann würde dann der gnädige Schlaf über ihn kommen …

Der Durst begann quälend zu werden, und Edoardo blieb stehen und hob den Kopf, um abzuschätzen, wie weit es noch bis zu seiner Behausung war. Er hatte sich angewöhnt, den Blick beim Gehen gesenkt zu halten, sich wie unter einer Glasglocke auf die abwechselnd unter ihm auftauchenden Spitzen seiner ausgetretenen Schuhe zu konzentrieren, auf ihr sinnloses Wettrennen, bei dem der führende im Sekundentakt wechselte. So ersparte er sich den Anblick einer Welt, von der er sich selbst ausgeschlossen hatte.

Im Licht der einsetzenden Abenddämmerung kam ihm ein Erstklässler entgegen. Der Junge trug einen Schulranzen und hatte die Hände tief in den Taschen seiner Jeans vergraben. Ein fröhliches Lied pfeifend, kickte er einen Stein vor sich her. Edoardo drückte sich in das Dunkel einer Toreinfahrt. Solche Rotzbengel machten ihm Angst.

Da stoppte neben dem Kleinen ein Wagen. Während sich Edoardo noch verwundert fragte, woher das Fahrzeug so schnell gekommen war, sprangen zwei kräftige, ganz in Schwarz gekleidete Männer heraus und stürzten sich auf den Jungen. Einer packte ihn unter den Achseln, der zweite an den Füßen, und schon waren sie wieder im Inneren des Wagens verschwunden, der sofort davonbrauste. Das Ganze hatte keine Minute gedauert, und nach weiteren dreißig Sekunden hatte sich das Motorengeräusch in einer Seitenstraße verloren.

Wie gebannt starrte Edoardo auf die Stelle, wo das Heck des Wagens hinter dem Eckhaus verschwunden war. Diese Männer in den schwarzen Anzügen – etwas stimmte hier nicht … Mein Gott, sagte eine Stimme von seltener Klarheit in ihm, diese Schurken haben gerade vor deinen Augen einen kleinen Jungen entführt. Aber da war noch etwas anderes gewesen. Etwas, das ihm seltsam vertraut vorkam, ohne dass er es hätte benennen können. Etwas, das nicht ins Bild passte …

Ungeachtet der Tatsache, dass er seine Schlafstelle noch nicht erreicht hatte, griff er in die Tüte und zog die Schnapspulle heraus. Er trank sonst nie auf der Straße; eines der letzten Relikte aus seinem früheren Leben. Doch daran dachte Edoardo in diesem Moment nicht. Mechanisch schraubte er den Verschluss ab und setzte die Flasche an die Lippen. Der Fusel rann brennend seine Kehle hinunter, und für einen kurzen Augenblick überkam ihn ein wahrhaft göttliches, allmächtiges Gefühl.

Plötzlich schoss ihm ein Gedanke durch den Kopf, er versuchte ihn zu fassen und vergaß dabei zu schlucken, sodass er einen fürchterlichen Hustenanfall bekam. Weit nach vorne gebeugt stand er da, sein Körper krampfte sich mit jedem bellenden Husten zusammen, bis er endlich wieder zu Atem kam. Mit dem Ärmel seines verschlissenen Mantels wischte er sich den Mund trocken und starrte auf den Bürgersteig, auf dem er den Jungen hatte entlangkommen sehen.

Ein *göttliches* Gefühl. Das war es, was nicht gepasst hatte. Die schwarze Kleidung, der weiße Rand am Hals. Ein weißer Kragen. Diese Männer waren … Gottesmänner. Katholische Priester.

In diesem Moment, da ihm das klar wurde, schwor sich Edoardo, keinem Menschen jemals davon zu erzählen. Wozu auch? Man würde denken, er habe sich um den Verstand gesoffen. Und vielleicht stimmte das ja auch, und der Wagen, das Kind, die Männer, all das existierte nur in seiner Einbildung. Vielleicht war er seinem Ziel ja schon weit näher, als er gedacht hatte.

# 17. Oktober 2005

## *Ein Waldstück am nördlichen Stadtrand von Rom*

2 Reflexartig trat Daniele Varotto auf das Bremspedal, als der stämmige Mann im Lichtkegel seiner Scheinwerfer auftauchte. Er musste irgendwo zwischen den Bäumen gestanden haben und erst im letzten Moment auf den Waldweg gesprungen sein, der von dem Platzregen eine Stunde zuvor ganz aufgeweicht war. Wahrscheinlich hatte er, an einen Baum gelehnt, ein Schläfchen gehalten.

Wüst fluchend öffnete Varotto das Seitenfenster des BMWs.

»Sie verdammter Idiot! Sind Sie lebensmüde?«, blaffte er den Carabiniere an. »Fast hätte ich Sie über den Haufen gefahren.«

»Entschuldigen Sie, Commissario«, stammelte der Polizist, nachdem er mit einer Taschenlampe den Ausweis angeleuchtet hatte, den Varotto ihm entgegenstreckte. Er hatte mindestens dreißig Kilo Übergewicht und schnaufte schwer, als hätte er gerade einen Hundert-Meter-Lauf hinter sich. »Ich ... ich muss jeden Wagen kontrollieren, der hier durchwill. Ich konnte ja nicht ahnen, dass ...«

»Dass Sie jemandem vor den Wagen springen, der nach vierundzwanzig Stunden ununterbrochenem Dienst erst gegen halb zwei ins Bett gekommen ist, aus dem ihn die Kollegen vier Stunden später wieder herausgeklingelt haben?«, wurde er schroff unterbrochen.

»Also ... Gleich da vorne ist es, nach etwa vierhundert

Metern, auf der rechten Seite«, antwortete der Carabiniere eingeschüchtert. »Sie werden …«

Varotto ließ ihn nicht ausreden. Er legte den ersten Gang ein und gab Gas, sodass die durchdrehenden Reifen matschige Erdklumpen nach hinten schleuderten. Mit einem Blick in den Rückspiegel sah er den Mann völlig verdreckt im schwachen Rot der Rückleuchten wild gestikulieren. Er grinste voll Genugtuung, während er auf den immer heller werdenden Lichtschein zufuhr, eine leuchtende Insel aus Scheinwerferlicht, in deren Zentrum mehrere Personen in weißen Schutzanzügen geschäftig hin- und herliefen.

Hinter zwei Polizeifahrzeugen stellte er den Wagen ab und stieg aus. Einen Moment lang drehte er sich um und blickte zurück in den Wald. Die Finsternis war unergründlich. Plötzlich presste ihm eine unerklärliche Angst die Lungen zusammen. Varotto dachte an Dottore Parella und versuchte, tief und gleichmäßig zu atmen, als er spürte, dass der schlammige Weg unter seinen Füßen zu schwanken begann. Schweiß trat ihm auf die Stirn. *Hilf mir, Francesca!*, flehte er im Stillen. Und wusste doch, dass sie ihm nicht mehr helfen konnte. Intuitiv lehnte er sich gegen die Fahrertür des BMWs, während seine Sinne in einen Strudel gerieten, der ihn jegliches Gefühl für Zeit und Raum verlieren ließ.

»Kann ich Ihnen helfen?«

Die Worte kamen von weit her, wie das sanfte »Guten Morgen«, mit dem Francesca ihn so oft aus seinen Träumen in die Wirklichkeit zurückgeholt hatte.

»Signore! Was ist mit Ihnen?«

Zum Greifen nah waren die Worte jetzt, und Varotto griff nach ihnen wie nach einem Rettungsanker, an dem er sich hochziehen konnte, zurück in die Realität. Er öffnete die Augen, drehte aber gleich geblendet den Kopf zur Seite.

Der ältere uniformierte Mann, der ihn angeleuchtet hatte, senkte seine Taschenlampe.

»Kann ich Ihnen helfen, Signore?«, fragte er noch einmal.

Varotto schüttelte den Kopf und rieb sich mit Zeigefinger und Daumen die Augen.

»Nein, danke, alles in Ordnung. Ich bin nur hundemüde, hab kaum geschlafen.«

Der Carabiniere trat nun einen Schritt zurück und setzte eine strenge Miene auf, da ihm die Anweisungen seines Chefs wohl wieder in den Sinn gekommen waren.

»Darf ich fragen, was Sie hier zu suchen haben? Können Sie sich ausweisen?«

Varotto fühlte Ärger in sich aufsteigen. Erleichtert registrierte er, dass er wieder völlig in der Wirklichkeit angekommen war.

»Ich bin Commissario Varotto«, knurrte er den Polizisten an und hielt ihm seinen Ausweis vor die Nase. »Denken Sie, ich fahre um diese Zeit zum Spaß in den Wald?«

Der Carabiniere murmelte etwas Unverständliches und zeigte dann hinter sich.

»Vice Commissario Lucciani leitet den Einsatz. Sie finden ihn gleich da vorne.«

Varotto nickte. Lucciani leitete die Polizeidienststelle ganz in der Nähe dieses Waldstücks. Er stapfte auf die von mehreren Scheinwerfern angestrahlte Stelle zu.

Der junge Oberkommissar kam ihm schon entgegen und streckte die Hand aus, noch bevor er ihn erreicht hatte.

»*Buongiorno!* Sie müssen Commissario Varotto sein«, sagte er freundlich.

Trotz seiner schlechten Laune bemerkte Varotto den festen Händedruck, mit dem Lucciani ihn begrüßte. Er hatte kurze schwarze Haare wie Varotto, nur dass sein Schopf mittlerweile von silbernen Fäden durchzogen war, und war auch ein paar Zentimeter größer, vielleicht 1 Meter 90. Varotto schätzte ihn auf höchstens 28. Viel zu jung für seinen Dienstgrad, dachte er mit leisem Neid gegenüber dem gut zwanzig Jahre jüngeren Kollegen; er selbst war erst kurz vor seinem 36. Geburtstag zum Vice Commissario befördert worden.

»Guten Morgen, Lucciani«, sagte er beschämt, als hätte ihn sein junger Kollege bei dem Gedanken ertappt. »Vielen Dank, dass Sie mich so schnell benachrichtigt haben.«

Lucciani nickte ernst. »Ich habe gestern von dieser bizarren Mordserie gehört und mich deshalb gleich an Sie erinnert. Kommen Sie, Commissario, ich zeig's Ihnen.«

»Wer hat sie gefunden?«, wollte Varotto wissen.

»Ein junges Pärchen, das nach der Disco die Stelle für ein Schäferstündchen im Auto ausgesucht hat«, erklärte Lucciani. »Wir haben ihre Personalien aufgenommen, und dann habe ich sie ins Krankenhaus bringen lassen. Die beiden standen verständlicherweise unter Schock.«

»Ist die Todesursache schon bekannt?«

»Nein. Wir konnten keine äußeren Verletzungen entdecken.«

Daniele Varotto hatte schon viele Tatorte gesehen, und obwohl er zu wissen glaubte, was er hier vorfinden würde, erschien ihm das Bild, das sich ihm bot, vollkommen surreal.

Die Männer waren auf dem moosbewachsenen Boden neben einem umgestürzten Baum platziert worden. Einer – er mochte Mitte zwanzig sein – lag bäuchlings auf dem Boden, ein Bein war unter der beigen Kutte etwas angezogen, schmutzverklebte Strähnen seines langen blonden Haares wellten sich über seinen Schultern. In skurriler

Haltung kniete ein älterer, dunkelhäutiger Mann vor ihm. Mit einer Hand schien er sich auf dem Boden abzustützen, während die andere unter die linke Schulter des Liegenden geschoben war. Es sah aus, als wollte er ihm helfen, sich aufzurichten. Varottos Augen blieben am Gesicht dieses Toten hängen, der trotz des stieren Blicks und einer eigenartig wächsernen Blässe irgendwie lebendig wirkte.

»O Gott«, entfuhr es ihm, »das ist ja wie im Wachsfigurenkabinett!«

Der junge Oberkommissar nickte. »Ja, wer immer das hier getan hat, war sehr bemüht, es so aussehen zu lassen, als ob sie noch atmen.«

Langsam ging Varotto um die Leichen herum, betrachtete die Szene von allen Seiten. Lucciani beobachtete ihn eine Weile, bevor er sagte: »Sie werden keine Stützen finden, die ihn in dieser Position halten, Commissario.«

Varotto zögerte einen Moment, dann streifte er sich die Handschuhe über, ging in die Hocke und tippte mit dem Zeigefinger vorsichtig an den nackten Unterarm des Dunkelhäutigen.

Lucciani schüttelte den Kopf. »Sie müssen schon richtig zupacken.«

Varotto folgte seiner Aufforderung und zuckte sofort zurück. »Himmel, das fühlt sich an wie Stein!«

»Ja. Der Mörder muss die Körper mit irgendwas behandelt haben. Was für eine Substanz das war, wird hoffentlich die Obduktion ergeben.«

Varotto richtete seine Aufmerksamkeit nun auf den am Boden liegenden Toten und schob die dichten blonden Locken ein wenig zur Seite, sodass sein Nacken sichtbar wurde. Direkt unter dem Haaransatz war eine stark verblasste Tätowierung zu erkennen. Über einem etwa zehn Zentimeter langen, nach oben gewölbten Bogen waren zwei Symbole gestochen: ein Fisch, der durch zwei gekrümmte Linien dargestellt wurde, die an einem Ende zusammentrafen und sich am anderen überschnitten und in ihrem Fortlauf die Schwanzflosse darstellten, und darüber eine Scheibe, von der strahlenförmig Striche ausgingen, so wie kleine Kinder die Sonne malten. Varotto stand auf.

»Ist es die gleiche Tätowierung wie bei den anderen?«, fragte Lucciani erwartungsvoll.

Varotto sah den Toten noch einmal an und nickte dann.

»Ja, exakt die gleiche, sogar an der gleichen Stelle. So wie's aussieht, wurde sie gestochen, als er noch sehr jung war. Sie ist mit der Haut gewachsen.« Er machte eine kurze Pause, bevor er hinzufügte: »Genau wie bei den anderen.«

»Und haben Sie eine Vorstellung davon, was diese Szene darstellen soll?«

Statt einer Antwort ging Varotto nochmals um die Toten herum. Seine Augen suchten den Boden ab. »Wurden schon Spuren gesichert?«

Lucciani seufzte. »Die Kollegen von der Spurensicherung sind dabei. Nach dem Regenguss vorhin wird's allerdings schwierig sein, noch irgendwas zu finden. Wonach suchen Sie?«

Wieder gab Varotto keine Antwort. Er bückte sich und schob seine Hand behutsam unter das Schulterblatt des liegenden Toten, dort, wo auch die Hand des Dunkelhäutigen verborgen war. Nach wenigen Sekunden richtete er sich auf und streckte Lucciani einen kleinen Gegenstand entgegen, den dieser erst erkannte, nachdem er einen Schritt näher getreten war.

»Markus 15,21«, brummte Varotto.

Verständnislos wanderten Luccianis Augen von Varotto

zu dem kleinen hölzernen Kreuz und wieder zurück. Die beiden Männer standen sich jetzt dicht gegenüber.

»Ich habe eigentlich etwas anderes erwartet … Das hier, das ist die fünfte Station des Kreuzwegs, Lucciani«, erklärte Varotto. »Simon von Zyrene hilft Jesus das Kreuz tragen.«

*Vatikan. Palazzo Sant' Uffizio*

3 Siegfried Kardinal Voigt legte den Brief vor sich auf den massiven Schreibtisch und sah Monsignor Bertoni nachdenklich an, der ihm gegenüber auf einem der schlichten Besucherstühle saß und gerade zum wiederholten Mal mit fahrigen Bewegungen seine Soutane über den Oberschenkeln glattstrich.

Der große schlanke Kardinal wirkte mit seinen kurzgeschorenen eisgrauen Haaren und der für seine 64 Jahre außergewöhnlich glatten, leicht gebräunten Haut wie ein erfolgreicher Manager, der als »Macher des Jahres« das Cover eines Wirtschaftsmagazins hätte zieren können. Böse Zungen behaupteten insgeheim, diese charismatische Ausstrahlung hätte ihm geholfen, bis in die höchsten Ebenen der kirchlichen Hierarchie aufzusteigen; wäre ihm dies je zu Ohren gekommen, hätte er es allerdings weit von sich gewiesen, sah er sich selbst doch nur als demutsvollen Diener Gottes und der Kirche.

Voigt war als Präfekt der Kongregation für die Glaubenslehre gleichzeitig auch Präsident der Päpstlichen Bibelkommission und somit Bertonis Vorgesetzter. Der 79-jährige zartgliedrige Monsignore war schon vier Jahre als Sekretär der Kommission unter Voigt tätig. In dieser

Zeit hatten sie viele Gespräche geführt, aber der Kardinal konnte sich nicht erinnern, Bertoni jemals so nervös erlebt zu haben. Auch hatte es noch nie ein so frühes Treffen gegeben. Als Voigt um Punkt sieben seine Büroräume betrat, wartete Bertoni schon im Vorzimmer auf ihn und verstieß damit klar gegen die Order des Kardinalpräfekten, ihn nicht vor halb acht zu behelligen. Normalerweise nutzte Voigt die halbe Stunde der Ruhe, um seinen Tag zu planen, manchmal lehnte er sich aber auch nur zurück und ließ den Blick über die Einrichtung seines Arbeitszimmers gleiten. Die meisten der schweren Möbelstücke waren schon sehr alt, und es schien, als ließen sie ihn in diesen morgendlichen Minuten ein wenig an der geheimnisumwitterten Vergangenheit der Kongregation teilhaben, die einst als *Sanctum Officium* die Menschen in Angst und Schrecken versetzt hatte, ja vor der sich sogar die Päpste gefürchtet hatten. In solchen Momenten kam Siegfried Voigt oft in den Sinn, welch schwere Verantwortung er trug, besonders in Anbetracht der jüngsten Vergangenheit: Sein Vorgänger im Amt des Präfekten der Kongregation für die Glaubenslehre, Kurt Kardinal Strenzler, hätte die katholische Kirche als neugewählter Papst beinahe in den Abgrund geführt, wenn nicht durch das beherzte Handeln von ... Der Kardinal seufzte.

»Monsignor Bertoni, warum, glauben Sie, hat man Ihnen diesen Brief zukommen lassen?«, fragte er mit ruhiger Stimme.

Bertoni zog die Schultern hoch. »Vielleicht, weil der Verfasser sicher sein wollte, dass der Text gleich verstanden wird?« Bevor der Kardinal etwas entgegnen konnte, fügte er schnell hinzu: »Und weil er davon ausgehen konnte, dass ich den Brief natürlich sofort an Sie weitergeben würde.«

Voigt nickte bedächtig. »Und? Was denken Sie über den Inhalt?«

Statt einer Antwort deutete Bertoni auf den Brief und sagte: »Darf ich ...?«

Der Kardinal schob das Papier über den Schreibtisch, und Bertoni las die Sätze laut vor, die darauf geschrieben standen: »Deshalb gebe ich ihm seinen Anteil unter den Großen, und mit den Mächtigen teilt er die Beute, weil er sein Leben dem Tod preisgab und sich unter die Verbrecher rechnen ließ. Denn er trug die Sünden von vielen und trat für die Schuldigen ein.«

Bertoni ließ das Blatt sinken und wollte schon weitersprechen, doch kam ihm Voigt zuvor: »Jesaja, Kapitel 53. Aber was hat das zu bedeuten?«

Bertoni zog ein blütenweißes Taschentuch aus seiner Soutane, mit dem er sich den kalten Schweiß von der Stirn wischte.

»Ich weiß es nicht, Eure Eminenz. Wie Sie wissen, beinhaltet das Kapitel 53 mehrere Prophezeiungen; darin geht es um Christi Geburt, sein Leben und seinen Tod. Und dieser Vers hier«, er deutete auf das Papier, »ist der zwölfte und letzte, der Jesu Tod beschreibt. Im Neuen Testament findet sich dazu ein Pendant bei Matthäus 27,38: ›Und da wurden zwei Räuber mit ihm gekreuzigt, einer zur Rechten und einer zur Linken.‹«

Kardinal Voigt runzelte die Stirn. »Aber das erklärt nicht den Sinn der Botschaft. Sie sagten, man habe Ihnen das Schreiben in die Hand gedrückt, als Sie auf dem Weg ins Büro waren?«

Bertoni nickte eifrig. »Ja, Eure Eminenz. Als ich heute Morgen aus der Haustür trat, wartete ein Junge auf mich. Er sagte, eine Straße weiter hätte ihn ein Mann angesprochen und damit beauftragt, und er hätte fünf Euro dafür bekommen. Den Mann konnte er allerdings nicht näher beschreiben, weil er eine Mönchskutte trug mit einer Kapuze, die er tief ins Gesicht gezogen hatte.«

Gedankenverloren blickte der Kardinal an Monsignor Bertoni vorbei auf das deckenhohe Regal an der gegenüberliegenden Wand. Einige Sekunden saß er so da und schien angestrengt nachzudenken, dann beugte er sich vor und verschränkte die Hände auf der Arbeitsplatte des Schreibtischs.

»Nun gut ... Ich denke, wir sollten der Sache keine allzu große Beachtung schenken. Wahrscheinlich war es nur ein harmloser Irrer, der sich berufen fühlt, als Mahner die göttliche Wahrheit zu verkünden. Davon laufen in Rom viele herum.«

Ungläubig starrte Bertoni ihn an. »Aber Eure Eminenz, warum der letzte Vers, der Jesu Tod beschreibt? Und weshalb bekomme ausgerechnet ich diesen Brief? Ich habe da ein ganz ungutes Gefühl, ich ...«

Der Kardinal winkte ungeduldig ab. Demonstrativ zog er einen Aktenordner zu sich heran und schlug ihn auf. »Lassen Sie es gut sein, Monsignore. Wir werden nichts mehr von diesem Menschen hören, da bin ich mir sicher.«

Selten hatte sich Siegfried Kardinal Voigt so geirrt.

*Rom. Via Pietro Mascagni*

## 4

Kurz vor halb acht setzte sich Varotto auf den Besucherstuhl vor Luccianis Schreibtisch, und während er seinem jungen Kollegen dabei zusah, wie dieser an einem niedrigen Aktenschrank Kaffee aus einer schwarzen Plastikkanne in zwei Tassen goss, spürte er, wie der Schmerz sich wieder an die Oberfläche seines Bewusstseins drängen wollte. Genauso eine Thermoskanne hatten Francesca und er... Heftig schüttelte er den Kopf, als könnte er so seine Gedanken durcheinanderbringen, damit sie den Faden zu Francesca nicht aufnehmen konnten. Lucciani warf ihm einen fragenden Blick zu.

»Die Müdigkeit«, erklärte Varotto ausweichend und sah sich demonstrativ in dem Büro um, dessen düstere, spartanische Einrichtung so gar nicht zu dem jungen dynamischen Vice Commissario passte, der nun eine der Tassen vor ihm abstellte, um den alten Schreibtisch herumging und sich auf seinen mit dunkelbraunem Kunstleder bezogenen Drehstuhl setzte.

»Sie sagten vorhin, Sie hätten etwas anderes erwartet, Commissario. Ich habe mir den ganzen Weg hierher den Kopf zerbrochen, was das sein könnte. Und noch etwas habe ich mich gefragt: Warum sind Sie sich so sicher, dass diese skurrile Szene die fünfte Kreuzwegstation darstellt? Klären Sie mich auf. Ich weiß bisher nur, dass wir es mit einer sehr ungewöhnlichen Mordserie zu tun haben.«

Varotto atmete schnaubend aus.

»Ungewöhnlich ist noch ein gelinder Ausdruck für das, was gerade vor sich geht! So etwas ist mir in meiner ganzen Laufbahn noch nicht untergekommen. Vier Mordfälle innerhalb von fünf Tagen, den von heute mitgerechnet, und alle tragen die gleiche Handschrift. Gestern hat dieser Irre entweder einen ›Ruhetag‹ eingelegt, oder aber das Opfer ist noch nicht gefunden worden. Wobei ich eher Letzteres befürchte.« Varotto machte eine kurze Pause, bevor er in seinen Ausführungen fortfuhr: »Den ersten Toten gab's am Donnerstagmorgen in einer kleinen Nebenstraße der Piazza di San Paolo alla Regola: ein Mann Mitte zwanzig, in einer langen Kutte, sein Rücken war übersät mit blutigen Striemen, er trug Handschellen und eine Dornenkrone, und sein Mörder hat ihm die Worte ›Markus 15,15‹ in die Brust geritzt. Ein eindeutiger Hinweis auf das Neue Testament: Um die Menge zufriedenzustellen, lässt Pilatus Barabbas frei und gibt den Befehl, Jesus zu geißeln und zu kreuzigen. Die erste Station des Kreuzwegs: Jesus wird zum Tode verurteilt. Am Freitag dann ein Toter nahe des Vatikans, in der Via Orfeo, Ecke Via Borgo Pio. Sein Genick war gebrochen. Mit einem langen Nagel hat man ihm ein kleines Holzkreuz in die rechte Schulter geschlagen und einen Anhänger mit der entsprechenden Textstelle im Evangelium daran befestigt, als wäre er ein Gepäckstück. So war schnell klar, dass mit ihm die zweite Station nachgestellt worden ist: Jesus nimmt das Kreuz auf seine Schultern. Samstag früh hat man dann unter einer Brücke im Osten der Stadt, nur ein paar hundert Meter vom Friedhof Campo Verano entfernt, das dritte Opfer entdeckt. Man hätte denken können, der Mann hätte sich von der Brücke gestürzt, wäre da nicht das kleine Holzkreuz gewesen, das auf seinem Rücken lag. Die dritte Station: Jesus fällt zum ersten Mal unter dem Kreuz. Als Sie mich heute früh angerufen haben, habe ich fest damit gerechnet, in dem Waldstück die vierte Station vorzufinden: Jesus begegnet seiner Mutter. Wie sich gezeigt hat, sind wir mit den beiden Toten aber schon eine Station weiter. Deshalb, fürchte ich, muss es einen weiteren, bisher noch unentdeckten Mord geben.« Varotto starrte in seine Kaffeetasse und fügte mit leiser Stimme hinzu: »Ich will mir lieber nicht vorstellen, wie der inszeniert ist …« Er verstummte, riss sich dann aber zusammen und sah Lucciani in die Augen. »Der gesamte Kreuzweg besteht aus vierzehn Stationen. Folglich müssen wir mit zehn weiteren Morden innerhalb der nächsten Tage rechnen – wenn wir diesen Wahnsinnigen nicht stoppen können.«

Lucciani war blass geworden. Er stürzte seinen Kaffee hinunter und holte danach tief Luft. »Aber... schon das Präparieren der Leichen zur Darstellung der Station von heute Morgen muss Stunden gedauert haben. Und dann die ganzen Vorsichtsmaßnahmen, damit ihn keiner auf frischer Tat ertappt... Einer allein kann das doch eigentlich gar nicht schaffen!«

Varotto nickte. »Der Gedanke ist mir auch schon gekommen. Außerdem sind die Opfer ganz bewusst ausgewählt worden. Bei keinem wurde etwas gefunden, mit dem sich seine Identität klären ließe, mit Ausnahme des Dunkelhäutigen von heute waren sie alle im gleichen Alter, und zudem hatten alle diese stümperhafte Tätowierung im Nacken. Gehören sie einer Sekte an? Sind sie vielleicht sogar freiwillig in den Tod gegangen? Das ist schwer vorzustellen.«

»Wobei diese Tätowierung, wie Sie sagen, ja offensichtlich gestochen wurde, als die Männer noch sehr jung waren. Das würde bedeuten, dass sie bereits als Kinder im Einflussbereich dieser Sekte gestanden haben. Eine Sekte, die es schon so lange gibt, müsste aber bekannt sein. Das wäre ein Ansatzpunkt.«

Varotto trank einen Schluck Kaffee und verzog das Gesicht; er war inzwischen kalt und schmeckte fürchterlich.

»Fehlanzeige. Weder im Internet noch in der einschlägigen Literatur haben meine Männer bislang einen Hinweis auf die Zeichnung entdeckt. Daher haben wir uns gestern Abend entschlossen, der Presse von der Kreuzwegtheorie zu erzählen und die Tätowierung abdrucken zu lassen. Die Zeitungen müssten heute darüber berichten. Vielleicht meldet sich ja jemand, der zumindest einen der Männer identifizieren kann.«

Das Telefon klingelte. Lucciani hob ab. Erwartungsvoll

beobachtete Varotto den jungen Kollegen, dessen Miene sich im Laufe des Gesprächs etwas erhellte.

»Die Spurensicherung«, erklärte Lucciani, kaum hatte er aufgelegt. »Der dunkelhäutige Mann hatte einen Ausweis in der Tasche. Er ist Libyer.«

Varottos Körper versteifte sich. So leise, dass Lucciani ihn kaum verstehen konnte, fragte er: »Kommt er aus einem Ort namens Schahhat?«

Lucciani hob verwundert die Augenbrauen. »Ja, so hieß der Ort. Woher wissen Sie das?«

In diesem Moment schrillte das Telefon erneut. Ein Anruf aus der Questura, Varottos Dienststelle.

*Vatikan. Palazzo Sant' Uffizio*

5 Schon eine halbe Stunde nachdem Monsignor Bertoni sein Arbeitszimmer verlassen hatte, sollte es Kardinal Voigt dämmern, dass er sich in Bezug auf den seltsamen anonymen Brief vielleicht getäuscht hatte.

»Stellen Sie ihn bitte zu mir durch«, sagte er, als er von seinem Sekretär hörte, wer ihn dringend sprechen wollte.

»Eure Eminenz«, sagte der Anrufer, »es ist so weit: Wir brauchen ihn.«

»Ihn? ... Warum?«, wollte Voigt mit tonloser Stimme wissen.

Während der Mann ihm von den Morden der letzten Tage berichtete, war es Voigt, als krampfte sich eine Faust um seinen Magen. Der Bericht endete mit dem Satz: »Sie wissen, dass Sie uns helfen müssen, Kardinal. Denken Sie an unsere Vereinbarung.«

Einige Sekunden verstrichen, in denen beide nur den

Atem des anderen hörten. Die Vereinbarung. Die Kurie stand im Wort. *Seine* Bereitschaft, jederzeit zur Verfügung zu stehen, war die Bedingung gewesen, dass die italienische Justiz vier Jahre zuvor der Bitte der Kirche nachgekommen war.

»Ich werde sehen, was ich tun kann«, sagte Voigt. Dann legte er auf.

Vier Minuten später hatte er eine Ausgabe des ›Giorno e Notte‹ vor sich auf dem Schreibtisch liegen, eine von vielen Tageszeitungen, die der Untersekretär der Glaubenskongregation, Monsignor Ludwik Dzierwa, jeden Morgen auf Berichte über den Vatikan hin durchsah. Auch einige reißerisch aufgemachte Blätter waren dabei, denen kein Thema zu peinlich war und die der Chronistenpflicht eine eher untergeordnete Rolle beimaßen.

Die Schlagzeile in roten Lettern nahm fast die ganze erste Seite in Anspruch: »Kreuzwegmörder – Mordserie gibt Polizei Rätsel auf!« Im Aufmacher war von drei noch nicht identifizierten Leichen die Rede, mit denen der Mörder die ersten drei Stationen des Kreuzweges nachgestellt hätte. Daneben hatte man ein Foto abgedruckt, auf dem die Tätowierung zu sehen war, die dem Artikel zufolge den Nacken aller Opfer zierte. Der Artikel endete mit einem Aufruf an die Bevölkerung: »Wer hat eine solche Tätowierung schon einmal gesehen? Sachdienliche Hinweise nimmt die Questura oder jede andere Polizeidienststelle entgegen.« Darunter waren mehrere Telefonnummern angegeben.

Nachdenklich schob der Kardinal die Zeitung zur Seite und griff sich eine weitere vom Stapel, den der Untersekretär ihm gebracht hatte.

»Alle Berichte haben den gleichen Tenor, Eure Eminenz«, erklärte Dzierwa, der vor dem Schreibtisch stehen geblieben war. »Offensichtlich ist die Polizei ratlos.«

Noch zwei Titelseiten überflog Kardinal Voigt, dann hatte er genug. Er wandte sich seinem Untersekretär zu. Das Licht der Schreibtischlampe spiegelte sich in den dicken Brillengläsern des jungen polnischen Geistlichen, sodass man die Augen des Mannes kaum erkennen konnte.

»Haben Sie das Zeichen schon einmal irgendwo gesehen, Monsignore?«

Dzierwa schüttelte den Kopf. »Nein, Eure Eminenz. Den Fisch als Erkennungszeichen der Urkirche natürlich schon. Aber auf einem … Berg? Über dem die Sonne scheint? Was für ein Sinnbild soll das sein?«

Kardinal Voigt wusste es auch nicht, doch schwante ihm nichts Gutes. »Monsignor Dzierwa, richten Sie Monsignor Bertoni bitte aus, dass er den Brief kopieren soll, den er heute Morgen bekommen hat. Das Original soll er sofort ins Polizeipräsidium schicken und dann mit der Kopie hierherkommen.«

Er wartete, bis der junge Geistliche den Raum verlassen hatte. Dann führte Kardinal Voigt zwei Telefonate. Das erste mit dem Privatsekretär des Papstes, den er um einen sofortigen Termin beim Heiligen Vater bat. Der zweite Anruf galt einem Kloster an den Hängen des Ätna auf Sizilien und dort einem Mann, der eigentlich im Gefängnis eine lebenslängliche Haftstrafe hätte verbüßen müssen.

Innenstadt von Rom

6 Varotto quälte sich durch den dichten Verkehr. Es war zwanzig vor neun.

Eine Viertelstunde zuvor war er losgefahren, gleich nachdem er den Anruf bekommen hatte. In der Via Macinghi Strozzi im äußersten Süden Roms hatte man ein weiteres Opfer gefunden. Zum Tatort brauche er nicht mehr zu fahren, hatte ihm sein Kollege Francesco Tissone kurz und knapp mitgeteilt, die Spurensicherung sei schon abgeschlossen. Er solle lieber zusehen, dass er schleunigst ins Präsidium komme, der Fall werde immer bizarrer.

Es regnete in Strömen. Die nasse Fahrbahn und das trübe Licht machten das Fahren zu einer Tortur. Varotto ließ das Fenster zur Hälfte herunter in der Hoffnung, die frische Luft würde seine bleierne Müdigkeit vertreiben, schloss es aber gleich wieder, da es so stark windete, dass ihm Regentropfen gegen die Wange schlugen.

Das verwunderte Gesicht des jungen Lucciani kam ihm in den Sinn, als er ihn gefragt hatte, ob das dunkelhäutige Opfer aus Schahhat kam. Dabei war das alles andere als Hellseherei gewesen. Er hatte sich am Sonntagabend intensiv mit den Kreuzwegstationen beschäftigt und irgendwo gelesen, dass Zyrene der alte Name des heutigen Schahhat war. Der oder die Täter hatten sich also tatsächlich die Mühe gemacht, einen Mann aus genau dieser Stadt für die Szene zu finden. Wie viele Libyer gab es in Rom, die aus Schahhat stammten? Doch sicher nur ein paar, und die mussten erst mal ausfindig gemacht werden. Die fünfte Station war folglich von langer Hand vorbereitet worden. Ein weiterer Hinweis darauf, dass eine ganze Organisation hinter der Sache stecken musste. Er dachte an das Telefonat mit Tissone. Der Fall werde immer bizarrer, hatte sein Kollege gesagt. Was hatte das zu bedeuten? Wie sollte noch zu steigern sein, was er wenige Stunden zuvor im Wald gesehen hatte?

Er fuhr sich mit der Hand über die Augen. Wenn er nicht bald eine Pause machte, würde er hinter dem Lenkrad einschlafen. Fünfzehn Minuten würden schon reichen. Angespannt suchten seine Augen nach einer Möglichkeit zu halten, bis er durch den Regenvorhang ein Schild erblickte, das zu einem Supermarkt führte. Aufatmend setzte er den Blinker.

Die Tiefgarage erwies sich als optimal. Varotto lenkte den BMW auf den Parkplatz, der am weitesten vom Aufzug entfernt war, und stellte den Motor ab. Dann nahm er seinen Schlüsselbund von der Konsole, kreuzte die Unterarme über dem Lenkrad und legte den Kopf darauf. Ein Trick, den ein Kollege ihm einmal verraten hatte. Je fester er schlief, umso mehr entspannten sich seine Muskeln. Irgendwann würde der Schlüsselbund ihm aus der Hand gleiten und mit klirrendem Geräusch zu Boden fallen. Varotto hatte diese simple Methode schon einige Male angewandt und war stets zuverlässig aus dem Schlaf aufgeschreckt.

Er schloss die Augen, froh, endlich ein wenig Ruhe zu finden. Während die Welt um ihn herum an Bedeutung verlor, lauschte er seinem Atem, den er immer deutlicher zu hören glaubte. Doch anstatt dadurch ruhiger zu werden, fiel ihm das Atmen seltsamerweise mit jedem Mal schwerer, er musste sich geradezu anstrengen, dem bedingungslosen Fordern seiner Lungen nach Sauerstoff gerecht zu werden. Plötzlich hörte er neben sich ein Stöhnen. Verwirrt öffnete er die Augen. Es herrschte Dunkelheit. Eine Dunkelheit von absoluter, undurchdringlicher Schwärze. Als er nach rechts blickte, sah er jedoch einen Frauenkörper, so deutlich, als würde er von einer geheimnisvollen Lichtquelle angestrahlt. Die Frau hatte langes, pechschwarzes Haar und war von geradezu übernatürlicher Schönheit. Francesca. Seine Francesca. Er lächelte. Er kannte keinen Menschen, der das Leben so bedingungslos liebte, der so unumstößlich an das Positive jeder Situation glaubte, auch wenn sie noch so unangenehm war. Selbst tot strahlte ihr Gesicht noch Sanftmut und Zärtlichkeit aus ... Tot? Wie kam er darauf, dass sie tot war? Eben hatte sie doch noch gestöhnt. Er beugte sich über sie und drückte sein Ohr an ihre Brust. Nichts. Hastig packte er sie an den Schultern, schüttelte sie, rief ihren Namen, immer wieder. Doch sie hing nur schlaff in seinen Armen. Auf einmal hörte er es klappern. Er schreckte hoch – und starrte auf das Armaturenbrett seines BMWs. Er rieb sich die Augen und sah sich, noch ganz benommen, im Wagen um. Auf den CD-Hüllen, die er neben dem Schaltknüppel in die Ablage gestopft hatte, lag sein Schlüsselbund.

Ein Traum. Wieder einer dieser schrecklichen Träume. Er lehnte sich im Fahrersitz zurück. Als er sich über die Stirn wischte, war sein Handrücken nass. Er drehte den Zündschlüssel und warf einen Blick auf das Display des Autoradios. 9 Uhr 20. Er hatte etwa fünfzehn Minuten geschlafen und fühlte sich trotzdem noch völlig ausgelaugt. So wie er sich fast jeden Morgen fühlte, wenn er schweißnass, manchmal schreiend, manchmal sich panisch aufsetzend, in seinem zerwühlten Bett aufwachte. Seit einem Dreivierteljahr ging das nun schon so; er hatte die Hoffnung fast aufgegeben, dass es irgendwann einmal besser würde, dass die Wunden verheilten, die jener fatale Tag vor zehn Monaten in seine Seele gebrannt hatte. Erschöpft schloss er die Augen, und die Bilder liefen wieder wie ein Film vor ihm ab.

*Francesca. Das Dorf seiner Eltern, wo sie die Weihnachtsferien verbringen. Der Spaziergang mit seiner wunderbaren, einzigartigen Frau ... Lachend und eng umschlungen schlendern sie den schmalen Weg zwischen den Feldern entlang, bleiben alle paar Schritte stehen, küssen sich, reiben die Nasen zärtlich aneinander, sehen sich tief in die Augen. Trunken vor Glück merken sie nicht, dass sich am Himmel dunkle Gewitterwolken auftürmen, bis die ersten Regentropfen fallen. Hand in Hand laufen sie los, doch lachen sie noch immer, es macht ihnen nichts aus, nass zu werden.*

*Hinter einem Feld entdecken sie ein halb verfallenes Haus. Sie sehen sich nur kurz an, sie brauchen keine Worte. Die Grundmauern stehen noch, und auf dem verfaulten Gebälk liegen auch noch ein paar Ziegel, aber der immer stärker werdende Regen prasselt zwischen den Lücken hindurch, sodass Francesca einen Freudenschrei ausstößt, als sie am Boden eine geöffnete Luke entdeckt. Eine halbwegs stabil erscheinende Leiter führt nach unten. Er zögert, es ist viel zu gefährlich, doch Francesca ist im Nu unten. »Komm schon«, ruft sie ihm zu. »Hier ist es trocken. Komm und sieh, was ich für dich habe, mein Geliebter.« Er steigt die Leiter hinunter. Der Keller ist nicht besonders groß, unverputzt und ohne festen Boden. Es riecht erdig hier unten, ursprünglich. Im schwachen Licht, das durch die Luke herabfällt, sieht er Francesca, die an der sandigen Wand lehnt, vor sich einen Haufen nasser Kleider. Sie ist nackt. Sie ist wunderschön. Sand ist von der Wand auf ihre weißen Schultern gerieselt, und Francesca verreibt ihn nun langsam auf ihren kleinen Brüsten, wo er dunkle Streifen hinterlässt, und sieht ihn dabei an. Er spürt ein Ziehen in seinen Lenden, ein Verlangen nach ihrem Körper, das ihn fast den Verstand verlieren lässt. Er geht auf sie zu, sie küssen sich. Doch Francesca will mehr, sanft drückt sie ihn zu Boden. Flugs ist sie auf ihm, beginnt, sich mit schaukelnden Bewegungen an ihm zu reiben, stöhnt auf, als er in sie eindringt. Übergangslos wird aus dem zarten Wesen eine leidenschaftlich fordernde, ihre Lust herausschreiende Frau.*

*Sie vergessen, wo sie sind, geben sich ganz ihrer Leidenschaft hin. Bis ein gewaltiger Donner das Gemäuer erschüttert. Fast im gleichen Moment, in dem er den ohrenbetäubenden Donnerschlag vernimmt, bricht die Hölle über sie herein, Staub und Schutt prasseln auf sie herab, ihm schwinden die Sinne.*

*Als er wieder zu sich kommt, ist es stockfinster um ihn herum. Das Atmen fällt ihm schwer. Er kann sich nicht bewegen, spürt starke Schmerzen am ganzen Körper, keucht unter der Last, die auf ihm liegt. Etwas kitzelt sein Gesicht. Er braucht lange, bis ihm klar wird, dass es die Haare seiner Frau sind. Er flüstert ihren Namen, ruft ihn immer lauter, immer verzweifelter, versucht, eine Hand freizubekommen, ohne Erfolg.*

*Es dauert eine Ewigkeit, bis er sich eingesteht, dass Francesca tot ist. Eine Ewigkeit, bis man sie findet. 24 Stunden ist er in dem eingestürzten alten Haus begraben. 24 Stunden liegt seine tote, nackte Frau auf ihm. 24 Stunden, in denen er sein Gottvertrauen verliert.*

Gewaltsam öffnete Varotto die Augen. Über seine Wangen zogen sich feuchte Spuren. Heftig schüttelte er den Kopf, um die schrecklichen Bilder zu vertreiben.

Kurz darauf rannte er zum Aufzug, um sich oben im Supermarkt ein Sandwich zu kaufen, und fädelte sich fünfzehn Minuten später in den dichten Verkehr ein. Seine Gedanken kreisten nun wieder um die Morde.

### *Vatikan. Apostolischer Palast*

7 Mit sorgenvollem Gesicht sah Seine Heiligkeit Papst Alexander IX. den Präfekten der Glaubenskongregation lange wortlos an, wie er es oft tat, wenn sie sich trafen.

Als vier Jahre zuvor der damalige Kardinalpräfekt der Kongregation für die Bischöfe, Massimo Kardinal Ferdone, als Papst aus dem denkwürdigsten Konklave der Kirchengeschichte hervorgegangen war, hatte er die Führung einer Kirche übernommen, die aufgrund der jahrzehntelangen Machenschaften einer geheimen Bruderschaft vor dem Abgrund stand. Papst Alexander IX., wie er sich fortan nannte, musste Hunderte von Sektenmitgliedern, von denen manche bis in die höchsten Ebenen der Römischen Kurie vorgedrungen waren, aus ihren Kirchenämtern entfernen, etliche davon sogar exkommunizieren. Und obwohl es ihm seinerzeit gelungen war, mithilfe weniger Getreuer die schlimmsten Dinge zu vertuschen, hatten antiklerikale Medien dennoch die Gunst der Stunde genutzt, um mit dem wenigen, was sie wussten, eine regelrechte Hetzkampagne gegen die katholische Kirche zu entfachen, die eine Welle von Kirchenaustritten ausgelöst hatte. Er hatte eine schwere Bürde übernommen, dieser Papst, und man sah es ihm an.

Siegfried Kardinal Voigt war in diesen schweren Jahren zu seinem engsten Vertrauten geworden. Und das, obwohl er – wie der Gründer und auch die späteren Führer dieser Bruderschaft – Deutscher war. In Momenten wie diesen, wenn die Kirche wieder einmal von der unseligen Vergangenheit eingeholt zu werden schien, tat ihm der müde alte Mann im weißen Papstgewand unendlich leid.

»Denken Sie, er ist für diese Aufgabe bereit?«, brach

der Heilige Vater mit zitternder Stimme schließlich das Schweigen.

Kardinal Voigt zog die Schultern hoch. »Ich weiß es nicht, Eure Heiligkeit, ich habe noch nicht persönlich mit ihm gesprochen. Er lebt nun schon seit vier Jahren in dem Kloster und hat es während der ganzen Zeit kein einziges Mal verlassen. Wie mir der Abt versichert hat, weiß keiner seiner Mönche, wer dieser Mann wirklich ist, der sich seither Matthias nennt. Er führt ein sehr in sich gekehrtes, frommes Leben und hat sich mit Leib und Seele dem Studium obskurer Bruderschaften, Geheimbünde und Logen verschrieben. Sein Wissen darum muss inzwischen immens sein. Ich werde jedenfalls noch heute nach Sizilien fliegen, um zu sehen, ob er mittlerweile psychisch so gefestigt ist, dass wir es wagen können.« Er machte eine kurze Pause und seufzte. »Aber im Grunde bleibt uns und ihm eigentlich keine Wahl. Sie wissen, wie damals die Bedingungen lauteten: Die italienische Justiz hat das Recht, ihn zurate zu ziehen, wann immer es um die Aufklärung von Verbrechen geht, hinter denen eine religiöse Organisation stecken könnte.«

Die schon etwas trüben Augen des Papstes flackerten jetzt vor Angst. »Glauben Sie, das ist hier der Fall? Müssen wir uns Sorgen machen, Kardinal? ... Nach dem Albtraum vor vier Jahren ...«

»Ich hoffe nicht, Eure Heiligkeit. Aber lassen Sie mich zuerst mit *ihm* sprechen. Heute Abend bin ich wieder zurück und kann Ihnen berichten.«

Der Heilige Vater nickte mit kummervollem Gesicht und machte über dem Kardinalpräfekten das Kreuzzeichen.

Als er den Apostolischen Palast verließ, beschloss Voigt, trotz des schlechten Wetters einen Spaziergang durch die Vatikanischen Gärten zu machen. Er brauchte frische Luft. Die letzte Stunde hatte ihm mit ungeheurer Gewalt die schrecklichen Ereignisse vier Jahre zuvor in Erinnerung gerufen, und er sah sich wieder mit Bischof Corsetti in dessen Büro vor einem Stapel Tagebücher sitzen.

*Rom. Questura, Via San Vitale 15*

8 »Was soll diese Geheimniskrämerei, Francesco? Warum wolltest du mir am Telefon nicht sagen, was es mit dem neuen Fall auf sich hat?«

Francesco Tissone blickte von seinem Computermonitor auf. Wie unglaublich müde er aussieht, dachte er kurz, als er seinen Vorgesetzten auf sich zustürmen sah, und deutete auf den im rechten Winkel zum Schreibtisch stehenden Besucherstuhl.

»Erst einmal *buongiorno,* Daniele.«

»*Buongiorno.* Ich hoffe, du hattest einen schönen Urlaub«, grummelte Varotto, während er sich auf den Stuhl fallen ließ. »Ich möchte wissen, wie freundlich du noch wärst, wenn du vier Tage kreuz und quer durch Rom gehetzt wärst und jede Nacht höchstens eine Mütze voll Schlaf abbekommen hättest, weil man dich im Morgengrauen schon wieder mit der nächsten Hiobsbotschaft geweckt hat.«

Tissone verzog das schmale Gesicht mit der ausgeprägt römischen Nase zu einem breiten Grinsen. »Bestimmt freundlicher, denn ich bin gut zehn Jahre jünger als du und kann bedeutend mehr wegstecken.« Noch während er die letzten Worte sprach, bereute er sie auch schon. Schnell fügte er hinzu: »Entschuldige bitte, Daniele, das war gedankenlos von mir. Ich weiß ja, dass du ...«

»Das gehört nicht hierher«, fiel Varotto ihm barsch ins Wort. »Also, was ist passiert?«

Tissone zog ein Blatt aus seiner Schreibtischschublade und legte es vor Varotto auf den Tisch. Dieser beugte sich über den Computerausdruck. Es war das vergrößerte Foto eines Toten. Der Mann saß aufrecht in einem Sessel, den Möbeln nach zu schließen, in einem Wohnzimmer. Um seinen Hals hing eine Kette mit einem kleinen Holzkreuz. Eine Verletzung war nicht erkennbar. Das Alter passte, er hatte lange blonde Haare, trug eine beige Kutte und einen geflochtenen Kranz aus Dornenzweigen.

»Hat man sonst noch was gefunden?«, fragte Varotto, ohne den Blick von dem Foto zu wenden. »Was ist mit der Tätowierung?«

»An der gleichen Stelle wie bei den anderen.«

Varotto sah auf. »Ich habe keine Ahnung, welche Station des Kreuzweges das darstellen soll. Hast du deshalb vorhin gesagt, dass das Ganze immer bizarrer wird?«

Tissone strich sich selbstgefällig über die kurzen schwarzen Locken. »Nein, das kommt noch«, verkündete er in der Gewissheit, eine große Überraschung präsentieren zu können. »Die Frau, die ihn so vorgefunden hat, ist seine Mutter.«

Varotto runzelte die Stirn. »Es ist wirklich furchtbar, dass ihr Sohn ermordet wurde, ohne dass sie etwas davon mitbekommen hat, Franco, aber ist das bizarr?«

»Nein, das allein nicht, das stimmt. Es ist ein großes Haus, Signora Costali schläft im obersten Stock und nimmt zudem ein Schlafmittel. Aber dass ihr Sohn als Achtjähriger entführt wurde und bis zum heutigen Tag verschollen war, das ist schon absonderlich, oder nicht?«

Varotto stutzte. »Moment! Du sagst, er wurde als Kind entführt, und heute, fast zwanzig Jahre später, ist er wiederaufgetaucht? In ihrem Haus? Als mittlerweile erwachsener, aber leider auch toter Mann? Habe ich das richtig verstanden?«

Tissone nickte ernst.

Varotto ließ sich gegen die Rückenlehne des Stuhls fallen. Eine ganze Weile sagte er kein Wort.

»Das kann nicht sein«, brummte er schließlich. »Das glaube ich einfach nicht. Wie will die Frau ihn denn wiedererkannt haben? Sie hat ihn als Achtjährigen zum letzten Mal gesehen!«

Tissone zuckte die Achseln. »Sie sagte, sie sei sich absolut sicher, dass der Tote ihr Stefano sei. Ich habe natürlich eine DNA-Analyse angeordnet ... aber ich kann mir schon vorstellen, dass eine Mutter sich bei so was nicht täuscht.«

Nun endlich, da Tissone zum zweiten Mal das Wort »Mutter« aussprach, dämmerte es Varotto. Er stöhnte auf.

»Er *ist* ihr Sohn«, sagte er, erhob sich schwerfällig, ging mit hängendem Kopf zum Fenster und blickte hinunter auf den Bürgersteig.

»Wieso glaubst du jetzt auf einmal doch, dass er's ist? Woher dieser plötzliche Sinneswandel?«, wollte Tissone verwundert wissen.

»Der Kreuzweg, Franco«, sagte Varotto ernst, während er sich wieder zu seinem Kollegen umdrehte. »Die vierte Station: Jesus begegnet seiner Mutter.«

Tissone starrte ihn an, als könnte sein Verstand die Worte nicht verarbeiten, die er gerade gehört hatte. Sekundenlang saß er so da.

»Mein Gott«, sagte er schließlich, »und wir dachten, dass der Täter die Kreuzwegstationen einfach willkürlich auswählt. Wir hielten es für die achte. Als Jesus auf die weinenden Frauen trifft. Denn geweint hat die Signora, das kann ich dir versichern.«

»Aber es war nur *eine* Frau«, erklärte Varotto. »Wer immer sich diesen Wahnsinn ausgedacht hat, ist ein Perfektionist. Und er will uns jede einzelne Station präsentieren. Wenn du dir die Bilder vom Waldstück mit der fünften Station angesehen hättest, statt hier alles bis zum letzten Bleistift im rechten Winkel auszurichten, wärst du selbst darauf gekommen ... Na ja, vielleicht ja auch nicht.«

Tissone schnappte nach Luft, entgegnete aber nichts. So war Varotto eben. So war er früher schon gewesen, bevor er Francesca kennengelernt hatte, und so war er wieder geworden, seit ...

Varotto deutete jetzt auf das Foto des Opfers, das noch immer auf dem Schreibtisch lag. »*Das* ist jedenfalls die vierte Station. Ist die Mutter vernehmungsfähig?«

»Nein, auf keinen Fall!« Tissone hob abwehrend die Hand, als müsste er Signora Costali vor Varotto beschützen. »Sie hat einen schweren Schock erlitten und ist in stationärer Behandlung. Wenn man sich das vorstellt: Sie findet ihren ...«

»Und der Vater?«, fiel Varotto ihm ungeduldig ins Wort.

Tissone zog bedauernd die Schultern hoch. »Der ist seinerzeit mit der Entführung nicht fertig geworden. Er hat angefangen zu trinken und ist ein halbes Jahr nach Stefanos Verschwinden von einer Brücke gesprungen.« Er tippte auf einen dicken Ordner, der vor ihm auf dem Schreibtisch lag. »Steht alles hier drin. Das ist die Akte von damals.«

Varotto begann wütend im Büro umherzugehen. »Die arme Frau ... Erst wird ihr kleiner Sohn entführt und bleibt zwanzig Jahre spurlos verschwunden. Und dann bringt man ihn um, weil der Mörder einen weiteren Hauptdarsteller für sein makabres Passionsspiel braucht. Das ist doch der reinste Irrsinn!« Plötzlich blieb er wie angewurzelt stehen. Sein Gesicht hatte alle Farbe verloren. »Aber... aber das würde ja bedeuten, dass ... dass dieser Mord schon vor zwanzig Jahren geplant worden ist!«

*Sizilien*

9 Die Maschine, ein moderner fünfzigsitziger Eurojet der Alitalia, landete pünktlich um 12 Uhr 45 in Catania.

Der Mann, der in der Ankunftshalle wartete, hatte seinen sechzigsten Geburtstag schon etliche Jahre hinter sich. Der asketische Körper war in eine dunkelbraune Kutte aus grobem Stoff gehüllt, die über der schmalen Hüfte von einer dicken Kordel zusammengehalten wurde. Als er den Kurienkardinal unter den Fluggästen erspähte, ging er ihm entgegen, ohne dass in seinem wettergegerbten und von tiefen Furchen durchzogenen Gesicht eine Gemütsregung erkennbar gewesen wäre.

»Willkommen auf Sizilien, Eure Eminenz«, begrüßte er Voigt, küsste den Ring an dessen gepflegter Hand, drehte sich mit den Worten »Bitte, kommen Sie« um und eilte ihm in Richtung Parkplatz voraus.

Siegfried Kardinal Voigt nahm dem Mönch die Wortkargheit nicht übel. Das Leben der Patres war von klösterlicher Stille bestimmt und bestand neben dem Studium alter Schriften und harter Feldarbeit vornehmlich aus Gebet und Kontemplation. Die Weltabgewandtheit der Klostergemeinschaft war vier Jahre zuvor auch der ausschlaggebende Grund gewesen, dass sie sich dazu entschlossen hatten, *ihn* dort unterzubringen.

Der Geländewagen, auf den der Pater zusteuerte, musste sehr alt sein. An den wenigen Stellen, an denen unter der dicken Schmutzschicht der Lack sichtbar war, bildete er blasige Erhebungen, die der Rost aufgeworfen hatte. Zur Verwunderung des Kardinals war das Wageninnere jedoch pieksauber. Voigt musste lächeln. Zwischen der Lebensweise der Mönche und dem Aussehen des Fahrzeugs gab es eine Parallele: Äußerlichkeiten spielten keine Rolle, das Innere wurde hingegen gepflegt und war folglich makellos.

Eine halbe Stunde nachdem sie Catania hinter sich gelassen hatten, wurde die Umgebung ländlicher. Überall abgeerntete Felder, Weinreben, Orangen-, Zitronen- und Olivenbäume: Voigt erinnerte sich, irgendwo gelesen zu haben, dass der Boden hier durch die verwitternde Lava des Ätna sehr fruchtbar war. Ein paar Kilometer weiter begann sich die Straße in vielen Kurven bergaufwärts zu winden, und nach Nicolosi prägten Buchen, Eichen, Kiefern und vor allem Ätnaginster die Landschaft.

Der Kardinal wusste von seinem ersten Besuch rund vier Jahre zuvor, dass das letzte Stück Weg bis zu der versteckt liegenden Klosteranlage sehr schmal war und steil anstieg. Während der schweigsame Pater den Landrover die holprige Schotterpiste hinaufjagte, wurden immer wieder Steine wie Geschosse von den Reifen nach hinten geschleudert. Voigt krallte seine Finger um den Haltegriff der Autotür und schickte ein Stoßgebet zum Himmel. Seine Gesichtszüge entspannten sich erst wieder, als nach einer letzten scharfen Kurve die Klostermauern vor ihnen auftauchten. Durch das schnell von einem Mönch geöffnete Tor konnte er auf einem kleinen Plateau mehrere flache Gebäude erkennen, die u-förmig um einen großen Platz angeordnet waren. Blumenrabatten sowie ein paar Kastanienbäume bildeten einen schönen farblichen Kontrast zu der fast schwarzen Erde. Man hätte die Klosteranlage für einen Gutshof halten können.

Gleich eine ganze Gruppe Mönche in braunen Kutten kam auf sie zu, als der Pater zwischen zwei Beeten stoppte. Sie blieben einige Meter vor dem Wagen stehen. Einer der Männer trat näher und hielt Voigt die Tür auf. Der Wind hatte ihm das volle, nahezu schneeweiße Haar zerzaust.

»Pater Emilio«, begrüßte der Kardinal den Mönch freundlich, während er ihm die Hand zum Kuss reichte. »Ich freue mich, Sie nach so langer Zeit wiederzusehen.«

Im Stillen dachte er, dass sich der Abt des Klosters in den vergangenen Jahren kaum verändert hatte. Nach wie vor wirkte er sehr agil, und seine wasserblauen Augen blickten noch ebenso offen wie damals.

»Die Freude ist ganz meinerseits, Eminenz, wenngleich ich gestehen muss, dass mir ein anderer Anlass für Ihren Besuch bedeutend lieber gewesen wäre. Aber bitte, gehen wir doch hinein.«

Während Voigt neben dem Abt das Hauptgebäude betrat, spürte er, wie sich seine Nerven wieder anspannten. Kurz bevor er sich in seiner schwarzen Privatlimousine zum Flughafen hatte fahren lassen, hatte sich der Anrufer vom Morgen noch einmal gemeldet und vom Fund zweier weiterer Leichen erzählt. Es führte kein Weg daran vorbei: *Er* musste die schützenden Klostermauern verlassen.

»Wie hat er auf unsere Bitte reagiert?«, fragte er hastig.

Der Abt ging erst langsamer und blieb schließlich stehen. Mit ernstem Blick sah er den Kardinal an.

»Eure Eminenz, Matthias lebt nun seit vier Jahren hier und hat sich gut in die Gemeinschaft integriert. Er ist ein stiller und sehr hilfsbereiter Mensch, der sein Wissen gern weitergibt und dem keine körperliche Arbeit zu schwer ist. Während dieser ganzen Zeit hat er kein einziges Mal mit einem von uns über seine Vergangenheit gesprochen. Wir haben das respektiert. Seine Kindheit, soweit ich sie aus Bischof Corsettis Berichten kenne, muss ein wahrer Alptraum gewesen sein, von Anfang an ausgerichtet auf blinden Gehorsam. Wie Sie wissen, ist sein kleiner Bruder Franz daran zugrunde gegangen. Sein Tod hat etwas in Matthias' Seele für immer zerstört.« Der Abt zögerte einen Augenblick, bevor er weitersprach, und blickte dem Kardinal dabei fest in die Augen. »Und nun soll er von einem Tag auf den anderen wieder an seine Vergangenheit erinnert werden, unter die er vor vier Jahren einen Strich gezogen hat. Verzeihen Sie meine Offenheit, Eure Eminenz, aber das ist unbarmherzig.«

»Soll das heißen, Sie haben ihm noch nichts von den Kreuzwegmorden erzählt?«, fragte Kardinal Voigt überrascht.

Noch immer sah der Abt ihn durchbohrend an. »Nein, das habe ich nicht, Eure Eminenz. Aber ich denke, das ist auch nicht nötig. Ihr Kommen spricht für sich. Seit er erfahren hat, dass Sie uns einen Besuch abstatten, sitzt er in seiner Zelle und meditiert.«

Sie betraten nun einen langen Gang, dessen Wände beige verputzt waren. Zwischen den schweren Holztüren zu beiden Seiten hingen Bilder mit biblischen Szenen. Sie gingen an sieben oder acht der Türen vorbei, bis der Abt stehen blieb.

»Hier ist es, Eure Eminenz.«

Als der Kardinal die Hand hob, um zu klopfen, drehte

sich Pater Emilio mit einem undefinierbaren Blick um und ging davon.

Der Mann saß mit dem Rücken zur Tür auf dem Steinboden vor seinem Bett, das die Zelle in ihrer ganzen Breite ausfüllte. Der flackernde Schein zweier Kerzen, die eine in einem schweren Eisenhalter an der Wand, die andere auf einer Kommode gegenüber, ließ unruhige Schatten über die Wände huschen.

Er hielt den Kopf gesenkt, seine langen blonden Haare fielen ihm über die Schultern. Er drehte sich nicht um, als der Kardinal den nur wenige Quadratmeter großen Raum betrat, rührte sich auch nicht, als Voigt ihn auf Deutsch ansprach: »Guten Tag, Matthias. Es ist mir eine Freude, Sie wiederzusehen.«

Mehrere Sekunden vergingen, dehnten sich in der Stille zu Ewigkeiten, bis der Mann sich endlich erhob und dem Kardinal zuwandte. Er sah ihm in die Augen und antwortete in fast akzentfreiem Italienisch: »*Un piacere?* Ihr Besuch hier bedeutet doch wohl, dass etwas Schlimmes geschehen ist.«

Wohlgefällig musterte Voigt den großen schlanken Mann. Er hatte sich verändert. Das markant geschnittene Gesicht des mittlerweile 47-Jährigen wirkte weicher, nicht mehr so verbissen wie damals, als er ihn zum letzten Mal gesehen hatte, und der Hass in den Tiefen seiner Augen fehlte gänzlich. Der Kardinal stellte verwundert fest, dass der Mann ihm inzwischen irgendwie sympathisch war, und das, obwohl er vier Jahre zuvor etwas so Ungeheuerliches getan hatte.

»Ja, das ist leider richtig, Herr von ...«, er räusperte sich, »Matthias. Wir hätten uns eigentlich gewünscht, dass Ihre ... Hilfe nie wieder vonnöten sein wird.« Auch Voigt sprach nun italienisch.

Matthias deutete auf einen einfachen Stuhl, der neben einem kleinen Tisch an der Wand stand. »Bitte, Eure Eminenz.« Er wartete, bis der Kardinal Platz genommen hatte, bevor er sich auf der Kante seines Bettes niederließ und sagte: »Erzählen Sie.«

*Rom. Questura, Via San Vitale 15*

10 »Ein Pfaffe?« Varotto sprang auf und sah seinen Vorgesetzten wütend an. »Was zum Teufel soll ich mit einem Priester anfangen? Soll er Gott anflehen, dass er uns auf die richtige Spur führt? Falls es Ihnen entgangen sein sollte: Der hilft niemandem! Der Allmächtige stellt sich nämlich taub, wenn man ihn am Nötigsten braucht.«

Commissario Capo Pasquale Barberi zog die Stirn in Falten. »Daniele, ich kann ja verstehen, dass du nach dem schrecklichen Unglück mit deiner Frau den Glauben an Gottes Güte verloren hast und in deiner tiefen Verzweiflung über Francescas Tod seine Stellvertreter auf Erden gleich mitverdammst. Aber hier geht es nicht um deine Befindlichkeiten, sondern um eine ungeheuerliche Mordserie! Bis jetzt können wir noch rein gar nichts vorweisen. Wir hetzen nur von einem Tatort zum nächsten, und der Täter dreht uns eine lange Nase. Da sollte uns jede Unterstützung recht sein, von welcher Seite sie auch immer kommt.« Barberis Stimme war mit jedem Satz schärfer geworden. Jetzt beugte er sich nach vorn. »Dottore Parella hat dich vor zwei Monaten arbeitsfähig geschrieben, Daniele. Benimm dich gefälligst auch so. Sonst muss ich dir den Fall entziehen.«

Stumm maßen sie sich mit Blicken, bis Varotto klein beigab und sich wieder hinsetzte. »Tut mir leid, Barberi. Es ist nur...«

»Es ist eine Anweisung von ganz oben, Daniele. Darüber lässt sich nicht diskutieren.« Barberi blickte auf das Blatt mit den Notizen, die er sich gemacht hatte. »Der Mann ist im Übrigen kein Priester. Eher so eine Art Laienbruder. Er lebt in einem Kloster am Ätna und scheint eine Koryphäe zu sein, was Sekten und religiöse Geheimbünde angeht. Und nach dem, was du mir heute Mittag über die vierte und fünfte Station berichtet hast, können wir so einen Experten gut gebrauchen.« Der Commissario Capo senkte die Stimme. »Allerdings gibt es da einiges, worauf ich mir keinen Reim machen kann: Ihm werden sowohl vom Vatikan als auch von unserem obersten Chef alle nur denkbaren Vollmachten erteilt, ja er soll sogar einen Dienstausweis bekommen. Und noch sonderbarer ist, dass der Questore mich gebeten hat, dass wir ihn genau im Auge behalten und sofort melden, wenn uns irgendwas komisch vorkommt.«

»Wenn einer auf die ›Hilfe‹ von dem da oben setzt, kommt er mir von vornherein komisch vor«, knurrte Varotto.

Barberi sah ihn warnend an. »Daniele! Schreib deinen Bericht und dann fahr nach Hause und schlaf dich aus. Du bist total übermüdet und kannst nicht mehr klar denken. Morgen früh sehen wir weiter.«

Varotto nickte wortlos und stand auf. Er war schon an der Tür, als die Stimme seines Chefs ihn noch einmal innehalten ließ.

»Nimm ihn mit, Daniele. Lass ihn sehen, was du siehst, und lass ihn seine Bücher wälzen. Vielleicht findet er ja etwas, das uns weiterhilft, wir haben es weiß Gott nötig. Das Leben von mehreren Menschen steht auf dem Spiel.«

Ohne sich noch einmal umzudrehen, verließ Commissario Daniele Varotto den Raum.

*Sizilien*

11 Langsam ließ Matthias den Brief, der dem Sekretär der päpstlichen Bibelkommission am Morgen übergeben worden war, auf den Stapel Zeitungen sinken, die der Kardinal ihm ebenfalls mitgebracht hatte.

»Jesaja, Kapitel 53«, murmelte er. »Der letzte Vers. Die Weissagung über die Kreuzigung Jesu ...«

In sich zusammengesunken saß er mehrere Minuten da und schien angestrengt nachzudenken, bis er den Oberkörper aufrichtete und dem Kardinal in die Augen blickte.

»Fassen wir zusammen: In Rom passieren mehrere Morde. So wie die Leichen in Szene gesetzt sind, inszeniert der Täter mit ihnen Stationen des Leidensweges unseres Herrn. Gleichzeitig erhält der Vatikan diesen Brief mit Jesajas Weissagung über den Tod Christi. Damit ist klar, dass der Täter mit den Opfern den gesamten Kreuzweg nachzustellen gedenkt. So weit, so gut. Doch wieso soll da eine obskure Bruderschaft dahinterstecken? Meiner Ansicht nach ist hier ein Geistesgestörter am Werk, der in dem Wahn lebt, er müsse Jesus Christus noch einmal töten. Ein wie auch immer gearteter religiöser Geheimbund verfolgt weitreichendere Ziele. Und zudem bringt er nicht seine eigenen Mitglieder um.« Er stand auf und ging die zwei Schritte bis zur Tür. »Eure Eminenz, Sie brauchen keinen Experten für Sekten, sondern einen Profiler.«

Auch Voigt erhob sich. Er hatte alle Mühe, seine würdevolle Haltung zu bewahren. »Soll das heißen ... Sie kommen nicht mit?«

Matthias hatte bereits die Klinke hinuntergedrückt und hielt ihm nun die Tür auf.

»Eure Eminenz, es tut mir leid, dass Sie den Weg hierher umsonst gemacht haben.«

Voigt war perplex. Er hatte damit gerechnet, dass Matthias zögern würde, nach all den Jahren im Kloster in die Welt zurückzukehren. Ein so kategorisches Nein hatte er jedoch nicht erwartet.

Einige Sekunden lang standen die Männer sich stumm gegenüber, dann riss sich der Kardinal zusammen.

»Bitte, Matthias, denken Sie noch einmal in Ruhe darüber nach. Der Justizminister ist fest davon überzeugt, dass dies die Gelegenheit ist, Ihren und unseren Teil der damaligen Abmachung zu erfüllen. Man wird Ihnen eine Menge Schwierigkeiten bereiten, wenn Sie sich weigern. Vergessen Sie nicht, dass man Ihren Fall jederzeit wieder aufrollen kann ...«

Matthias antwortete nicht, wandte nur mit ausdrucksloser Miene den Kopf in Richtung Flur, sodass dem Kardinal nichts anderes übrigblieb, als zu gehen.

Kaum hatte sich die Tür hinter Voigt geschlossen, ließ der Deutsche mit den langen blonden Haaren sich langsam auf den Stuhl sinken, legte die Unterarme auf den Tisch und vergrub sein Gesicht darin.

Eine Viertelstunde später wurde nach einem kurzen Klopfen die Tür zur Zelle erneut aufgerissen. Verwirrt blickte Matthias auf.

Hatte Siegfried Kardinal Voigt kurz zuvor noch die Contenance gewahrt, so trat er nun hektisch an den Deutschen heran und packte ihn an der Schulter.

»Es ist etwas geschehen, das Ihre Entscheidung ändern wird. Diese schreckliche Mordserie hat eine neue, ungeahnte Dimension angenommen.«

Noch immer sah Matthias den Kardinal stumm und regungslos an. Aus Voigt sprudelte es jetzt nur so heraus: »Ich hatte gerade ein längeres Gespräch mit dem Justizminister. Es ist ein weiteres Opfer entdeckt worden. Diesmal ist es die vierte Station. Eine Witwe hat ihren Sohn tot aufgefunden. Bei sich im Wohnzimmer.« Der Kardinal beugte sich nach vorn, sodass ihrer beider Gesichter nur noch Zentimeter voneinander entfernt waren. »Er hat die gleiche Tätowierung wie alle bisherigen Opfer. Und er ist als Kind entführt worden ... vor zwanzig Jahren ... er war damals acht.«

Stille. Nur der Atem der beiden Männer war zu hören. Bis Matthias nach einer halben Ewigkeit murmelte: »Acht. So alt wie mein kleiner Bruder Franz, als ...«

Als sein Mobiltelefon auf der Rückfahrt zum Flughafen wieder ein Netz anzeigte, führte Siegfried Kardinal Voigt ein Telefonat, das nur aus zwei Sätzen bestand.

»Er wird kommen. Gebe Gott, dass wir das Richtige tun.«

*Rom. Via Aurelia*

## 12

Daniele Varotto rieb sich zum wiederholten Male die brennenden Augen. Regen klatschte gegen die Windschutzscheibe. Die Nacht war schon vor einiger Zeit hereingebrochen, und er wünschte sich nichts sehnlicher, als endlich ins Bett zu kommen. Entgegen der Anweisung seines Chefs hatte er doch noch längere Zeit an seinem Schreibtisch im Präsidium verbracht, weil er sich nach dem Tippen des Berichts noch eingehend mit der Akte über den entführten Jungen beschäftigt hatte. Allerdings war die Mühe umsonst gewesen: Auch nach dem dritten Durchlesen hatte er nichts entdeckt, das ihm weitergeholfen hätte. Zwanzig Jahre war das her, dass Stefano vom Spielen nicht nach Hause gekommen war. Es war ein Wochenende gewesen, die Eltern waren mit ihm aufs Land zur Großmutter gefahren, und der Junge war losgezogen, um sich mit Freunden in einem nahe gelegenen Wäldchen zu treffen. Er war dort nie angekommen. Der Akte nach zu schließen, hatten die Kollegen damals Himmel und Hölle in Bewegung gesetzt, um den Kleinen zu finden, doch war es wie verhext gewesen: Niemand hatte irgendetwas beobachtet, es gab keine einzige heiße Spur, Stefano war wie vom Erdboden verschluckt gewesen.

Die Pfützen spiegelten die grellen Lichter der entgegenkommenden Fahrzeuge wider. Zum Glück hatte er das Zentrum bereits hinter sich gelassen und fuhr jetzt die Via Aurelia Richtung Westen. Drei Jahre zuvor hatten sie sich in der Via Michele Pironti im dritten Stock eines liebevoll restaurierten Hauses aus dem 18. Jahrhundert eine Eigentumswohnung gekauft, woraufhin seine kunstsinnige Francesca ein halbes Jahr lang Galerien, Antiquitätenläden und Flohmärkte nach Vasen, Bildern, Skulpturen und alten Uhren abgeklappert hatte, mit denen sie dann die Wohnung dekorierte. Fünf Monate nach Francescas Tod, als er dank Dottore Parellas Hilfe seine Umwelt allmählich wieder zu registrieren begann, hatte er die Wohnung verkaufen wollen. Als aber die ersten Interessenten an der

Tür geklingelt hatten, konnte er sie nicht hereinlassen. Er hatte plötzlich das deutliche Gefühl gehabt, Francescas Andenken zu beschmutzen, wenn ihr Heim in fremde Hände überging. Er dachte an das kleine Zimmer, in das er all ihre persönlichen Dinge gestellt hatte. Früher war es ihr Büro gewesen. Noch immer stand dort der Schreibtisch mit ihrem Computer, an dem sie abends oft gesessen und ihre Reportagen für ›Il Cortanero‹ geschrieben hatte. Er hatte den Raum in eine Kapelle verwandelt, einen Zufluchtsort, an den er sich zurückzog, wenn das Gefühl übermächtig wurde, das Leben ohne sie nicht meistern zu können. Hinterher fühlte er sich zwar meistens elender als zuvor, trotzdem brachte er es einfach nicht fertig, ihre Sachen wegzugeben und sich von der Vergangenheit mit ihr zu verabschieden.

Bremsen quietschten hinter ihm. Varotto zuckte zusammen. Während ein Mercedes wild hupend an ihm vorbeibrauste, fiel sein Blick auf das Gebäude, vor dem er, unbewusst und sicher ohne den Blinker zu setzen, angehalten hatte. Er stand vor einer Kirche. Ihrer Kirche. Hier hatten sie geheiratet.

Er machte den Motor aus. Das alte Gotteshaus lag etwas zurückgesetzt inmitten eines kleinen Parks. Sie waren oft zusammen hier gewesen, sonntags zum Gottesdienst, damals, als er noch einen Sinn in dem gesehen hatte, was der Pfarrer von der Kanzel herab predigte. Manchmal waren sie auch unter der Woche hergekommen, nachts, wenn ihr Auto nach einem Restaurantbesuch in der Innenstadt wie von allein zu dem Ort gefahren war, an dem ihr Glück seinen göttlichen Segen bekommen hatte. Einen Segen, der ihm inzwischen wie eine einzige Farce erschien. Seit jenem verhängnisvollen Wintertag waren die massiven Mauern dieser Kirche für ihn nicht mehr Schutzwall für den Tempel ihrer Liebe, sondern nur noch Warnung, sich nie mehr blenden zu lassen von den Worten eines Gottesmannes, des Stellvertreters einer alles andere als gütigen Macht. Und dennoch öffnete er jetzt mechanisch die Fahrertür und stieg aus. Als wäre er ein ferngesteuerter Roboter.

Das Kirchenschiff war nur notdürftig beleuchtet, gerade so viel, dass alles in einen mystischen Schleier gehüllt schien. Neben dem Weihwasserbecken hielt er kurz inne, den Blick auf den Altar gerichtet, vor dem er einmal mit Francesca gekniet hatte. Sekunden nur, dann riss er sich davon los und wandte sich nach rechts.

Erst als er vor dem Bild stehen blieb, das auf Augenhöhe an der Wand angebracht war, wurde ihm bewusst, was er hier suchte: Er stand vor der Darstellung der sechsten Station des Kreuzweges.

## 18. Oktober 2005

*Vatikan. Apostolischer Palast*

13 Papst Alexander IX. deutete auf den mit rotem Samt bezogenen Besucherstuhl, der vor seinem breiten Schreibtisch stand.

»Bitte, setzen Sie sich.«

Seine Stimme klang müde. Voigt nahm Platz.

»Er wird in gut einer Stunde, gegen halb zehn Uhr, landen, Eure Heiligkeit«, erklärte der Kardinal.

Der Heilige Vater nickte bedächtig; sein Gesicht sah dabei aus, als hätte man ihm gerade etwas mitgeteilt, vor dem er sich schon lange fürchtete.

»Und wenn herauskommt, wer dieser Mann tatsächlich ist?«, fragte er beklommen.

Voigt machte eine beschwichtigende Geste. »Keine Sorge, Eure Heiligkeit. Der Justizminister hat mir zugesichert, dass niemand seine wahre Identität erfährt. Für die ermittelnden Beamten ist Matthias einfach nur ein Experte auf dem Gebiet religiöser Geheimbünde.«

»Aber wird ihn wirklich niemand erkennen? Diese furchtbare Geschichte vor vier Jahren hat weltweit Schlagzeilen gemacht.«

Der Kardinal schüttelte energisch den Kopf. »Nein, Eure Heiligkeit. Er ist seinerzeit sofort abgeführt worden. Kein Journalist hat ihn je zu Gesicht bekommen, es gibt kein einziges Foto von ihm. Durch den Polizeisprecher ließen wir damals verlautbaren, dass er in einem italienischen

Gefängnis einsitzt, unter falschem Namen, um ihn vor den Mitgliedern der zerschlagenen Bruderschaft zu schützen. Und Sie erinnern sich sicherlich auch daran, dass wir im Einvernehmen mit dem Justizministerium ein paar Wochen später das Gerücht streuten, dass es den Simonern trotzdem gelungen war, Vergeltung zu üben. Offiziell ist er also tot.«

»Gebe Gott, dass Sie recht haben und kein Mensch dahinterkommt«, seufzte Papst Alexander IX. und strich mit zitternden Händen nervös über die Tischplatte. »Bitte bringen Sie ihn zu mir, sobald er da ist. Ich möchte mit ihm reden.«

Der Heilige Vater wirkte gebrechlicher denn je.

*Il Castello*

## 14

Sie hatten sich im großen Innenhof versammelt, wie er es befohlen hatte. Der Regen in der vergangenen Nacht hatte den Boden unter ihren Knien in kalten Schlamm verwandelt, und am Himmel über ihnen ballten sich schon wieder dunkelgraue Wolken zusammen, aus denen bereits erste Tropfen fielen. Die jungen Männer fröstelten. Zwar waren sie nun schon einige Wochen hier, aber an das Klima hatten sie sich noch immer nicht gewöhnt; es war deutlich unangenehmer als in dem heißen Land, wo sie fast ihr gesamtes bisheriges Leben verbracht hatten. Stumm sahen sie hinüber zum einstigen Haupthaus. Nicht alle waren anwesend; einige von ihnen waren schon vorausgegangen. Bald würden sie alle in der Ewigen Stadt sein. Bald, sehr bald ...

Die große Tür des Hauptgebäudes öffnete sich nun, und

heraus trat der Mann, den sie von Anfang an Monsignore genannt hatten, weil er ihr Abbas war, das Oberhaupt ihrer Gemeinschaft. Mit schnellen Schritten ging er auf sie zu und blieb dann gütig lächelnd vor ihnen stehen.

»Unsere Mission strebt ihrem Ende entgegen«, sagte er so laut, dass er auch in der hintersten Reihe noch verstanden wurde. »Ein paar Mitbrüder habe ich schon vor Tagen ausgeschickt, um den großen Tag vorzubereiten. Sie sind die ersten Glücklichen, die ihr Lebensziel erreicht haben.«

Wenn seine Worte die jungen Männer in irgendeiner Weise berührten, so zeigten sie es nicht. Ohne die geringste Veränderung in den ernsten Gesichtern blickten sie weiter zu ihm auf.

Eindringlich sah der Monsignore nun einen nach dem anderen an.

»Und auch euer Leben geht seiner Erfüllung entgegen. Haltet euch bereit!«

Mit diesen Worten drehte er sich um. Die Männer in den braunen Mönchskutten rührten sich nicht, bis er wieder in dem Haupthaus verschwunden war. Der Regen war inzwischen stärker geworden, und ihre langen blonden Haare klebten ihnen im Gesicht, aber das nahmen sie nicht wahr. Erst als ihre Führer, die hinter ihnen gestanden hatten, sich in Bewegung setzten, erhoben sie sich vom Boden und marschierten im Gleichschritt zurück zu den ehemaligen Stallungen, die Treppe hinunter in die Kellerräume.

## Rom. Via Michele Pironti

15 Varotto schreckte hoch und erstarrte mitten in der Bewegung. Wo war er? Die Orientierungslosigkeit dauerte jedoch nur einen kurzen Moment. Erleichtert sank er in die Kissen zurück. Er befand sich in seinem Bett. Über die Laken hinweg blickte er auf den Kleiderschrank, über den kleine, verschwommene Rechtecke aus Licht huschten. Durch das gekippte Fenster wehte ein sanftes Lüftchen herein, das die grob gemusterten Vorhänge leicht hin- und herbewegte. Offenbar hatte der Regen endlich aufgehört. Er reckte und streckte sich und warf dann einen Blick auf den alten Wecker auf seinem Nachttisch, ein Flohmarktgeschenk von Francesca. Es war kurz vor neun. Wann hatte er zum letzten Mal so lange und so tief geschlafen?

In diesem Moment klingelte es an der Tür. Fluchend schwang Varotto die Beine aus dem Bett und öffnete.

»Du?«, stieß er überrascht aus, als er die Frau erkannte.

Alicia Egostina breitete die Arme aus. »Ja, Daniele, ich. Einen guten Morgen wünsche ich dir. Darf ich reinkommen, oder lässt du alte Freunde neuerdings vor der Tür stehen?«

Noch immer sprachlos trat er zur Seite, damit sie an ihm vorbeikonnte. Lächelnd küsste sie ihn auf beide Wangen.

»Schön, dich zu sehen, Daniele, wenn auch zu einer offensichtlich unpassenden Zeit«, sagte sie mit einem verschmitzten Blick auf seinen nackten Oberkörper und die Schlafanzughose.

Varotto sah an sich herunter und kratzte sich verlegen den Kopf. »Ich bin die letzten Tage immer furchtbar spät ins Bett gekommen. Ich zieh mir schnell etwas an. Bin gespannt, was dich so früh zu mir führt.«

Als er knapp fünf Minuten später in die geräumige, modern eingerichtete Küche kam, gurgelte die große Espressomaschine gerade Kaffee in die Tassen. Alicia saß auf einem der hohen, lederbezogenen Barhocker, die um eine Theke gruppiert waren, an der Francesca und er sich abends bei einem Glas Wein immer die Ereignisse des Tages erzählt hatten. Vor sich hatte sie einen Aschenbecher stehen, in dem sie nun ihre Zigarette ausdrückte.

»Du kennst dich hier noch gut aus«, sagte er und deutete missbilligend auf die Kippe. »Du weißt, dass ich das hasse.«

»Ah, ich erkenne den alten Daniele wieder!«, entgegnete sie grinsend. »Und du weißt, dass ich es liebe, also sei nett und gönn mir mein kleines Laster. Der Aschenbecher stand übrigens noch an derselben Stelle, an der er immer gestanden hat.«

Wortlos holte er die zwei Tassen mit dem dampfenden Espresso und setzte sich auf den Hocker ihr gegenüber.

Er hatte Alicia durch Francesca kennengelernt, da sie ebenfalls beim ›Cortanero‹ arbeitete, wenn auch in einer anderen Redaktion: Die Journalistin schrieb über den Vatikan, wo sie aufgrund ihrer fairen und objektiven Berichterstattung gerne gesehen war. Sie verfügte über hervorragende Kontakte zur Römischen Kurie und traf sich regelmäßig mit den Direktoren des Presseamts und der vatikaneigenen Zeitung ›Osservatore Romano‹ zum Mittagessen.

»Alicia, ich freue mich ehrlich über deinen Besuch. Aber wie du sicher verstehen wirst, wundere ich mich doch ein bisschen, weshalb du an diesem gewöhnlichen Dienstagmorgen bei mir aufkreuzst«, sagte er schmunzelnd und sah ihr dabei in die Augen. »Soweit ich mich erinnere, bist du eigentlich nie so früh unterwegs; Francesca meinte mal, vor elf bekäme man dich nie zu Gesicht. Also, wieso bist du hier?«

Das Lächeln verschwand aus ihrem Gesicht. »Ich bin hier wegen dieser schrecklichen Mordfälle, über die wir gestern berichtet haben.«

»Natürlich, die Morde!«, brauste Varotto auf und schlug mit der Hand auf die Theke. »Ich hätte es mir ja denken können. Dir geht's gar nicht um mich; nicht die Sehnsucht nach mir hat dich nicht länger schlafen lassen, nein, die gewiefte Reporterin nutzt nur ihre persönlichen Kontakte, um als Erste an die neuesten Informationen ranzukommen.«

Vor Staunen war Alicia der Mund offen stehen geblieben. Nun verfinsterte sich ihre Miene. »Du sollst ein zynischer Stinkstiefel gewesen sein, Daniele, bevor Francesca einen umgänglichen Menschen aus dir gemacht hat. Ich konnte das nie glauben. Als ich dich kennenlernte, hatte sie dich ja auch schon unter ihre Fittiche genommen. Jetzt allerdings bekomme ich eine Ahnung davon, wie du davor warst und nun offenbar wieder geworden bist. Ja, ich bin Reporterin. Und natürlich wende ich mich an den ermittelnden Beamten, wenn es um eine Mordserie mit religiösem Hintergrund geht. Das fällt in mein Ressort. Was aber meine *persönlichen* Kontakte betrifft, so warst du es doch, der Abstand wollte! Du hast mir damals auf der Beerdigung gesagt, du möchtest die Menschen vorerst nicht mehr sehen, mit denen ihr beide befreundet gewesen seid. Ich habe das respektiert. Was aber nicht heißt, dass ich nicht oft an dich gedacht habe; mehr als einmal habe ich überlegt, ob ich dich anrufen soll, und mich dann nicht getraut.«

Wortlos hatte Varotto Alicias Zornausbruch über sich ergehen lassen und dabei einmal mehr festgestellt, dass die 36-jährige zierliche Halbspanierin eine wirklich sehr schöne Frau und ein wahres Energiebündel war. Die durch das Fenster hereinfallenden Sonnenstrahlen ließen ihr langes dunkles Haar rötlich schimmern, ein Erbe ihres Vaters, der aus Galicien stammte, wie sie Francesca und ihm vor langer Zeit einmal bei einem Abendessen erzählt hatte.

»Tut mir leid, Alicia«, sagte er mit schuldbewusster Miene. »Du hast ja recht; ich dachte, ich könnte es nicht ertragen, und wollte mich deshalb von allen abkapseln. Bitte entschuldige ... Also, was möchtest du wissen?«

Alicia schmunzelte. »Ganz einfach: Was hast du in Erfahrung bringen können, was meine Kollegen noch nicht wissen?«

*Vatikan. Apostolischer Palast*

## 16

Der Mann hätte einer der vielen deutschen Touristen sein können, die täglich Rom besuchten, sah man einmal davon ab, dass keiner dieser Besucher je auf dem Platz sitzen würde, auf dem er gerade saß. Leger in Jeans, weißes T-Shirt und graues Sakko gekleidet, sah der braungebrannte Mann mit den hellblonden schulterlangen Haaren Papst Alexander IX. aufmerksam in die Augen.

Sein Verhalten bei der Begrüßung hatte den Heiligen Vater und den Präfekten der Kongregation für die Glaubenslehre im ersten Augenblick überrascht. Wider das Protokoll hatte Matthias nicht abgewartet, bis der Kardinal ihn vorstellte, sondern war ohne Zögern auf den Papst zugegangen und hatte sich vor ihm auf die Knie geworfen.

»In Demut und Reue bekenne ich, Furchtbares getan zu haben. Gott sei mir Sünder gnädig.«

Da war Voigt, der die Szene von der Tür aus mit offenem Mund beobachtet hatte, klar geworden, dass der Deutsche vier Jahre lang darauf gewartet haben musste, die Absolution für seine schwere Sünde zu erhalten.

Und auch der Papst schien sich der Bedeutung dieses Moments bewusst gewesen zu sein, denn er hatte die Hand gehoben und mit feierlichem Ernst über Matthias das Kreuzzeichen gemacht.

»Gott, der barmherzige Vater, hat durch den Tod und die Auferstehung seines Sohnes die Welt mit sich versöhnt und den Heiligen Geist gesandt zur Vergebung der Sünden. Durch den Dienst der Kirche schenke er dir Frieden. So spreche ich dich los von deinen Sünden *in Nomine Patris et Filii et Spiritus Sancti,* amen.«

Eine halbe Ewigkeit hatten sie in dieser Position verharrt, der eine stehend, der andere auf Knien, den Kopf in tiefer Demut gebeugt. Leise war der Kardinal aus dem Raum gegangen und der wachhabende Schweizergardist hatte die Tür geschlossen.

Nun saßen sich das Oberhaupt der katholischen Kirche und sein Gast schweigend gegenüber.

»Was denken Sie über diese Mordserie?«, durchbrach der Papst schließlich die Stille.

Matthias stieß einen Seufzer aus. »Eure Heiligkeit … zunächst dachte ich ja an einen Geistesgestörten. Für mich war da ein gemeingefährlicher Verbrecher zugange, der irgendwelche Spießgesellen hatte, aber auf keinen Fall ein religiöser Geheimbund. Der Tote der vierten Station hat mich dann aber unsicher gemacht. Der, dessen Namen wir kennen. Der als Kind entführt wurde und zwanzig Jahre verschollen war. Er hatte die gleiche verblasste Tätowierung wie alle anderen noch nicht identifizierten Opfer.

Wenn sich herausstellt, dass sie ebenfalls als Kinder verschleppt worden sind, dann muss eine obskure Bruderschaft dahinterstecken. Kein Mensch kann im Alleingang eine solche Mordserie so lange im Voraus planen; zwanzig Jahre sind keine Helfershelfer bei der Stange zu halten, wenn man sie nicht auf irgendeine Lehre eingeschworen hat, an deren Richtigkeit diese bedingungslos glauben und die sie als höchste Instanz für das eigene Handeln anerkennen.«

»Aber warum stellen diese Irren den Leidensweg unseres Herrn nach? Und warum lässt man einem Prälaten einen Brief zukommen mit der Weissagung des Todes unseres Herrn?«

Matthias konnte deutlich spüren, wie angespannt der Heilige Vater war. Zögernd erklärte er: »Weil ... das weiß ich noch nicht. Wenn aber wirklich eine Geheimorganisation dafür verantwortlich ist, dann glaube ich nicht, dass es bei den Morden bleibt, egal, wie viele noch geschehen werden. Die makabre Inszenierung des Kreuzweges ist sicherlich nicht das Ziel, worauf sich eine solche Bruderschaft jahrzehntelang vorbereitet. Ich fürchte, da steckt etwas Gewaltigeres dahinter.«

Papst Alexander IX. sank in sich zusammen und sagte mit erstickter Stimme: »Das sind genau die Befürchtungen, die ich auch habe.«

Es entstand eine erneute Pause. Und wieder war es der Papst, der schließlich das Schweigen brach.

»Sagen Sie, haben wir vor vier Jahren das Richtige getan, als wir mit der italienischen Justiz jenen Pakt geschlossen haben?«

Matthias senkte den Blick. »Es steht mir nicht zu, das zu beurteilen, Eure Heiligkeit. Ich habe damals gewusst, was ich tat und welche Konsequenzen das für mich haben würde. Auf dem Dach der Bernini-Kolonnaden hatte ich mit meinem Leben abgeschlossen. Mit dem Pakt hat man mir ein neues Leben geschenkt. Dafür bin ich Gott und der Kirche sehr dankbar.«

Papst Alexander IX. nickte und sah ihn mit einem undefinierbaren Blick an. Schließlich faltete er die Hände.

»Es gibt da noch etwas, über das ich mit Ihnen sprechen möchte. Sie sind vielleicht der Einzige, der mir Antworten auf ein paar Fragen geben kann, die mich seit vielen Jahren beschäftigen ... Fühlen Sie sich in der Lage, mit mir über Ihre Vergangenheit zu reden?«

Matthias war anzusehen, dass ihm die Bitte des Pontifex maximus tiefes Unbehagen bereitete. Dennoch nickte er.

»Fragen Sie, was Sie wissen möchten.«

*Rom. Questura, Via San Vitale 15*

17 Das Büro im ersten Stock des Polizeipräsidiums maß gute hundertfünfzig Quadratmeter und diente normalerweise als Unterrichtsraum für junge Polizeibeamte. An den beiden Längsseiten reihten sich voll ausgestattete Arbeitsplätze für jeweils fünf Mitarbeiter aneinander, in der Mitte stand ein langer Konferenztisch.

Als Varotto kurz nach elf das Dienstzimmer betrat, war er versucht gewesen, über das frisch angebrachte Türschild »Sonderkommission Judas« eine spöttische Bemerkung zu machen, verkniff sie sich aber, als er Barberis Miene sah, der mit einem missbilligenden Blick auf die Armbanduhr stumm auf einen Stuhl deutete. Rasch setzte er sich hin. Bis halb elf hatte er in seiner Wohnung Alicia alles erzählt, was er über die Kreuzwegmorde wusste, ihr aber das Versprechen abgenommen, dass sie nichts veröffentlichte, ohne es vorher mit ihm abgesprochen zu haben. Die Reporterin wollte ihre Kontakte im Vatikan nutzen und sehen, was sie dort an hilfreichen Informationen sammeln konnte.

Ihm gegenüber ließ Francesco Tissone, ganz in sich zusammengesunken, den rechten Arm auf der Tischplatte neben einem Stapel Akten liegend, immer wieder einen Kugelschreiber zwischen Daumen und Zeigefinger hindurchrutschen, bis die Spitze mit einem Klick auf der Tischplatte aufschlug. Varotto sah seinen Kollegen verwundert an. Normalerweise saß Tissone bei Besprechungen aufmerksam und kerzengerade am Tisch, den er vorher auf seine Sauberkeit überprüft hatte. Auch Barberi beobachtete Tissone und das mit einem Gesichtsausdruck, der vermuten ließ, dass es nur noch Sekunden dauern konnte, bis eine genervte Bemerkung von ihm kam.

»Warum fangen wir nicht an?«, fragte Varotto.

Der Commissario Capo schüttelte den Kopf. »Du wirst dich schon noch einen Moment gedulden müssen, Daniele. Er wird sicher in wenigen Minuten hier sein.«

Varotto gab noch nicht auf. »Aber wir könnten doch wenigstens schon mal die Dinge besprechen, die der Schwarzrock nicht unbedingt wissen muss.«

»Daniele, er ist kein Priester, das habe ich dir bereits gestern erklärt. Und er muss über *alles* Bescheid wissen. Das ist ein Befehl des Polizeipräsidenten, und ich erwarte, dass ihr ihn befolgt. Ihr wisst, dass ich den Druck, den ich von oben bekomme, ohne Zögern an euch weitergebe.«

Wieder herrschte Stille, nur unterbrochen vom gleichmäßigen Klicken von Tissones Kugelschreiber.

Zwei Minuten später öffnete sich endlich die Tür, und ein Uniformierter streckte den Kopf durch den Spalt.

»Entschuldigen Sie«, sagte er zögernd, »hier ist ein Signor Matthias für Sie.«

Barberi erhob sich mit Schwung von seinem Platz und ging auf die Tür zu. »Ja, bitte. Wir warten schon auf ihn.«

Auch Varotto war aufgestanden und musterte überrascht den Mann, der in diesem Augenblick den Raum betrat. Er hatte mit einem hageren, vergeistigten älteren Herrn gerechnet, doch der Mann, gekleidet in Jeans, T-Shirt und Sakko, war höchstens Ende vierzig, also etwa in seinem Alter, und sah aus wie ein athletischer Holzfäller. Er selbst war mit seinen 1 Meter 78 schon nicht klein, aber dieser Matthias war noch gute zehn Zentimeter größer als er und hatte hellblonde schulterlange Haare und strahlend blaue Augen.

»*Benvenuto,* Signor Matthias«, begrüßte Barberi ihn nach Varottos Geschmack ein wenig zu freundlich. »Ich bin Commissario Capo Pasquale Barberi. Wir sind Ihnen äußerst dankbar, dass Sie uns helfen wollen.«

Dann stellte Barberi ihm seine beiden Mitarbeiter vor und forderte ihn auf, an dem großen Tisch Platz zu nehmen.

»Lassen Sie uns keine Zeit verlieren«, begann Barberi. »Nach unserer Besprechung wird die ›Sonderkommission Judas‹ sofort mit der Arbeit beginnen.«

Matthias hob kurz die Brauen, sagte aber nichts dazu.

»Commissario Varotto wird sie leiten«, fuhr Barberi fort. »Der Innendienst untersteht Commissario Tissone. Sie, Signor Matthias, werden sich mit Commissario Varotto zusammentun. Stimmt es, dass Sie uns rund um die Uhr zur Verfügung stehen? ... Signor Matthias?«

Matthias zuckte zusammen. Offensichtlich beschäftigte ihn etwas anderes. Nun schien er seine Gedanken jedoch abzuschütteln und sich ganz auf die Aufgabe zu konzentrieren, die vor ihm lag. Er nickte wortlos.

»Sehr gut. Commissario Tissone, bitte klären Sie Signor Matthias nun über den Stand der Ermittlungen auf.«

Varottos Kollege legte den Kugelschreiber neben den Stapel Akten und setzte sich aufrecht hin.

»Ich gehe davon aus, dass Sie wissen, wie wir die Mordopfer vorgefunden haben. Der Obduktionsbefund der Toten der fünften Station liegt uns inzwischen vor. Dem Jesusdarsteller auf dem Boden wurde mit einer Spritze eine letale Dosis aus Tubocurarinchlorid und Kaliumchlorid injiziert, wie man sie in den USA bei Hinrichtungen verwendet. Bei dem Libyer hat man hingegen viele Einstichstellen gefunden, unter anderem an den Armen, den Beinen, am Hals und am Rücken. Allem Anschein nach hat man ihm eine chemische Substanz in die Venen gespritzt, die, nachdem sie sich im ganzen Körper bis in die letzten Blutgefäße verteilt hat, mit dem Blut wie ein Zweikomponentenkleber ausgehärtet ist und den Toten quasi in eine Statue verwandelt hat.«

»Hat man ihn mit dem gleichen Gift getötet?«, wollte Barberi wissen.

»Dazu wollte ich gerade kommen, Chef«, sagte Tissone. »Ja, das hat man, allerdings muss man ihm wohl vorher noch diese Substanz gespritzt haben. Hätte man ihm zuerst das Gift verabreicht, hätte sein Herz das Zeug nicht mehr im ganzen Körper verteilen können. Ich möchte mir nicht vorstellen, wie qualvoll der Mann gestorben ist.«

»Er ist also lebend und noch vor dem völligen ›Aushärten‹ in die gewünschte Position gebracht worden …«, murmelte Varotto nachdenklich.

Einen Moment herrschte Stille. Den Männern lief bei dem Gedanken ein Schauer über den Rücken.

»Gänzlich bizarr wurde die Mordserie«, fuhr Tissone schließlich fort, »als Signora Costali gestern dann behauptete, dass das Mordopfer der vierten Kreuzwegstation ihr Sohn sei, der 1989 im Alter von acht Jahren entführt wurde. Das Ergebnis der DNA-Analyse liegt uns mittlerweile vor und hat bestätigt, dass es sich bei dem Toten tatsächlich um Stefano Costali handelt.« Tissone warf Varotto einen kurzen Blick zu und nahm dann ein Blatt von dem Papierstapel neben sich. »Im Durchschnitt werden in Italien pro Jahr etwa dreißigtausend Kinder als vermisst gemeldet. Viele laufen weg, weil sie etwas angestellt haben. Oder sie trauen sich wegen schlechter Schulnoten nicht nach Hause. Die meisten davon tauchen nach kurzer Zeit zum Glück wieder auf. Die Zahl derer, die man gar nicht oder erst sehr viel später findet, liegt bei etwa sechs- bis siebenhundert pro Jahr. Bei einem Teil davon stellt sich heraus, dass sie einem Verbrechen zum Opfer gefallen sind. Jedes Jahr bleiben aber auch einige Fälle ungeklärt. Wir haben in unseren Datenbanken und Archiven nachgeforscht, wie viele der 1989 verschwundenen Kinder bis heute nicht wiederaufgetaucht sind und damals etwa sechs bis acht Jahre alt waren. Es waren 71.« Tissone sah von dem Dokument auf. »44 davon waren Mädchen, und sieben Jungen waren dunkelhäutig. Das heißt, es bleiben zwanzig entführte Jungen im entsprechenden Alter. Ich habe hier eine Liste mit den Namen und Adressen der Eltern.« Er griff wieder zum Stapel und reichte Barberi mehrere Bogen Papier. »Wir werden versuchen, die übrigen Opfer mittels DNA-Analyse zu identifizieren.«

»Warum haben Sie nur die Jungen herausgefiltert, die zum Zeitpunkt der Entführung zwischen sechs und acht Jahre alt waren?«, ergriff Matthias zum ersten Mal das Wort.

»Weil die getöteten Männer laut Obduktionsbericht alle etwa gleich alt sind«, erklärte Tissone.

Matthias nickte. »Und gibt es unter den zwanzig entführten Kindern welche, die nicht katholisch waren?«

Tissone sah ihn überrascht an. »Ich ... das weiß ich nicht. Darauf haben wir nicht geachtet.«

»Das sollten Sie aber, denn ich glaube, dass die Täter ausschließlich Katholiken für die Rolle Jesu ausgewählt haben.«

»Das ist ja alles schön und gut, aber was ist mit der Tätowierung?«, mischte sich Varotto nun ein, der aufgestanden war und begonnen hatte, im Raum auf und ab zu gehen. »Da kann *Bruder* Matthias uns dummen Polizisten doch sicher auch weiterhelfen.«

Er warf dem Deutschen einen herausfordernden Blick zu.

»Ein Symbol in der Art, wie Sie es bei diesen Männern gefunden haben, ist mir bei meinen Studien bisher noch nicht untergekommen«, erklärte der nach kurzem Zögern.

Varotto blieb stehen und schüttelte abschätzig den Kopf. »Sie als Experte können uns nichts dazu sagen? Rein gar nichts?«

Matthias sah ihn einige Sekunden mit einem undefinierbaren Blick an, bevor er schließlich erklärte: »Natürlich kann ich Ihnen etwas zu dem Fisch erzählen, der seinen festen Platz in der christlichen Ikonographie hat. Das griechische Wort für Fisch, *IchThyS*, enthält für die Christen eine Art Glaubensbekenntnis: *Iesoûs Christós Theoú Hyiós Sýtér:* Jesus der Gesalbte, Gottes Sohn und Erlöser. Man hört immer wieder, dass dieses Bildmotiv bereits von den Urchristen als christliches Erkennungszeichen verwendet worden sein soll, was jedoch historisch nicht belegt ist. Eine weitere Verbindung zum christlichen Glauben findet sich durch sein Element, das Wasser, in der Taufe und der Neugeburt. Auf Taufsteinen, aber auch auf Sarkophagen begegnet man oft dem großen Fisch, in dem Jona drei Tage und drei Nächte verbrachte, bevor er wieder ausgespien wurde und dann in Ninive seine Umkehrpredigt hielt: Jonas Verschlingung und Rettung ist für die Christenheit ein Symbol für den Tod und die Auferstehung Christi.«

Einen Moment herrschte Stille, dann sagte Varotto verächtlich: »Schön doziert, aber wir sind keine Erstsemestler in einem Hörsaal der Gregorianischen Universität, sondern ermitteln in einer Mordserie. Wenn Sie dies berücksichtigen wollen.«

»Das werde ich gerne tun, Commissario«, gab Matthias ungerührt zurück, »wenn *Sie* bitte berücksichtigen wollen, dass ich kein allwissender Computer bin, der Ihnen beim Drücken der Enter-Taste die gewünschten Informationen und daraus resultierenden Schlussfolgerungen liefert. Ich bin lediglich Ihrer Aufforderung nachgekommen, Ihnen zu erzählen, was mir zu den Symbolen der Tätowierung einfällt. Der Fisch ist ein Teil davon. Mehr nicht. Ich denke, wir sollten unsere Zusammenarbeit mit realistischen Erwartungen und unter fairen Bedingungen angehen. Ich für meinen Teil bin gerne dazu bereit.« Damit streckte er Varotto die Hand hin und sah ihm in die Augen.

Varotto war zu verblüfft, um reagieren zu können. Wie angewurzelt stand er mitten im Raum und starrte auf die hingehaltene Hand. Endlich gab er sich einen Ruck. Fest war ihr Händedruck, und Varotto wurde dabei von einem Gefühl durchströmt, das er nicht recht deuten konnte.

»Sie haben recht«, sagte er beschämt. »Entschuldigen Sie bitte.«

»Nun, ich schlage vor, Sie machen sich an die Arbeit, meine Herren«, mischte sich Barberi ein und stand auf. »Ich werde ...«

In diesem Moment klopfte es kurz, und ein junger uniformierter Polizist stürmte herein. Er reichte Varotto ein gefaltetes Blatt Papier.

»Commissario, das ist gerade für Sie abgegeben worden. Vice Commissario Brunetti …«

»Was fällt Ihnen ein, hier einfach so hereinzuplatzen?«, herrschte Barberi den Mann an.

»Entschuldigen Sie bitte«, entgegnete der Polizist nervös. Auf seiner Stirn hatten sich kleine Schweißperlen gebildet, und man sah ihm deutlich an, dass er sich alles andere als wohl in seiner Haut fühlte. »Aber der Text auf dem Blatt … Der Vice Commissario meinte, Commissario Varotto sollte das schnellstens bekommen.«

Varotto hatte die Nachricht schon überflogen und las sie nun laut vor: »Selig die Barmherzigen, denn sie werden Erbarmen finden. Selig, die ein reines Herz haben, denn sie werden Gott schauen.«

Matthias atmete hörbar aus. »Denn sie werden Gott schauen: Diese Stelle stammt aus dem Matthäusevangelium. Sie wird gerne in Bezug auf die sechste Station des Kreuzweges zitiert: Veronika reicht Jesus das Schweißtuch.«

»Jetzt schicken diese Irren mir schon eine persönliche Benachrichtigung! Wo ist der Kerl, der das abgegeben hat?«, herrschte Varotto den Polizisten an.

Der junge Uniformierte nestelte nervös an den Nähten seiner Uniformhose.

»Er ist … weg«, stotterte er. »Wir konnten doch nicht ahnen …«

»Wie?« Varottos Gesicht lief rot an. »Sie lassen sich die erste und einzige Chance, einen Hinweis auf diese Verrückten zu bekommen, entgehen? Sind Sie von allen guten Geistern verlassen? Und wieso drücken Sie mir dieses Beweisstück einfach so in die Hand? Schon mal was von Fingerabdrücken gehört?«

»Es ist gut, Sie können gehen«, mischte sich nun Barberi ein. Erleichtert nickte der junge Mann ihm zu und war mit wenigen Schritten aus dem Büro verschwunden.

»Setz dich, Daniele«, forderte Barberi Varotto nun mit ruhiger Stimme auf. »Passiert ist passiert, auch wenn du hier wie ein Berserker wütest. Darf ich die Nachricht bitte sehen?«

Unverständliche Worte grummelnd legte Varotto das Blatt mit spitzen Fingern vor seinem Vorgesetzten auf den Tisch und ließ sich auf seinen Stuhl sinken. Barberi überflog die Zeilen, dann wandte er sich an Matthias.

»Fällt Ihnen noch etwas dazu ein, Signor Matthias?«

Der schüttelte ratlos den Kopf. »Nein. Es bestätigt nur einmal mehr, dass hinter den Taten eine geheime Organisation stecken muss, die ein bestimmtes Ziel verfolgt. Ein Ziel, das diesen enormen Aufwand über die Jahre hinweg rechtfertigt ...«

Es trat ein bedrücktes Schweigen ein. Francesco Tissone begann wieder sein Spiel mit dem Kugelschreiber. Nach dem fünften *Klick* schlug Varotto mit der Hand auf die Tischplatte.

»Was ist mit der Frau, der Mutter dieses Stefano Costali? Ist sie mittlerweile vernehmungsfähig?«

Tissone hob die Schultern. »Ich kann's mir kaum vorstellen. Aber ich ruf gleich mal in der Klinik an und ...«

»Lass es, ich fahre hin«, unterbrach ihn Varotto, und nach einem kurzen Blick zu seinem Vorgesetzten wandte er sich an Matthias. »Kommen Sie mit?«

»Er wird dich von nun an überallhin begleiten, Daniele«, antwortete Barberi an Stelle des blonden Deutschen. »So lange, bis diese Mordserie gestoppt und aufgeklärt ist.«

*Rom. Policlinico Universitario Agostino Gemelli*

18 Die Klinik lag im Nordwesten Roms auf dem Monte Marino, etwa zwölf Kilometer von der Questura entfernt. Sie waren erst seit ein paar Minuten unterwegs; der eine achtete auf den Verkehr vor sich, der andere sah zum Fenster hinaus, an dem die alten mehrstöckigen Häuser mit ihren winzigen Balkonen vorüberzogen. Varotto hatte gerade ärgerlich auf das Lenkrad geschlagen, weil ein Fiat sich aus einer Seitenstraße vor sie gedrängt hatte, als der Deutsche sich räusperte.

»Darf ich Sie was fragen, Commissario Varotto? Haben Sie einen Groll auf die Kirche? Oder haben Sie etwas gegen mich persönlich und wollen sich deshalb nicht helfen lassen?«

Varotto sah seinen Beifahrer überrascht und etwas zu lange an, sodass er fast auf den Fiat vor ihnen aufgefahren wäre, der vor einer roten Ampel angehalten hatte. Erst im letzten Moment kam er mit einem Fluch auf den Lippen wenige Zentimeter hinter dessen Stoßstange zum Stehen. Schnaubend atmete er aus.

»Nein, ich hab nichts gegen Sie, wie auch? Ich kenne Sie ja gar nicht. Und ich habe auch kein Problem damit, Hilfe anzunehmen, ganz im Gegenteil.«

»Aha, also ein Problem mit der Kirche.«

»Darüber möchte ich nicht sprechen.«

Varotto rechnete damit, dass Matthias nachhaken würde. Der Deutsche stellte jedoch keine weiteren Fragen.

»Im Moment habe ich nur ein Problem«, erklärte Varotto schließlich. »Der Bibelvers, den ich vorhin erhalten habe. Möglich, dass es sich nur um einen Trittbrettfahrer handelt, der die Geschichte in der Zeitung gelesen hat und sich nun wichtig machen möchte. Obwohl ... irgendetwas sagt mir, dass wir bald zu einem neuen Tatort gerufen werden.«

»Was hat Sie eigentlich dazu gebracht, in ein Kloster zu gehen?«, fragte Varotto unvermittelt, als sie eine halbe Stunde später im Aufzug in den sechsten Stock der Universitätsklinik hinauffuhren.

»Darüber möchte *ich* nicht sprechen, Commissario«, antwortete Matthias ruhig und bestimmt.

Varotto stieß ein kurzes Lachen aus. »Ist das jetzt die Revanche? Wie du mir, so ich dir? Das ist ziemlich kindisch, finden Sie nicht auch?«

Er bekam darauf keine Antwort.

In der sechsten Etage roch es schwach nach einer Mischung aus Desinfektions- und Putzmitteln. Nachdem Varotto sich im Stationszimmer ausgewiesen hatte, führte die junge Krankenschwester sie bereitwillig zum Zimmer von Rosa Costali.

»Die Signora hat einen schweren Schock erlitten. Ich schaue alle halbe Stunde zu ihr rein, sie hat aber noch kein einziges Wort mit mir gesprochen.«

Varotto nickte, klopfte an die Tür und trat ein. Das Zimmer war groß genug, dass vier Betten darin Platz gefunden hätten, was wohl normalerweise auch der Fall war, wie die Position der Lampen und Anschlüsse an der Wand vermuten ließ. Die pastellgelb getünchten Wände und das große Fenster ließen den Raum hell und freundlich erscheinen.

Die Frau starrte regungslos an die Decke, als die Männer den Raum betraten. Ihr von grauen Strähnen durchzogenes Haar war ungekämmt, und sie wirkte gebrechlich und irgendwie verloren in dem Bett, das direkt vor dem Fenster stand.

»Signora Costali?«, sagte Varotto mit betont ruhiger Stimme, während er langsam auf sie zuging. Matthias war neben der Tür stehen geblieben.

»Signora, mein Name ist Varotto, Commissario Daniele Varotto. Ich würde Ihnen gerne ein paar Fragen stellen, Signora. Darf ich?«

Rosa Costali ließ mit keiner Regung erkennen, dass sie ihn verstanden hatte. Langsam streckte Varotto den Arm aus und berührte die linke Hand der Frau.

»Signora, es ist sehr wichtig für uns.« Seine Stimme klang beruhigend, als wollte er die Frau hypnotisieren. »Wir möchten diejenigen finden, die Ihrem Sohn … die *Ihnen* das angetan haben. Rosa, bitte helfen Sie uns.«

Da drehte die Frau mit einem Ruck den Kopf zu ihm. Erschrocken zog Varotto seine Hand zurück.

»Warum sollte ich Ihnen helfen, Commissario?«, fragte sie, und zu Varottos Überraschung klang ihre Stimme sehr fest. »Vor vielen Jahren hat man mein Kind entführt. Die Polizei hat nach vier Wochen die Suche eingestellt und uns erklärt, man könne nichts mehr für uns tun. Immer und immer wieder habe ich ihnen gesagt, dass Stefano noch lebt. Eine Mutter spürt so etwas, Commissario. Jeden Tag sind mein Mann und ich zur Questura gegangen und haben sie angefleht, weiter nach unserem Sohn zu suchen, bis man uns irgendwann zu verstehen gegeben hat, dass man sich um andere Fälle kümmern müsse. Fälle, bei denen noch Hoffnung bestehe. Mein Mann hat die Kaltschnäuzigkeit der Beamten nicht verkraftet, er ist daran zerbrochen. Jetzt, nach all den Jahren, hat man meinen Jungen umgebracht. Er ist tot, weil Ihre Kollegen mir damals nicht geglaubt haben, Commissario. Und nun stehen Sie vor mir und bitten mich, Ihnen zu helfen? Jetzt, wo es für Stefano wirklich zu spät ist?«

Ein furchtbares Schluchzen erstickte ihre Stimme. Tränen rannen ihr über die Wangen, und Varotto befürchtete schon, sie würde hysterisch werden, als ihre Augen sich auf einmal weiteten.

»Wer sind Sie?«, fragte Rosa Costali, sah aber an ihm vorbei. »Von der Polizei sind Sie jedenfalls nicht.«

Ohne dass Varotto es bemerkt hatte, war Matthias näher getreten. »Nein, ich bin kein Polizist, Signora«, sagte er, schob den Besucherstuhl an ihr Bett und setzte sich. Sanft umschloss er ihre faltige Hand mit seinen beiden Händen und sah ihr voll Mitgefühl in die Augen.

»Sind Sie ein Engel?«, fragte sie, und ihr Blick glitt über seine langen hellblonden Haare. »Ein Mann Gottes?«

»Ich lebe in einem Kloster«, wich Matthias der Frage aus.

»Warum sind Sie hier?«

Matthias lächelte sie an. »Um Sie in Ihrem Leid zu trösten, Signora. Ihr Sohn war bestimmt ein ganz besonderes Kind, das seiner Mutter viel Freude gemacht hat.«

Ihre Augen füllten sich erneut mit Tränen. »Ja, das war mein Stefano. Ein ganz besonderer Junge.«

»Signora, ich weiß, wie es ist, wenn man plötzlich einen geliebten Menschen verliert. Ich hatte einen kleinen Bruder, den Gott fast im gleichen Alter zu sich nahm, in dem Ihr Stefano war, als er damals verschwand.«

Die Frau sah ihn mit großen Augen an. »War er krank?«

»Nein, Signora«, entgegnete Matthias leise und senkte den Kopf. »Er ist ermordet worden.«

Sie entzog ihm ihre Hand, um sie gleich darauf auf seine zu legen. »O Gott ... Und hat man den ... den Mörder gefunden?«

Es vergingen einige Sekunden, bis Matthias antwortete. »Man musste ihn nicht suchen, Signora. Der Mörder meines kleinen Bruders war unser Vater.«

Varotto, der zwischenzeitlich einen Schritt zurückgetreten war, zog deutlich hörbar die Luft ein.

»Aber das ist nicht ...«

Matthias wurde vom Klingeln eines Mobiltelefons unterbrochen. Varotto zog sein Handy aus der Jackentasche und wandte sich ab. Nach einigen Sekunden sagte er: »Ich komme«, und steckte dann das Handy wieder ein.

»Wir müssen los«, erklärte er Matthias, der ihn fragend ansah. »Es ist ... wegen der Nachricht ...«

Matthias verstand und erhob sich. »Signora, wenn Sie erlauben, komme ich wieder. Dann können wir uns über die beiden kleinen Jungen unterhalten, die uns viel bedeutet haben.«

Rosa Costali nickte erschüttert. Als die beiden Männer das Zimmer verließen, richtete sich ihr Blick wieder gegen die Zimmerdecke.

*Il Castello*

## 19

Die beiden Männer saßen sich in einem der Zimmer gegenüber, wie es unzählige entlang der langen Flure gab. Die Einrichtung des Raumes war spartanisch, ein grob gezimmertes Bett, daneben ein niedriges Tischchen mit einigen Büchern darauf, ein größerer Tisch mit zwei Stühlen an der gegenüberliegenden Wand sowie ein schmaler Spind. Die Wände aus rötlichem Sandstein waren wie alle Mauern des Gebäudes unverputzt. In der Mitte des Raumes hing eine Glühbirne von der Decke.

Der Abbas sah seinem Gegenüber fest in die Augen. »Bald ist es so weit.«

Der junge Mann nickte ernst. »Ja, ich weiß, Monsignore. Aber was wird dann geschehen?«

»Was dann geschieht, entscheidet man in Rom. Wir sind nur die Soldaten, die die Befehle ausführen. Ihr werdet dabei helfen, ein großes Ziel zu erreichen.«

Sie sahen sich lange an, dann erhob sich der Ältere. An der Tür drehte er sich noch einmal um. »Wir haben dich zu dem erzogen, was du bist. Sei dankbar.«

Ein Lächeln huschte über das Gesicht des jungen Mannes, das jedoch die Augen nicht erreichte. Der Abbas betrat derweil schon die Kammer nebenan. Er ging auf den Mann dort zu, der ihm erwartungsvoll entgegensah, und sagte wieder: »Es ist bald so weit.«

*Rom. Policlinico Universitario Agostino Gemelli*

## 20

Sie nahmen die Treppe, weil die Fahrstuhltür sich genau in dem Augenblick geschlossen hatte, als sie darauf zugingen.

»Ein Mann und eine Frau«, erklärte Varotto, während sie hintereinander die Stufen hinuntereilten. »In einer Kirche nördlich vom Forum Romanum. Ich wusste, dass der Bibelvers von *ihnen* kam!«

Drei Minuten später saßen sie in Varottos BMW. Während der Commissario den Wagen in halsbrecherischer Fahrt zwischen den Autos hindurchlenkte, die wie immer Roms Straßen verstopften, hielt sich Matthias mit beiden Händen am Griff über der Beifahrertür fest.

»Keine Angst«, sagte Varotto, ohne den Blick von der Straße zu wenden. Er musste laut reden, um das Heulen der Sirene zu übertönen. »Ich fahre nicht zum ersten Mal in diesem Tempo durch Rom.« Und nach einigen Sekunden fügte er hinzu: »Das mit Ihrem Bruder tut mir leid.«

»Schon gut«, brummte Matthias und sah dann demonstrativ zum Fenster hinaus.

Zu seiner Überraschung hielt Varotto eine halbe Stunde später vor San Giuseppe dei Falegnami. Während sie ausstiegen, rief sich Matthias in Erinnerung, was er über diese geschichtsträchtige Kirche vor Kurzem erst gelesen hatte. Gegen Ende des 14. Jahrhunderts war sie über den Resten des ältesten etruskischen Baus der Stadt errichtet worden, dem berühmten Mamertinischen Kerker, in dem einstmals Staatsverbrecher und kriegsgefangene Fürsten eingesperrt worden waren. Der Legende nach hatten auch die Apostel Petrus und Paulus ihre letzten Tage dort verbracht.

Auf dem Vorplatz parkten bereits zwei Fahrzeuge der *Polizia Criminale*. Vor dem Kirchenportal hatte ein Uniformierter Posten bezogen, der gerade einer japanischen Touristengruppe den Zutritt verwehrte.

»*Buongiorno,* Commissario«, sagte er nach einem kurzen Blick auf Varottos Ausweis, »Sie müssen die Treppe rechts hinuntergehen, dort wird der Kollege Ihnen zeigen, wo wir sie gefunden haben.«

Unten am Eingang erwartete sie ein junger Polizist mit hinter dem Rücken verschränkten Händen. Es dauerte einige Sekunden, bis sich ihre Augen an das Halbdunkel gewöhnt hatten und sie Einzelheiten erkennen konnten. Der Raum war nur etwa fünfzig Quadratmeter groß. Einige beschriftete Steintafeln, mit eisernen Bolzen an den Wänden befestigt, bildeten das einzige Inventar. Der Boden war mit großen erdfarbenen Steinplatten belegt, die allesamt von Rissen durchzogen waren. In der hinteren linken Ecke umgab ein hüfthohes eisernes Gitter ein Loch im Boden von etwa einem Meter Durchmesser. Der Polizist deutete darauf.

»Dort, die Wendeltreppe hinunter, Commissario«, erklärte er beflissen.

»Haben Sie die Spurensicherung angefordert?«, wollte Varotto wissen.

Der Polizist nickte. »Ist verständigt … Auch der Gerichtsmediziner … Und …«

»Noch etwas?«, fragte Varotto.

»Die Toten dort unten, Commissario. Die Frau … Man kann nicht viel erkennen, aber wie sie dort liegt, das ist irgendwie … seltsam.«

Varotto warf Matthias einen vielsagenden Blick zu, bevor er vor ihm vorsichtig die schmalen Stufen hinab in das düstere Gewölbe stieg, das nur etwa halb so groß wie der Raum darüber war und lediglich von einem Lämpchen beleuchtet wurde, dessen Kabel schräg über die bogenförmige Wand nach oben verlief und dort in der Decke verschwand. Die Luft roch modrig. Die großen Steinquader waren an vielen Stellen mit einer feucht glänzenden Moosschicht überzogen, und auch der Boden war rutschig.

Die Toten lagen vor einer Art steinernem Altar. Im schummrigen Licht waren sie nur ungenau zu erkennen, doch war der Oberkörper eines der Opfer ein Stück weit aufgerichtet.

»Sie haben nicht zufällig ein Feuerzeug in der Tasche?«, fragte Varotto.

Stumm schüttelte Matthias den Kopf, den Blick auf den dunklen Fleck vor ihnen gerichtet, den die Toten bildeten.

Varotto kniff die Augen zusammen, um etwas mehr zu sehen. Auf einmal beschleunigte sich die Atmung des Commissario, als hätte er Schwierigkeiten, genügend Luft zu bekommen, und sein Körper verkrampfte sich.

Matthias hatte ihn unbemerkt von der Seite beobachtet und rief jetzt nach oben: »Und wir brauchen eine Taschenlampe hier unten. Beeilung, bitte.«

Sekunden später stand der junge Beamte neben den beiden Männern im Gewölbe.

Varotto betrachtete seine leeren Hände. »Wo ist die Taschenlampe?«

Der Polizeibeamte hob die Schultern. »Tut mir leid, Commissario, wir haben keine. Auch kein Feuerzeug.«

Matthias rechnete mit einem Wutausbruch des Commissario, aber der schüttelte nur ungläubig den Kopf.

»Ich hoffe nur, Sie sind nicht hier unten herumgetrampelt und haben so mögliche Spuren unbrauchbar gemacht.«

Der Polizist schüttelte heftig den Kopf.

»Wer hat sie gefunden?«, wollte Varotto wissen. Fast gleichzeitig lösten sich auf beiden Seiten seiner Stirn kleine Rinnsale Schweiß und liefen ihm übers Gesicht.

»Ich«, antwortete der Mann.

»Sie? Und was hatten Sie hier unten zu suchen?«

»Auf unserer Dienststelle ist ein anonymer Anruf eingegangen. Eine Männerstimme erklärte, wir würden hier zwei Tote finden. Ich fuhr mit Luca, das ist mein Kollege, gerade in der Nähe Streife.«

»Und warum ist nicht als Erstes die Mordkommission informiert worden?«

Varottos Stimme hatte schneidend geklungen. Es war deutlich zu hören, wie der Polizist schluckte.

»Wir bekommen öfter Anrufe, die sich als dummer Scherz herausstellen, Commissario«, stotterte er. »Wir wollten vermeiden, dass Sie ... den Weg umsonst machen. Wo Sie doch gerade jetzt genug zu tun haben. Diese Mordserie ...«

Matthias trat einen Schritt näher an den Commissario heran, der leicht schwankte. »Ich muss mit Commissario Varotto was aus dem Wagen holen. Warten Sie hier. Wir sind gleich zurück.«

Mit diesen Worten drängte er Varotto in Richtung Wendeltreppe. Zwei Minuten später waren sie an der frischen Luft, wo der Commissario über den Vorplatz zur Balustrade wankte, von der aus man auf das Forum hinabblicken konnte. Mit geschlossenen Augen atmete er einige Male tief durch. Nach einer Weile öffnete er die Augen wieder und sah Matthias an, der neben ihn getreten war.

»Danke. Mir war plötzlich ganz flau im Magen; schätze mal, ich vertrage den Modergeruch nicht.«

Matthias nickte. »Ja, wahrscheinlich.«

Obwohl er ihm die Erklärung nicht abnahm, sagte er kein Wort dazu, und er konnte dem Commissario ansehen, dass er ihm dankbar dafür war.

»Wissen Sie, was für ein Raum das ist, in dem die beiden liegen?«, fragte er. »Der Mamertinische Kerker. Darin sollen schon Petrus und Paulus gefangen gehalten worden sein.«

Im selben Moment hielt ein Kleintransporter vor der Kirche.

»Ah, die Herren von der Spurensicherung«, sagte Varotto laut und ging dann energischen Schrittes auf die Männer in den weißen Schutzanzügen zu, die aus dem Wagen stiegen. Nichts deutete mehr darauf hin, dass er sich kurz zuvor fast nicht mehr auf den Beinen hatte halten können.

Eine Viertelstunde später flammten endlich zwei Scheinwerfer in dem feuchten Kerkergewölbe auf. Sie waren so an der rückseitigen Wand postiert worden, dass sie den Altar mit den beiden Toten davor wie eine Bühne anstrahlten.

Der Tote in der Rolle Jesu trug das gleiche sackartige Gewand wie die anderen vor ihm. Er lag auf dem Bauch, und sein wachsbleiches Gesicht mit der Dornenkrone war der jungen Frau zugewandt, die links neben ihm kniete. Bekleidet war sie mit einem gerade geschnittenen weißen Kleid, das in der Hüfte mit einer goldenen Schärpe gegürtet war. Ein Kleid, wie es durchaus eine Frau vor zweitausend Jahren getragen haben könnte. Sie saß auf den Fersen, ihr Oberkörper war leicht nach vorne gebeugt, und in den Händen hielt sie ein großes weißes Tuch, das sie dem Mann hinzuhalten schien: die sechste Station des Kreuzweges.

Während Varotto neben den Toten in die Hocke ging, sah Matthias sich in dem Raum um. Der Altar aus grauem Stein war mit kleinen Säulen umrahmt, und in seiner Vorderseite war eine quadratische Platte aus rotem Marmor eingelassen, die ein schwarzes, auf dem Kopf stehendes Kreuz zierte: ein Petruskreuz, wie man es in vielen Kirchen fand, die dem Apostel geweiht waren. Über dem Altar verlief ein goldfarbenes Relief mit einer Taufszene, und links daneben stand ein Feuerkorb. Die Männer der Spurensicherung beobachteten Varotto, dessen Blick immer wieder über die beiden Leichen wanderte, als versuchte er, sich jedes Detail der Szenerie einzuprägen. Erst als der Commissario sich seufzend aufrichtete, machten sie sich an die Arbeit.

»Die Frau wird sich anfühlen wie Stein, Dottore«, sagte er zu dem Gerichtsmediziner und drehte sich dann zu Matthias um, der sich noch immer im Hintergrund hielt. »Möchten Sie die beiden nicht näher betrachten?«

»Muss nicht sein«, antwortete der knapp. »Haben Sie auch das kleine Kreuz entdeckt?«

Varotto zog die Augenbrauen hoch. »Wenn Sie näher kommen würden, könnten Sie es selbst sehen. Es liegt unter seiner rechten Schulter. Oder verschließen Sie lieber die Augen davor, dass Ihr Gott diese beiden Menschen in der größten Not im Stich gelassen hat?«

Die Spurensicherer drehten sich neugierig zu ihnen um, doch als Matthias sie warnend ansah, wandten sie sich schnell wieder ihrer Arbeit zu.

»Ich denke, dass das nicht der Ort für eine Diskussion über Gott ist«, erwiderte Matthias, und seine Stimme klang dabei keineswegs verärgert. »Irgendwann können wir das Thema aber gerne wiederaufgreifen.«

Stumm maßen sie einander mit Blicken, der schwer atmende Commissario, der sich nur mühsam unter Kontrolle zu halten schien, und der Mann aus dem Kloster in Sizilien, der eine seltsame Ruhe ausstrahlte.

»Ich wüsste keinen besseren Ort als ein dunkles Kellerloch, um über Gott zu diskutieren«, beendete Varotto das Schweigen. »Aber lassen wir das. Ich habe noch einiges hier zu tun.«

Matthias nickte. »Ich werde solange einen Spaziergang über das Forum Romanum machen«, erklärte er, und als Varotto keine Antwort gab, drehte er sich um und stieg die enge Wendeltreppe hinauf, froh, das Gewölbe verlassen zu können.

Als Matthias wenig später unter dem reich verzierten Bogen des Septimius Severus stand, tauchte schlagartig die Erinnerung an die Tage auf, die sein Leben so sehr verändert hatten.

An dieser Stelle hatte er vier Jahre zuvor schon einmal gestanden. Damals war er kreuz und quer durch Rom gelaufen, um sich die Zeit bis zu dem alles entscheidenden

Tag zu vertreiben. Dem Tag, an dem er seine Stellung auf dem Dach der Kollonaden bezogen hatte. Dem Tag, an dem er...

»Entschuldigung, sprechen Sie Deutsch?«

Der Mann, der mit einem gefalteten Stadtplan in den Händen vor ihm stand, lächelte ihn erwartungsvoll an. Matthias starrte ihn nur verwirrt an, sodass der Mann nochmals fragte: »Deutsch? Sprechen Sie Deutsch?«

Da erst schüttelte Matthias den Kopf. Nein, nicht mehr, nie mehr, dachte er, ließ den Mann stehen und ging unter dem Bogen durch in Richtung der Rostra, der altrömischen Rednertribünen, und von dort über die mit großen glatten Steinen gepflasterte Via Sacra, wo er wieder die gleiche innere Zerrissenheit zu spüren glaubte, die ihn in jenen schicksalshaften Tagen bestimmt hatte. Es war ein Fehler gewesen zu glauben, die Wunden hätten sich geschlossen. Sie würden sich niemals schließen. Das war der Preis, den er vor Jahren zu zahlen bereit gewesen war. Er kehrte um.

*Vatikan. Apostolischer Palast*

## 21

Stumm saßen sie sich im Arbeitszimmer des Papstes gegenüber. Das, was Papst Alexander IX. ihm soeben anvertraut hatte, lastete nun auch wie eine Bürde auf ihm. Er hatte geduldig zugehört, und obwohl er einige Male das Bedürfnis gehabt hatte, eine Zwischenfrage zu stellen, hatte er den Heiligen Vater nicht unterbrochen. Nun sah er dem Papst in die Augen.

»Und Sie halten es für möglich, dass er etwas mit diesen schrecklichen Morden zu tun hat?«

Papst Alexander IX. hob in einer ohnmächtigen Geste

die Hände. »Allein die Tatsache, dass ich es als Möglichkeit in Betracht ziehen muss, ist furchtbar.«

»Verzeihen Sie bitte die Frage, Eure Heiligkeit, aber... haben Sie sonst noch jemandem davon erzählt?«

Der Papst schüttelte den Kopf. »Nein. Es ist lediglich ein Gefühl, für das ich noch keinerlei Anhaltspunkt habe. Nicht auszudenken, wenn meine Befürchtungen den falschen Menschen zu Ohren kämen. Können Sie sich ausmalen, was die Presse daraus machen würde? Und was das nicht nur für mich, sondern auch für mein heiliges Amt bedeuten würde? Und auch für *ihn*, wenn ich nicht irre? Nein, ich habe mit niemandem darüber geredet ... Lediglich Matthias habe ich heute Morgen zurate gezogen.«

Durch den Körper des Kardinals ging ein Ruck, sodass der Papst sofort beschwichtigend beide Hände hob.

»Keine Sorge, ich habe ihm nichts von den Dingen erzählt, die ich Ihnen gerade geschildert habe, und auch nichts von dem Brief, den ich heute früh bekommen habe. Aber Matthias kennt sich in Bezug auf obskure Gemeinschaften wie kaum ein anderer aus, wie ich feststellen durfte. Ich hatte die Hoffnung, er könnte meine schlimmsten Befürchtungen zerstreuen.«

»Und? Konnte er das, Eure Heiligkeit?«

»Nein, das konnte er nicht. Aber dazu weiß er bisher auch zu wenig. Ich sollte mich vielleicht noch einmal mit ihm unterhalten. Er ist ein guter Mensch, das habe ich sofort gespürt, und ich vertraue ihm. Er hat vor vier Jahren schon bewiesen, wie wichtig ihm das Wohl der katholischen Kirche ist. So wichtig, dass er sein Leben dafür aufs Spiel gesetzt hat.«

*Rom. Vorplatz von San Giuseppe dei Falegnami*

# 22

Mit geschlossenen Augen saß Daniele Varotto hinter dem Steuer seines Wagens. Als Matthias die Beifahrertür öffnete, zuckte er zusammen und riss die Augen auf.

»Tut mir leid, Commissario«, sagte Matthias und stieg ein. »Ich wollte Sie nicht erschrecken. Wenn ich gewusst hätte, dass Sie so schnell fertig sind, hätte ich hier auf Sie gewartet.« Und wenn ich gewusst hätte, was ich mir mit dem Spaziergang selbst antue, wäre ich erst recht hiergeblieben, fügte er in Gedanken hinzu.

Der Commissario winkte ab und startete den Motor. Bevor er losfuhr, sah er zu Matthias hinüber.

»Wir kennen die Identität der Frau. Sie ist eine französische Studentin, die vor ein paar Tagen von ihrer Mitbewohnerin als vermisst gemeldet wurde. Einer der Carabinieri hatte das Fahndungsfoto im Auto und erinnerte sich an das Gesicht. Sie heißt …«

»Veronique?«, fiel ihm Matthias ins Wort, woraufhin Varotto überrascht nickte.

»Veronika reicht Jesus das Schweißtuch …«, sagte Matthias. »Wer immer das zu verantworten hat, legt wirklich Wert auf die Details.«

Varotto brummte etwas Unverständliches und legte den Gang ein. Sie waren erst ein paar Meter gefahren, als Matthias' Handy zu läuten begann. Es dauerte einige Zeit, bis er das Gerät aus der Sakkotasche gefischt hatte.

»Hier spricht Kardinal Voigt«, meldete sich die Stimme am anderen Ende der Leitung. »Was machen Sie gerade?«

»Wir verlassen soeben einen neuen Tatort. Die sechste Station des Kreuzweges. Die Opfer sind ein Mann und eine Frau.«

Eine Pause von sechs, sieben Sekunden trat ein, dann sagte der Kardinal: »Ich bräuchte Sie im Vatikan. Können Sie herkommen?«

»Worum geht es?«

»Ich muss dringend etwas mit Ihnen besprechen. Es ist wichtig!«

»Einen Moment, bitte.« Matthias nahm das Telefon vom Ohr und wandte sich Varotto zu. »Wohin fahren wir jetzt, Commissario?«

»Ins Präsidium«, antwortete Varotto schlecht gelaunt, ohne den Blick von der Straße zu wenden. »Anders als ihr Gottesmänner muss ich über jeden Schritt, den ich tue, Rechenschaft geben.«

Matthias hielt sich das Telefon wieder ans Ohr. »Eure Eminenz? Ich werde in spätestens einer halben Stunde bei Ihnen sein.«

»Vielen Dank«, antwortete der Kardinal, dann legte er auf.

Matthias steckte das Handy zurück ins Sakko. »Können Sie mich bitte beim Palazzo Sant' Uffizio absetzen, Commissario?«

Nun sah Varotto ihn doch an. »Sie *absetzen*? Die Questura liegt ganz in der Nähe, der Vatikan aber auf der anderen Seite des Tiber. Von ›absetzen‹ kann also keine Rede sein. Ausnahmsweise bringe ich Sie hin, aber Sie sollten es sich nicht angewöhnen, mich als Ihren Taxifahrer zu betrachten.«

Matthias spürte Ärger in sich aufsteigen, ein Gefühl, das er lange nicht mehr gespürt hatte, und er hätte dem Commissario gerne einen Vortrag darüber gehalten, wie wenig es ihm selbst gefiel, der Polizei bei der Aufklärung dieser bizarren Mordserie helfen zu müssen. Stattdessen sagte er nur: »Beschweren Sie sich beim Justizminister.«

23 Ein kleiner älterer Herr in schwarzem Anzug mit Kollar saß auf einem der Stühle vor dem Schreibtisch des geistlichen Würdenträgers, als Matthias Kardinal Voigts Büro betrat.

Nachdem sie sich begrüßt hatten, stellte der Kardinal den Mann als Monsignor Salvatore Bertoni vor, den Sekretär der Päpstlichen Bibelkommission.

»Ich habe vor einiger Zeit Ihre Abhandlung über die Interpretation der Bibel in der Kirche gelesen, Monsignore. Sehr interessant«, sagte Matthias, während er sich neben Bertoni setzte.

»Oh, ich danke Ihnen«, entgegnete Bertoni verlegen. »Es ehrt mich, dass man sich auch in Ihrem Kloster mit meinen unbedeutenden Arbeiten auseinandersetzt.«

»Ich hatte auf Sizilien ja schon erwähnt, dass es Monsignor Bertoni war, der den anonymen Brief mit der Weissagung erhalten hat. Nun schauen Sie sich das hier bitte an«, begann Kardinal Voigt und reichte Matthias mit spitzen Fingern ein Blatt Papier, das vor ihm auf dem Schreibtisch gelegen hatte.

Vorsichtig nahm dieser es entgegen und las laut die wenigen Worte vor, die darauf geschrieben waren: »Und sie wird einen Sohn gebären, dem sollst du den Namen Jesus geben, denn er wird sein Volk retten von seinen Sünden.«

»Das hat Monsignor Bertoni heute um die Mittagszeit von einem Jungen bekommen, als er auf dem Weg zu seiner Wohnung war«, erklärte der Kardinal. »Wieder im Auftrag eines Mönchs mit einer ins Gesicht gezogenen Kapuze.«

»War es derselbe Junge?«, fragte Matthias überrascht.

»Nein«, antworteten Voigt und Bertoni gleichzeitig, und Bertoni fügte hinzu: »Dieses Mal ist es Matthäus 1,21–25. Eine von vielen Stellen, die auf Christi Geburt hinweisen.«

Matthias runzelte die Stirn. »Das widerspricht jeder Logik. Warum schicken sie zuerst einen Hinweis auf Jesu Tod und danach einen auf seine Geburt?«

Alle schwiegen einen Moment.

»Vielleicht wiegt der Hinweis auf Christi Geburt mehr als der auf die Kreuzigung?«, sagte Bertoni schließlich leise.

»Die Mörder treiben ein makabres Spiel mit der Kurie!«, rief Kardinal Voigt wütend aus und schlug mit der Faust auf den Tisch.

»Und auch mit der Polizei«, fügte Matthias hinzu. »Commissario Varotto hat nämlich ebenfalls eine anonyme Botschaft erhalten. Ebenfalls ein Vers aus dem Matthäusevangelium. Damit hat man uns den sechsten Kreuzwegmord angekündigt.«

Voigt seufzte schwer. »O Gott ... Erzählen Sie uns bitte alles über diesen neuesten Mordfall.«

*Rom. Questura, Via San Vitale 15*

## 24

Daniele Varotto schob die Computertastatur zur Seite und lehnte sich mit einem tiefen Seufzer zurück. Er warf einen Blick auf die Uhr. 18 Uhr 30. Vielleicht hatte Alicia inzwischen etwas in Erfahrung gebracht, das ihnen weiterhalf. Sie konnten es dringend gebrauchen. Doch noch bevor er zum Hörer greifen konnte, um ihr zu sagen, dass sie sich in einer Stunde bei ihm zu Hause treffen könnten, klopfte es, und Matthias betrat das Büro.

»Herein«, sagte Varollo, als der Deutsche sich bereits auf den Stuhl ihm gegenüber gesetzt hatte. Matthias reagierte jedoch nicht.

»Na, Bruder Matthias? Darf ich den Fall mit Gottes Hilfe bald als gelöst betrachten?«, fragte Varotto voller Spott. »Hatte einer Ihrer Kirchenfürsten eine göttliche Erleuchtung?«

»Commissario, ich weiß nicht, was Ihnen in Ihrem Leben passiert ist, aber ich denke, es muss etwas sehr Schlimmes gewesen sein, was Sie so zynisch hat werden lassen«, erwiderte der Deutsche sichtlich verärgert. »Im Grunde genommen kann es mir egal sein, denn ich sehe es ganz bestimmt nicht als meine Aufgabe an, einen an Zynismus krankenden Polizisten in die Arme der Kirche zurückzubringen.«

»Ach ...«, setzte Varotto an, doch Matthias blitzende blaue Augen ließen ihn gleich wieder verstummen.

»Ich bin noch nicht fertig, Commissario. Es ist mir ziemlich egal, ob Sie an Gott, an Ihren Polizeiausweis oder an gar nichts glauben. Problematisch wird die Situation alleine dadurch, dass ich dazu verdammt bin, Ihnen beizustehen, bis diese Mordserie aufgeklärt ist. Da Sie und Ihre Kollegen aber offensichtlich seit Tagen nichts anderes tun, als von einem Tatort zum nächsten zu hetzen und seitenlange Berichte darüber zu schreiben, hege ich ernsthafte Zweifel daran, dass dies bald geschehen wird. Deshalb bitte ich Sie inständig, sich zusammenzureißen; denn ganz egal, wie tief Ihre seelischen Wunden sind, es berechtigt Sie nicht, sich über das lustig zu machen, was mir wichtig ist und woran ich glaube.«

Nach den letzten Sätzen des Deutschen senkte Varotto zerknirscht den Kopf.

»Commissario, ich mache Ihnen einen Vorschlag«, erklärte Matthias daraufhin mit milder Stimme. »Erzählen Sie mir, wie es dazu kam, dass Sie kein Gottvertrauen mehr haben, reden Sie es sich von der Seele. Hinterher wird es sicher nicht mehr so furchtbar schmerzen, wie es das jetzt noch tut. Wenn diese schlimme Sache durchgestanden ist, werden wir uns gewiss nie wiedersehen. Ihr Geheimnis wird bei mir gut aufgehoben sein, das verspreche ich Ihnen.«

Nun hob Varotto den Kopf und sah ihn an. »Vielleicht werde ich das sogar irgendwann tun. Jedenfalls danke für die kleine Standpauke eben. Sie haben recht, ich habe ein Problem mit Gott und der Kirche, aber Sie können in der Tat nichts dafür. Entschuldigen Sie bitte. Was die Berichte angeht, so gehört das leider wirklich zu meinen Aufgaben, aber es soll uns nicht daran hindern, an dem Fall weiterzuarbeiten. Ich wollte gerade die Vatikanreporterin des ›Cortanero‹ anrufen, eine alte Bekannte. Sie hat heute ihre Quellen angezapft. Vielleicht hat sie etwas Brauchbares herausgefunden. Wir wollten uns bei mir treffen. Kommen Sie mit?«

Matthias' Gesicht verzog sich zum ersten Mal an diesem Tag zu einem leichten Lächeln.

»Gerne.«

25 Einen dicken Stapel Akten unter dem Arm, schloss Varotto eine Stunde später die Tür zu seiner Wohnung auf und bat seinen Gast herein.

Gegen 20 Uhr kam Varottos Bekannte. Als sie gemeinsam mit Varotto das Wohnzimmer betrat, erhob sich Matthias von der schwarzen Ledercouch, auf der er es sich bequem gemacht hatte.

»Das ist Alicia Egostina, Reporterin beim ›Cortanero‹. Und zudem eine alte Freundin«, stellte der Commissario sie vor. »Und das ist Matthias.« Da ihm der Blick, mit dem sie Matthias betrachtete, offensichtlich missfiel, fügte er schnell hinzu: »Er lebt in einem Kloster auf Sizilien und unterstützt uns mit seinem theologischen Wissen.«

»Ich lebe zwar in einem Kloster, aber ich bin kein Mönch«, sagte Matthias lächelnd und streckte ihr die Hand entgegen. »Freut mich, Sie kennenzulernen, Signorina Egostina.« Er fragte sich selbst, warum er betont hatte, kein Mönch zu sein, ahnte es aber im selben Moment, in dem die schönen Augen der Frau ihn anstrahlten.

»Die Freude ist ganz meinerseits«, antwortete Alicia mit einem vielsagenden Blick und setzte sich in den Sessel, der im rechten Winkel zur Couch stand, sodass sie fast nebeneinandersaßen. Mit einer koketten Bewegung strich sie sich die Haare aus dem Gesicht.

Brüsk drehte sich Varotto um und ging in die Küche.

Alicia musterte Matthias unverhohlen. »Hm, Sizilien ...«, sagte sie. »Hat der Vatikan Sie herbeordert? Sind Sie Kriminalist mit theologischem Studium? Haben Sie schon ähnliche Fälle aufgeklärt?«

Nun lächelte er zum zweiten Mal. »Nein, wo denken Sie hin, nicht die Kirche hat mich herbeordert, sondern die

Polizei hat mich zur Unterstützung angefordert. Ich bin auch kein Kriminalist, und um Ihre dritte Frage zu beantworten: Ich habe noch nie irgendwelche Fälle aufgeklärt; es ist das erste Mal, dass die Polizei mich als Berater braucht.«

Varotto kam aus der Küche zurück, ein Glas Wasser in der Hand, in dem zwei Eiswürfel schwammen.

»Ich nehme an, du trinkst noch immer am liebsten Eiswasser?«, fragte er, während er das Glas vor der Reporterin abstellte. Dann setzte er sich neben Matthias und klatschte in die Hände. »Lasst uns gleich zur Sache kommen. Alicia, du hast wahrscheinlich schon gehört, was wir heute Mittag gefunden haben.« Mit bedrückter Miene nickte sie, und er fuhr fort: »Unsere Bilanz sieht im Moment sehr düster aus: acht Tote in sechs Tagen. Und sechs Stationen des Kreuzweges. Die Opfer in der ›Rolle‹ Jesu sind alle Mitte zwanzig und haben im Nacken eine Tätowierung, die schon gestochen wurde, als sie noch Kinder waren. Einer dieser Männer wurde als kleiner Junge entführt und ist erst am Tag seiner Ermordung wiederaufgetaucht. Außerdem haben wir zwei Bibelverse, die einem Prälaten des Vatikans übergeben wurden. Natürlich ohne verwertbare Fingerabdrücke. Und es gab eine anonyme Botschaft, mit der ich persönlich auf den heutigen Kreuzwegmord hingewiesen wurde. Das ist alles. Alicia, hast du etwas in Erfahrung gebracht, das uns irgendwie weiterhelfen könnte?«

Sie schüttelte den Kopf. »Nein, tut mir leid. Für alle, mit denen ich mich unterhalten habe, ist die Sache ein ebenso großes Rätsel wie für dich. Manche denken, es handelt sich um die Taten einen Geistesgestörten, andere wiederum glauben, eine dieser Endzeitsekten steckt dahinter. Meine Kollegen werden die Sache morgen wieder auf der Titelseite bringen. Als ich vorhin gegangen bin, hat sich der Chefredakteur gerade den Aufmacher zeigen lassen. Und den Leitartikel schreibt er heute selbst. Ich fürchte, der wird dir nicht gefallen.«

Varotto nickte. »Das war nicht anders zu erwarten. In den anderen Blättern wurde heute schon hämisch nach Ergebnissen gefragt. Die Mordserie ist einfach zu spektakulär, als dass sich eine Zeitung das entgehen lassen würde.«

Matthias hob jetzt die Schultern. »Wie Sie schon sagten, Commissario, wir sind noch keinen Schritt weitergekommen. Es ist einfach alles so perfekt geplant, dass wir kaum hoffen können, den Tätern schnell auf die Spur zu kommen. Was halten Sie deshalb davon, wenn wir uns auf das Ziel des Ganzen konzentrieren?« Sowohl die Reporterin als auch Varotto sahen ihn fragend an. »Heute hat man die sechste Station des Kreuzweges in Szene gesetzt. Es gibt insgesamt vierzehn, wobei die letzten beiden Stationen für Ereignisse nach Jesu Tod stehen: ›Jesus wird vom Kreuz genommen‹ und ›Jesus wird zu Grabe getragen‹. Die für uns wichtigste Station, das heißt das Ziel dieses makabren Kreuzweges, dürfte also die zwölfte sein: ›Jesus stirbt am Kreuz.‹ Bis dahin sind es noch sechs Stationen. Wenn es, wie ich fürchte, weitergeht wie bisher, findet das ›Finale‹ in sechs Tagen, also am 24. Oktober statt.« Und nach einer kurzen Pause fügte er leise hinzu: »Was bedeutet, dass bis dahin wahrscheinlich noch mindestens fünf Menschen sterben müssen.«

Varotto raufte sich die Haare. »Und wir tappen noch immer im Dunkeln und haben nicht die geringste Spur, der wir nachgehen können!« Er holte tief Luft und sah Matthias an. »Wenn ich Sie richtig verstanden habe, denken Sie, wir sollten herauszufinden versuchen, was es mit dem 24. Oktober auf sich hat. Hm ... das ist gar nicht so abwegig. Einen Versuch ist es jedenfalls wert. Vielleicht ist dieses Datum wirklich der Schlüssel zu dem Ganzen.«

»Was ist mit den Tatorten?«, mischte sich Alicia ein. »Gibt es da vielleicht eine Symbolik? Haben sie etwas gemeinsam? Ergeben sie eine Spur – vielleicht einen *römischen Kreuzweg*?«

Varotto nickte und sah dabei Matthias an. »Ein paar Kollegen recherchieren zwar seit Tagen, haben aber bisher keine diesbezüglichen Hinweise finden können. Vielleicht fällt Ihnen als Experte ja was dazu ein.«

Matthias runzelte nachdenklich die Stirn. »Soweit ich das sehe, ist der heutige Tatort der einzige, der aus theologischer Sicht eine Bedeutung haben könnte. Morgen wollte ich wegen der Tätowierung in die Bibliothek des Vatikans. Vielleicht finde ich dort ja auch etwas zu den anderen Tatorten. Aber ehrlich gesagt habe ich da wenig Hoffnung. Nach dem Mord von heute bin ich mir fast hundertprozentig sicher, dass es nicht um Rom geht. Und dass eine geheime Organisation dahinterstecken muss.«

»Aber mit welchem Ziel?«, fragte Alicia.

»Tja, das ist die große Frage«, brummte Varotto. »Vielleicht möchten die Täter...«

Er wurde vom Läuten des Telefons unterbrochen, das gleich neben ihm auf einem antiken Beistelltischchen stand. Nachdem Varotto einige Zeit zugehört und zunächst »Mist! Das wäre auch zu einfach gewesen«, dann aber »Das ist zumindest eine Möglichkeit« und »Ja, versuchen wir es« gesagt hatte, legte er auf und sah seine beiden Besucher an.

»Das war Tissone mit den ersten Ergebnissen der DNA-Analysen. Bisher gibt es noch keinerlei Übereinstimmungen mit einem der Opfer. Es stehen jedoch noch knapp die Hälfte der Elternpaare aus, deren Kinder etwa zur gleichen Zeit wie Stefano Costali entführt wurden. Es gibt aber auch etwas, das für uns vielleicht interessant sein könnte: Der Tote von heute hat am rechten Oberschenkel ein außergewöhnlich großes Muttermal, das die Form einer Mondsichel hat. Morgen wird ein Bild davon in allen Zeitungen sein. Vielleicht haben wir ja Glück, und jemand erkennt das Muttermal. Das ist doch zumindest ein kleiner Hoffnungsschimmer.«

Es entstand wieder eine Pause, in der alle drei vor sich hin starrten, bis Matthias den Kopf schüttelte.

»Warum haben sie das bloß getan?«

Die Reporterin sah ihn verständnislos an. »Was meinen Sie? Warum diese Irren diese Morde begehen?«

»Nein, Alicia, ich glaube, Signor Matthias fragt sich, warum sie gerade so einen Mann umgebracht haben«, erwiderte Varotto und nickte Matthias aufmunternd zu, damit er es ihr erklärte.

»Die ersten Opfer, denen die Rolle Jesu zukam, hatten keinerlei Merkmale, anhand derer wir sie hätten identifizieren können. Gestern dann diese Geschichte mit dem entführten Jungen. Dass seine Mutter ihn fand, war wohl unumgänglich, weil die Täter diese Kreuzwegstation anders nicht eins zu eins hätten nachstellen können. Die Erkenntnis, wer der Tote ist, erlaubt uns dennoch bislang keine Rückschlüsse auf ein Motiv oder die Täter.« Matthias machte eine kurze Pause und sah die Reporterin erwartungsvoll an. Erst als sie nickte, fuhr er fort: »Nun aber präsentieren sie uns ein Opfer mit einem untrüglichen Merkmal, sodass dessen Identität leicht für uns herauszufinden sein wird. Wenn wir aber zwei Opfer kennen, können wir versuchen, eine Verbindung zwischen den beiden herzustellen. Dadurch erhöht sich unsere Chance, Hinweise auf das Motiv oder sogar die Täter zu erhalten. Sie müssen sich sehr überlegen fühlen und sicher sein, dass sie ihr Ziel erreichen.«

»Und wenn wir ihn trotz Muttermal nicht identifizieren können?«, fragte die Reporterin. »Weil es niemanden mehr gibt, der es wiedererkennt?«

»Wenn ich's mir recht überlege, halte ich das auch für möglich«, stimmte Varotto ihr zu und griff sich die oberste Mappe vom Aktenstapel, der vor ihnen auf dem Couchtisch lag. »Nun gut, gehen wir noch mal alles genau durch. Vielleicht haben wir ja etwas übersehen.«

Es war kurz vor Mitternacht, als Matthias missmutig die letzte Akte sinken ließ und sich mit Daumen und Zeigefinger einer Hand die Augen rieb.

»Nichts«, erklärte er gähnend. »Und ich kann keinen klaren Gedanken mehr fassen. Ich bin hundemüde. Könnten Sie mir ein Taxi rufen, Commissario?«

»Wo wohnen Sie?«, fragte die Reporterin und stand auf. »Ich kann Sie mitnehmen.«

»Ich habe ein Zimmer in einem Priesterseminar am Borgo Vittorio, Ecke Via Mascherino. Aber bitte, machen Sie sich meinetwegen keine Umstände, Signorina.«

Sie lachte. »Das sind keine Umstände, der Vatikan liegt auf meinem Weg. Kommen Sie.«

Varotto sah sie irritiert an, schien sich aber eine Bemerkung zu verkneifen.

Matthias verabredete mit dem Commissario, in die Questura zu kommen, sobald er in der Vatikanischen Bibliothek fertig war. Alicia wollte sich im Laufe des Vormittags bei Varotto melden. Bei der Gelegenheit tauschte sie auch gleich ihre Handynummer mit Matthias aus.

Knappe zehn Minuten später saßen sie im Auto der Reporterin, einem nagelneuen Fiat Bravo, in dessen Innenraum es noch angenehm nach dem Leder der Sitze roch.

»Kannten Sie Daniele eigentlich schon vorher?«, fragte Alicia unvermittelt, kaum war sie losgefahren.

Matthias schmunzelte. »Nein, bisher hatte ich nicht das Vergnügen.«

Sie lachte. »Ja, er ist nicht einfach, der gute Daniele.«

Matthias nickte und sah sie von der Seite her an. »Und er scheint ein Problem mit Gott und der Kirche zu haben.«

Die Fröhlichkeit verschwand augenblicklich aus ihrem Gesicht und machte einem ernsten Ausdruck Platz. »Hat er Ihnen erzählt, wie es dazu gekommen ist?«

»Nein, Signorina Egostina. Ich habe angeboten, ihm zuzuhören, aber bisher hat er sich mir noch nicht anvertraut.«

Sie warf ihm einen schnellen Blick zu. »Haben Sie eigentlich auch einen Nachnamen?«

Überrascht über den unerwarteten Themenwechsel schüttelte er verneinend den Kopf, worauf sie ihn anlächelte.

»Möchten Sie mich dann nicht auch einfach Alicia nennen?«

»Gerne«, antwortete er und war ihr dankbar dafür, dass sie nicht weiter nachfragte.

Stumm blickten sie auf die Straße vor sich, die um diese Uhrzeit fast leer war. Gerade fuhren sie durch einen Teil Roms, der Matthias gänzlich unbekannt war. Hier gab es keine Geschäfte mit bunten Leuchtreklamen, keine Bars oder Cafés, aus denen Musik und das Lachen der Gäste auf die Straße drang. Nur spärlich erhellt, zeigten hier alte, heruntergekommene Fassaden, bröckelnde, mit Graffiti verzierte Mauern und überall herumliegender Müll die hämische Fratze der Armut. Der Anblick war deprimierend.

»Es ist wegen seiner Frau«, sagte Alicia plötzlich, und Matthias sah sie überrascht an. »Francesca. Sie war eine Freundin von mir. Meine beste Freundin. Durch sie habe ich Daniele kennengelernt. Vor gut zehn Monaten kam sie bei einem furchtbaren Unfall ums Leben. Sie wurden gemeinsam im Keller eines alten Hauses verschüttet und erst nach einem Tag gefunden. Sie lag während der ganzen Zeit tot auf ihm, ohne dass er sich hätte bewegen können. Vierundzwanzig Stunden lang.« Nun wandte sie ihm doch kurz das Gesicht zu, und er sah, dass ihre Augen feucht glänzten. »Danach war nichts mehr so wie vorher. Er zog sich total zurück. Vor allem von ihren gemeinsamen Freunden. Ihren Tod hat er bis heute nicht überwunden und hadert mit Gott.«

»Ich dachte mir schon, dass es ein traumatisches Erlebnis gewesen sein muss, das ihn so verbittert hat«, sagte Matthias nachdenklich. »Auch wenn es unsinnig ist, Gott die Schuld dafür zu geben, kann ich sein Verhalten doch verstehen. Der plötzliche Tod eines geliebten Menschen kann die Denkweise des Zurückbleibenden für immer verändern.«

Das Bild eines schmächtigen Jungen trat in sein Bewusstsein, dem Tränen über die schmutzigen Wangen liefen. Matthias versuchte es zu verdrängen, was ihm jedoch nicht gelang, denn nun glaubte er auch noch die flehende Stimme des Kleinen zu vernehmen, die schluchzte: *Vater, bitte, ich kann nicht mehr. Lass mich ein wenig ausruhen.* Und er sah die vor Wut verzerrte Fratze seines Vaters, hörte, wie er den kleinen Jungen anschrie, er sei verweichlicht und schwach, genau wie seine Mutter. Und er sah, wie dieses achtjährige Kind, das sein Bruder gewesen war, zusammensackte, gerade so, als hätte es schlagartig keine Knochen mehr in seinem kleinen Körper. Obwohl das alles schon so viele Jahre her war, spürte Matthias, wie erneut Wut in ihm aufstieg, Wut auf diesen Wahnsinnigen, den er einmal Vater genannt hatte.

»Matthias?«

Er zuckte zusammen und blickte auf. Sie standen vor einer roten Ampel. Alicia sah ihn besorgt an.

»Was ist mit Ihnen, Matthias? Geht es Ihnen nicht gut? Sie sind ganz blass.«

Er schüttelte den Kopf. »Nein, alles in Ordnung. Es ist nur die Müdigkeit.«

»Sicher?«

»Ja, ganz sicher.«

Die Ampel sprang auf Grün, und sie fuhren weiter auf die Kuppel des Petersdoms zu, die er in einiger Entfernung über den Dächern der Häuser ausmachen konnte. Als er zehn Minuten später an der Piazza Risorgimento ausstieg, drehte er sich um und beugte sich noch einmal in das Wageninnere.

»Danke, dass Sie uns bei dieser Sache unterstützen, Alicia.«

Einen Moment lang sah sie ihm tief in die Augen, dann lächelte sie. »Bis morgen, Matthias.«

Er schloss die Tür, und während der Fiat losfuhr, flehte in seinem Kopf ein kleiner Junge seinen Vater erneut an, eine Pause zu machen.

## 19. Oktober 2005

*Vatikan. Vatikanische Bibliothek*

# 26

Seit fast einer Stunde saß Matthias nun schon an einem der vier Meter langen Tische im großen Lesesaal. Dass er überhaupt dort sitzen konnte, war nur mit seiner Sondergenehmigung möglich gewesen. Normalerweise war der Besuch der Bibliothek ausschließlich Wissenschaftlern vorbehalten. Zum dritten Mal brachte Leonardo Vincenta nun schon einen Korb voller Bücher, die er vor ihm auf den Tisch legte, wo sich bereits mehrere Werke über religiöse Symbolik und die bisherigen Tatorte stapelten. Der junge Bibliothekar konnte die Bücher nach einem ausgeklügelten System suchen: Die riesige Bibliothek, die ständig durch Ankäufe und Schenkungen erweitert wurde, war nach den *Norme per il catalogo degli stampati*, den »Normen für das Katalogisieren von Gedrucktem«, aufgebaut, die auf den Präfekten Franziskus Ehrle zurückzuführen waren.

Ein Gähnen unterdrückend, beugte sich Matthias wieder über das vor ihm liegende Buch. Er war an diesem Morgen bereits um sieben aufgestanden. Schwester Luisa, eine portugiesische Ordensschwester, die in der Küche des Priesterseminars arbeitete, hatte ihm trotz der frühen Stunde einen doppelten Espresso gemacht und ihm süßes Gebäck hingestellt. Nach dem Frühstück hatte er sich gleich auf den Weg gemacht und fünf Minuten später dem Posten der Schweizergarde seinen Passierschein gezeigt, wonach dieser ihm den Weg zur Bibliothek wies. Leonardo Vincenta schloss gerade die Tür zum Lesesaal auf, als Matthias dort ankam, erklärte ihm aber, dass die Bibliothek erst um 8 Uhr 30 öffnen würde. Matthias hatte daraufhin den Kardinal angerufen. Nach einem kurzen Gespräch zwischen Voigt und dem Bibliothekar konnte Matthias nicht nur die Bibliothek betreten, sondern bekam auch sämtliche Bücher gebracht.

Es war nun schon der siebte Band über religiöse Symbolik, den er an diesem Morgen überflog, um einen Hinweis auf das Zeichen zu finden, das den Opfern in den Nacken tätowiert worden war, als Leonardo Vincenta wieder auf ihn zukam und sich zu ihm herunterbeugte.

»Entschuldigen Sie, Signore, aber Seine Eminenz Kardinal Voigt hat soeben angerufen. Sie sollen unverzüglich zu ihm kommen. Es sei sehr dringend.«

Obwohl außer ihnen noch niemand im Lesesaal war, hatte der Pater so leise gesprochen, dass Matthias ihn nur schwer verstand. Wahrscheinlich die Macht der Gewohnheit, dachte er. Nachdem er den Bibliothekar gebeten hatte, die Bücher für ihn zurückzulegen, machte er sich auf den Weg zum Palazzo Sant' Uffizio.

Kardinal Voigt wirkte sehr ernst, als Matthias dessen Arbeitszimmer betrat. Wortlos zeigte er auf einen der Stühle vor seinem Schreibtisch und wartete, bis Matthias sich gesetzt hatte.

»Es gibt Neuigkeiten aus der Questura. Heute früh hat sich anscheinend ein völlig aufgelöster Mann gemeldet. Er behauptet, auf dem Foto in der Zeitung das Muttermal erkannt zu haben, das sein vermisster Sohn auf dem Oberschenkel hatte.«

Matthias zog eine Braue hoch. »Sein *vermisster* Sohn, sagten Sie?«

Der Kardinalpräfekt nickte. »Ja, der Mann behauptet, sein Sohn sei im Alter von sechs Jahren entführt worden. Er müsste nun Mitte zwanzig sein. Ich dachte, dass diese Information wichtig genug ist, Sie beim Studium der Bücher zu stören.«

»Ich danke Ihnen, Eure Eminenz«, sagte Matthias und erhob sich. »Ich werde sofort zum Polizeipräsidium fahren.«

Voigt nickte. »Ja, tun Sie das. Und berichten Sie mir bitte, wenn es etwas Neues gibt. Der Heilige Vater ist wegen dieser Kreuzwegmorde sehr besorgt. Commissario Varotto wartet sicher längst auf Sie.«

»Das wage ich zu bezweifeln«, sagte Matthias im Hinausgehen. Noch ehe der Kardinal ihn fragen konnte, was er damit meinte, hatte sich die Tür schon hinter ihm geschlossen.

*Rom. Questura, Via San Vitale 15*

## 27

Kurz nach halb zehn betrat Matthias den Einsatzraum der »Sonderkommission Judas« im ersten Stock des Polizeipräsidiums, wo hektische Betriebsamkeit herrschte. Die meisten der Arbeitstische waren mit telefonierenden oder tippenden Beamten besetzt. Matthias sah sich in dem Büro um, konnte Varotto aber nirgends entdecken. Sein Kollege Tissone kam jedoch sofort auf Matthias zu.

»*Buongiorno*, Signor Matthias«, sagte er, und Matthias spürte, dass der Commissario sich bemühte, ruhig zu wirken. »Ich nehme an, Sie haben schon von der neuesten Entwicklung gehört?«

Matthias nickte. »Wenn Sie die Sache mit dem Muttermal meinen, ja. Können Sie mir sagen, wo ich Commissario Varotto finde?«

»Er ist heute Morgen gleich nach dem Anruf um kurz nach sieben mit zwei Kollegen nach Avezzano gefahren. Das liegt knapp hundert Kilometer von hier entfernt. Dort wohnt der Mann, der glaubt, das Muttermal seines Sohnes wiedererkannt zu haben. Vor wenigen Minuten hat Daniele angerufen. Er macht sich nun mit einer Haarprobe des Mannes wieder auf den Rückweg.«

»Könnte ich …?«, setzte Matthias an, wurde jedoch von einem der Beamten unterbrochen, die an dem Konferenztisch in der Mitte Berge von Papieren durchgingen.

»Ich werd verrückt!«, rief der Mittdreißiger mit den dunklen Haaren, die fast so lang waren wie die von Matthias. »Franco, komm her und sieh dir das an!«

Sowohl Tissone als auch Matthias stürzten zu ihm hin, starrten dann auf das Blatt, das er ihnen hinschob. Es handelte sich um eine Art Steckbrief. Mit einem gelben Textmarker hatte er ein Datum gekennzeichnet: den 4. März 1981. Ein Datum, das Matthias überhaupt nichts sagte.

Auch Commissario Tissone schien damit nicht viel anfangen zu können; er sah den Polizisten fragend an.

»Das ist das Geburtsdatum von Stefano Costali, dem Toten, der bei seiner Mutter gefunden wurde. Was ist damit?«

Langsam legte der Mann nun einen zweiten handgeschriebenen Zettel neben das erste Blatt Papier. Auch dort war eine Stelle gelb markiert.

»Das sind die Daten, die Daniele uns eben durchgegeben hat«, erklärte er, und man sah seinem Gesicht deutlich an, dass sein Fund wie eine Bombe einschlagen würde. »Schau dir das Geburtsdatum an.«

Das Geburtsdatum, das mit krakeliger Handschrift aufgeschrieben worden war, lautete: 4. März 1981.

*Il Castello*

28 Der schwere Sessel, dessen dunkelbrauner Lederbezug an den Lehnen schon ganz abgenutzt war, füllte die Ecke des Raumes komplett aus.

Der Abbas hatte die Augen geschlossen, schlief aber nicht. Wie er es in letzter Zeit häufiger tat, ließ er seinen Gedanken freien Lauf, ließ sie nach der Zukunft tasten, nach dem, was sie erwartete. Er wusste, dass er sich jetzt, in der Schlussphase, am Ende ihres langen Weges, nicht den geringsten Fehler erlauben durfte. Der Oberste würde ihm nicht die kleinste Nachlässigkeit durchgehen lassen.

Erst vor wenigen Minuten war er in sein Zimmer zurückgekommen, das sich von denen der anderen dadurch unterschied, dass es etwa die dreifache Größe hatte. Ansonsten war es ebenso spartanisch ausgestattet, was ihn jedoch nicht weiter gestört hatte, da er hier ja nur wenige Wochen verbracht hatte. Er dachte zurück an die ersten Jahre in Afrika. Es war nicht einfach gewesen. Die Kinder hatten noch anerzogenen weltlichen Dingen nachgehangen. Zum Glück war es schnell immer besser geworden. Der Oberste hatte eine wirklich große Weitsicht gehabt. Er hatte es vorausgesagt: Sie hatten sich schnell in ihr Schicksal gefügt und akzeptiert, dass ihr künftiges Leben sich in den Mauern des Anwesens abspielen würde.

Die wenigen Menschen, die sich im Laufe der Jahre in

die einsame Steppenlandschaft verirrt hatten, waren davon überzeugt gewesen, eine Art Kloster vor sich zu haben, wenn sie an die Pforte klopften. Ab und zu war ein afrikanischer Beamter bei ihnen aufgetaucht, hatte sich ein wenig umgesehen und furchtbar wichtig getan. Dann war er wieder verschwunden in der Gewissheit, dass diese Weißen in den einfachen Kutten zwar etwas verrückt, aber harmlos waren und nur weit weg von Europa zufrieden in ihrer Sekte leben wollten: Sie bauten ihr Gemüse selbst an, buken ihr eigenes Brot und stellten ihren eigenen Ziegenkäse her. Der Abbas lachte innerlich. Wenn man die Vorstellungskraft eines afrikanischen Verwaltungsbeamten zugrunde legte …

Vom Obersten hatte niemand etwas gewusst. Und auch nicht von dem seltsamen hageren Mann, der sie nur ein einziges Mal besucht hatte, gleich zu Anfang, kaum waren die letzten auserwählten Jungen aus Italien angekommen. Er glaubte damals herausgehört zu haben, dass der Mann Deutscher war. Sicher war er sich aber nicht. Jedenfalls war dieser Mann der einzige Mensch gewesen, vor dem sich augenscheinlich selbst der Oberste gefürchtet hatte. Magus hatte er den Mann genannt, den er unterwürfig über das Anwesen geführt und dem er die Zellen von einigen der Jungen gezeigt hatte. Wie lange das schon her war…

Nach einem Blick auf die Uhr griff er zum Handy und wählte die Nummer des Obersten. Als abgehoben wurde, sagte er den Code, an dem der Oberste erkannte, dass niemand anders sich für ihn ausgab. Dann lauschte er den neuen Anweisungen, die der Mann aus Rom ihm gab.

29 »Ja, Daniele, ich werde es ihm ausrichten«, sagte Francesco Tissone und nickte dabei bekräftigend, als könnte Varotto ihn durch den Hörer sehen. Als er aufgelegt hatte, sah er zuerst den Beamten an, der entdeckt hatte, dass die beiden Toten am selben Tag geboren waren, und dann Matthias.

»Commissario Varotto bittet Sie, herauszufinden, was für eine Bewandtnis es mit diesem 4. März hat. Er möchte wissen, ob dieser Tag eine wichtige Rolle im Kirchenjahr spielt.«

»Hat er das so gesagt?«, fragte Matthias, wobei er sich das Lachen kaum verkneifen konnte.

Tissone zögerte einen Moment, dann schüttelte er verlegen den Kopf. »Nein, nicht genauso.«

Matthias sah Tissone auffordernd an, bis der schließlich murmelte: »Sag diesem von Gott gesandten ›Experten‹, dass er mir bei meiner Rückkehr erklären soll, was es mit dem Datum auf sich hat. Wenn er das nicht kann, soll ihn der Teufel holen.«

Matthias wurde nicht wütend. Er nickte einfach nur, als hätte er gerade die Bestätigung für etwas bekommen, das er schon lange wusste, und sagte: »Spontan fällt mir nichts dazu ein, aber ich mache mich sofort auf den Weg in die Vatikanische Bibliothek. Richten Sie Commissario Varotto bitte aus, dass ich ihn anrufen werde.«

Damit wandte er sich ab und verließ den Einsatzraum der »Sonderkommission Judas«.

Noch während er die Marmortreppe hinunter ins Erdgeschoss ging, zog er sein Mobiltelefon aus der Hosentasche und wählte die Nummer von Alicia Egostina. Als die Reporterin abhob, trat er gerade ins Freie und sah sich nach einem Taxi um.

»Hallo, Alicia. Hier spricht Matthias. Störe ich?«

»Nein, ich bin gerade in der Redaktion und versuche im Internet etwas über diese seltsame Tätowierung herauszufinden. Gibt es etwas Neues?«

»Das kann man wohl sagen«, antwortete er und erzählte in wenigen Sätzen, was er Minuten zuvor erfahren hatte. Er konnte deutlich hören, wie sie die Luft einsog, als er das Geburtsdatum der beiden Männer erwähnte.

Als er seinen Bericht beendet hatte, sagte sie sachlich: »Die Mörder haben also ganz bewusst den Hinweis gegeben und spielen mit der Polizei.«

»Oder mit der Kirche«, vervollständigte Matthias, während er auf der anderen Seite der Leitung das typische Klicken einer Computertastatur vernahm. Offensichtlich gab sie etwas ein.

Nach einer kurzen Pause las sie leise vor: »U2-Konzert in Philadelphia, Internationales Abkommen Costa Rica, Attaché für Arbeitsangelegenheiten in Paris ermordet ...«

»Was zählen Sie da auf?«, fragte Matthias, der sich das freie Ohr zugehalten hatte, weil er sie fast nicht verstehen konnte.

»Ich habe das Datum in eine Suchmaschine eingegeben«, erklärte sie. »Aber was ich hier sehe, hat sicher nichts mit der Mordserie zu tun. Was haben Sie jetzt vor?«

»Ich fahre mit dem Taxi wieder in den Vatikan. Dort werde ich in der Bibliothek versuchen, etwas über den 4. März herauszubekommen.«

»Wenn Sie ein paar Minuten warten, hole ich Sie ab«, schlug Alicia vor. »Dann können wir gemeinsam die Bücher wälzen. Das erhöht unsere Chancen auf Erfolg.«

Matthias zögerte einen Moment. »Ich weiß nicht, ob ...«

»Das ist überhaupt kein Problem«, unterbrach sie ihn.

»Ich war schon öfter in der Vatikanischen Bibliothek. Ich habe dort freien Zugang.«

»Wenn das so ist, warte ich hier auf Sie.«

Nachdem die Reporterin versichert hatte, nur wenige Minuten bis zur Questura zu benötigen, beendeten sie das Gespräch. Während Matthias das Telefon in der Hosentasche verstaute, wunderte er sich über die guten Kontakte, die die junge Frau im Vatikan haben musste. Seine Gedanken blieben jedoch nur kurz bei Alicia, dann wanderten sie weiter zu Varotto. Matthias konnte sich selbst nicht erklären, warum, aber er mochte den Commissario. Obwohl der sich wieder einmal missbilligend über ihn geäußert hatte. Der Mann hatte anscheinend wirklich ein ernsthaftes Problem mit Gott, dass er seinen Groll auf jeden ausdehnte, der irgendeine besondere Beziehung zur Kirche hatte. Alicia hatte ihm erzählt, dass Varotto früher sehr gläubig gewesen war. Was aber geschah mit einem menschlichen Geist, der mit einem Mal das hassen musste, was sein ganzes vorheriges Leben, seine Wertvorstellungen geprägt hatte? Konnte sein Verstand gesund bleiben? Das brachte Matthias vom Commissario weg und zu den Morden hin. Er fühlte sich hilflos. Es war so gänzlich anders als damals. Damals wusste er genau, wer der Täter war, und sein Antrieb war sein Hass auf ihn gewesen. Damals kannte er dessen nächste Schritte, er brauchte ihm nur zuvorzukommen. Einen kurzen Moment schienen seine Gedanken gänzlich auszusetzen, wie in einem Funkloch. Was wusste er bisher? Nichts, außer dass zwei der Toten am selben Tag geboren waren. Waren es die einzigen, die …?

Matthias drehte sich um und betrat noch einmal die Questura. Einige Minuten hatte er sicher noch Zeit, bis Alicia kam.

In der Einsatzzentrale stand Tissone noch immer bei dem Polizisten, der die übereinstimmenden Geburtsdaten entdeckt hatte. Mit schnellen Schritten war Matthias bei den beiden.

»Sie müssen die Daten der Vermissten noch einmal auswerten.« Als die Männer ihn verständnislos ansahen, erklärte er: »Ich bin mir fast sicher, dass alle Toten dasselbe Geburtsdatum haben. Und ich glaube, dass man möchte, dass wir das wissen, wenn ich auch noch nicht verstehe, warum. Suchen Sie bitte nach vermissten Jungen römisch-katholischen Glaubens mit dem Geburtsdatum 4. März 1981. Wann sie entführt wurden, ist vorerst egal.«

Tissones Augen leuchteten nur kurz auf, er schien Zweifel zu haben. »Wir wollten mit den Datenbankrecherchen eigentlich warten, bis wir das Ergebnis der DNA-Probe haben, die Daniele mitbringt. Um sicher zu gehen. Was, wenn sich herausstellen sollte, dass der Tote gar nicht der damals entführte Junge ist und nur durch Zufall ein ähnliches Muttermal hat?«

Matthias betrachtete ihn ruhig. »Zufall? Er wurde am selben Tag geboren wie das andere Opfer und hat das gleiche außergewöhnliche Muttermal wie ein Junge, der vor etwa zwanzig Jahren entführt wurde.«

Tissone schwankte kurz, dann nickte er. »Also gut. Und Sie denken, das Entführungsdatum spielt keine Rolle?«

Matthias nickte. »Das vermute ich jedenfalls. Wenn sich herausstellt, dass noch andere der getöteten Männer am gleichen Tag geboren wurden, wissen wir definitiv, dass das Kriterium nicht das Jahr der Entführung ist, sondern der Tag ihrer Geburt. Aber jetzt muss ich los.«

Alicia steckte entweder irgendwo im Verkehr fest, oder aber sie war noch eine Runde um die Questura gefahren, weil die wenigen Parkplätze vor dem Gebäude alle besetzt waren. Matthias lehnte sich mit dem Rücken gegen die Hauswand.

Als hätte sie darauf gewartet, fuhr die Journalistin nur Sekunden später vor und hupte zweimal.

»Entschuldigen Sie«, sagte sie, als er einstieg, »es hat doch ein paar Minuten länger gedauert.«

»Das macht nichts, mir war auch noch was eingefallen, was ich mit Commissario Tissone besprechen musste; ich bin eben erst wieder herausgekommen.«

Während sie ihren kleinen Wagen geschickt in den Verkehr auf der Via Nazionale einfädelte, erzählte Matthias ihr von seinem zweiten Besuch bei der Sonderkommission an diesem Vormittag.

»Sie glauben also«, sagte sie, als Matthias geendet hatte, »dass das Geburtsdatum eine besondere Bedeutung hat?«

»Wäre der Tote mit dem Muttermal am gleichen Tag, aber nicht im selben Jahr geboren, käme es vielleicht nur auf den Tag und Monat an«, antwortete er, »so aber... Alicia, irgendwas sagt mir, dass sich alles um genau diesen Tag im Jahr 1981 drehen muss.«

Sie nickte, warf einen Blick in den Rückspiegel und bog dann so abrupt in eine kleine Seitenstraße ein, dass Matthias mit dem Kopf gegen die Seitenscheibe knallte. Es kam jedoch kein Fluch über seine Lippen.

»Wo fahren Sie hin, Alicia?«, wollte er nur wissen.

Die Journalistin warf ihm einen verwunderten Blick zu, als könnte sie nicht glauben, dass er trotz ihres plötzlichen Manövers ruhig blieb.

»Ich verspreche Ihnen«, sagte sie in einem Ton, der bestimmend klang, »wenn ich falsch liege, bringe ich Sie in die Vatikanische Bibliothek und bleibe mit Ihnen so lange dort, bis wir etwas gefunden haben. Aber begleiten Sie mich bitte zuerst in die Redaktion.«

»In die Redaktion? Warum?«

»Weil der 4. März 1981 gerade mal gute vierundzwanzig Jahre her ist. Und was damals war, erfährt man nicht aus den staubigen Büchern der Vatikanbibliothek, sondern aus dem Archiv einer Tageszeitung.«

Matthias' Gesicht verzog sich zu einem Lächeln. »Gut, also dann in die Redaktion«, sagte er und blickte sie anerkennend an. »Das ist eine gute Idee.«

Dann richtete er den Blick wieder nach vorne, und noch während er den Kopf drehte, verschwand jede Spur dieses Lächelns aus seinen Zügen. Der oder die Täter hatten zwei Jungen, die am selben Tag geboren worden waren, entführt und zig Jahre später dann getötet. Warum? Er hätte nicht erklären können, wie die Assoziation zustande kam, aber vor seinem geistigen Auge tauchte auf einmal eine der Schlüsselstellen des Neuen Testaments auf. Matthäus 2,16: »Als Herodes nun sah, dass er von den Weisen betrogen war, wurde er sehr zornig und schickte aus und ließ alle Kinder in Bethlehem töten und in der ganzen Gegend, die zweijährig und darunter waren, nach der Zeit, die er von den Weisen genau erkundet hatte.«

Die beiden Jungen waren zwar bei ihrer Entführung älter als zwei gewesen, aber Matthias hatte sich angewöhnt, solche Eingebungen ernst zu nehmen. Da sie in diesem Moment aber auf den Parkplatz des Zeitungsverlags einbogen, kam er nicht dazu, gründlich darüber nachzudenken.

Es sollte lange dauern, bis er wieder die Ruhe dazu haben würde.

30 In dem Großraumbüro, das sie durchquerten, arbeiteten etwa fünfzig bis sechzig Journalisten. Mehrere Frauen streckten ihre Köpfe hinter den Computerbildschirmen oder Grünpflanzen hervor, um einen Blick auf Alicias Begleiter mit den auffallend hellen langen Haaren zu erhaschen. Einige dieser Köpfe wurden Sekunden später tuschelnd zusammengesteckt.

Für Matthias, der sich in den vergangenen vier Jahren an die Ruhe des Klosters gewöhnt hatte, war der Großstadtlärm schon nicht einfach zu ertragen, Räume wie dieser jedoch riefen bei ihm ein fast körperliches Unbehagen hervor. Zum Glück ging es am Ende des großen Büros durch eine Doppeltür, die einen Großteil der Geräusche dämmte, als sie hinter ihnen zuklappte. Sie wandten sich nach rechts, und Matthias folgte der Journalistin weiter durch einen langen Flur mit hellgrau gelackten Türen. Ihre Schritte wurden von dem dichten Flor des dunkelgrauen Teppichs fast komplett geschluckt. Die Augen auf dessen dezentes Muster gerichtet, wäre Matthias um ein Haar gegen Alicias Rücken geprallt, als sie schließlich vor einer der Türen stehen blieb und sie öffnete.

»Unser Archiv«, erklärte sie. »Hier kann man die Ereignisse eines jeden Tages der letzten achtzig Jahre nachlesen. In einer Viertelstunde wissen wir mehr.«

Der Raum sah völlig anders aus, als Matthias sich ein Zeitungsarchiv vorgestellt hatte. Er hatte ein muffiges Kabuff mit bis zur Decke reichenden, mit Aktenordnern vollgestopften Regalen erwartet, betrat nun aber einen hellen Raum, der mit ein paar modernen, hüfthohen Möbeln aus Ahornholz und zwei Computertischen eingerichtet war.

Etwas verwirrt sah er Alicia an. »Das ist Ihr *Archiv*?«

Sie ließ den Blick durch den Raum wandern, als versuchte sie, darin etwas zu entdecken, was ihr bisher verborgen geblieben war.

»Ja. Wieso? Was haben Sie denn erwartet?«

Er lächelte verlegen. »Na ja, viele Regale mit Ordnern ... Aber Sie haben inzwischen wohl alles auf einem zentralen Server gespeichert. Nur: warum dann dieser Raum?«

Alicia lachte, schaltete zwei der Computer ein und zog einen Stuhl für ihn zurück. »Setzen Sie sich doch bitte.« Dann nahm sie selbst Platz und zog eine der Tastaturen zu sich heran. »Natürlich könnte ich auch von meinem Schreibtisch aus auf die Daten zugreifen, aber vorne im Großraumbüro herrscht immer ein unglaublicher Lärm. Hier drin findet man die Ruhe, die man für seine Recherchen braucht.«

Es dauerte nicht einmal fünf Minuten, bis sie die gespeicherten Kopien der Zeitung vom 4. März 1981 auf dem Monitor vor sich hatten und Matthias wusste, wie er vor- und zurückblättern konnte. Sie begannen, jeder für sich zu lesen.

Über eine Stunde starrten sie konzentriert auf die Zeilen vor sich. Einige Male begann Alicia kleinere Berichte laut vorzulesen, verstummte aber jedes Mal wieder, wenn Matthias den Kopf schüttelte. Schließlich ließ sie sich schnaufend gegen die Rückenlehne ihres Stuhles fallen und fuhr sich mit den Fingern durch die Haare.

»Offenbar war das doch keine so gute Idee mit den Zeitungsmeldungen. Ich drucke trotzdem alles mal aus, damit wir die Seiten später noch einmal in Ruhe durchgehen können. Vielleicht entdeckt ja Daniele etwas.«

»Es war zumindest einen Versuch wert, Alicia«, sagte Matthias tröstend, woraufhin sie ein humorloses Lachen ausstieß.

»Ja, und es wäre ein voller Erfolg geworden, wenn wir nach einem bestechlichen Provinzbürgermeister, einer seltenen Sternenkonstellation oder einem Gipfelstürmer gesucht hätten, der von einem Berg in den Alpen abgestürzt ist. Aber leider…« Sie hielt inne und sah Matthias verwirrt an, der plötzlich mit weit aufgerissenen Augen auf den Bildschirm starrte, als wäre ihm dort ein Geist erschienen.

»Eine seltene Sternenkonstellation, ein Berg…« Seine Finger hasteten über die Tastatur und ließen die Seiten der Zeitung über den Bildschirm huschen. Zweimal musste er zurückblättern, bis er fand, was er gesucht hatte, unten rechts in der Ecke.

Die Meldung war nur wenige Zeilen lang. Matthias stockte der Atem.

*Rom. Questura, Via San Vitale 15*

# 31

»Wo steckt Signor Matthias?«

Schnaubend ließ sich Varotto auf den Stuhl vor Tissones Schreibtisch fallen und wischte sich mit dem Handrücken über die Stirn. Minuten vorher hatten die uniformierten Kollegen ihn vor dem Polizeipräsidium abgesetzt und waren weitergefahren zum Gerichtsmedizinischen Institut, wo sie die Haarproben des möglichen Vaters aus Avezzano zur DNA-Analyse abgeben sollten.

»Signor Matthias versucht etwas über das Geburtsdatum des Toten herauszufinden. So wie du es wolltest«, antwortete Tissone, sah ihn aber nicht an, sondern begann seine Stifte neu zu sortieren. »Gut, dass du endlich da bist, Daniele.«

Seine Stimme hatte einen seltsamen Tonfall, was Varotto gar nicht gefiel. Er kannte seinen Kollegen gut genug, um zu wissen, dass etwas nicht stimmte.

»Was ist los, Francesco?« Es sollte barsch klingen, aber er konnte die Unsicherheit selbst hören, die in seiner Frage mitschwang.

»Du sollst zum Chef. Jetzt gleich.«

»Warum?«

Als Tissone nicht antwortete, sondern mit gesenktem Kopf Kugelschreiber und Bleistifte ein weiteres Mal neu anordnete, sprang Varotto auf und beugte sich über den Tisch zu seinem Kollegen.

»Francesco, ich sehe dir doch an, dass du weißt, warum. Also, was ist los?«

»Hast du heute schon den ›Cortanero‹ gelesen?«

Tissone hatte den Kopf gehoben und sah ihn auf einmal mitleidvoll an.

»Nein, denn wie du weißt, bin ich heute früh gleich nach Avezzano gefahren. Was ist damit?«

Statt einer Antwort zog Tissone eine Zeitung aus seiner Schreibtischschublade und hielt sie Varotto hin. Der ergriff sie und überflog die erste Seite.

»Psychisch kranker Polizist soll die Kreuzwegmorde aufklären«, lautete die fett gedruckte Schlagzeile. Ungewollt stieß Daniele Varotto ein leises »O mein Gott« aus, bevor er den Leitartikel zu lesen begann:

ROM. Seit nunmehr sechs Tagen erschüttert eine bizarre Mordserie unsere Hauptstadt. Acht Menschen sind inzwischen umgekommen. Was tut unsere Polizei? Sie setzt eine Sonderkommission ein. Das ist bei einer Mordserie nicht weiter ungewöhnlich, wird jeder sich sagen. Dem ›Cortanero‹ ist gestern von einem über jeden Zweifel erhabenen Informanten etwas zugetragen worden, das jedoch sehr ungewöhnlich, um nicht zu sagen kontraproduktiv anmutet: Zum Leiter dieser Sonderkommission hat der Questore ausgerechnet Daniele Varotto ernannt, einen Commissario, der unter schweren Panikattacken leidet und deshalb in psychotherapeutischer Behandlung ist. Planlos hetzt dieser psychisch labile Commissario seither kreuz und quer durch Rom und hat in dieser Zeit etwas Besonderes geschafft: Noch nie zuvor hat die römische Mordkommission nach so vielen Tagen nichts, aber auch rein gar nichts vorzuweisen gehabt. Bis heute hat er nichts über mögliche Motive, den mutmaßlichen Täter, die Mordinstrumente oder die Identität der Opfer herausgefunden, während sich die Bevölkerung voller Angst und Schrecken fragt, wer das nächste Opfer sein wird. Während dieser Varotto nicht einmal die Spur eines Verdachts aufzuweisen hat, geht der wohl von einem religiösen Wahn besessene Serienmörder weiterhin seelenruhig seinem ›Tagewerk‹ nach und bringt einen jungen Mann nach dem anderen um. Der Steuern zahlende Bürger stellt sich zu Recht die Frage, ob ein psychisch kranker Staatsbeamter wirklich …

Varotto ließ die Zeitung sinken und starrte seinen Kollegen mit ausdruckslosem Blick an.

»Tut mir leid«, sagte Tissone leise.

Wortlos stand Varotto auf und verließ den Einsatzraum. Den Weg zu Barberis Büro legte er wie ein Schlafwandler zurück, auch wenn seine Gedanken dabei ganz klar waren. So klar, dass er ohne jeden Zweifel wusste, was ihn im Büro seines Chefs erwartete. Doch er würde sich nicht aus der Fassung bringen lassen. Ich werde ganz ruhig bleiben, es wird sich alles klären: Immer wieder sagte er sich das wie ein Mantra vor, bis er an die Glastür mit den heruntergelassenen Aluminiumjalousien klopfte.

Eine Minute später schrie er seinen Chef mit hochrotem Kopf so an, dass seine Halsschlagader dick hervortrat.

Geduldig, so als würde es sich bei seinem Untergebenen um ein Kind handeln, ließ Barberi ihn gewähren, wartete ruhig ab, bis Varotto seine Wut abreagiert hatte, bevor er mit sanfter Stimme erklärte: »Daniele, ich versteh dich ja, glaub mir, aber es ändert nichts: Ich *muss* dich vorläufig beurlauben. Der Justizminister hat heute Morgen den Questore angerufen und deine sofortige Suspendierung gefordert.«

Der Jähzorn, der noch Sekunden zuvor in Varottos braunen Augen gestanden hatte, war inzwischen gänzlich verschwunden und hatte einer tiefen Verzweiflung Platz gemacht.

»Wissen Sie, wer dieser... Informant war?« Varottos eigentlich kräftige Stimme versagte ihm nun fast. »Ich meine ... diese ... diese Schmierfinken wissen doch, was geschehen ist! Sie kennen mich doch ... Ich ...«

Barberi zog bedauernd die Schultern hoch. »Daniele, ich habe mit Azzani, dem Chefredakteur, telefoniert. Du weißt, dass ich normalerweise einen guten Draht zu ihm habe. Ich habe ihm gründlich die Meinung zu dieser Art von Journalismus gesagt. Er hat mir versichert, ihm sei auch nicht wohl dabei gewesen, aber der Ton und der Inhalt seines Leitartikels sei eine Order von ganz oben gewesen, um Druck auf uns auszuüben, weil die Bevölkerung allmählich unruhig wird. Letztendlich hat er ja auch nicht ganz unrecht. Seien wir ehrlich: Wir haben wirklich nichts vorzuweisen, außer die Identität eines der Toten, vielleicht noch die eines zweiten. Das ist mehr als dürftig in einem Fall von solcher Brisanz.«

»Darum geht es nicht, Chef. Es geht um meine angebliche ...«

»Doch, genau *darum* geht es, Daniele«, fiel ihm Barberi ins Wort, und seine Stimme hatte ihren gutmütigen Ton verloren. »Die Römer haben Angst. Tag für Tag wird ein Mensch umgebracht, seit sechs Tagen in Folge, und wir, die Mordkommission, sind nicht in der Lage, diese schreckliche Serie zu stoppen. Die Leute verlieren das Vertrauen in uns und unsere Fähigkeiten, Daniele! Wenn wir nicht bald Ergebnisse liefern, werden sie uns, die *Polizia di Stato*, aufs Heftigste anfeinden. Und danach werden die Politiker dran sein, allen voran der amtierende Justizminister, dessen sofortiger Rücktritt gefordert würde. Und bei den nächsten Wahlen würden sie der Regierungspartei sicher nicht mehr ihre Stimmen geben. Darum, und nur darum geht es, Daniele! Für einen kleinen Polizeibeamten, der einen persönlichen Schicksalsschlag nicht so leicht verwinden kann, interessiert sich dabei niemand, Daniele. Für die Allgemeinheit bist du nur ein Rädchen in diesem Getriebe, und wenn das nicht einwandfrei funktioniert, muss es eben ausgetauscht werden, basta.«

»Und Sie, Chef? Denken Sie das auch?«

»Ja, das denke ich auch.«

Varotto erhob sich schwerfällig, wie ein alter Mann. Langsam zog er das braune Ledermäppchen aus der Gesäßtasche, in dem sein Dienstausweis steckte, und legte es vor Barberi auf den Schreibtisch.

»Die Waffe liegt in der Schreibtischschublade in meinem Büro«, sagte er und wandte sich zum Gehen.

»Warte, Daniele. Wo willst du hin?«

»Nach Hause«, antwortete dieser mit müder Stimme, hielt aber nicht inne.

»Daniele!« Jetzt schrie Barberi. »Bleib sofort stehen.«

Doch Varotto knallte schon die Tür hinter sich zu. Wütend schlug Commissario Capo Barberi mit der Faust auf seinen Schreibtisch.

*Rom. Redaktionsgebäude des ›Il Cortanero‹*

32 Alicia las die kurze Meldung zum zweiten Mal und versuchte dabei zu verstehen, warum sie Matthias so aus der Fassung gebracht hatte. Es ging um eine große Sternenkonjunktion von Jupiter und Saturn, genau genommen um die zweite von insgesamt drei 1981 stattfindenden Konjunktionen. Alicia sah von dem Artikel auf.

»Eine seltene Stellung der Sterne. Was ist daran so außergewöhnlich? Und vor allem: Was hat das mit den Kreuzwegmorden zu tun?«

Matthias schloss kurz die Augen und atmete tief durch. Die Journalistin hatte zum ersten Mal, seit sie den Deutschen kannte, das Gefühl, dass er aufgeregt war.

»Bei dieser großen Konjunktion«, erklärte er schließlich und setzte sich aufrecht hin, »kommen sich Jupiter und Saturn so nahe, dass sie von der Erde aus fast wie ein einziger großer Stern am Himmel zu sehen sind. Oberflächlich betrachtet ist das ein Ereignis, das höchstens für Astronomen interessant sein dürfte. Aber zu dieser großen Konjunktion gibt es noch einen weiteren, religiösen Aspekt. Es geht dabei um die Geburt Jesu. Wissenschaft und Kirche liegen seit Jahrhunderten im Streit darüber, wann Jesus genau geboren wurde und was das Phänomen des Sterns von Bethlehem hervorgerufen haben könnte.

Im Laufe der Zeit haben sich zwei, drei Theorien herausgebildet. Eine dieser Theorien geht davon aus, dass Jesus im Jahr 7 vor unserer Zeitrechnung geboren wurde. Dafür spricht, dass es in diesem Jahr eine große Sternenkonjunktion zwischen Saturn und Jupiter gab, die man damals durchaus für den ›Stern von Bethlehem‹ hätte halten können. Diese Theorie wurde 1603 zum ersten Mal von Johannes Keppler aufgestellt, der allerdings noch von falschen Voraussetzungen ausging. In der modernen Konjunktionstheorie wies d'Occhieppo schon ab 1965 auf gleich drei sehr seltene, ungewöhnlich enge Jupiter-Saturn-Konjunktionen im Zeichen der Fische im Jahr 7 v. Chr. hin. Jupiter repräsentierte damals den Stern des babylonischen Gottes Marduk, war also ein Königsstern. Saturn galt als Stern des Volkes der Juden, als Beschützer Israels. Daraus könnte sich die Schlussfolgerung ergeben haben: Im Westen – wegen des Sternbilds der Fische – ist ein mächtiger König geboren worden.«

Alicia starrte Matthias staunend an. »Davon habe ich noch nie etwas gehört. Ich muss allerdings gestehen, dass ich auch nicht viel von dem verstanden habe, was Sie gerade erklärt haben.«

Matthias nickte und sprach weiter: »Die drei Konjunktionen ereigneten sich im Abstand von ein paar Monaten, sodass die babylonischen Sterndeuter, das heißt die Weisen vom Morgenland aus der Bibel, in dieser Zeit nach Israel hätten reisen können. Am 12. November, kurz vor Sonnenuntergang, hätten sie die Planeten Jupiter und Saturn in der Abenddämmerung direkt vor Augen gehabt, als sie von Jerusalem gen Süden auf das etwa zehn Kilometer entfernte Bethlehem zugeritten sind. Der Stern von Bethlehem! Und jetzt wissen wir, dass es nicht nur in dem *Jahr*, in dem diese Kinder geboren wurden, das gleiche Phänomen gegeben hat, sondern dass die mittlere dieser Konjunktionen sogar genau an dem *Tag* stattfand, an dem die entführten Kinder geboren wurden.«

Matthias griff sich einen der frisch gespitzten Bleistifte, die auf dem Tisch lagen, schlug seinen Notizblock auf und skizzierte mit einigen wenigen Strichen eine primitive

Zeichnung, die er Alicia zeigte. Die betrachtete sie verwirrt und riss dann die Augen auf.

»Das ist die Tätowierung, die die Opfer im Nacken hatten!«

Matthias nickte und fuhr mit dem Finger die Striche nach. »Richtig. Und diese gebogene Linie und darüber der Kreis mit den Strahlen, was könnte das sein?«

Alicia zog die Schultern hoch. »Bisher waren alle der Meinung, dass es die Sonne ist, die hinter einem Berg aufgeht.«

Abermals nickte Matthias. »Ja, das habe ich auch gedacht, und das war es, woran ich eben denken musste, als Sie die Sternenkonstellation und den Mann erwähnten, der von einem *Berg* in den Alpen abgestürzt ist. Wenn Sie sich jetzt vorstellen, dass zwei Sterne, die sowieso schon sehr hell leuchten, so dicht zusammenstehen, dass man denken könnte, es wäre nur einer, dann könnten sie auch das hier sein, nicht wahr?« Er zeigte erst auf den Kreis mit den Strahlen, dann tippte er auf den Fisch, den er rechts oben platziert hatte. »Und zwar im Zeichen des Fisches.« Er lehnte sich in seinem Stuhl zurück. »Ich bin mir sicher: Die Tätowierung stellt den Stern von Bethlehem dar.«

Alicia nickte. »Sie glauben also, jemand hat damals die an diesem Tag geborenen Kinder entführt, weil diese Sternenkonstellation die Symbolik noch verstärkt?«

Als Matthias den Kopf schüttelte, ließ sie enttäuscht die Schultern sinken. »Aber... was denn?«

»Matthäus 2,16: ›Als Herodes nun sah, dass er von den Weisen betrogen war, wurde er sehr zornig und schickte aus und ließ alle Kinder in Bethlehem töten und in der ganzen Gegend, die zweijährig und darunter waren, nach der Zeit, die er von den Weisen genau erkundet hatte.‹« Er sprach langsam, jedes Wort betonend. »Ich denke, der

Kopf der Geheimorganisation hat diese Jungen entführt, weil er davon überzeugt ist, dass sich die Geschichte wiederholt und einer der Jungen, die an diesem Tag geboren worden sind, etwas ganz Besonderes ist.«

*Innenstadt von Rom*

33 Daniele Varotto wartete gedankenverloren vor einer Ampel, als sein Handy klingelte. Er betrachtete es einige Sekunden und war zuerst entschlossen, das Gespräch nicht anzunehmen, überlegte es sich dann aber anders. Vielleicht war es ja Barberi, der ihm mitteilen wollte, dass sein Zwangsurlaub rückgängig gemacht wurde. Aber es war nicht Barberi.

»Hallo, Commissario, hier spricht Matthias. Ich bin mit Alicia im Archiv des ›Cortanero‹. Wir habe gerade eine interessante Entdeckung gemacht.«

Als Varotto nicht gleich antwortete, fragte Matthias: »Varotto? Sind Sie noch dran?«

»Ja, ich bin noch dran. Aber Sie müssen Tissone von Ihrer Entdeckung berichten. Mich geht das offiziell nichts mehr an ...«

Wieder einen Moment Stille, dann: »Was heißt das, Sie geht das offiziell nichts mehr an?«

»Das heißt, dass man mich vom Dienst suspendiert hat. Acht Tote in sechs Tagen und noch kein Ergebnis, das verlangt nach einem Prügelknaben. Wenn Alicia bei Ihnen ist, fragen Sie sie nach der Titelseite ihres Schmierblatts, dann verstehen Sie mich.«

»Ich muss gestehen, ich bin etwas verwirrt, Commissario. Das ist ...«

»Ja verdammt, das bin ich auch«, antwortete Varotto. »Hören Sie, ich muss auflegen, die Ampel springt gerade auf Grün um. Kommen Sie zu mir nach Hause, dort können Sie mir alles erzählen. Ich habe noch etwas zu erledigen und warte dann auf Sie. Und bringen Sie Alicia mit. Bis dann.«

Mit grimmigem Gesichtsausdruck beendete er das Gespräch und fuhr los. Der Anruf hatte dafür gesorgt, dass seine Gedanken nicht mehr ausschließlich um seine Beurlaubung kreisten, sondern sich wieder mit den Morden beschäftigten. Ob er nun beurlaubt war oder nicht, wenn Matthias tatsächlich herausgefunden hatte, was hinter der Sache steckte, wollte er es wissen. Zudem hatte er ein paar Takte mit Alicia zu reden. Er glaubte zwar nicht, dass sie direkt damit zu tun hatte, aber es war möglich, dass sie zumindest davon gewusst hatte, und sie würde ihm erklären müssen, warum sie ihn nicht wenigstens vorgewarnt hatte.

Fünfzig Meter vor ihm entdeckte er den Wegweiser. Er setzte den Blinker.

Eine Minute später stellte er den BMW auf dem Parkplatz vor dem Eingang des Friedhofs ab. Nur ein weiteres Fahrzeug parkte dort, ein uralter Alfa Romeo, dessen Lack an unzähligen Stellen rostige Blasen gebildet hatte. Varotto kannte den Wagen. Er gehörte Tommaso, dem Totengräber.

Durch das schmiedeeiserne Tor betrat Varotto einen ungepflasterten Weg, der schnurgerade zwischen den Grabreihen entlangführte. Auf manchen der Ruhestätten erhoben sich große steinerne Engel aus weißem Marmor oder der gekreuzigte, aus grauem Stein gehauene Gottessohn. Er bog nach links in einen schmalen Weg ein.

Wie jedes Mal, wenn er sich ihrem Grab näherte, spürte er auch in diesem Moment, wie eine schmerzliche Sehnsucht ihn durchströmte, die mit jedem Meter, den er zurücklegte, größer wurde. Seine Schritte wurden schneller. Er musste sich beherrschen, nicht einfach loszulaufen.

Endlich stand er davor und vergrub die Hände tief in den Hosentaschen. In der ersten Zeit hatte er sich einige Male dabei ertappt, wie er sich mit gefalteten Händen dem Schmerz hingab. Als ob er beten würde. Beten! Es gab niemanden mehr, zu dem er beten konnte.

In der Mitte der rötlichbraunen Marmorplatte, die das Grab bedeckte, stand in einer Vase ein Strauß weißer Nelken, in denen eine einzelne dunkelrote Rose leuchtete wie der Blutfleck auf einem Hochzeitskleid. Ihre Mutter stellte jede Woche frische Blumen auf das Grab. Immer die gleiche Zusammenstellung. Francesca hatte den Kontrast dieser Kombination geliebt. Das wusste er, obwohl er ihr selten Blumen geschenkt hatte. Viel zu selten. Eigentlich nie. Er hatte Blumen nicht für wichtig gehalten. Warum fielen einem die eigenen Fehler erst auf, wenn man sie nicht mehr ändern konnte? Langsam ging er in die Hocke und strich mit der Hand über die kalte Marmorplatte.

»Francesca«, flüsterte er, »Liebes, schau dir an, was aus mir geworden ist, seit du gegangen bist. Sie haben mich für unfähig erklärt, für psychisch krank. Was soll jetzt werden?« Er wartete einige Sekunden, so als wollte er ihr die Möglichkeit geben, zu antworten, bevor er weitersprach. »Alicia hat sich wieder bei mir gemeldet. Wegen dieser Mordserie, an der ich dran bin. Dran war, muss ich jetzt wohl besser sagen. Zuerst war es mir nicht recht, dass sie plötzlich wieder vor mir stand, aber dann ...« Tief atmete er durch. »Ich weiß nicht, was es ist, Francesca. Es ... ich freue mich, sie wiederzusehen. Ich meine, sie war unsere Freundin. Da ist es doch normal, dass ich ...« Wieder atmete er tief durch. »Ich denke, ich brauche jemanden, der auch eine enge Bindung zu dir hatte. Sie ist ...« Mit einem Ruck stand er auf und wischte sich mit beiden Handflächen über das Gesicht. »Ich glaube, du wärst damit einverstanden, dass deine Freundin mir hilft. Bei diesem fürchterlichen Fall und vor allem dabei, nicht ganz zu verzweifeln.«

Er hörte Schritte hinter sich, und als er sich umdrehte, blickte er in das faltige Gesicht einer alten Frau. Aus ihren Augen sprach tiefes Mitgefühl. Wortlos legte sie ihm die Hand auf den Arm, dann ging sie, den Oberkörper ein wenig nach vorne gebeugt, langsam in die Richtung weiter, aus der Varotto gekommen war. Er sah ihr nach und wandte sich dann wieder dem Grab zu.

»Ich werde diesen Fall lösen, Francesca. Auch ohne Kollegen. Ich habe jetzt nur noch diesen Deutschen. Und Alicia.«

Ein letztes Mal strich er ganz leicht mit den Fingerspitzen über den Marmor.

»Ich werde dich immer lieben, Francesca«, flüsterte er.

Ein paar Minuten später lenkte er seinen Wagen in Richtung Via Michele Pironti.

*Rom. Redaktionsgebäude des ›Il Cortanero‹*

## 34

Matthias betrachtete das Display seines Handys noch einige Sekunden, nachdem er aufgelegt hatte.

»Was ist?«, fragte Alicia schon zum zweiten Mal. »Was hat er gesagt?«

Endlich riss Matthias den Blick vom Telefon los und sah sie an. In seinen Augen war Verwirrung zu sehen.

»Er sagt, er sei vom Dienst suspendiert worden. Ich soll

Sie nach dem heutigen Leitartikel fragen, dann wüsste ich, warum.«

Alicia schlug sich mit der Hand vor die Stirn. »O Gott, der Artikel meines Chefs! Ich habe ihn noch nicht gelesen, aber ich habe gestern mitbekommen, dass von ganz oben die Order kam, den Ton deutlich zu verschärfen. Moment!«

Mit schnellen Schritten verließ sie das Archiv, um nur zwei Minuten später mit einer aktuellen Ausgabe des ›Cortanero‹ zurückzukommen. Ihr Gesicht verdüsterte sich, während sie die Zeilen überflog.

»So eine Gemeinheit!«, rief sie schließlich, hielt Matthias die Zeitung hin und ließ sich mit einem tiefen Seufzer auf ihren Stuhl fallen.

Matthias las den Artikel, der etwa ein Viertel der Seite ausmachte, und ließ den ›Cortanero‹ dann sinken.

»Kommt es öfter vor, dass Ihre Zeitung sich auf die reißerische Ebene eines Revolverblatts herablässt?«

Energisch schüttelte Alicia den Kopf. »Nein, ganz und gar nicht. Wir legen großen Wert auf eine schonungslose Berichterstattung, gehen dabei aber eigentlich stets fair mit der Polizei oder dem Vatikan um. Das hier«, sie wies angewidert mit dem Zeigefinger auf die Zeitung, »ist ganz und gar nicht unser Stil.«

Für einen Moment richtete sich ihr Blick an Matthias vorbei in die Ferne. Als sie ihn wieder ansah, wirkte sie entschlossen.

»Wir müssen sofort zu ihm. Nach Francescas Tod war sein Beruf alles, was Daniele noch interessierte. Wenn man ihm jetzt auch noch das nimmt ...«

Matthias nickte, und als Alicia mit einem Ruck aufstand, tat er es ihr gleich. Bevor sie jedoch den Raum verlassen konnten, klingelte sein Mobiltelefon. Er warf der

Journalistin einen entschuldigenden Blick zu. Francesco Tissone kam ohne große Umschweife gleich zur Sache.

»Ich habe das Ergebnis der neuen Datenbankabfrage.«

*Innenstadt von Rom*

## 35

Während der Fahrt zu Daniele rief Matthias Kardinal Voigt an, um ihn über die neueste Entwicklung zu informieren.

Der Kurienkardinal hörte sich alles geduldig an und sagte dann: »Was für ein seltsamer Zufall. Er hatte also doch richtig gelegen mit seinem Vorschlag.«

Matthias war verwirrt. »Wer er? Und welcher Vorschlag, Eure Eminenz?«

»Monsignor Bertoni. Er hat mich heute früh wieder aufgesucht und mir erklärt, er habe sich noch einmal Gedanken über die Morde gemacht. Möglicherweise solle man alle Daten, die auftauchten, überprüfen. Es sei ja nicht selten der Fall, dass darin ein Hinweis auf das Geschehene zu finden sei. Allerdings kannte er so wie ich bislang nur das Geburtsjahr des Toten, der von seiner Mutter gefunden worden war, weshalb ich der Sache keine allzu große Bedeutung beimaß. Es schien mir doch etwas zu weit hergeholt. Als dann später der Anruf aus der Questura kam und Sie kurz danach hier bei mir saßen, hatte ich die Sache schon wieder vergessen. Jetzt aber stellt sich heraus, dass die Geburtsdaten von mindestens zwei der Opfer identisch sind und zudem auf eine ungewöhnliche Sternenkonjunktion fallen. Da bekommt Bertonis Vorschlag natürlich ein völlig neues Gewicht ... Und ich gestehe, es ist beängstigend.«

»Ja, Eure Eminenz, das ist es. Ich bin gerade unterwegs zu Commissario Varotto ...«

»Varotto ...«, unterbrach ihn der Kardinal. »Heute Morgen gab es einen sehr unschönen Artikel über den Commissario. Sie haben ihn sicher schon gelesen.«

Matthias war aber mit seinen Gedanken nicht ganz bei der Sache. »Eminenz, ich werde mich wieder bei Ihnen melden, wenn wir bei Commissario Varotto sind. Dort können wir uns in Ruhe unterhalten.«

»Nein, ich möchte, dass Sie vorher herkommen.« Voigts Stimme klang nun etwas ungehalten.

Matthias warf einen Blick auf die Uhr im Armaturenbrett des Fiats. Halb eins. Er überlegte kurz und sagte dann: »Ich werde um 15 Uhr da sein. Ist Ihnen das recht?«

»Ja, in Ordnung«, antwortete der Kardinal knapp und legte auf.

Matthias starrte auf die Straße. Seine Gedanken rasten. Bertoni war am Morgen bei Voigt gewesen und hatte ihm einen Vorschlag unterbreitet, der mit der Überprüfung von Daten zu tun hatte. Und das hatte der Kardinal *vergessen*, ihm mitzuteilen? Ihm, den der Vatikan herbeordert hatte, um bei der Aufklärung der Mordserie behilflich zu sein? Konnte einem so etwas einfach entfallen?

»Was ist los? Sie sehen aus, als ginge es Ihnen nicht gut.«

Er warf einen kurzen Blick auf das besorgte Gesicht der Journalistin. Mühsam brachte er ein Lächeln zustande. »Nein, es ist nichts, Alicia. Außer dass diese Sache immer unheimlicher wird, je mehr wir uns damit beschäftigen.«

Sie nickte wortlos. »Das alles wird wirklich immer

unheimlicher. Und die Tatsache, dass ein psychisch labiler Commissario, eine Journalistin mit verkorkstem Leben und ein in einem sizilianischen Kloster lebender geheimnisvoller Deutscher ohne Vergangenheit gemeinsam an dem Fall arbeiten, macht es nicht eben einfacher.«

Matthias sah sie überrascht an. »Warum denken Sie, dass Ihr Leben verkorkst ist?«

»Warum übergehen Sie, was ich zu Ihrer Person gesagt habe?«, kam sofort die Gegenfrage.

»Sie zuerst.«

Sie lachte. »Das erinnert mich an meine Kindheit. Damals war eines meiner liebsten Argumente: ›Ich habe zuerst gefragt.‹«

Matthias konnte sich ein Lachen nicht verkneifen und wurde sich bewusst, dass es guttat, mit ihr zu lachen, weil es für einen kurzen Moment die schrecklichen Geschehnisse verdrängte.

»Was vor langer Zeit gut war, kann heute immer noch Gültigkeit haben, oder? Nun sagen Sie schon, warum Ihr Leben angeblich verkorkst ist. Danach werde ich Ihnen auch ein wenig von mir erzählen.«

Ihr Gesicht wurde wieder ernst. »Also gut. Wenn ich nicht gerade arbeite, verbringe ich die meisten Abende in irgendwelchen Bars oder Restaurants mit irgendwelchen Bekannten und unterhalte mich mit ihnen über irgendwelche Belanglosigkeiten. Dann gehe ich nach Hause in meine Single-Wohnung. An manchen Abenden setze ich mich noch eine Stunde vor den Fernseher, an anderen gehe ich sofort ins Bett, aber ich tue es meist alleine. Am nächsten Morgen stehe ich wieder auf, arbeite und gehe danach in Bars oder Restaurants. Ein Leben, bestehend aus Arbeit und Banalitäten. Der Höhepunkt des Jahres ist die Woche, die ich mit meinen Eltern zusammen über Weihnachten bei meinen Großeltern in Spanien verbringe. Das ist wirklich immer sehr schön, aber als Jahreshöhepunkt einer 36-Jährigen ...«

»Das hört sich bisher aber nicht nach einem verkorksten Leben an, Alicia«, erklärte Matthias vorsichtig.

Ihr Lachen klang dieses Mal bitter. »Wie soll man es sonst nennen? Andere Frauen in meinem Alter haben einen Mann, zwei, drei Kinder, einen Hund und einen Wellensittich. Eine ganze Menge Aufgaben warten auf sie, wenn sie von der Arbeit kommen. Die Familie will versorgt sein, Familienausflüge am Wochenende müssen geplant werden, sie müssen in die Sprechstunden der Lehrer und abends müssen sie sich schick machen, um den Gatten zu seinem Geschäftsessen zu begleiten. Sie ... Sie ...«

Alicia verstummte, und als Matthias den Eindruck hatte, sie würde den Satz nicht beenden, tat er es für sie. »Sie werden gebraucht.«

Wieder musste sie an einer Ampel anhalten. »Ja. Ich habe mit meinen sechsunddreißig Jahren nichts von alledem. Es gibt außer meinen Eltern niemanden, der mich braucht, und es interessiert niemanden, was ich tue oder nicht tue.«

»Sie reden von Ihrem Leben, als wäre es schon vorbei. Dabei sind Sie eine intelligente, attraktive junge Frau. Die Männer drehen sich nach Ihnen um, und ich kann mir vorstellen, dass viele Sie gerne kennenlernen würden.«

Ihre Mundwinkel zitterten. »Das Problem ist nur, dass die meisten dieser Männer verheiratet sind, und sie mich nur zu einem ganz bestimmten Zweck ›kennenlernen‹ wollen.«

»Was würden Sie sich denn wünschen? Oder soll ich besser fragen, wie soll er sein?«

Sie zog die Schultern hoch. »Das weiß ich nicht so genau. Nur, dass ich mir kein ›*Scusi, Signorina*, Sie sind wunderschön. Möchten Sie die Nacht mit mir verbringen?‹ wünsche.«

»Aber es stimmt doch: Sie *sind* wunderschön«, erklärte Matthias verlegen.

Daraufhin sagte sie nichts mehr, sondern sah ihn nur mit einem seltsamen Blick an, so als würde sich gerade eine Brücke zwischen ihren dunklen Augen und ihm bilden. Und etwas war in diesen Augen, das ihn berührte, sich warm in seinem Inneren ausbreitete. Sie war schön. Nicht puppenhaft hübsch, nein, natürlich schön. Sie war... Ein unangenehmes Geräusch riss ihn aus seinen Gedanken, Alicia neben ihm fuhr zusammen. Im nächsten Moment wurde ihnen beiden klar, dass der Fahrer hinter ihnen im Sekundentakt auf die Hupe drückte. Die Ampel stand auf Grün.

Alicia legte einen Gang ein und fuhr los. Dabei warf sie ihm einen schnellen Blick zu und lächelte verlegen. Während der restlichen Fahrt sprachen sie nicht mehr, aber Matthias spürte die ganze Zeit über das warme Gefühl in sich.

Zehn Minuten später parkten sie vor dem Haus, in dem Daniele Varotto wohnte. Während sie die Gurte lösten, sagte Matthias: »Gab es noch nie jemanden, der der Richtige hätte sein können?«

Wieder sah sie ihn an, dieses Mal jedoch war es ein vollkommen anderer Blick.

»Doch ... den gab es. Wir klingeln gleich an seiner Tür... Aber das ist lange her. Er hatte sich damals schon für meine Kollegin und Freundin entschieden.«

»Commissario Varotto? Weiß er...?«

»Nein. Und ich bitte Sie inständig, das auch für sich zu behalten! Wie gesagt, es ist schon lange her. Lassen Sie uns das Thema bitte vergessen.«

Matthias nickte und stieg aus. Alicia war also in Commissario Varotto verliebt gewesen, als dieser sich schon für ihre Freundin Francesca entschieden hatte. Das war bitter für sie, aber so etwas kam sicher öfter vor. Seine Gedanken rasten, und zum ersten Mal seit Tagen drehten sie sich dabei nicht um die Toten, mit denen der Kreuzweg Jesu Christi nachgestellt wurde.

*Rom. Via Michele Pironti*

36 Wortlos trat Varotto zur Seite und ließ Alicia und Matthias eintreten. Er wirkte müde und ausgelaugt, und Matthias fragte sich, ob die Ringe unter seinen Augen auch am Tag zuvor schon so dunkel gewesen waren.

Kaum dass sie im Wohnzimmer Platz genommen hatten, sah er Alicia an. Er gab sich keinerlei Mühe, freundlich zu wirken.

»Hast du von dem Artikel gewusst?«

Sie hob die Schultern und sagte: »Ja. Ich habe dir gestern gesagt, dass in der heutigen Ausgabe ein Artikel erscheint, der dir nicht gefallen wird. Erinnerst du dich?«

»Der mir nicht gefallen wird?«, fuhr Varotto sie an. »Man bezeichnet mich als unfähigen, psychisch labilen Menschen. Mit vollem Namen. Ich muss wohl noch dankbar sein, dass ihr nicht auch noch meine Telefonnummer angegeben habt, damit die Leute mich gleich selbst beschimpfen können. Das hat nichts mit einem Artikel zu tun, *der mir nicht gefallen wird*, meine Liebe. Das ist Rufmord!«

»Commissario, lassen Sie uns doch …«, wollte Matthias

ihn beschwichtigen, doch Varotto brachte ihn mit einem zornigen Blick zum Schweigen.

»Es reicht wohl noch nicht, dass ich meine Frau verloren habe. Jetzt bin ich auch noch meinen Job los. Vielen Dank!«

Schnaubend ließ er sich in den Sessel fallen und starrte vor sich hin wie ein trotziges Kind.

Alicia wartete eine Weile, bevor sie in ruhigem, aber bestimmtem Ton antwortete. »Daniele, ich kann gut verstehen, dass du stinkwütend bist, aber du musst mir glauben, ich habe nicht gewusst, was der Chefredakteur schreibt. Dass sie diese Geschichte mit deiner Krankheit machen würden, habe ich nicht gewusst und ich möchte wetten, dass Azzani das gestern Nachmittag selbst noch nicht wusste. Er hätte es mir gesagt, da bin ich sicher. Irgendetwas muss da passiert sein. Wahrscheinlich eine politische Geschichte. Ich werde versuchen, das herauszubekommen. Aber was auch immer es war – ich habe nichts davon gewusst, und ich hoffe sehr, dass du mir glaubst.« Alicias Stimme wurde leiser. »Ich weiß, wie sehr dich das quält, Daniele, aber es war nicht nur deine Frau, die gestorben ist. Ich habe auch meine beste Freundin verloren.«

Lange sagten sie nichts mehr. Alicia und Varotto saßen einfach nur da; jeder schien seinen eigenen Gedanken nachzuhängen. Matthias betrachtete sie abwechselnd. Er überlegte, wie er das Gespräch am sinnvollsten wieder in Gang bringen konnte, als Varotto unvermittelt sagte: »Nun erzählen Sie mir endlich, was Sie herausgefunden haben. Ich bin zwar beurlaubt, aber trotzdem noch Commissario. Also ...?«

Matthias nickte erleichtert und bemerkte dabei aus den Augenwinkeln, dass auch Alicia ihn ansah. Beginnend mit Alicias Idee, sich die Zeitung vom 4. März 1981 anzusehen, erzählte er dem Commissario von ihrer Suche und davon, wie sie schon aufgegeben hatten und ihm nur durch Alicias resignierten Ausspruch über die Sternenkonstellation die Verbindung aufgefallen war. Varotto hörte gebannt zu. Als Matthias erklärte, was seiner Meinung nach die Tätowierung zu bedeuten hatte, zog er die Brauen hoch und formte mit dem Mund ein lautloses »Oh«, hörte aber weiter zu und unterbrach ihn kein einziges Mal, bis zu der Stelle, an der Matthias sagte: »Deshalb glaube ich, dass jemand schon lange vor diesem 4. März 1981 davon überzeugt war, dass sich an dem Tag die Geschichte wiederholt und Gott seinen Sohn ein zweites Mal auf die Erde schickt. Und ...«

Abrupt hob Varotto die Hand. »Moment!« Traurigkeit und Schmerz waren aus seinem Gesicht gewichen und hatten Ärger Platz gemacht. »Sie wollen mir ernsthaft erzählen, dass Gott seinen zweiten Sohn auf die Erde geschickt hat, weil zwei Planeten unseres Sonnensystems sich ein wenig näher gekommen sind? Entschuldigen Sie, aber... sind Sie nicht ganz bei Trost?«

Matthias runzelte die Stirn, schluckte die Beleidigung aber hinunter. »Sie sollten mir besser zuhören, Commissario Varotto. Ich sprach nicht von seinem *zweiten* Sohn, sondern davon, dass er seinen Sohn *wieder* auf die Erde geschickt hat. Und zweitens – und das ist der wirklich bedeutende Unterschied – war keine Rede davon, dass *ich* glaube, dass Gottes Sohn wiedergeboren wurde. Ich sprach davon, dass *irgendwer* das glaubt.« Er wartete, ob Varotto dazu etwas sagen wollte. Als der ihn nur weiter ansah, fuhr er fort. »Es gibt dabei aber auch noch vieles, das ich nicht verstehe. Wir müssen es noch genau prüfen, aber offensichtlich wurden nur italienische Kinder entführt. Warum? Wohin sind diese entführten Jungen damals gebracht worden? Wo sind sie aufgewachsen? Warum werden gerade jetzt diese mittlerweile erwachsenen Jungen umgebracht? Wir haben meines Wissens weder ein aus religiöser Sicht besonders relevantes Jahr, noch gibt es in diesen Tagen irgendein Datum, das mir auch nur im Entferntesten etwas sagen würde.«

»Und spätestens an diesem Punkt wird die ganze Theorie endgültig ad absurdum geführt«, erklärte Varotto und stieß ein kurzes humorloses Lachen aus. »Das ist lächerlich! Ich darf Ihnen vielleicht ein paar demographische Fakten zu Italien nennen, die Sie als Deutscher möglicherweise nicht kennen. In Italien werden etwa 1300 bis 1400 Kinder am Tag geboren. Wenn wir davon ausgehen, dass sich Jungen und Mädchen die Waage halten, kommen wir auf etwa siebenhundert Jungen am Tag. Wenn nun diese Verrückten tatsächlich denken, Gottes Sohn ist an dem Tag geboren worden, hätten sie doch alle Jungen entführen müssen, die am 4. März 1981 zur Welt kamen, um sicher zu sein, dass *der richtige* dabei ist. Wie, bitte, soll es aber jemand schaffen, innerhalb von wenigen Jahren siebenhundert Jungen zu entführen und so unterzubringen, dass niemand etwas bemerkt? Von der Frage der Aufsicht, der Ernährung und so weiter einmal ganz abgesehen. Aber selbst, wenn wir das alles außer Acht lassen, muss Ihnen doch eins auch klar sein: Es wäre schlicht ein Ding der Unmöglichkeit, alle siebenhundert infrage kommenden Jungen zu entführen, ohne dass diese Gemeinsamkeit der Polizei aufgefallen wäre. Man kann ja von der italienischen Polizei halten, was man möchte«, er warf einen vorwurfsvollen Blick auf Alicia, »aber *das* wäre jemandem aufgefallen.«

Matthias nickte. »Ja, wenn es so wäre, wie Sie es geschildert haben, würde ich Ihnen sicherlich recht geben. Aber so ist es nicht. Ich hatte Ihren Kollegen Commissario

Tissone heute Vormittag gebeten, die Datenbank nach Jungen zu durchsuchen, die am 4. März 1981 geboren sind und irgendwann in den Jahren danach spurlos verschwanden. Die Suche hat insgesamt 49 Treffer ergeben. Fakt ist, dass *das* der Polizei nicht aufgefallen ist, Commissario Varotto.« Die Gesichtszüge des Commissario verhärteten sich, Matthias redete aber unbeeindruckt weiter. »Wir müssen diese Fälle miteinander vergleichen. Da wir einen Ansatzpunkt haben, dürften wir relativ zügig herausfinden, was gerade diese 49 Fälle außerdem miteinander verbindet, den anderen 651 zu Ihren geschätzten siebenhundert aber fehlt.«

In diesem Moment klingelte sein Mobiltelefon. Als Kardinal Voigt sich meldete, suchte Matthias im Wohnzimmer des Commissario instinktiv nach einer Uhr, konnte aber keine entdecken. Aber seine Befürchtungen, ihm wäre jegliches Zeitgefühl abhandengekommen und er hätte seinen Termin um 15 Uhr verpasst, wurden von Voigt gleich zerstreut.

»Wo stecken Sie?«

»Bei Commissario Varotto. Er ist ...«

»Ja, ich weiß. Sie müssen sofort kommen. Der Heilige Vater möchte Sie sehen.«

Der Papst! Ohne Zögern antwortete Matthias: »Ich mache mich sofort auf den Weg«, und legte auf.

»Das war Kardinal Voigt«, erklärte er. »Ich muss sofort in den Vatikan. Rufen Sie mir bitte ein Taxi?«

»Ich kann Sie doch fahren«, erklärte Alicia, doch Matthias schüttelte den Kopf.

»Nein, bitte bleiben Sie hier.« Dann wandte er sich an Varotto. »Commissario, was werden Sie jetzt tun?«

»Möchten Sie wissen, ob ich jetzt den Rentner spiele? Nein, das sicher nicht. Man hat mir den Fall offiziell zwar entzogen, aber das heißt nicht, dass ich hier nun Däumchen drehen werde.«

Matthias nickte. »Das habe ich gehofft. Wenn Sie Commissario Tissone bitten, Signorina Alicia Kopien sämtlicher Unterlagen über die 49 entführten Jungen zu geben, würde er das tun? Was meinen Sie?«

Varotto nickte grimmig. »Ich würde es Francesco dringend raten.«

»Gut. Dann schlage ich vor, Sie besorgen einstweilen diese Unterlagen, und wir treffen uns anschließend wieder hier. Bis später.«

Als sich die Wohnungstür hinter Matthias geschlossen hatte, sagte Varotto zu Alicia: »Ich weiß wirklich nicht, was ich von ihm halten soll. Kaum bin ich zu der Überzeugung gekommen, dass man ihn wirklich brauchen kann und er eine Hilfe ist, kommt er mit irgendwelchen Bibelgeschichten an. Und wenn ich dann denke, es sei wohl doch besser, die Sache alleine durchzuziehen, zaubert er eine geniale Eingebung aus dem Hut, die uns einen Schritt weiterbringt. Sag, was denkst du über ihn, Alicia?«

»Ich denke, du solltest Gott – oh, entschuldige –, du solltest dem *Schicksal* danken, dass man ihn geschickt hat, und deine Wut auf alles, was mit Gott zu tun hat, nicht auf ihn projizieren. Er kennt sich in vielen Dingen aus, die für diese Mordserie sehr wichtig sein können, von denen ein Polizist keine Ahnung hat.«

»Du hast wahrscheinlich recht ...«, brummte Varotto und ertappte sich bei dem Gedanken, dass sie eine höchst attraktive Frau war. Ihre Augen funkelten, wenn sie von dem Deutschen sprach. Plötzlich platzte aus ihm heraus, was ihm schon von Anfang an auf der Seele brannte. »Und was hältst du von ihm als ... Mann?«

»Das geht dich nichts an, Daniele.«

»Na, entschuldige, du gehörst ja quasi zur Familie, Alicia, da werde ich dich doch fragen dürfen, was du ...«

»Zur *Familie*?«, unterbrach sie ihn barsch. »Francesca war meine Freundin, was aber nicht bedeutet, dass ich *dir* meine intimsten Gedanken anvertraue.« Sie stockte und biss sich auf die Lippen.

Varotto sah sie stumm an. Sie hatte ihm gerade ziemlich deutlich gesagt, was sie über den athletisch gebauten Deutschen mit den hellblonden Haaren dachte. Warum störte ihn das nur?

*Vatikan. Apostolischer Palast*

## 37

»Der Heilige Vater will alleine mit Ihnen sprechen.« Kardinal Voigt sah Matthias mit sorgenvollem Blick an. »Es geht um etwas sehr Persönliches. Etwas von großer Brisanz.«

Als Matthias stumm nickte, sah der Kardinal ihm noch zwei, drei Sekunden in die Augen, dann klopfte er an die hohe Tür.

Der Papst saß auf einem mit rotem Samt bezogenen Stuhl vor einem der meterhohen Fenster. Ihm gegenüber hatte sein Privatsekretär gesessen, der sich nun erhob, Matthias freundlich zunickte und wortlos den Raum verließ.

»Bitte, nehmen Sie Platz«, sagte Alexander IX. und deutete auf den Stuhl neben sich.

Matthias küsste den Siegelring des Papstes und setzte sich. Der Papst schloss die Augen und senkte den Kopf, sodass sein Kinn die Brust berührte. So saßen sie sich eine

Zeit lang gegenüber. Das Oberhaupt der katholischen Kirche war offensichtlich in ein stummes Gebet vertieft, und da er keine Anstalten machte, das Gespräch zu beginnen, sah Matthias sich in dem Raum um. Staatsmänner aus aller Welt mussten hier schon gesessen haben. Päpste, die Bedeutendes vollbracht hatten. Hatte der Vorgänger von Alexander IX. nach seiner Wahl dieses Zimmer des Apostolischen Palastes noch betreten, bevor er hinaus auf die Benediktionsloggia getreten war, um den tausenden auf dem Petersplatz wartenden Gläubigen zuzuwinken? Bevor er, Matthias, der damals noch den Namen …

»Ich danke Ihnen, dass Sie gekommen sind, Bruder Matthias«, unterbrach ihn die Stimme des Papstes, die sich in diesem Moment so brüchig wie die eines Greises anhörte.

Matthias wunderte sich, dass der Papst ihn mit *Bruder* ansprach, obwohl er besser als jeder andere wusste, dass Matthias nur ein Dauergast in dem Kloster auf Sizilien war.

»Sie erinnern sich noch daran, was ich Ihnen vor zwei Tagen erzählt habe?«, wollte sein Gegenüber wissen.

Matthias nickte. »Ja, Eure Heiligkeit. Sie erzählten mir, dass sich ein Ihnen nahestehender Mensch vor vielen Jahren von der Kirche abgewandt und damit gedroht hat, sich einer Vereinigung anzuschließen, die die katholische Kirche zu Fall bringen würde. Sie wollten von mir wissen, ob ich mir vorstellen kann, dass er sich der Bruderschaft der Simoner angeschlossen hat, die mein …«

Alexander IX. nickte. »Die Erkenntnisse der letzten Tage haben mich zu der Einsicht gebracht, dass ich Ihnen mehr darüber erzählen muss, denn ich kann nicht mehr ausschließen, dass es eine Verbindung zu diesen schrecklichen Ereignissen gibt.«

Matthias spürte, wie sich ihm etwas Dumpfes, Schweres in den Magen legte. Der Papst sah ihm in die Augen und es schien, als wollte er ein letztes Mal darüber nachdenken, ob er sich ihm anvertrauen konnte oder nicht. Dann wandte er den Blick von Matthias ab und starrte aus dem Fenster, vor dem sie saßen.

»Ich bin in Molochio geboren und aufgewachsen, einem kleinen Dorf in Kalabrien. Ich hatte drei Schwestern und einen Verwandten, der bei uns wohnte. Er hieß Niccolò Gatto und war der Sohn einer Cousine meiner Mutter. Seine Eltern waren beide bei einem Unfall ums Leben gekommen und meine Eltern hatten den damals Dreijährigen aufgenommen. Niccolò wuchs mit uns zusammen auf, hatte aber immer das Gefühl, von unseren Eltern nicht so geliebt zu werden, wie sie ihre eigenen Kinder liebten.

Zwei meiner Schwestern starben früh, eine an einem Blinddarmdurchbruch, die älteste ein Jahr später an einer Lungenentzündung. Meine Eltern waren sehr religiös und sahen es als eine Warnung Gottes, dass zwei ihrer Kinder so früh sterben mussten, als einen Hinweis darauf, dass ihre noch lebenden Kinder in den Dienst der Kirche treten sollten, um ihre Seelen zu retten. Zu diesem Zeitpunkt war Niccolò sechs, ich war drei und meine jüngste Schwester anderthalb Jahre alt.

Unsere Eltern taten ab diesem Moment alles dafür, uns für ein Leben im Dienste der Kirche vorzubereiten. Sie zwangen uns zu nichts, aber sie verstanden es trotzdem, uns die Gewissheit zu geben, dass Gott uns dazu berufen hatte, ihm zu dienen. Je älter wir wurden, umso selbstverständlicher wurde das Bedürfnis in uns, unser Leben Gott zu weihen. Niccolò, den wir immer nur Nico nannten, trat als Erster in das Priesterseminar in Cittanova ein, zwei

Jahre später folgte ich. Fast zur gleichen Zeit ging meine Schwester Giulia ins Kloster. Der Wunsch unserer Eltern hatte sich erfüllt.«

Der Papst blickte Matthias kurz an, um gleich darauf wieder gedankenverloren zum Fenster hinauszuschauen.

»Lange Zeit verliefen Niccolòs Weg und meiner ganz ähnlich. Ich tat es ihm in allem gleich, als wäre es meine Bestimmung, immer in seine Fußstapfen zu treten. Sogar die Pfarreien, in denen wir anfangs tätig waren, lagen direkt nebeneinander. So verloren wir während der ganzen Zeit nie den Kontakt zueinander, wir sahen uns regelmäßig, zeitweise sogar täglich. Bis zu dem Abend – mittlerweile waren wir zweiundzwanzig und fünfundzwanzig Jahre alt –, der alles verändern sollte. Es war im Frühling 1949. Nico war einige Monate zuvor zum Priester geweiht worden, und mich hatte man gerade zum Studium an der Gregorianischen Universität zugelassen. Nach all den Jahren, in denen wir den gleichen Weg gegangen waren, stand uns erstmals eine Trennung bevor.

An jenem Abend kam Nico zu mir. Er sah schlimm aus, und ich weiß noch, wie ich gleich dachte, dass etwas Dramatisches passiert sein musste. Noch bevor ich dazu kam, ihn zu fragen, sagte er mir, dass er etwas Unverzeihliches getan habe. Er hatte ein Mädchen kennengelernt und sich in sie verliebt. Nico beteuerte mir, dass er gegen sein Verlangen angekämpft und sich kasteit hätte, letztendlich aber doch verloren hatte. An diesem Tag hatte sie ihm eröffnet, dass sie von ihm schwanger war.« Der Papst schluckte mehrmals, bevor er weitersprach. »Nico wirkte so hilflos, wie ich ihn noch nie zuvor erlebt hatte. Ich hatte das Gefühl, als wäre plötzlich ich der Ältere, der ihn beschützen und ihm helfen musste. Er wollte von mir einen Rat, wie er sich nun verhalten solle.«

Wieder sah Papst Alexander IX. Matthias an, so als wollte er sehen, welche Reaktion seine Worte hervorriefen. Der bemühte sich, ruhig zu wirken. Man sah dem Gesicht des Papstes an, dass das, was er nun zu erzählen hatte, sehr schmerzhaft für ihn war.

*Sie sitzen sich an dem grob gezimmerten Holztisch gegenüber. Über ihnen eine Hängelampe, deren Licht sich zu den Wänden des kleinen Raumes hin in diffusem Halbdunkel verliert. Nur das monotone Ticken der Wanduhr ist zu hören. In einer Ecke ist mit einem dünnen Vorhang das Bett vom Rest des Zimmers abgetrennt. Eine Kochgelegenheit gibt es nicht, aber das ist auch nicht nötig, denn Massimos Vermieterin, die Witwe Collecci, verpflegt den jungen Geistlichen.*

*Massimo steht kopfschüttelnd auf und geht zu einem Vitrinenschrank. Die Bodendielen knarren bei jedem seiner Schritte.*

*»Nico, Nico, was hast du dir nur dabei gedacht!«, sagt Massimo, während er sich bückt und aus dem unteren Teil der Vitrine eine Flasche Landwein hervorholt. Der Korken ist nur leicht angedrückt und fällt herunter, als Massimo sich mit der halb vollen Flasche in der Hand aufrichtet. Er lässt ihn liegen.*

*»Wie, was habe ich mir dabei gedacht«, erwidert Niccolò Gatto, und seine Stimme klingt verärgert. »Nichts natürlich. Hätte ich meinen Verstand eingeschaltet, wäre es nicht passiert. Aber die Frage ist nicht, was warum geschehen ist, sondern, was ich jetzt tun soll.«*

*Massimo hat zwei einfache Wassergläser aus der Vitrine geholt und stellt sie nun auf den Tisch, um sie mit dem roten Wein zu füllen. Eines der Gläser schiebt er zu Niccolò hinüber, dann setzt er sich und sieht ihn ernst an.*

*»Du musst es Bischof Agostinelli beichten, Nico. Das ist die einzige Möglichkeit, deine Seele zu retten.«*

*Niccolò reißt die Augen auf. »Niemals!« Er beugt den Oberkörper über die Tischplatte. »Massimo! Ich habe das Zölibat gebrochen. Er wird mich exkommunizieren, wenn er davon erfährt.«*

*Niccolò ergreift das Glas, setzt es an die Lippen und trinkt es aus. Massimo hebt die Schultern. »Das ist nicht sicher. Was du getan hast, ist eine schlimme Sünde, aber ebenso gut kann es sein, dass dir vergeben wird. Eins aber ist sicher: Wenn du es ihm nicht sagst, hast du nicht nur das Zölibat gebrochen, sondern lebst dauerhaft in Sünde und mit der Lüge, denn das Kind wird heranwachsen und du wirst immer wieder in Situationen kommen, in denen du nicht die Wahrheit sagen kannst. Möchtest du das wirklich, Nico?«*

*Die Augen des Älteren füllen sich mit Tränen, er beginnt zu schluchzen. Mit einer schnellen Bewegung legt er den Arm auf die Tischplatte und verbirgt sein Gesicht darin.*

*Massimo wartet geduldig, bis das Schluchzen leiser wird.*

*»Liebst du das Mädchen?«, fragt er dann.*

*Langsam hebt Niccolò den Kopf und schaut ihn verständnislos an. »Wie kannst du das fragen, Massimo? Glaubst du, ich würde das Gelübde brechen, das ich vor Gott abgelegt habe, wenn ich das Mädchen nicht liebe?«*

*Massimo nickt. »Dann bleibt nur eins: Du musst aus dem Dienst der Kirche austreten und sie heiraten.«*

*Niccolò schüttelt energisch den Kopf. »Nein, das kommt nicht infrage. Mein ganzes Leben lang wollte ich Priester sein!« Er schüttelt mehrmals heftig den Kopf. »Nein, Massimo, es muss auch anders gehen. Ich habe einen Freund, einen ehemaligen Kommilitonen, dessen Eltern haben auf*

*Sizilien einen Bauernhof, sehr einsam gelegen, weit weg vom nächsten Dorf. Ich war einmal für ein paar Tage mit ihm dort. Ich werde sie dort hinbringen. Sie kann mein Kind zur Welt bringen und ...«*

*»Nico«, unterbricht ihn Massimo mit sanfter Stimme. »Nico, du hast mir noch nicht einmal gesagt, wie das Mädchen heißt, das dir so viel bedeutet. Warum nicht? Hätte das nicht das Erste sein sollen, das du mir erzählen willst? Ihren Namen?«*

*»Was redest du? Ich habe es eben vergessen, weil ich durcheinander bin.«*

*In dem Blick, mit dem Massimo seinen Freund betrachtet, liegt ebenso viel Nachsichtigkeit wie zuvor in seinen Worten.*

*»Bist du sicher? Oder ist es vielleicht so, dass es gar nicht so sehr das Mädchen ist, auf das es dir ankommt, sondern vielmehr dein Kind?«*

*Niccolò möchte aufbrausen, hat schon Luft geholt, und ... bläst sie wieder aus, als er Massimos Blick sieht. Wieder füllen sich seine Augen mit Tränen. Dieses Mal jedoch legt er den Kopf nicht in die Armbeuge, sondern sieht Massimo unverwandt an.*

*»Ich denke so oft an Lucia, deine,* unsere *kleine Schwester, die in meinen Armen gestorben ist. Zwei Jahre war sie, gerade mal zwei Jahre jünger als du damals, fast noch ein Baby. Sie hat so fürchterliche Bauchkrämpfe gehabt. Weinend hat sie sich an mich geklammert, weil sie dachte, ich könnte ihr helfen. Aber ich war doch selbst erst sieben, Massimo. Was hätte ich denn tun sollen? Ich war mit euch Kleinen allein zu Hause, deine älteste Schwester Maria war mit euren Eltern auf dem Feld. Lucia starb qualvoll in meinen Armen, erinnerst du dich? Ich werde ihren Blick niemals vergessen, den Blick, bevor sie die Augen geschlossen hat.«*

*Es bricht Massimo fast das Herz, ihn so verzweifelt zu sehen. Am liebsten würde er ihn jetzt umarmen, doch er weiß, dass Nico das niemals zulassen würde. Nie wieder hatte ihn jemand aus der Familie in den Arm nehmen dürfen seit damals.*

*»Sie hat so sehr geweint, Massimo. Sie dachte, ich könnte ihr helfen«, flüstert er noch einmal unter Tränen.*

*Massimo nickt. »Aber du konntest doch nichts dafür, Nico. Wenn überhaupt jemanden die Schuld traf, dann noch eher meine Eltern, weil sie dich mit uns Kleinen alleine zu Hause gelassen haben. Es geht darum, dass du, ein katholischer Priester, ein Kind gezeugt hast, aus welchen Gründen auch immer. Und dass es keinen anderen Weg für dich geben kann, als dich dem Bischof anzuvertrauen und auf seine Gnade zu hoffen.«*

*Niccolò springt mit einem Satz auf. So heftig, dass der Stuhl laut polternd umkippt. »Hast du mir nicht zugehört? Hast du nicht verstanden, dass ich das Kind in meinen Armen wissen muss? Für deine Schwester Lucia? Der Bischof würde mir im günstigsten Fall nur verbieten, das Kind und seine Mutter zu sehen. Das geht nicht, Massimo. Es ist mein Kind.«*

*Als Massimo ihn mit gequältem Blick ansieht, wendet er sich zum Gehen und schlägt die Tür hinter sich zu.*

»An diesem Abend gingen wir zum ersten Mal in unserem Leben im Zorn auseinander.«

Mit diesen Worten erhob sich der Papst schwerfällig von seinem Stuhl und ging mit staksigen Schritten zu seinem Schreibtisch. Matthias sah ihm die Schmerzen an, die die Bewegungen ihm bereiten mussten. Erst wenige Wochen zuvor hatte er seinen 78. Geburtstag gefeiert, und Matthias hatte gehört, dass er an Arthritis litt.

»Sie haben sicherlich nichts gegen eine Erfrischung einzuwenden«, sagte der Heilige Vater, während er den Telefonhörer abhob und jemanden bat, ihnen Saft zu bringen. Die Glaskaraffe mit der goldgelben Flüssigkeit musste schon bereitgestanden haben, denn Alexander IX. war noch nicht wieder an seinem Stuhl angelangt, als sich schon die Tür öffnete. Der Privatsekretär stellte das Tablett auf dem Schreibtisch ab und rückte dann einen kleinen Beistelltisch vor das Fenster, wo er zwei hohe Gläser füllte, um sich danach mit einem leichten Kopfnicken zurückzuziehen.

Alexander IX. nahm einen kleinen Schluck und stellte das Glas vorsichtig wieder ab.

»Ich habe in jener Nacht kein Auge zugetan. Ich habe hin und her überlegt, habe alle nur erdenklichen Möglichkeiten in Erwägung gezogen, bis ich schließlich gegen Morgen zu einem folgenschweren Entschluss gelangt bin. Vielleicht hätte ich die Entscheidung Nico überlassen sollen. Aber damals sah ich das anders. Ich glaubte, dass Nico nicht dazu in der Lage war, zu sehr quälte ihn wieder sein Schuldgefühl wegen Lucia. Ich sah nur, dass Nico Gefahr lief, sich noch mehr zu versündigen. An der Kirche und vor allem an Gott, dem er doch sein Leben geweiht hatte. Weil er mit einer großen Lüge leben wollte, die zwangsläufig weitere Lügen nach sich gezogen hätte. Und das war für einen Diener Gottes undenkbar.«

Matthias dachte über diese letzten Sätze nach, und ihm war schnell klar, dass sie nur eins bedeuten konnten.

»Sie haben es dem Bischof erzählt, nicht wahr?«, fragte er zaghaft.

Das Kirchenoberhaupt sah ihn an; es schien fast, als hätten die Gedanken an die Geschehnisse von damals die Furchen noch tiefer in sein Gesicht gegraben. »Ja, das habe ich«, sagte er leise. »Und Nico hat mir das nie verziehen.«

Der Papst starrte wieder zum Fenster hinaus. An seinem Gesicht war abzulesen, wie sehr ihn die Schatten der Vergangenheit quälten. Es vergingen lange Minuten, bis er sich in der Lage fühlte, weiterzureden.

»Ich hatte damit gerechnet, dass Bischof Agostinelli nicht begeistert sein würde. Aber niemals hätte ich gedacht, dass er so reagieren würde, wie er es tat.« Er hielt wieder inne und wischte sich mit den Handrücken eine Träne ab, die über die Wange gelaufen war und sich in der tiefen Falte neben dem Mundwinkel verloren hatte. »Er hat Nico suspendiert. Nicht weil er sein Zölibat gebrochen hatte, sondern weil er nicht selbst zu ihm gekommen war.«

Er wartete einen Moment ab, ob Matthias etwas dazu sagen wollte, und fuhr fort, als der ihn nur stumm ansah.

»Sie müssen wissen, dass damals vieles noch strenger gehandhabt wurde als heute. Aber trotzdem – diese Strenge wäre auch zur damaligen Zeit nicht zwingend nötig gewesen. Die Suspendierung noch vor der Priesterweihe war praktisch gleichzusetzen mit dem Ende seines Dienstes in der kirchlichen Laufbahn. Es war klar, dass Nico danach niemals zum Priester geweiht werden würde.«

Der Papst richtete den Blick wieder gegen das Fenster, und Matthias spürte, dass der alte Mann noch seinen bitteren Gedanken nachhing. Mittlerweile faszinierte die Geschichte ihn so sehr, dass er es kaum erwarten konnte, zu erfahren, was aus Niccolò Gatto geworden war. Und was das alles mit den Morden zu tun hatte.

Innerlich aufgewühlt, nach außen hin jedoch völlig ruhig, wartete er, bis der Papst weitererzählte.

»Ich habe Nico danach nur noch ein einziges Mal gesehen, kurz nach seiner Suspendierung. Er hat mir schlimme Vorwürfe gemacht. Ich habe ihm klarzumachen versucht, dass ich ihm nur helfen wollte und dass er auf mich zählen könnte, aber es hatte keinen Zweck. Wir haben uns fürchterlich gestritten. Das Ganze endete damit, dass er mir erklärte, ich existiere ab diesem Tag nicht mehr für ihn. Es sei besser, keinen Freund zu haben, als in der Gewissheit zu leben, dass der Mensch, der ihm fast ein Bruder gewesen war, ein Denunziant sei.« Der Heilige Vater seufzte. »Was dann kam, ist schnell erzählt, denn ich weiß davon nur aus dem Munde Dritter. Nico und das Mädchen, von dem ich bis heute den Namen nicht kenne, zogen nach Sizilien. Nico ist noch vor der Geburt seines Sohnes aus der Kirche ausgetreten, voller Erbitterung über die Ungerechtigkeit, die ihm seiner Meinung nach widerfahren war. Viele, viele Jahre hörte ich nichts mehr von ihm. Dann kamen zwei Briefe. Der erste nach etwa fünfundzwanzig Jahren. Anfang November 1973 – ich war damals Sekretär der Kongregation für den Klerus. Er war hier in Rom aufgegeben worden, der Absender lautete schlicht N. G. Er war mit Schreibmaschine geschrieben, wohl um auch noch den letzten Rest einer persönlichen Bindung zu lösen, und es war der schrecklichste Brief, den ich in meinem ganzen Leben bekommen habe. Nico teilte mir darin mit, dass man seinen Sohn ermordet hatte. Ich sehe seine Zeilen noch vor mir, denn ich habe sie wohl tausendmal gelesen, kenne sie in- und auswendig.«

Er schloss die Augen und atmete einige Male tief durch, bevor er weitersprach.

»›Nachdem Du, Verräter, dafür gesorgt hast, dass man mir meinen Lebensinhalt nahm und die katholische Kirche mich verstieß wie einen Aussätzigen, ist meine Frau bei der Geburt unseres Kindes gestorben. Eurem sadistischen Gott war das jedoch noch immer nicht genug. Nun hat er das Werk vollendet und mir auch noch das Einzige genommen, das mir geblieben war: meinen Sohn. Nachts, im Schlaf, hat ein Handlanger Deines elenden Gottes ihn mit einem Stein erschlagen. Seid Ihr nun zufrieden, Du, Deine Kirche und Euer Gott, der schlimmer ist als alle Teufel, die von Deinesgleichen jemals beschrieben worden sind? Aber ich sage Dir hier und jetzt: Ich werde meinen Sohn rächen, und das allein wird fortan der Inhalt meines Lebens sein. Du, Deine Kirche und Euer sadistischer Gott werdet meine Rache zu spüren bekommen. Auge um Auge, Zahn um Zahn.‹«

Matthias zog eine Augenbraue hoch. »Und der zweite Brief?«

Wieder atmete der Papst tief ein, und es schien, als würde ihm die Beantwortung dieser Frage ganz besonders viel Mühe bereiten.

»Der kam kurz nach meiner Wahl vor vier Jahren. Er enthielt nur zwei Sätze, wieder mit Schreibmaschine geschrieben.

> Papst! Bist Du Deinem allgütigen Gott nun nahe genug? So wirst Du denn als sein Stellvertreter mit ihm zusammen untergehen.
>
> N. G.

Ich wollte, ich könnte Ihnen sagen, was genau er damit gemeint hat. Aber eines weiß ich sicher, und das bereitet mir panische Angst.«

Die Gedanken rasten in Matthias' Kopf und es fiel ihm schwer, sich auf die Worte des Papstes zu konzentrieren. Zusammenhänge schienen sich herauszubilden und lösten sich wieder auf, bevor sie so klar waren, dass sein Verstand sie fassen konnte. Er sah den Papst fragend an, der nun den Blick senkte und leise sagte: »Sein Sohn ist am 24. Oktober 1973 ermordet worden. Und in fünf Tagen haben wir den 24. Oktober. Wenn diese furchtbare Mordserie so weitergeht, wird an seinem Todestag die zwölfte Station erreicht sein: Jesus stirbt am Kreuz.«

Matthias rechnete nach.

»Eure Heiligkeit, wie alt genau war Niccolò Gattos Sohn, als er starb?«, fragte er, obwohl er glaubte, die Antwort zu kennen.

»Er muss vierundzwanzig Jahre alt gewesen sein«, erwiderte der Heilige Vater betrübt.

Matthias schwindelte der Kopf. Die Zusammenhänge lagen klar vor ihm. Er sah den Papst an und konnte in dessen Gesicht die stumme Frage lesen, die er nun beantworten musste, auch wenn sich alles in ihm dagegen sträubte.

»Mindestens zwei der Männer, die für diese Kreuzwegstationen ermordet wurden, waren vierundzwanzig Jahre alt, Euer Heiligkeit«, erklärte er mit fester Stimme. »Und ich fürchte, die anderen werden genauso alt sein, denn die beiden schon identifizierten Opfer sind am gleichen Tag geboren. Am 4. März 1981, an dem es eine große Sternenkonjunktion gab. An ...«

»Der Stern von Bethlehem«, unterbrach ihn der Papst und schlug entsetzt die Hände vors Gesicht, als ihm die Zusammenhänge klar wurden. »Allmächtiger, steh uns bei!«, flüsterte er mit tonloser Stimme.

»Eure Heiligkeit«, sagte Matthias so behutsam, wie es ihm möglich war, »könnten Sie mir bitte alles erzählen, was Sie über Niccolò Gatto wissen?«

»Ich weiß nicht viel mehr als das, was ich Ihnen bereits geschildert habe«, antwortete der Papst, und seine Hände zitterten. »Ein Freund aus Kindertagen hatte noch längere

Zeit Kontakt zu ihm. In den ersten Jahren hat er offensichtlich auf einem Bauernhof gearbeitet. Was er tat, weiß auch dieser Mann nicht. Die Woche über war er verschwunden und niemand weiß, wohin. Das ist alles, was ich Ihnen sagen kann.«

»Dieser Bekannte, Eure Heiligkeit, wissen Sie, wo man ihn erreichen kann?«

»Oh, ja, natürlich«, sagte der Papst. »Er lebt sogar hier in Rom. Er heißt Salvatore Bertoni und ist der Sekretär der Päpstlichen Bibelkommission. Er stammt aus Messignadi, einem Nachbarort von Molochio. Nico und er haben als Kinder oft zusammen gespielt und auch während des Studiums viel Zeit miteinander verbracht.«

Matthias war überrascht. »Monsignore Bertoni? Der Mann, dem man die beiden seltsamen Briefe zugesteckt hat?«

»Ja, das ist er.« Der Papst nickte nachdenklich. »Daran habe ich noch gar nicht gedacht.«

*Vatikan. Palazzo Sant' Uffizio*

## 38

Im Vorzimmer des Kardinals sprang der junge Geistliche in der schwarzen Soutane sofort auf, als er Matthias hereinkommen sah. Der Kardinal schien ihn zu erwarten. Matthias trat ein, ohne eine Reaktion auf sein Klopfen abzuwarten.

»Ah, da sind Sie ja. Bitte, nehmen Sie doch Platz und berichten Sie, was der Heilige Vater Ihnen erzählt hat.«

Matthias fühlte sich so aufgewühlt wie lange nicht mehr. »Der Heilige Vater hat mir erzählt, dass Monsignor Bertoni ein Bekannter von Niccolò Gatto war und noch lange Zeit mit ihm Kontakt pflegte, nachdem die beiden Brüder, oder Fast-Brüder, sich zerstritten hatten. Sie erwähnten im Vorfeld, der Papst habe Ihnen gesagt, worüber er mit mir sprechen wolle. Wussten Sie nicht, dass Bertoni und dieser Niccolò sich kannten?«

Ohne dass Matthias es beabsichtigt hätte, war seine Stimme lauter geworden, was auch dem Kardinal nicht entgangen war. Seine eben noch freundlichen Gesichtszüge verhärteten sich.

»Als Erstes bitte ich mir einen Ton aus, der meinem Amt angemessen ist.«

»Entschuldigen Sie, Eure Eminenz«, lenkte Matthias sofort ein, »diese Sache zerrt einfach sehr an meinen Nerven.«

Voigt nickte gütig. »Um Ihre Frage zu beantworten: Von einer Verbindung zwischen diesem Niccolò Gatto und Monsignor Bertoni wusste ich nichts. Hätte ich davon gewusst und außerdem noch geahnt, dass es von Belang ist, hätte ich Sie selbstverständlich darüber informiert.«

»Kann ich Monsignor Bertoni sprechen? Jetzt gleich?«, fragte Matthias.

Statt einer Antwort griff der Kardinal zum Telefon und wählte eine dreistellige Nummer.

»Kardinal Voigt hier«, sagte er nach nur zwei Sekunden in den Hörer. »Signor Matthias möchte mit Ihnen sprechen. Ich schicke ihn zu Ihnen.«

Kardinal Voigt hatte ihm den Weg zwar erklärt, aber als Matthias durch die verwinkelten Flure des Palazzo Sant' Uffizio ging, zeigte sich, dass es gar nicht so einfach war, sich darin nicht zu verlaufen. Er konnte sich eines leichten Schauers nicht erwehren, als er sich bewusst wurde, dass er durch das Gebäude der Kongregation ging, die die Kirche seit ihrer Gründung 1542 vor Irrlehren schützen sollte und einst als Heilige Inquisition Angst und Schrecken verbreitet hatte. Vielleicht waren es diese Gedanken, die die Gänge so düster wirken ließen, obwohl sie ausreichend beleuchtet und mit vielen wertvollen Gemälden geschmückt waren.

Bertonis Büro war ein langer schmaler Schlauch, vollgestopft mit Büchern und Akten. Überall, auf Regalen, Tischchen und sogar auf dem Boden, lagen ganze Stapel davon herum. In der Bibliothek des Klosters auf Sizilien hatte es genauso gerochen. Es war der Geruch alter Druckerschwärze auf altem Papier. Wirkte das Arbeitszimmer des Kardinals wie das Büro eines Managers, so kam Matthias sich hier wie im Studierzimmer eines altehrwürdigen Geschichtsprofessors vor.

Der zierliche, extrem blasse Monsignore empfing ihn freundlich und zeigte sich kaum überrascht, als Matthias nach einer kurzen Begrüßung als Erstes nach seiner Verbindung zu Niccolò Gatto fragte.

»Wer hat Ihnen erzählt, dass ich Niccolò kenne?«, fragte Bertoni, nachdem er einen Stuhl für Matthias freigeräumt hatte. »Kardinal Voigt?«

»Der Kardinal?«, antwortete Matthias verunsichert. »Der Kardinal wusste nicht, dass Sie und Signor Gatto sich kannten.«

Die Freundlichkeit wich augenblicklich aus Bertonis schmalem faltigem Gesicht. Er runzelte die Stirn.

»Hat er das wirklich behauptet?«, wollte er wissen und rieb sich das Kinn, wobei der Ärmel seiner Soutane ein wenig zurückrutschte und ein Bluterguss am Handgelenk sichtbar wurde.

Wieder hatte Matthias das dumpfe, schwere Gefühl im Magen. Hatte Voigt etwa nicht die Wahrheit gesagt?

»Heißt das, er hat mich angelogen?«

»Nein ... nein, das nicht«, beeilte sich Bertoni zu sagen und blickte auf seine Finger, die er nun vor sich auf der Tischplatte gefaltet hatte. »Ich weiß selbst nicht, warum ich dachte, er wüsste es.« Er schüttelte den Kopf. »Da habe ich mich wohl geirrt, mein Gedächtnis ist nicht mehr das allerbeste, wissen Sie, da bringe ich die Dinge schon einmal durcheinander. Zumal diese fürchterlichen Morde uns allen im Moment große Sorgen bereiten.«

Matthias nickte zögerlich und nicht wirklich überzeugt. »Wie dem auch sei, Monsignore, ich wäre Ihnen dankbar, wenn Sie mir alles über Niccolò Gatto erzählen würden, was Sie wissen.«

»Warum interessieren Sie sich für ihn?«, fragte Bertoni zaghaft.

»Sagen wir so: Ich halte es für gut möglich, dass er uns bei diesen furchtbaren Morden weiterhelfen kann.«

Der alte Mann zog den Kopf ein wenig ein. »Glauben Sie, dass Niccolò etwas damit zu tun haben könnte? Ich habe ihn lange nicht mehr gesehen, aber nachdem sein Sohn ermordet worden ist ... Nein, ich muss vorher anfangen, sonst verstehen Sie mich nicht.«

Er ließ sich gegen die gepolsterte Rückenlehne sinken und schloss kurz die Augen, so als müsste er in seinen Erinnerungen suchen.

»Als man Niccolò damals vom Kirchendienst suspendierte, brach für ihn eine Welt zusammen. Ich habe keinen Menschen gekannt, der so gläubig war wie er. Erst konzentrierte sich seine ganze Wut hauptsächlich auf die Institution Kirche, und natürlich auf seinen einzigen wahren Freund – unseren heutigen Papst. So sehr er ihn vorher geschätzt hatte, so groß wurde nach dieser Sache seine Abneigung. Gehasst hat er ihn damals noch nicht – das kam erst später. Aber er fühlte sich von ihm und der

Kirche verraten. Als dann aber Lucia bei Paolos Geburt starb ...«

»Lucia?«, unterbrach Matthias ihn. »Sagten Sie gerade Lucia?«

»Ja, so hieß sie«, erklärte Bertoni.

»Hieß so nicht auch die kleine Schwester des Papstes? Die an einem Blinddarmdurchbruch gestorben ist?«

Bertoni nickte. »Ja, Sie sind gut informiert. Halten Sie es für unhöflich, wenn ich frage, woher Sie das alles wissen?«

Matthias dachte daran, dass Kardinal Voigt ihn mehrfach ermahnt hatte, kein Wort davon weiterzuerzählen, was der Papst ihm anvertraut hatte. Andererseits – Bertoni kannte die Fakten offensichtlich ohnehin alle. Und der Kardinal hatte ihm schließlich Bertoni genannt.

»Ich weiß es vom Heiligen Vater, der sich Sorgen um Niccolò Gatto macht«, antwortete er, und Bertoni nickte, als hätte er genau diese Antwort erwartet.

»Nach Lucias Tod wurde Niccolòs Wut auf die Kirche und Massimo Ferdone immer größer. Ihnen gab er die Schuld am Tod seiner Frau, denn er war überzeugt, wenn er nicht suspendiert worden wäre, hätte Lucia das Kind unter anderen Umständen bekommen und wäre nicht gestorben. Ich habe ihn zu dieser Zeit noch regelmäßig gesehen. Niccolò hatte mir das Versprechen abgenommen, niemandem, ganz besonders nicht Massimo Ferdone, zu verraten, wo er lebte. Es tat mir sehr leid, zu sehen, wie sehr er litt, und nichts davon sagen zu dürfen. Bei einem meiner Besuche, etwa zwei Jahre nach Lucias Tod, hatte ich wieder einmal versucht, ihm klarzumachen, dass Gottes Wege für uns Menschen nicht immer nachvollziehbar, aber stets Ausdruck seiner Liebe sind. Bis dahin hatte sich seine Wut ausschließlich gegen die Kirche und Massimo Ferdone gerichtet. Nun aber begann er, gegen Gott selbst zu lästern. Ich bat ihn, in meiner Gegenwart davon abzusehen. Er aber hat nur gelacht und mir gesagt, ich könne ja gehen. Er habe Männer kennengelernt, die ihn nicht nur verständen, sondern von denen er noch viel lernen könne. Als ich nachfragte, wich er mir jedoch aus und sagte nur etwas von einer Gemeinschaft, deren Mitglieder lange vor ihm die Verlogenheit der Kirche und das wahre Gesicht Gottes erkannt hätten. Das war das letzte Mal, dass ich ihn gesehen habe.«

»Was waren das für Männer, Monsignore? Haben Sie später noch mehr über sie erfahren?«

»Wir haben noch einige Male miteinander telefoniert, aber unser Verhältnis wurde immer schwieriger. Mit jedem zweiten Satz griff er die Kirche an und hielt mir vor, ich sei ein Narr, dass ich mich so blenden ließe.«

»Und das haben Sie einfach so geschluckt?«, unterbrach Matthias ihn staunend.

Einen Moment lang schien Bertoni verwirrt zu sein, zuckte dann aber die Schultern. »Eines der wichtigsten Elemente des Glaubens ist die Liebe. Gottes Liebe zu uns Menschen, aber auch die Liebe untereinander. Ich kannte Niccolò seit unserer Kindheit. Wie hätte ich ihn einfach fallen lassen können in einer Zeit, in der er seinen Glauben verloren hat und Beistand am nötigsten brauchte?«

Matthias nickte. »Das verstehe ich, und ich bewundere Ihre Hingabe.«

Bertonis Gesicht verzog sich zu einem Lächeln. »Es gibt nichts, was bewundert werden müsste. Aber um zu Ihrer Frage zurückzukommen: Ich habe versucht, etwas mehr über diese Männer zu erfahren, aber Niccolò war nicht dazu zu bewegen, mehr als die schon gemachten Andeutungen zu erzählen. Dann, viele Jahre später, es war kurz vor dem Tod seines Sohnes Paolo, rief er mich an und erklärte mir, er sei mit dieser Gemeinschaft in ein Kloster gezogen und lebe jetzt etwas mehr als hundert Kilometer von mir entfernt. Er sagte, er werde sich von nun an noch intensiver um die Belange dieser Gemeinschaft kümmern. Paolo sei auf Sizilien geblieben. Das war mein vorletztes Gespräch mit ihm.«

Bertoni machte eine Pause. In seinem Gesicht spiegelte sich die Trauer darüber wider, den Kontakt zu einem Freund verloren zu haben. Matthias hätte gerne gewartet, bis der Mann sich wieder gefangen hatte, aber er war nervös und spürte, dass Eile geboten war.

»Entschuldigen Sie meine Ungeduld, Monsignore, aber wann war das letzte Gespräch?«

»Das war kurz nach dem Tod seines Sohnes. Ich kann mich noch sehr gut daran erinnern und mich schaudert noch immer bei dem Gedanken daran. Niccolò rief mich an und sagte nur: ›Dein Gott hat mir nun auch noch meinen Sohn genommen. Aber dafür wird er büßen. Auge um Auge, Zahn um Zahn.‹ Dann legte er auf.«

»Schrecklich«, sagte Matthias leise und wiederholte die Worte in Gedanken. Auge um Auge, Zahn um Zahn.

»Ja, das war es. Und wissen Sie, was das Schlimmste daran war? Er hörte sich so an, als wäre seine Drohung absolut ernst gemeint. So als wüsste Niccolò tatsächlich, wie er sich an Gott rächen konnte, als hätte er...«

»... den Verstand verloren?«, fragte Matthias.

Bertoni sah ihn mit undefinierbarem Blick an. »Ja.«

»Und das war das letzte Mal, dass Sie mit ihm Kontakt hatten?«

»Ja. Das ist nun fast fünfundzwanzig Jahre her«, antwortete Bertoni. »Ich wüsste gerne, wie es ihm geht, ob er zwischenzeitlich seinen Frieden mit Gott gefunden hat oder... ob er etwas mit diesen furchtbaren Morden zu tun hat. Ich halte es für möglich, dass Niccolò sich im Laufe der Jahre so sehr in seinen Wahn hineingesteigert hat, dass er etwas Fürchterliches tun könnte. Vor allem, wenn er bei dieser ›Gemeinschaft‹ geblieben ist, die offenbar aus verwirrten Menschen zu bestehen scheint. Wissen Sie, ich habe mir schon viele Gedanken darüber gemacht, warum gerade ich diese seltsamen Botschaften bekommen habe. Das würde einen Sinn ergeben, wenn Niccolò etwas mit der Sache zu tun hätte. Andererseits ist allein der Gedanke daran so abscheulich, dass ich Angst habe, darüber den Verstand zu verlieren.«

Bertoni verstummte. Nach einer Weile erhob sich Matthias zögerlich.

»Eins noch, Signor Matthias«, sagte Bertoni, während auch er aufstand. »Würden Sie es als sehr vermessen empfinden, wenn ich Sie fragte, warum Sie in einem Kloster leben? Und warum man Sie von hoher politischer Stelle zu dieser schrecklichen Sache hinzugezogen hat?«

Matthias lächelte. Er würde dem alten Mann vielleicht irgendwann seine Geschichte erzählen, nur nicht jetzt. »Ich wollte und konnte mein altes Leben nicht mehr fortsetzen, weil ich viel Schlimmes erlebt habe. Im Kloster habe ich die Ruhe und auch die Einsamkeit gefunden, die ich gebraucht habe. Und die Zeit, mich dem Studium von Geheimbünden, Logen und Bruderschaften zu widmen. Das ist auch der Grund, warum man der Meinung ist, ich könnte der Mordkommission von Nutzen sein.«

Dem Gesicht des alten Mannes war deutlich zu entnehmen, dass ihn die Antwort nicht zufriedenstellte. Matthias konnte es ihm nicht verdenken. Er hoffte nur, er würde nicht weiterfragen.

»Ich danke Ihnen, dass Sie meine Frage beantwortet haben«, begnügte sich Bertoni zu sagen, sehr zu Matthias'

Erleichterung. »Und was Kardinal Voigt angeht, ich bin mittlerweile sicher, mich getäuscht zu haben, was sein Wissen über die Bekanntschaft zwischen Niccolò Gatto und mir betrifft. Bitte entschuldigen Sie, ich bin nicht mehr der Jüngste.«

Matthias wollte sich schon verabschieden, als ihm noch etwas einfiel. »Monsignore, der Kardinal erzählte mir von Ihrem Vorschlag.«

Bertoni wiegte den Kopf hin und her und lächelte gezwungen, als wäre es ihm peinlich, dass sein Vorgesetzter Matthias davon erzählt hatte.

»Sie hatten völlig recht, Monsignore. Mittlerweile wissen wir, dass die Geburt des entführten Jungen im Jahr einer wichtigen Sternenkonjunktion stattfand, mehr noch, alle Entführten wurden in diesem Jahr geboren.«

Das Gesicht des alten Mannes wirkte mit einem Mal sehr blass. »Mein Gott«, sagte er, »es war ein spontaner Gedanke. Ich hatte nicht ernsthaft damit gerechnet, dass ...« Er stockte und schüttelte den Kopf, als könnte er damit seine Gedanken ordnen. »Wenn ich Ihnen sonst irgendwie helfen kann ... Warten Sie.« Er kritzelte etwas auf einen kleinen Zettel und reichte ihn Matthias. »Das ist meine private Telefonnummer. Sie können mich wirklich jederzeit anrufen.« Und etwas leiser fügte er hinzu. »Vielleicht verstehen Sie, dass es mir ein persönliches Bedürfnis ist.«

Matthias versprach, sich bei ihm zu melden. Vielleicht konnte er wirklich helfen.

*Il Castello*

39 Er kniete in seiner Kammer vor dem Bett, die Augen geschlossen, die Hände zum Gebet gefaltet.

Vater, hilf mir in diesen Tagen der Entscheidung. Sag mir, was ich tun soll. Er hat mir gesagt, du würdest zu mir sprechen, wenn es an der Zeit ist. Er hat gesagt, ich müsse auf dich vertrauen. Das tue ich, aber ich flehe dich an, hilf mir in dieser schweren Zeit, die nun kommen wird. Gib mir ein Zeichen. Er hat gesagt, sie würden über mich herfallen, würden an mir zweifeln. Einen Lügner würden sie mich nennen, so wie damals. Ich müsse stark sein und ertragen, was da komme. Vater, steh mir bei, denn … ich fürchte mich.

*Rom. Via Michele Pironti*

40 Es war bereits später Nachmittag, als Matthias vor Varottos Wohnhaus aus dem Taxi stieg. Während der Fahrt durch die Innenstadt hatte er sich den Kopf darüber zerbrochen, wie er sich dem Commissario und Alicia gegenüber verhalten sollte. So gerne er es getan hätte, so wichtig es vielleicht gewesen wäre – er durfte ihnen nichts von dem Gespräch erzählen, das er mit dem Papst geführt hatte. Er stand bei Papst Alexander IX. im Wort, der Unheil von der Kirche und vor allem von seinem Amt als Papst fernhalten wollte. Aber es brachte Matthias in eine sehr schwierige Situation.

Alicia und Varotto saßen im Wohnzimmer inmitten eines Wustes von Papier und sahen nur kurz auf, als er den

Raum betrat. Offensichtlich hatten sie von Tissone die Unterlagen zu den 49 Jungen erhalten.

»Haben Sie schon etwas gefunden?«, fragte Matthias, während er drei Aktenordner von einem Sessel räumte, in dem er sich dann niederließ.

»Das kann man durchaus behaupten«, sagte Varotto, bevor die Journalistin antworten konnte. »Alicia hat etwas entdeckt, das mir niemals aufgefallen wäre, weil ich im Leben nicht daran gedacht hätte, das Geburtsdatum der Jungen mit den Hochzeitsdaten der Eltern abzugleichen. Die Eltern sind alle erst vor den Traualtar getreten, als die Frauen schon schwanger waren. Wir haben bisher zwar erst rund zwanzig überprüft, aber ich schätze, bei den anderen wird es genauso sein.«

»Welch ein organisatorischer Aufwand«, überlegte Matthias laut.

»Was meinen Sie?«, wollte Varotto wissen.

»Nun, allein von allen Geburten eines Tages in ganz Italien die Daten inklusive Hintergrundinformationen zu den Eltern zu beschaffen, muss doch wahnsinnig aufwendig gewesen sein. Stellen Sie sich das vor. Quer durch ganz Italien. Was man da alles in Erfahrung bringen musste. Ich bin mir absolut sicher – je länger wir forschen, desto mehr Zusammenhänge werden sich herausstellen. Dass es für alle diese Frauen das erste Kind war zum Beispiel. Und das aus Rache? Kann man so sehr hassen, um all das minutiös zu planen und bis zum bitteren Ende durchzuführen? Über einen Zeitraum von so vielen Jahren?«

»Moment!« Varotto hatte die Hand gehoben. »Sagten Sie gerade Rache? Wofür? Und vor allem: wessen Rache?«

»Nun, welchen Grund sollte es sonst dafür geben, wenn nicht Rache an der Kirche oder vielleicht sogar an Gott?« Er hoffte dabei, dass man seiner Stimme nicht anhörte, wie unwohl er sich fühlte. »Denken Sie an den Stern von Bethlehem. Was, wenn tatsächlich jemand diese Jungen entführt hat, weil er davon überzeugt ist, dass ein ganz besonderer Junge unter ihnen ist? Jemand, der so besonders ist, dass man sich an seinem göttlichen Vater rächen kann, wenn man sich seiner bemächtigt?«

Varotto rümpfte verächtlich die Nase. »Ist *das* im Vatikan herausgekommen? Denkt man dort, es wolle sich jemand an der Kirche rächen? Oder an Gott? Allen Ernstes?«

»Nun, was denken Sie, Commissario?«, fragte Matthias. »Könnte es nicht sein, dass diese Kreuzwegmorde wirklich ein Racheakt sind? Versuchen Sie beiseitezulassen, was *Sie* über Gott und die Kirche denken. Ist es möglich, dass bei jemandem der Hass auf die Kirche oder auf Gott so groß sein kann, dass er dazu fähig wäre?«

Die Unterarme auf den Oberschenkeln, faltete Varotto die Hände und starrte vor sich hin. »Es kann durchaus Ereignisse im Leben geben, die einen gläubigen Menschen dazu bringen, die Existenz Gottes infrage zu stellen. So wie es mir erging. Der Gott, an den man mir beigebracht hat zu glauben, war ein Gott der Liebe und Güte. Eine Macht, die schützend die Hand über uns hält und so verhindert, dass schlimme Dinge passieren. Wenn ich mir nun aber vorstelle, mein Glaube an diesen Gott wäre so fest verankert, dass ich seine Existenz niemals infrage stellen könnte, was auch immer geschieht, und dieser Gott würde mir Dinge antun, die so furchtbar sind, dass ich darüber fast den Verstand verliere ...«, die Stimme versagte ihm fast, »dann kann ich durchaus nachvollziehen, dass man auf diesen Gott einen tiefen Hass entwickelt für das, was er einem angetan hat ...« Er biss einige Sekunden auf seiner Unterlippe, bevor er fortfuhr. »Um Ihre Frage also zu beantworten: Ich weiß nicht, ob jemand so geistesgestört sein kann, dass er ernsthaft glaubt, den Sohn Gottes entführt zu haben, aber ich kann mir grundsätzlich schon vorstellen, dass jemand mit dieser Sache zu tun hat, der voller Hass ist und sich für etwas rächen möchte.«

»Heilige Maria!«, rief Alicia aus. »Ihr denkt, wer immer diese Jungen damals entführt hat, bringt sie jetzt alle um, weil er *Jesus Christus* töten möchte?«

Die beiden Männer schwiegen, sahen sie nur an. Alicia hatte das Ungeheuerliche ausgesprochen.

»Eins verstehe ich allerdings nicht.« Alicia bemühte sich, mit fester Stimme fortzufahren, aber sie klang deutlich zittriger als zuvor. »Wenn diese Verbrecherbande tatsächlich glaubt, dass unter diesen Jungen der...« Sie stockte und rieb sich mit beiden Händen mehrmals über das Gesicht, bevor sie weitersprach: »Mein Gott, das ist so ungeheuerlich, dass ich es fast nicht auszusprechen wage... Wenn sie wirklich glauben, dass am 4. März 1981 der Sohn Gottes wiedergeboren wurde – warum dann ausgerechnet in Italien? Warum nicht im Westjordanland, in Bethlehem? Wäre das nicht viel naheliegender? Wie passt das zu der Akribie, mit der sie alles geplant und durchgeführt haben? Das verstößt gegen alle Logik.«

»Darüber habe ich auch schon nachgedacht«, erklärte Matthias, »und ich glaube, es ist nicht unlogisch. Rom ist inzwischen das Zentrum des katholischen Christentums. Diese Wahnsinnigen gehen wahrscheinlich davon aus, dass Gott, sollte er seinen Sohn noch einmal auf die Erde schicken, dies in Italien tun wird. Hier sitzt sein Stellvertreter.«

»Ein von Menschen ernannter Stellvertreter für einen Gott, der...«, brauste Varotto auf, doch Matthias ließ ihn nicht ausreden.

»Commissario, könnten Sie bitte Ihre abfälligen Bemerkungen über Gott sein lassen und sich auf unsere Hypothesen zu dem Motiv der Mörder konzentrieren?«

Varotto verzog das Gesicht zu einer Grimasse und nickte stumm.

»Eine Frage habe ich aber noch. Gab es diese seltsame Sternenkonstellation nur dieses eine Mal 1981?«

»Nein, es gab sie schon einige Male zuvor. Ich bin mir nicht ganz sicher, aber ich glaube irgendwo gelesen zu haben, dass sie etwa einmal pro Jahrhundert auftritt.«

Alicia runzelte die Stirn. »Und warum soll dann ausgerechnet im Jahr 1981 der... Sie wissen schon...«

»Das könnte damit zusammenhängen, dass viele religiöse Bruderschaften, Geheimbünde und Sekten aufgrund alter Schriften und Weissagungen mit dem Übergang zum dritten Jahrtausend eine gravierende Veränderung unserer Zivilisation einhergehen sehen. Eine solche Gemeinschaft könnte der Meinung sein, dass Gott seinen Sohn nochmals auf die Erde schickt.«

Matthias rechnete mit weiterem Widerspruch des Commissario. Als der sich aber mit der Erklärung zufriedengab, sagte er: »Ich fahre jetzt zum Polizeipräsidium und versuche unauffällig herauszufinden, wie weit Commissario Tissone inzwischen gekommen ist.«

»Sie wollen ihn aushorchen?«, fragte Varotto. »Warum erzählen Sie ihm oder Barberi nicht von unseren neuesten Erkenntnissen?«

Matthias hätte sich für die Unachtsamkeit ohrfeigen können. »Weil ich nicht weiß, ob ich im Polizeipräsidium wirklich von meiner Vermutung bezüglich des Motivs erzählen kann. Nichts gegen Ihren Chef, Commissario, aber die Tatsache, dass er Sie auf Anweisung von oben sofort beurlaubt hat, lässt mich vermuten, dass er seine Vorgesetzten schnellstens davon in Kenntnis setzen würde. Und wie wir gesehen haben, fühlen die sich von der Presse so unter Druck gesetzt, dass sie sicher gleich eine Pressekonferenz einberufen. Was würde geschehen, wenn die Öffentlichkeit erfährt, dass wir vermuten, jemand hätte vor über zwanzig Jahren Gottes Sohn entführt, um sich nach so langer Zeit an der Kirche oder an Gott zu rächen, indem er ihn tötet? Können Sie sich vorstellen, was man daraus machen würde? Nein, diese Überlegungen dürfen auf keinen Fall an die Öffentlichkeit dringen, solange wir keine eindeutigen Beweise dafür haben.«

»Aber wie soll es nun weitergehen?«, fragte Alicia.

»Ich werde auf jeden Fall an der Sache dranbleiben«, antwortete Varotto entschlossen und sah Matthias an. »Ich hatte gehofft, Sie würden zu mir stehen.«

»Das würde ich gerne tun, Commissario, aber Kardinal Voigt wird wahrscheinlich darauf bestehen, dass ich die offiziellen Stellen, also Ihren Chef Barberi und Ihren Kollegen Tissone, unterstütze.«

Man hörte seiner Stimme deutlich an, dass Matthias alles andere als wohl war bei dem Gedanken.

»Ich muss Ihnen noch etwas sagen, das Kardinal Voigt betrifft und Ihre Haltung vielleicht beeinflusst«, warf Alicia ein. Matthias sah sie überrascht an. »Ich war auf dem Rückweg von der Questura noch kurz in der Redaktion und habe Azzani, den Chefredakteur, zu seinem hetzerischen Leitartikel über Daniele befragt. Die Sache ist wirklich sonderbar. Der Zeitungsverleger des ›Cortanero‹, Signor Manieri, habe einen Anruf von einer sehr einflussreichen Person bekommen, die es beklagt habe, dass die Polizei in Bezug auf diese Kreuzwegmorde noch keinen Schritt weitergekommen sei und dass der ›Cortanero‹ offenbar nicht in der Lage sei, der Polizei Druck zu machen. Der Anrufer habe ihm unmissverständlich klargemacht, dass künftig alle wichtigen Informationsquellen für unsere Zeitung versiegen würden, wenn nicht sofort ein Artikel erscheint, der dafür sorgt, dass Daniele abgelöst wird. Ich habe natürlich gefragt, wer dieser Anrufer war, aber das hat Manieri auch meinem Chef nicht gesagt. Er hat wohl nur erwähnt, dass es ein sehr einflussreicher Mann war, der tatsächlich in der Lage wäre, die Zeitung in den Ruin zu treiben. Zum Schluss sagte Manieri aber einen Satz, den mein Chef als deutlichen Hinweis darauf sieht, aus welchen Kreisen der Anrufer kam. Er sagte: ›Es ist schon verwunderlich, was im Namen unseres Herrn alles geschieht.‹«

»Ich hätte es mir denken können!«, brauste Varotto auf und fuhr aus seinem Sessel hoch. »Was zum Teufel geht es den Vatikan an, wer den Fall leitet? Das ist einzig und allein Sache der italienischen Polizei.« Mit zwei großen Schritten war er beim Telefon. »Ich rufe Barberi an. Wenn der hört, wie der Artikel zustande gekommen ist, wird er mir die Ermittlungen sofort wieder übertragen. Das wäre doch ...«

»Daniele, lass es sein.«

Varottos Kopf fuhr herum. »Den Teufel werde ich tun, Alicia. Barberi soll wissen, dass die Pfaffen dahinterstecken.«

»Und dann? Was, denkst du, wird das ändern? Dein Chef hat dich beurlaubt, weil man ihn von ganz oben dazu gedrängt hat. Und warum hat man das getan? Weil Politiker grundsätzlich Angst vor einer öffentlichen Meinung haben, die ihnen bei der nächsten Wahl schaden könnte. Diese Tatsache ändert sich nicht, ganz egal, wer diesen Artikel veranlasst hat. Lass es, Daniele, es hat keinen Zweck.«

Während Varotto langsam die Hand mit dem Telefonhörer sinken ließ, sagte Matthias: »Nehmen wir an, der

Anrufer war wirklich jemand aus dem Vatikan: Wer hat dort so viel Macht, dass er dem ›Cortanero‹ die Schlinge um den Hals legen kann?«

»Das ist es, was ich Ihnen sagen wollte«, antwortete die Journalistin. »Manieri hat keinen Namen genannt, aber es gibt nur ganz wenige Männer im Vatikan, die über so viel Einfluss verfügen. Einer davon ist Kardinal Voigt. Wenn es mir auch persönlich sehr schwerfällt, das zu glauben.«

»Egal, wer aus diesem Verein angerufen hat«, funkte Varotto dazwischen. »Dass der Vatikan sich solcher Methoden bedient, um mich aus dem Weg zu räumen, ist ein Armutszeugnis, passt aber ins Bild, das ich mittlerweile von diesen Herren habe. Alicia, wie wäre es, wenn du einen Artikel darüber schreibst, mit welchen Mafiamethoden die Mitglieder der Kurie arbeiten?«

Die Journalistin stieß ein humorloses Lachen aus. »Du hast vielleicht Ideen. Du glaubst doch nicht im Ernst, dass man beim ›Cortanero‹ einen Artikel drucken würde, der gegen den Vatikan gerichtet ist. Und in dem zugegeben wird, dass der Bericht über dich aus den Reihen der Kurie initiiert war?«

Matthias hob beschwichtigend die Hände. »Moment! Wenn ich Sie richtig verstanden habe, ist es lediglich eine Vermutung Ihres Chefredakteurs, dass der Anruf aus dem Vatikan kam. Und das aufgrund eines Ausspruches, der auch ganz anders gemeint sein konnte.«

Niemand sagte mehr etwas. Varotto dachte darüber nach, was er nun tun konnte. Natürlich war ihm klar, dass Alicia keine Möglichkeit hatte, ihn zu rehabilitieren. Ebenso wusste er, dass Barberi seine Beurlaubung nicht rückgängig machen konnte, wenn er seinen eigenen Job behalten wollte. Tissone hatte den Fall nun übernommen, ein Kollege, den er mochte, dem er aber in Bezug auf diese Morde nicht viel zutraute. Er war ein Mann für den Innendienst, gewohnt, Entscheidungen erst zu treffen, wenn alle Möglichkeiten genauestens durchdacht waren. Varotto kannte keinen ordnungsfanatischeren Polizisten als ihn. Ihm fehlte schlicht das, was nach Varottos Überzeugung einen guten Kriminalisten ausmachte: Intuition und die Fähigkeit, schnelle und manchmal auch unkonventionelle Entscheidungen zu treffen. Was aber bedeutete das? Das bedeutete, dass er, Daniele Varotto, etwas unternehmen musste. Und der Einzige, der ihm dabei würde helfen können, war der blonde Deutsche.

Auch Matthias fasste alle Fakten in Gedanken zusammen und das Bild, das sich ihm dabei bot, war nicht sehr ermutigend. Möglicherweise war Gatto, der mit dem Papst aufgewachsen war, in die Sache verstrickt. Einiges, das Kardinal Voigt betraf, erschien ihm so merkwürdig, dass er es schnellstens klären musste. Und auch das Verhalten des Commissario Capo fand Matthias höchst seltsam. Welcher Vorgesetzte zog einen Beamten, mit dem er schon viele Jahre zusammenarbeitete, einfach so aus dem Verkehr, ohne dass dieser sich wirklich etwas hatte zuschulden kommen lassen? Und wer war der Anrufer von oben, der Varottos Beurlaubung verlangt hatte? Kardinal Voigt? Überhaupt, dieser Artikel. Selbst wenn wirklich Voigt bei diesem Signor Manieri angerufen hatte – was trieb einen bis dahin unbeugsamen Zeitungsverleger dazu, einen solchen Hetzartikel zu drucken? Oder hatte es diesen Anruf am Ende gar nicht gegeben? Andererseits, warum sollte Manieri lügen? Auch das ergab keinen Sinn.

Damit nicht genug, er musste Siegfried Kardinal Voigt dringend einige nicht sonderlich angenehme Fragen stellen. Dabei konnte es gut sein, dass er, Matthias, durch die Geschichte, die der Papst ihm anvertraut hatte, den Schlüssel zur Aufklärung der Morde in Händen hielt. Was aber nützte ihnen sein Wissen, wenn er diese brisanten Details niemandem anvertrauen konnte? Wie sollte er...

»Helfen Sie mir?«, fragte der Commissario unvermittelt und riss Matthias damit aus seinen Gedanken.

»Ihnen helfen, Commissario? Wobei?«

»Ich will diesen Fall aufklären, ganz egal, ob die Kurie oder irgendwelche Politiker damit einverstanden sind oder nicht. Ich muss beweisen, dass ich es kann. Das ist für mich die einzige Möglichkeit, mich zu rehabilitieren. Mit Ihrer und mit Alicias Hilfe habe ich eine kleine Chance, die Täter ausfindig zu machen, bevor etwas noch viel Schrecklicheres geschieht. Tissone ist ein netter Kerl, aber nicht sonderlich helle; er wird es nicht schaffen, diesen Fall zu lösen.«

»Was noch viel Schrecklicheres soll Ihrer Meinung nach passieren?«, wollte Matthias wissen, obwohl er sicher war, die Antwort schon zu kennen.

»Der Tod *aller* Entführten am Tag der zwölften Kreuzwegstation. Ich bin sicher, dass es auch in den kommenden Tagen jeweils ein Mordopfer geben wird. Sobald die zwölfte Station erreicht ist, die, an der Jesus am Kreuz starb, wird man, befürchte ich, die Leichen der restlichen damals entführten Kinder finden, wenn wir nichts dagegen unternehmen.« Und nach einer Pause fügte er hinzu: »Das wären achtundreißig Tote.«

Matthias zögerte einen Moment, dann sah er Varotto in die Augen und sagte: »Gut, Commissario. Ich werde Ihnen helfen. Allerdings möchte ich noch jemanden dabeihaben.«

»Und wer soll das sein?«

»Monsignor Bertoni, der Sekretär der Päpstlichen Bibelkommission. Er ist ein sehr kluger Kopf. Er war früher mit einem Mann befreundet, dem er zutraut, dass er zumindest wissen könnte, was es mit dieser schrecklichen Sache auf sich hat.«

Die Reaktion des Commissario fiel weniger heftig aus, als Matthias befürchtet hatte. Er verengte die Augen nur ein wenig und sagte mit einigermaßen ruhiger Stimme: »Ich wundere mich, dass Sie das erst jetzt erwähnen, aber gut. Einer der Herren also, die vielleicht dafür gesorgt haben, dass ich den Fall und vielleicht sogar meinen Job verloren habe? Sind Sie sicher, dass das eine gute Idee ist?«

»Ja, ich bin sicher. Und ich bitte Sie, mir zu vertrauen.«

»Gut. Aber das setzt voraus, dass Sie auch mir vertrauen. Alicia hat mir erzählt, dass Sie von Francesca wissen. Das ist in Ordnung. Wenn ich Ihnen aber vertrauen soll, möchte ich auch wissen, was *Ihr* großes Geheimnis ist, Signore.«

Sekundenlang sahen sie sich an, bis Matthias den Kopf senkte, sodass die blonden Haare wie ein Vorhang vor sein Gesicht fielen. In seinem Inneren tobte augenblicklich ein heftiger Kampf. Er wusste, welch hohes Risiko er einging, wenn er seine ungeheuerliche Tat preisgab! Er wusste auch, dass er sein Geheimnis nicht länger für sich behalten konnte, wenn er den Tod weiterer junger Männer verhindern wollte. Ihm war, als zerrisse es ihm die Brust. Varotto sah kurz zu Alicia hinüber, die ebenso gespannt auf Matthias' Reaktion wartete.

»Ich war es, der vor vier Jahren den Papst getötet hat«, flüsterte Matthias schließlich. Als er wieder aufsah, blickte er in zwei Gesichter, aus denen alle Farbe gewichen war.

»Sie haben …? Himmel, das kann nicht sein, das würde ja bedeuten, Sie sind …«

»Hermann von Keipen«, fiel Matthias ihm ins Wort.

»Aber das ist doch nicht möglich!«, rief Alicia. »Hermann von Keipen ist tot. Er wurde im Gefängnis gelyncht. Ich selbst habe damals einen langen Artikel darüber geschrieben.«

»Die Meldung war eine Finte«, erklärte Matthias mit rauer Stimme, »ist in gewisser Weise aber doch wahr. Es gibt keinen Hermann von Keipen mehr. Er hörte auf zu existieren, als die Kurie mit der italienischen Justiz ein geheimes Abkommen traf. In einer Nacht-und-Nebel-Aktion wurde ich aus dem Gefängnis in ein abgeschiedenes sizilianisches Kloster gebracht. Wenn Sie so wollen, war es der Dank dafür, dass ich mit dem Tod dieses Papstes nicht nur die Kirche, sondern die ganze Welt vor einer großen Katastrophe bewahrt habe. An jenem Tag wurde aus Hermann von Keipen – dem Mörder des neugewählten Papstes und Sohn des Magus der Simonischen Bruderschaft – Matthias.«

Varottos Körper hatte sich sichtbar angespannt.

»Ist Ihnen klar, dass es mir meine Ehre als Polizist gebietet, Sie sofort zu verhaften, wenn stimmt, was Sie gerade erzählt haben? Egal, welcher Kuhhandel da geschlossen worden ist, Sie sind ein Mörder, der lebenslang hinter Gitter gehört.«

»Mir ist Ihre Position durchaus klar, Commissario«, antwortete Matthias ernst. »Aber erstens ist dieser *Kuhhandel*, wie Sie es nennen, vom italienischen Justizminister mit der Römischen Kurie vereinbart worden, und zweitens sollten Sie sich zumindest meine Geschichte anhören, bevor Sie voreilig handeln.«

»Ich finde, wir sollten ihm zuhören, Daniele«, mischte sich Alicia nun ein. »Die Tatsache, dass Herr von … Matthias der Polizei von der Römischen Kurie als Sachverständiger zur Verfügung gestellt wurde, zeigt doch, dass stimmt, was er gesagt hat.«

Varotto nickte zögernd. »Du hast recht, das erklärt die Anweisung des Questore. Also gut, erzählen Sie, Matthias. Oder soll ich Sie Herr von Keipen nennen?«

Matthias schüttelte den Kopf. »Wie ich eben schon sagte, Commissario, Hermann von Keipen ist tot.«

Dann erzählte er zum ersten Mal seit vier Jahren seine Geschichte.

Sie begann mit einem ranghohen SS-Offizier, dessen Familie in Südafrika ein Vermögen mit dem Diamantenhandel verdient hatte und in Kimberley ein großes Anwesen besaß. Dort gründete dieser Mann, Hermann von Settler, kurz nach dem Zweiten Weltkrieg eine Bruderschaft mit dem Ziel, die katholische Kirche zu infiltrieren, um so an deren finanzielle Mittel und vor allem an ihre politische Macht zu gelangen. Dazu wurden Hunderte von Jungen im Alter zwischen zwölf und vierzehn Jahren aus Deutschland nach Südafrika gebracht, wo sie in einem eigens zu diesem Zweck gegründeten Internat ideologisch geschult wurden, um anschließend Theologie zu studieren und als Geistliche in den Dienst der katholischen Kirche zu treten. Einer dieser Jungen war Friedrich von Keipen, Hermanns Vater. Mit seiner überdurchschnittlichen Intelligenz und einer rücksichtslosen Willensstärke schaffte Friedrich es, persönlicher Assistent von Hermann von Settler zu werden und nach dessen frühem Tod das Oberhaupt der Simonischen Bruderschaft, der Magus.

Mit derselben Gefühlskälte, mit der er die Bruderschaft führte, tyrannisierte Friedrich auch seine Frau Evelyn und die beiden Söhne Hermann und Franz. Bei einem der Gewaltmärsche, die Friedrich von Keipen seinen Söhnen regelmäßig abverlangte, schikanierte er den zarten Franz derart, dass der Achtjährige an den Folgen der Überanstrengung starb. Als kurz danach auch noch seine Mutter spurlos verschwand, hatte Hermann nur noch ein Ziel: Er wollte seinen Vater und dessen Bruderschaft zerstören.

Es dauerte rund dreißig Jahre, bis es so weit war. Dreißig Jahre, in denen die Bruderschaft stetig gewachsen war und ranghohe Politiker und Wirtschaftsbosse aus aller Welt für sich gewinnen konnte. Nachdem es etlichen Mitgliedern der Simonischen Bruderschaft gelungen war, höchste Ämter der Kurie zu übernehmen, war für Friedrich von Keipen der Zeitpunkt gekommen, den amtierenden Papst aus dem Weg zu räumen. Schon am ersten Tag des Konklaves wurde einer der Simoner zum Papst gewählt. Friedrich von Keipen sah sich am Ziel. Doch auch für seinen Sohn Hermann war der Moment gekommen: Als der neugewählte Heilige Vater auf der Loggia des Petersdoms erschien, um den Gläubigen seinen ersten päpstlichen Segen zu geben, erschoss er ihn und bewahrte damit die Kirche vor einer Katastrophe von nicht absehbarem Ausmaß.

Danach ließ er sich bereitwillig festnehmen und spielte Bischof Corsetti die Tagebücher seines Vaters zu, in denen die ganze Geschichte der Bruderschaft sowie die Namen aller Mitglieder niedergeschrieben waren. Damit war die Simonische Bruderschaft vernichtet. Friedrich von Keipen verlor über diese Geschehnisse vollends den Verstand und starb kurze Zeit später.

Hermann wurde zu einer lebenslangen Haftstrafe verurteilt. Der Justizminister setzte aber durch, dass Hermann offiziell für tot erklärt wurde, damit die italienische Justiz ihr Gesicht wahren konnte. Weiterhin verlangte er von der Kirche die Zusage, dass Hermann jederzeit zur Unterstützung angefordert werden konnte, wenn es um Verbrechen ging, in die möglicherweise eine Sekte oder ein

Geheimbund verwickelt war. Denn Hermann, der sein ganzes Leben in unmittelbarer Nähe zum Führer einer mächtigen Bruderschaft zugebracht hatte, verfügte über ein enormes Wissen, das wenigstens der italienischen Justiz zugute kommen sollte.

Die Kirche erklärte sich damit einverstanden und Hermann wurde in ein Kloster nach Sizilien gebracht, während offiziell seine Ermordung im Gefängnis bekannt gegeben wurde.

*Rom. Ein Kellergewölbe*

## 41

Bereitwillig war er dem großen Mann gefolgt und hinter ihm die ausgetretenen Stufen hinabgestiegen. Das Licht der nackten Glühlampe, die in der Mitte des Raumes an einem grauen Kabel von der Decke hing, reichte kaum bis zu den unverputzten Wänden aus großen, grob behauenen Steinquadern. Der Raum war fast leer. Die wenigen Gegenstände auf dem an der hinteren Wand stehenden Regal waren zentimeterdick zugestaubt und mit Spinnweben überzogen. Alles hier unten wirkte abweisend. Und doch war er froh, endlich mit Luca alleine zu sein. Luca hatte ihn von jeher besser behandelt als alle anderen. Manchmal hatte er ihm sogar zugelächelt. Luca war immer gut zu ihm gewesen.

Die drei Männer, die sie vor wenigen Stunden am Bahnhof in Empfang genommen hatten, hatten ihm keine Ruhe gelassen. Dass sie ihn mit den Fäusten in die Seite gestoßen hatten, war nicht schlimm. Schmerzen auszuhalten war er gewohnt, sie gehörten zu seinem Leben, solange er sich erinnern konnte. Viel schlimmer war, dass sie über ihn gelacht hatten, als er erzählt hatte, dass nun sein Leben im Paradies beginnen würde. Was wussten sie schon von diesem Tag? Einige seiner Brüder waren ihm vorausgegangen. Obwohl es erst wenige Tage her war, seit sie sich trennen mussten, konnte er es kaum erwarten, sie wiederzusehen.

»Bist du bereit?«, wollte Luca nun wissen, und Tommaso spürte eine warme Woge des Glücks durch seinen Körper strömen. Ob er bereit war? Nach all den Jahren des Wartens auf diesen einen großen Tag?

»Ja, ich bin bereit«, antwortete er feierlich.

»Dann dreh dich um.«

Bevor er der Aufforderung nachkam, betrachtete er noch einmal Lucas Gesicht. Er wusste nicht, ob er den Mann, den er fast sein ganzes Leben lang kannte, noch einmal wiedersehen würde, wenn er erst einmal seinen wahren Vater getroffen hätte. Sein hageres Gesicht mit der großen Nase, die sich quer über die Stirn ziehende wulstige Narbe, die schwarzen Augen, die ihn unverwandt anblickten ... Er wusste nicht, wie alt Luca sein mochte, aber das spielte auch keine Rolle. Alter war kein Begriff, der Tommaso und seine Brüder interessierte. Essen hatte ihn interessiert, eine Decke gegen die Kälte im Winter und Wasser gegen den Durst. Ihm war lediglich aufgefallen, dass Lucas schulterlange Haare, die früher pechschwarz gewesen waren, irgendwann einen schmutzigen Grauton angenommen hatten.

Tommaso lächelte diesem Gesicht noch einmal zu und sagte: »Ich freue mich.« Dann drehte er ihm den Rücken zu.

»Nun knie nieder und schließ die Augen«, sagte Luca.

Lucas Stimme klang nicht streng wie sonst, sondern freundlich und sanft. Der beste Beweis, dass er auf der Schwelle zum Paradies stand. Langsam ließ er sich auf die Knie sinken. Was würde nun geschehen? Er wusste, dass

Luca mit einem geheimnisvollen Ritual beginnen würde, das im höchsten Glück gipfelte. Sie hatten ihm und seinen Brüdern erklärt, dass es ein unvergessliches Erlebnis sein würde, wenn der große Tag für sie gekommen war. Aber was genau geschehen würde, hatte man ihnen nicht verraten. Ihre neugierigen Fragen dazu waren stets mit einem undefinierbaren Lächeln bedacht worden.

»Es wird schön sein«, hatte Luca ihm noch an diesem Morgen geantwortet, als er danach gefragt hatte. Und wenn Luca das sagte, dann würde es auch so sein. Luca war immer gut zu ihm gewesen.

Als Tommaso vor ihm auf dem Boden kniete, strich Luca die langen verfilzten Haare des jungen Mannes zurück, sodass der Hals frei lag und die Tätowierung deutlich zu erkennen war. Langsam, aber bestimmt drückte Luca Tommasos Kopf nach links, bis das Ohr fast die Schulter berührte. Die Haut über dem Hals spannte sich. Mit einer geübten Bewegung setzte Luca die Spritze an, die er im weiten Ärmel seiner Kutte verborgen hatte.

Tommaso war kurz zusammengezuckt, als die Spritze in seine Halsschlagader drang, bewegte sich dann aber nicht mehr, bis der Kolben leer war. In dem Moment, als Luca die Nadel herauszog, riss Tommaso erschrocken die Augen auf. Ausgehend von der Stelle am Hals, an der er gerade den Stich gespürt hatte, raste etwas unglaublich Heißes durch seinen Körper. Innerhalb von Sekunden stand er innerlich in Flammen. Er versuchte, sich aufzurichten, doch seine Beine knickten ein, ohne dass er etwas dagegen tun konnte. Er versuchte zu verstehen, was mit ihm geschah, aber die Gedanken wollten ihm nicht mehr gehorchen. In seinem Kopf blitzten Satzfragmente auf.

*Das Schönste, was du je erlebt hast ...*

Er schlug hart auf dem Boden auf.

*Luca ... Eine große Lüge ... Die Schmerzen ...*

Seine Arme und Beine begannen wild zu zucken, und sein Kopf schlug immer wieder gegen den Boden.

*Vater ... Vater?*

Alles um ihn herum war in irrer Bewegung, während der Lavastrom ihn innerlich verbrannte. Einmal noch nahm er Luca über sich wahr, ins Riesenhafte verzerrt, ein Monster. Dann legte sich ein Schleier über seine Sinne und die Welt um ihn herum bestand nur noch aus kratzenden, kreischenden Geräuschen, während seine Organe sich in einem nicht enden wollenden, höllischen Schmerz auflösten.

Luca stand neben dem Körper und sah zu, wie die konvulsivischen Zuckungen immer schwächer wurden. Tommasos Augen waren jetzt so verdreht, dass nur noch das Weiße zu sehen war, und die Zunge hing ihm aus dem Mund, aus dem nur noch ein leises Röcheln drang. In wenigen Sekunden würden auch die letzten Zuckungen aufhören. Luca hatte in den letzten Tagen schon einigen jungen Männern beim Sterben zugesehen, und es würde bei Tommaso nicht anders sein. Obwohl – ein wenig anders war es bei Tommaso schon, denn in den vergangenen siebzehn Jahren war er ihm fast ein wenig ans Herz gewachsen ...

Luca wandte sich ab. Er musste den anderen Bescheid geben. Sie mussten Tommaso an seinen Platz schaffen. An der Tür drehte er sich noch einmal um. Der Körper lag nun still. Er hat's hinter sich, dachte Luca. Dann rannte er die Treppe hinauf, immer zwei Stufen auf einmal nehmend. Er hatte schon lange nichts mehr gegessen und war hungrig.

# 42

»... und als der Abt des Klosters mir vor ein paar Tagen mitteilte, dass Kardinal Voigt kommen würde, wusste ich, dass die Zeit gekommen war, das Abkommen zwischen der Kurie und der italienischen Justiz zu erfüllen.«

Über eine Stunde hatte Matthias erzählt, und Alicia und Varotto hatten ihn kein einziges Mal unterbrochen. Nun schwiegen alle drei. Sowohl die Journalistin als auch der Commissario hatten vier Jahre zuvor einiges über die Simonische Bruderschaft gehört, die Tragödie jedoch, die der Deutsche ihnen in allen Details beschrieben hatte, zeigte nun eine ganz andere Wirkung als der trockene Polizeibericht damals. Ihr Verstand brauchte einige Zeit, um zu akzeptieren, dass es sich bei dieser grausamen Geschichte nicht um einen Vatikanthriller handelte, sondern dass sie von Matthias tatsächlich so erlebt worden war. Etliche Minuten vergingen, ohne dass irgendjemand etwas sagte. Schließlich erhob sich Matthias.

»Ich gehe eine Runde spazieren, ich brauche frische Luft.«

Ohne einen Einwand abzuwarten, verließ er das Zimmer und zog Sekunden später die Wohnungstür hinter sich zu. Alicia und Varotto sahen sich an, und jeder entdeckte im Gesicht des anderen Mitleid für den Deutschen, der eine so schreckliche Tyrannei erlebt hatte.

43 Als das Telefon in dem kleinen Appartement in der Via Vitelleschi klingelte, ahnte Salvatore Bertoni schon, wer der Anrufer war. Ein zufriedenes Lächeln huschte über sein Gesicht.

»Signor Matthias! Ich freue mich, dass Sie mich anrufen. Kann ich Ihnen bei irgendetwas behilflich sein?«

»Ja, Monsignore. Entschuldigen Sie, dass ich Sie zu Hause belästige, aber das können Sie tatsächlich. Es ist allerdings ein wenig kompliziert.«

Matthias erklärte dem Geistlichen in knappen Sätzen, dass Varotto trotz Beurlaubung weiterermitteln wollte und er sich deshalb entschlossen hatte, ihn dabei zu unterstützen, so gut er konnte. Kardinal Voigt erwähnte er dabei nicht in der Hoffnung, dass Bertoni nicht nach ihm fragen würde.

»Und da Sie Niccolò Gatto gut gekannt haben, wären wir Ihnen sehr dankbar, wenn Sie uns bei der Suche nach ihm helfen würden.«

Eine Zeit lang herrschte Stille.

»Ich weiß nicht, ob ich Ihnen helfen kann«, sagte Bertoni zögerlich, »aber versuchen werde ich es gerne. Haben Sie Seine Eminenz darüber informiert?«

Matthias schalt sich einen Narren, dass er gehofft hatte, Kardinal Voigt außen vor lassen zu können. Natürlich musste Bertoni die Frage stellen; schließlich war der Kardinalpräfekt sein Vorgesetzter.

»Nein, Monsignore, bisher noch nicht. Es gibt da noch einige wichtige Dinge, die ich mit ihm besprechen muss.«

Wieder entstand eine Pause, dieses Mal noch länger als

zuvor. Matthias glaubte schon, dass Bertoni ablehnen würde, als der sagte: »In Ordnung, ich helfe Ihnen.«

»Danke«, sagte Matthias erleichtert und räusperte sich dann. »Es gibt da leider noch etwas, um das ich Sie bitten möchte. Der Commissario und Signorina Egostina haben keine Ahnung, dass der Heilige Vater mit Gatto aufgewachsen ist, und es wäre mir wichtig, dass das vorerst auch so bleibt. Ich hoffe ...«

»Es ist richtig, dass Sie mit den vertraulichen Informationen des Heiligen Vaters behutsam umgehen. Hätte ich einen anderen Eindruck gewonnen, wäre unser Gespräch in meinem Büro schnell beendet gewesen.«

»Ich danke Ihnen«, sagte Matthias noch einmal. »Und ich freue mich, dass mein Gefühl mich nicht getäuscht hat.«

Bertoni lächelte hörbar. »Wie soll es nun weitergehen?«

»Haben Sie ein Auto?«

»Ja. Es ist zwar alt und ich benutze es nur selten, doch es ist durchaus fahrtüchtig.«

»Wäre es Ihnen möglich, zu uns zu kommen, Monsignore? Wir sind in der Wohnung von Commissario Varotto in der Via Michele Pironti 164.«

»Via Michele Pironti ... Ich denke, das finde ich. In etwa einer halben Stunde bin ich bei Ihnen.«

»Wunderbar. Und nochmals – danke für Ihre Bereitschaft, uns zu unterstützen.«

»Ich hoffe, ich kann Ihnen wirklich helfen. Bis gleich«, antwortete Salvatore Bertoni.

Kaum hatte er aufgelegt, klingelte sein Mobiltelefon auf der Kommode direkt neben der Eingangstür. Als Bertoni die Stimme am anderen Ende der Leitung vernahm, schwand das Lächeln aus seinem Gesicht.

*Rom. Questura, Via San Vitale 15*

44 Barberi befand sich noch im Einsatzraum der »Sonderkommission Judas« in der ersten Etage. Commissario Tissone ließ sich auf dem Stuhl vor dem Schreibtisch des Commissario Capo nieder. Er wollte versuchen, seinen Chef dazu zu bewegen, Daniele zurückzuholen. Realistisch betrachtet, hatte er, Tissone, nämlich nicht den Hauch einer Chance, die Täter zu schnappen. Ihm fehlte die Erfahrung – die er nun ausgerechnet mit dieser schrecklichen Mordserie sammeln sollte. Die Ermittlungsarbeiten standen im Blickpunkt der Öffentlichkeit, und der Druck wuchs stündlich.

Tissone kannte Daniele Varotto lang genug, um beurteilen zu können, wie sehr Francescas Tod ihn aus der Bahn geworfen hatte. Seit Daniele wieder im Dienst war, hatte er oft genug miterlebt, wie sein Kollege urplötzlich von Panik erfasst wurde und nicht mehr in der Lage war, angemessen zu reagieren. Er wusste von seinen Schlafproblemen und den Albträumen, die ihn fast jede Nacht quälten. Und trotzdem war Daniele der beste Polizist, den die Abteilung Kapitalverbrechen hatte. Er hatte einen ausgeprägten kriminalistischen Spürsinn, der ihn kritische Situationen intuitiv richtig einschätzen und Spuren erahnen ließ, die sonst keiner sah.

Tissone warf einen Blick zur geöffneten Tür. Er war nervös. Hoffentlich kam Barberi bald. Der Tag ging dem Ende zu, und sie waren noch keinen Schritt weitergekommen. Sie hatten aber auch noch keinen Hinweis auf eine neue Station des Kreuzwegs erhalten. War die Mordserie zu Ende? Oder warteten die Täter erst einmal ab? Wahrscheinlich haben sie mitbekommen, dass ich die Ermittlungen übernommen habe, und sind deshalb vorsichtiger geworden, dachte er in einem Anflug von Galgenhumor, schüttelte aber gleich den Kopf über sich selbst.

Seine Augen wanderten zur Wand hinter dem Schreibtisch, wo Barberis Ernennungsurkunde zum Commissario Capo in einem mattsilbernen, schnörkellosen Rahmen hing, der so gar nicht zu dem kitschig-goldenen Rahmen der Bildes daneben passte, das schon älteren Datums war. Es zeigte Barberi mit stolzgeschwellter Brust als jungen *agente* in Uniform. Gleich darunter war das obligatorische Familienfoto zu sehen. *I signori* Barberi, glücklich lächelnd, vor sich die beiden hübschen, acht und zehn Jahre alten Töchter in ihren schönsten Kleidern, herausgeputzt wie zum sonntäglichen Kirchenbesuch. Francesco verzog das Gesicht. Er war Junggeselle. Anfänglich dachte er, dass er einfach noch nicht die passende Frau gefunden hatte. Mittlerweile aber pflegte er diesen Status aus Überzeugung. Jedes Mal, wenn er in der Vergangenheit eine Frau kennengelernt hatte, stellte sie sich entweder als verschwenderisch oder – was noch viel schlimmer war – als schlampig heraus. Er dachte an Simona, seine letzte Bekanntschaft. Anfang vierzig, bildhübsch, reich geschieden, keine Kinder. Doch schon in der ersten Nacht, die sie mit ihm verbrachte, stellte sich seine Hoffnung, endlich das große Los gezogen zu haben, wieder einmal als großer Trugschluss heraus. Bevor sie sich wieder anzog, hatte sie seine Dusche benutzt. Als er nach ihr das Badezimmer betrat, hatte ihn fast der Schlag getroffen. Das Badetuch lag auf dem Boden, direkt daneben waren noch die Abdrücke ihrer Füße auf den dunklen Fliesen zu sehen. Unzählige Tropfen liefen langsam die Glaswände der Duschkabine hinab, obwohl der Gummiabstreifer deutlich sichtbar in der Kabine hing. Tropfen, die Kalkstreifen hinterlassen würden, die man nur mit allergrößter Mühe wieder wegbekam. Wutschnaubend hatte er sie zur Rede gestellt und gefragt, ob sie immer so schlampig sei. Ungläubig hatte sie ihn angestarrt, dann wortlos ihre Tasche gepackt und die Tür hinter sich zugeschlagen. Nein, die Frauen und Francesco Tissone schienen nicht zusammenpassen zu wollen. Obwohl es sicher wunderbar war, Kinder zu ...

»Entschuldige, es ging nicht schneller.«

Tissone schrak zusammen. Sein Chef war mit schnellen Schritten hereingekommen und ließ sich nun auf seinen Schreibtischstuhl fallen.

»Lass es uns kurz machen, Francesco. Ich weiß, warum du hier bist. Und glaub mir, ich wünschte wirklich, ich könnte Daniele zurückholen. Aber mir sind in diesem Fall die Hände gebunden.«

»Nur weil eine Zeitung diesen an den Haaren herbeigezogenen Mist über ihn verzapft hat? Es steht doch wohl außer Frage, dass Daniele einer unserer besten Männer ist, der sich nichts, aber auch rein gar nichts zuschulden hat kommen lassen! Ich kann nicht verstehen, warum Sie ihn nicht einfach weiterermitteln lassen.«

Barberi schnaufte. »Du verstehst es offensichtlich wirklich nicht. Ich habe den Befehl, ihn vom Dienst zu suspendieren, von ganz oben bekommen. Da ist kein Raum für Diskussionen.«

»Aber ...«

»Nein, Francesco, Schluss damit. Kümmere dich lieber um diese verdammte Mordserie, bevor noch ein weiterer Journalist auf die Idee kommt, über dich oder mich herzuziehen.«

## Rom. Via Michele Pironti

45 Alicia und Varotto hatten Matthias versprochen, dass sie ihm keine weiteren Fragen über seine Vergangenheit stellen würden, und sie wollten sich gerade wieder mit den Akten beschäftigen, als das Telefon klingelte. Varotto warf den beiden einen sorgenvollen Blick zu und hob ab. Seinem erleichterten Gesichtsausdruck nach zu schließen, war der Anrufer kein Kollege, der die Nachricht über einen weiteren Mord durchgeben wollte. Varotto streckte Matthias den Hörer entgegen.

»Für Sie.«

Als Matthias sich meldete, sagte die heiser klingende Stimme: »Hören Sie mir jetzt gut zu, Herr von Keipen, und lassen Sie sich auf keinen Fall etwas anmerken. Tun Sie so, als würden Sie mit Kardinal Voigt sprechen. Wenn Varotto etwas bemerkt, werden wir auf der Stelle zehn der Männer töten. Sie wissen, von welchen Männern ich spreche, nicht wahr?«

»Ja«, antwortete Matthias einsilbig. Sein Herzschlag schien sich innerhalb von Sekunden zu verdoppeln. Gedanken rasten durch seinen Kopf. Das ist einer der Mörder. Er hat mich von Keipen genannt. Woher weiß er meinen Namen? Habe ich die Stimme schon einmal irgendwo gehört?

»Dann passen Sie jetzt gut auf«, sagte der Mann. »Fahren Sie zur Villa Borghese. Alleine. Stellen Sie das Auto in der Via Pinciana ab. Vom Eingang aus gehen Sie zweihundertdreißig Schritte geradeaus bis zum Stumpf eines abgesägten Baums, wo Sie sich nach links wenden. Nur noch hundert Schritte in diese Richtung, dann werden Sie den Gekreuzigten sehen. Er hat einen Zettel in der Hand, der nur für Sie bestimmt ist. Nehmen Sie ihn an sich, er ist wichtig für Sie. Haben Sie verstanden? Dann sagen Sie jetzt: Ich komme sofort, Eure Eminenz.«

Stille. Nur das Atmen des Unbekannten war zu hören.

»Ich komme sofort, Eure Eminenz«, sagte Matthias und wunderte sich, dass seine Stimme halbwegs normal geklungen hatte.

»Wenn Sie den Zettel an sich genommen haben, können Sie die Polizei benachrichtigen. Aber erst dann. Halten Sie sich an die Vorgaben, in Ihrem eigenen Interesse. Auf dem Zettel finden Sie Notizen Ihres Vaters, die der Polizei nicht in die Hände fallen sollten. Ihrer Mutter zuliebe.«

Matthias hatte das Gefühl, eine kalte Faust schließe sich um sein Herz. Notizen seines Vaters? Seiner Mutter zuliebe? Was konnte das bedeuten? Sein Vater war tot, daran bestand kein Zweifel. Bischof Corsetti selbst war in Südafrika gewesen, nachdem Friedrich von Keipen dort in einer psychiatrischen Klinik gestorben war. Corsetti hatte den Leichnam eindeutig identifiziert, das hatte er Matthias mitteilen lassen. Was also hatte das zu bedeuten: seiner Mutter zuliebe? Lebte sie noch? Steckten etwa ehemalige Mitglieder der Simonischen Bruderschaft hinter den Morden? Aber nein, das war unmöglich. Die Opfer der Kreuzwegmorde waren vor gut zwanzig Jahren entführt worden. Damals war man in den Reihen der Simoner fest davon überzeugt gewesen, bald die Herrschaft über die katholische Kirche zu erlangen. Wer sonst aber konnte so viel über ihn wissen?

»Von Keipen, ich lege jetzt auf. Fahren Sie sofort los. Alleine. In Ihrem ureigenen Interesse und auch im Interesse der zehn jungen Männer, die sonst noch heute sterben werden.«

Matthias hielt den Hörer noch einige Sekunden ans Ohr gepresst, um Zeit zu gewinnen. Dann legte er auf.

»Wer war das?«

Alicias Frage half ihm seltsamerweise dabei, eine Entscheidung zu treffen.

»Kardinal Voigt«, log er, der Anweisung folgend. »Wo ist der Commissario?«

Alicia zuckte mit den Schultern. »Keine Ahnung. Vielleicht auf der Toilette?«

Matthias griff nach seinem Sakko, das über der Lehne seines Sessels lag. »Sagen Sie ihm bitte, ich melde mich vom Vatikan aus. Ich muss sofort los. Könnte ich Ihren Wagen haben?«

Ohne Zögern zog die Journalistin den Schlüssel aus ihrer Handtasche und warf ihn Matthias zu, der bereits Sekunden später die Treppen hinunterlief.

*Rom. Via Pinciana*

## 46

Er fand einen Parkplatz in einer Seitenstraße der Via Pinciana. Bis zu dem Eingang in den Park der Villa Borghese waren es nur wenige Meter.

Während er Alicias kleinen Wagen durch den dichten römischen Verkehr gelenkt hatte, waren seine Gedanken immer wieder um den Anruf gekreist. Sosehr er sich bemühte, er fand keine Erklärung dafür, woher der Anrufer seinen Namen kennen konnte. Aber vielleicht würde ihm der Zettel ja weiterhelfen, den er in dem Park finden sollte. Notizen seines Vaters in der Hand eines Toten.

Der Himmel hatte sich verdunkelt, es nieselte. Eine feine Schicht aus winzigen Regentröpfchen ließ den Asphalt samtig schimmern. Matthias ging unter dem steinernen Torbogen hindurch. Obwohl er sich erst wenige Meter von der Via Pinciana entfernt hatte, war nun kaum noch etwas vom Lärm der Straße zu hören. Matthias sah sich nervös um. Ihm gegenüber führte ein schmaler Weg in den Park. Gehen Sie zweihundertdreißig Schritte geradeaus, hatte der Anrufer gesagt. Einzelne Haarsträhnen klebten ihm unangenehm kalt am Hals. Matthias überquerte den runden Platz. Unter den Bäumen war der Boden noch trocken.

Nach hundertvierzig Schritten machte der Weg einen leichten Knick nach rechts. Für ein kurzes Stück wurde es heller, weil hier nur wenige Bäume standen, dann schloss sich das grüne Dach über ihm wieder. Hundertsiebzig. Ein Baumstumpf, auf ihn musste er achten. Glücklicherweise schien es nicht viele gefällte Bäume zu geben. Ob ihn jemand beobachtete? Zweihundert. Sie *mussten* ihn beobachten. Wie sonst wollten sie sicher sein, dass er alleine gekommen war? Eine Minute später entdeckte er vor sich den Baumstumpf. Er glänzte feucht. Matthias verließ den Weg und hielt sich nun links. Das Gras federte seine Schritte weich ab, nur ein leises Quietschen der Grashalme war jetzt noch zu hören.

Hundert Schritte in dieser Richtung, hatte der Anrufer gesagt. Warum hatte der Kerl damit gedroht, zehn Männer umzubringen, wenn Matthias sich nicht an seine Vorgaben hielt?

Noch fünfzig Schritte. Matthias kniff die Augen zusammen, als könnten sie so besser die düstere Umgebung durchdringen, und ging langsam weiter.

Noch vierzig. Hier sollte also eine weitere Kreuzwegstation dargestellt sein. Eine dieser grauenvollen Inszenierungen. Was machte es für einen Sinn, dass er sie als Erster sah?

Er musste die Stelle erreicht haben. Angestrengt wanderte sein Blick über die nähere Umgebung, ohne auch nur das Geringste zu entdecken. Matthias ging langsam im Kreis, erst aufrecht, dann leicht nach vorne gebückt, um auch unter die tiefer hängenden Äste sehen zu können. Allmählich wurde das Gras vom Nieselregen matschig. Mit jeder Runde wurde der Kreis größer. Nichts.

Was, wenn es gar keinen Toten gab? Warum hatte man ihn dann aber hierhergelockt? Das ergab keinen Sinn. Es sei denn ... Matthias' Körper versteifte sich, als ihm die einzig logische Antwort klar wurde.

Als er loslaufen wollte, prallte etwas Heißes gegen seinen linken Oberarm. Die Bäume drehten sich um ihn, dann schlug er mit dem Rücken auf dem Boden auf. Noch bevor seine Sinne in der Lage waren, Ordnung in das Durcheinander zu bringen, zischte etwas dicht an seinem Kopf vorbei und ließ nur Zentimeter neben ihm das Erdreich mit solcher Wucht aufspritzen, dass ein harter Klumpen ihn schmerzhaft an der Wange traf. Jemand schießt auf mich, realisierte er endlich. Er wälzte sich auf den Bauch und robbte hinter den nächsten Baum. Sein Atem ging schnell. Der Baumstamm war gerade dick genug, um ihm Schutz zu bieten. Wieder knallte ein Schuss. Die Kugel ging weit daneben. Vorsichtig tastete er nach seinem Oberarm und verzog das Gesicht vor Schmerz. Wie schwer er verletzt war, konnte er nicht abschätzen, aber sein Gefühl sagte ihm, dass es wahrscheinlich nur ein Streifschuss war. Der Schütze hatte offenbar nicht mit den schlechten Sichtverhältnissen gerechnet. Kurioserweise kam ihm in den Sinn, dass ihm das vor vier Jahren nicht passiert wäre. Er war für alle Fälle gerüstet gewesen. Aber er hatte sich ja auch Jahre darauf vorbereitet ... In diesem Moment flog ein Schatten auf ihn zu. Bevor Matthias sich zur Wehr setzen konnte, drückte ihn eine Hand fest gegen den Stamm, ein Körper beugte sich über ihn, dann blitzte es nicht weit von seinem Kopf auf und knallte so laut, dass er schon glaubte, sein Trommelfell würde platzen. Völlig entgeistert sah er in das Gesicht, das sich ihm nun zuwandte.

»Commissario! Wie kommen Sie ...?«

»Pst«, flüsterte Varotto atemlos und senkte die Pistole, mit der er gerade geschossen hatte. Vorsichtig spähte er am Baumstamm vorbei. »Mein Wagen steht etwa vierhundert Meter von hier entfernt. Los, kommen Sie, mir nach. Im Zickzack!«

Ohne eine Antwort abzuwarten, richtete er sich auf und lief geduckt los, Haken schlagend wie ein Kaninchen auf der Flucht. Matthias tat es ihm gleich und sofort waren kurz hintereinander Schüsse zu hören, die jedoch seitlich ins Gebüsch schlugen. Danach gab der Schütze offensichtlich auf, denn sie erreichten unbehelligt den BMW des Commissario. Sie sprangen in den Wagen, und Varotto fuhr mit quietschenden Reifen los.

Schwer atmend starrten sie einige Zeit stur geradeaus. Als Matthias das Gefühl hatte, wieder halbwegs normal sprechen zu können, drehte er den Kopf zu Varotto.

»Danke, Varotto. Sie haben mir das Leben gerettet.«

»Schon gut«, brummte Varotto.

»Woher wussten Sie, wo ich bin?«

Varotto sah kurz zur Seite und grinste grimmig. »Das haben Sie meinem Misstrauen zu verdanken. Als dieser angebliche Kardinal Voigt bei mir anrief, fiel mein Blick auf das Mobiltelefon auf dem Tisch, das der Kardinal Ihnen gegeben hatte. Bisher hat er Sie immer auf dem Handy angerufen, warum sollte er jetzt plötzlich meinen Festnetzanschluss nutzen? Das hat mich stutzig gemacht. Es gab nur eine mögliche Antwort: Der Anrufer war nicht der, für den er sich ausgab. Um herauszufinden, was es mit dem Anruf auf sich hatte, bin ich in Francescas Büro gegangen. Dort steht noch ein Apparat, über den ich Ihr Gespräch mithören konnte. Ich hoffe, Sie verzeihen mir diesen Übergriff in Ihre Privatsphäre.« Er lachte auf, wurde aber gleich wieder ernst, als Matthias nicht darauf reagierte und ihn nur weiter fassungslos ansah. »Kaum waren Sie weg, fuhr ich direkt zum gegenüberliegenden Eingang des Parks. Weil ich mich im Gegensatz zu Ihnen in Rom auskenne, war ich gut eine halbe Stunde vor Ihnen da. Dann habe ich mich zu der vereinbarten Stelle geschlichen. Den Rest kennen Sie.«

Matthias nickte. Er war noch immer leichenblass. »Sollten wir nicht Ihre Kollegen anrufen, Commissario? Das war gerade ein Mordversuch. Vielleicht ist der Schütze noch in der Nähe.«

Varotto warf ihm einen tadelnden Blick zu. »Und wie erklären Sie denen, dass Sie einen eindeutigen Hinweis auf ein weiteres Mordopfer nicht gemeldet und sich selbst in Gefahr begeben haben? Und vor allem: Wie erkläre ich das?«

Matthias machte ein zerknirschtes Gesicht. »Stimmt, Sie haben recht.«

Varotto zog das Handy aus seiner Jacke und tippte eine Nummer.

»*Bonna notte, Dottore,* Commissario Varotto hier ... Ja, genau ... Sind Sie noch in der Praxis? ... Das ist gut. Ich komme gleich mit einem Freund vorbei, der eine kleine Verletzung hat ... Gut, danke.« Er verstaute das Telefon. »Ich bringe Sie zu Dottore Collacci. Er hat mir schon öfter geholfen, wenn es darum ging, einen Kollegen zu verarzten, ohne einen Bericht dazu schreiben zu müssen.«

»Danke.«

Varotto sagte nichts, sondern sah stumm auf den Verkehr vor sich. Es ging nur im Schritttempo vorwärts, ohne dass erkennbar gewesen wäre, woran das lag.

»Ich verstehe das nicht«, sagte Matthias plötzlich. »Wer von diesen Wahnsinnigen kann mich kennen? Und woher? Außer Ihnen und Alicia weiß niemand, wer ich bin.«

»Nun, aber sicher doch auch Kardinal Voigt. Und der Papst.«

»Ja, natürlich«, erwiderte Matthias ärgerlich. »Aber die beiden haben doch nichts mit den Tätern zu schaffen.«

»Nun, wenn ich an den Artikel über mich denke, und woher der Anruf wahrscheinlich ...«

»Vergessen Sie's. Das ist ausgeschlossen. Es muss noch mehr Leute geben, die über mich Bescheid wissen.«

Beide dachten angestrengt nach.

»Was ist eigentlich aus Ihrer Mutter geworden, nachdem Sie ... ich meine, nachdem diese Bruderschaft aufgelöst wurde? ... Warum duzen wir uns eigentlich nicht?«, sagte Varotto unvermittelt.

Matthias sah ihn verblüfft an. »Ich ... Sie verwirren mich. Erst fragen Sie mich nach meiner Mutter, und im gleichen Atemzug bieten Sie ... bietest du ...« Er wollte sich mit beiden Händen kräftig über das Gesicht reiben, stöhnte dann aber auf und hielt sich den Oberarm. »Ich gehe davon aus, dass sie nicht mehr am Leben ist.«

»Wissen ... weißt du, wo sie sich zuletzt aufgehalten hat?«

»Wahrscheinlich in Dänemark. Nach ihrer Flucht vor meinem Vater ist sie dort untergetaucht.«

Wieder schwiegen beide. In all den Jahren im Kloster hatte Matthias oft versucht, sich seine Mutter vorzustellen. Vergebens. Dort, wo ihr Bild in seinem Gedächtnis hätte sein sollen, war nur ein verschwommenes Etwas. Erst hatte er sich dafür geschämt, aber schließlich hatte er es als Folge der schrecklichen Ereignisse akzeptiert. In diesem Moment jedoch, in dem er neben Daniele Varotto saß und knapp einem Mordanschlag entgangen war, in diesem Moment sah er das wunderschöne sanfte Gesicht seiner Mutter so deutlich vor sich, als hätte sie ihn eben erst verlassen. Er sah ihre braunen Augen, die ihn so liebevoll und doch voller Schmerz angesehen hatten, in jener Nacht in Kimberley, in der sie sich von einem kleinen Jungen verabschiedet hatte, der sie nicht begleiten wollte. Weil er eine Aufgabe hatte. Weil er sich geschworen hatte, seinen Vater und alles, was ihm wichtig war, zu vernichten.

*Rom. Via Michele Pironti*

## 47

Noch während sie die letzten Stufen im Treppenhaus nahmen, wurde oben schon die Wohnungstür aufgerissen.

»O Gott, was ist passiert? Ich hab mir solche Sorgen gemacht, Daniele, als du ohne ein Wort aus der Wohnung gestürzt bist!«, rief sie mit einem entsetzten Blick auf Matthias' Oberarm, den ein weißer Verband zierte.

»Es war nur ein Streifschuss«, erklärte Matthias schnell. »Ansonsten geht's mir gut.«

»Ein Streifschuss? Aber wie ...?«

»Lass uns erst einmal reingehen«, sagte Varotto und schob Alicia sanft vor sich her.

Im Wohnzimmer wollte sich Bertoni mühsam von der Couch erheben, in deren weichem Polster er tief eingesunken war. Matthias bedeutete ihm mit der Hand, sitzen zu bleiben.

»Monsignor Bertoni! Danke, dass Sie gekommen sind.«

Er machte ihn mit Varotto bekannt und ließ sich dann vorsichtig in dem Sessel nieder, vor dem er gerade stand.

»Was ist geschehen?«, fragte Bertoni und deutete auf den verbundenen Arm. Er wirkte sehr angespannt.

Matthias wechselte einen schnellen Blick mit Varotto, und als der nickte, begann er vom Anruf des angeblichen Kardinals zu erzählen.

»Mein Gott, das wird ja immer verrückter«, sagte Alicia, als er knappe zehn Minuten später mit der Feststellung des Arztes endete, dass seine Verletzung nur oberflächlich war. »Hast du deine Kollegen schon benachrichtigt, Daniele?«

Varotto schüttelte den Kopf. »Nein, damit handeln wir uns nur Ärger ein. Wenn ich Barberi jetzt informiere, macht er mir die Hölle heiß. Außerdem müssten wir in die Questura, um das Ganze zu Protokoll zu geben und uns verschiedene Stimmaufnahmen anzuhören, um den Anrufer zu identifizieren. Das kostet uns zu viel Zeit.«

»Hm ...«, machte die Journalistin und senkte den Kopf. Ganz überzeugt schien sie nicht.

»Entschuldigen Sie bitte, wenn ich mich einmische, aber ich muss Ihnen etwas sagen, das mir sehr wichtig erscheint.«

Bertoni, der bisher nur reglos dagesessen und zugehört hatte, rutschte auf der Couch etwas weiter nach vorne und richtete sich auf, so weit es die Polster zuließen.

»Kurz bevor ich hierhergefahren bin, habe ich auch einen sehr merkwürdigen Anruf erhalten. Von einem Mann, der behauptete, mich im Auftrag eines alten Freundes anzurufen.«

»Eines alten Freundes? Etwa im Auftrag von Niccolò Gatto?«, wollte Matthias wissen und sprang auf.

»Wer zum Teufel ist Niccolò Gatto?«, fuhr Varotto dazwischen.

»Ein Mann, den Monsignor Bertoni schon als Kind gekannt hat«, erklärte Matthias. »Es kann sein, dass er etwas mit den Morden zu tun hat.«

Varotto sah Matthias aufgebracht an. »Aha. Das ist ja sehr interessant. Es kann also sein, dass ein alter Freund von Monsignor Bertoni mit der Sache zu tun hat. Ein Freund, von dem du offensichtlich schon länger weißt. Und da wir uns vor nicht allzu langer Zeit ausgiebig darüber unterhalten haben, dass wir uns vertrauen müssen, wirst du mir bestimmt von diesem Gallo oder Gatto erzählt haben.« Seine Augen verengten sich. »Zu dumm nur, dass ich mich nicht daran erinnern kann.« Er sah Matthias tief in die Augen, wandte den Blick aber ab, bevor dieser dazu kam, etwas zu entgegnen. »Ist das deine Art von Vertrauen?«

»Entschuldigen Sie, wenn ich Sie unterbreche, Commissario, aber ich glaube, es wäre wichtig, dass ich Ihnen zuerst von dem Anruf erzähle. Vielleicht könnten Sie die Klärung dieser Sache zwischen Ihnen und Signor Matthias verschieben?«

Bertonis Einwand kam zaghaft, nichtsdestotrotz hob Varotto beide Hände und senkte den Kopf zum Zeichen, dass er nichts mehr sagen würde.

»Wie schon erwähnt, behauptete der Fremde, im Auftrag eines alten Bekannten von mir anzurufen. Ich habe natürlich gefragt, welcher Bekannte. Aber der Mann sagte nur, ich wisse schon, wer, und solle keine Fragen stellen.«

Bertoni griff nach dem Wasserglas, das vor ihm auf dem Tisch stand, und trank einen großen Schluck. Seine Hand zitterte so sehr, dass er das Wasser fast verschüttete.

»Er sagte, die Zeit sei gekommen, dass sich die Prophezeiung erfülle und der Gottessohn seiner Bestimmung entgegengehe. Genau wie vor rund zweitausend Jahren schon einmal. Dieses Mal werde er jedoch nicht für die

Sünden der Menschen büßen, sondern für die seines Vaters. Auge um Auge, Zahn um Zahn.«

»O mein Gott, was sind das nur für Wahnsinnige!«, stöhnte Alicia auf.

»Auge um Auge …«, überlegte Matthias laut. »Hatte das nicht auch Niccolò Gatto gesagt, damals, Sie wissen schon?«

Bertoni nickte bedrückt. »Ja, das hat er. Am Ende sagte der Anrufer aber noch etwas, das vielleicht wichtig sein könnte: ›Seine Burg wird sein neues Golgatha sein. Es ist so falsch wie die Güte seines Vaters.‹«

Eine Zeit lang schwiegen alle, bis Varotto sagte: »Sie geben uns Rätsel auf.«

»Du weißt, dass Jesus auf dem Hügel Golgatha gekreuzigt wurde, oder? Dort steht bis heute die Grabeskirche«, sagte Matthias.

Als Varotto genervt nickte, erklärte Bertoni: »Golgatha lag damals außerhalb der Stadtmauern Jerusalems. Vielleicht hat es etwas damit zu tun?«

»Aber der Mann hat doch von einem *neuen* Golgatha gesprochen«, warf Alicia ein.

Matthias strich sich eine Haarsträhne aus dem Gesicht. »Stimmt. Wahrscheinlich hat der Anrufer uns einen Hinweis auf den Ort gegeben, an dem die zwölfte Kreuzwegstation inszeniert werden soll. Und das … passt einfach nicht.«

»Was passt daran nicht? Dass diese Irren nun auch noch Spielchen mit uns spielen?«

Matthias schüttelte den Kopf. »Nein, dieser ganze Aufwand damals, um die Kinder zu finden, dann die Entführungen überall in ganz Italien. Perfekt geplant und über Jahre hinweg ausgeführt, sodass es der kurzsichtigen *Polizia di Stato* nie auffiel, dass all die Jungen am gleichen Tag geboren waren.« Matthias merkte, dass Varotto aufbrausen wollte, ließ sich davon aber nicht beirren. »Über zwanzig Jahre haben die Täter die Jungen versteckt gehalten, was eine Menge Geld gekostet haben muss, wenn man bedenkt, dass sie nie entdeckt worden sind. Da steckt ein findiger Kopf dahinter. Und jetzt, wo das Ziel so nahe ist, gibt man uns Hinweise, die dazu führen könnten, dass wir sie kurz vor dem Ende noch erwischen und damit zwanzig Jahre minutiöser Planung zunichte machen? Nein, das passt nicht.«

Varotto wiegte zweifelnd den Kopf. »Grundsätzlich gebe ich dir recht, Matthias. Aber es könnte sich bei dem Anrufer doch auch um einen Aussteiger handeln, der sich an der Organisation rächen möchte.«

»Aber wenn sich jemand wirklich rächen möchte, warum sollte er dann das Risiko eingehen, dass wir seinen Hinweis nicht entschlüsseln können und so unnötig viel Zeit verlieren?«, warf Alicia ein. »Warum sagt er nicht, wo genau das Verbrechen begangen werden soll?«

»Ich sehe es im Grunde genauso«, stimmte Varotto zu. »Deshalb denke ich, die Erklärung ist viel einfacher. Hier sind Psychopathen am Werk. Da kann man unsere Logik nicht als Messlatte anlegen. Wer weiß, vielleicht gibt es denen erst den richtigen Kick, mit einem Hinweis zwanzig Jahre aufs Spiel zu setzen. Vielleicht wollen sie es einfach noch einmal richtig spannend machen.«

Matthias schüttelte den Kopf. »Ich weiß nicht ... Mangels anderer Spuren sollten wir aber auf jeden Fall versuchen, diese Burg zu finden, von der der Anrufer gesprochen hat. Und zwar vor dem 24. Oktober.«

Eine Weile herrschte Stille. Die auf der Straße vorbeifahrenden Autos waren durch die gut isolierenden Fenster kaum zu hören. Matthias sah Bertoni an, der auf den

Couchtisch starrte und offensichtlich angestrengt nachdachte.

»Monsignore, Sie erwähnten in unserem Gespräch, dass Niccolò Gatto Ihnen damals gesagt hatte, er lebe in einem Kloster, etwas mehr als hundert Kilometer von Rom entfernt.«

Der alte Mann nickte stumm, woraufhin Matthias sich an Varotto wandte.

»Hast du eine Landkarte von der Region Latium? In einem Maßstab, bei dem man auch kleinere Orte finden kann?«

Der Commissario stand auf. »Ja, sicher. Sie reicht im Norden bis zur Toskana und im Süden bis Kampanien. Da ist auf jeden Fall alles im Umkreis von hundert Kilometern drauf.«

Er ging zu der Kommode aus hellem Holz, die gleich neben der Tür stand, zog die oberste Schublade auf und nahm eine Karte heraus.

Als er die Karte auf dem Tisch ausbreitete, rutschten Matthias, Bertoni und Alicia ein Stück nach vorne, um besser sehen zu können. Matthias' Augen suchten den Rand der Karte ab, bis er rechts oben die Angabe des Maßstabs entdeckte.

»Hast du auch noch einen Zirkel für mich?«

Varotto überlegte kurz. »Tut mir leid, damit kann ich nicht dienen. Aber das geht vielleicht auch anders.«

Er verließ das Wohnzimmer und kehrte kurz darauf mit einem roten Stift und einer Nadel zurück, an die er eine dünne Schnur band. Über die Karte gebeugt, setzte er dann die Nadelspitze an den Anfang der Maßstabslinie und markierte die Schnur an der Hundert-Kilometer-Marke mit dem Stift. Dann reichte er die Konstruktion an Matthias weiter.

»Das sind hundert Kilometer. Wenn du den Kreis rund um Rom gezogen hast, machen wir das Gleiche noch einmal mit neunzig und mit hundertzehn Kilometern.«

Matthias nickte wortlos und pikte die Nadel ins Zentrum von Rom. Vorsichtig zog er mit dem Stift einen Kreis, der im Nordwesten Montalto di Castro und im Südosten Terracina und Sperlonga an der Mittelmeerküste streifte. Zwei Minuten später waren auch der zweite und der dritte Kreis gezogen.

»Nun müssen wir alle Burgen und Klöster in diesem Gebiet markieren und ...«, setzte Matthias an.

»... und sicher gibt uns dein Gott dann ein Zeichen, welches dieser Klöster das richtige ist«, ergänzte Varotto.

Matthias warf ihm einen leicht zu deutenden Blick zu, woraufhin der Commissario einmal mehr zerknirscht einlenkte.

»Okay, okay, ich hör schon auf.«

»Danke. Also: Wie gehen wir am besten vor?«

»Vielleicht ist es gar nicht so schwer, wie es auf den ersten Blick scheint«, murmelte Bertoni und sah auf seine Hände, die gefaltet in seinem Schoß lagen. Es schien fast, als redete er mit sich selbst. »Wenn Niccolò tatsächlich in einer Art Sekte lebt, kann es sich nicht um ein Kloster handeln, das von einem christlichen Orden betrieben wird. Wir sollten also nach einem Gebäude suchen, das ...«

»... einmal ein Kloster war!«, rief Alicia.

Als Bertoni zustimmend nickte, wandte der Commissario sich an Matthias. »Wie wäre es, wenn du mir als Erstes etwas über diesen Niccolò Gatto erzählst, damit ich endlich auch erfahre, nach wem wir eigentlich suchen?«

Bevor Matthias antworten konnte, sagte Bertoni: »Ich schlage vor, dass *ich* Ihnen von Niccolò erzähle.«

Der Commissario zuckte mit den Schultern. »Von mir aus. Hauptsache, ich erfahre endlich, wer er ist.«

»Ich könnte währenddessen mit Matthias im Internet nach allen ehemaligen Klöstern suchen«, schlug Alicia vor.

»Gute Idee. Mein Notebook steht in der Küche. Vorher könntest du uns allen aber noch einen Espresso machen. Wie es aussieht, wird es eine lange Nacht.«

»Chauvi!«, fauchte Alicia, während sie aufstand, lächelte aber dabei.

Eine Dreiviertelstunde später saßen sie wieder zusammen. Varotto hatte alles Wissenswerte über Gatto erfahren, lediglich die Verbindung zum Papst hatte Bertoni nicht erwähnt. Alicia und Matthias hatten derweil das Internet durchforstet und auch einige Klöster gefunden, doch wurden die Gebäude allesamt noch als solche benutzt.

»Die Idee mit den verlassenen Klöstern hörte sich so gut an«, sagte Alicia, die ihre Enttäuschung kaum verbergen konnte. »Leider haben wir in dem gesamten Gebiet kein einziges Gebäude gefunden, das passen könnte.«

Bertoni wiegte den Kopf hin und her. »Aber das schließt nicht aus, dass es ein solches Gebäude doch gibt. Ein alter Mann wie ich ist vielleicht nicht mehr vollkommen im Bilde, was die Möglichkeiten des Internets angeht, aber sicher lässt sich längst noch nicht alles mit dem Computer finden, denken Sie nicht auch? Vielleicht haben wir bei unseren Überlegungen aber auch einen Fehler gemacht. Oder etwas übersehen ...«

»Was das Internet betrifft, gebe ich Ihnen vollkommen recht, Monsignore«, erwiderte Matthias. »Und das bedeutet, dass wir es von hier aus schwer haben, ein Kloster zu finden, das in Wirklichkeit keines ist. Das heißt, so schnell zu finden, wie es nötig wäre.«

Varotto hatte aufmerksam zugehört. Nun schlug er sich an die Stirn. »Monsignore, Sie haben vollkommen recht! Uns ist tatsächlich ein Denkfehler unterlaufen.«

»Was für ein Denkfehler?«, fragten Alicia und Matthias fast synchron.

Der Commissario sah in die Runde. »Monsignore, was schätzen Sie, wie weit ist es von hier bis zum Vatikan?«

Der alte Mann sah ihn verständnislos an. »Etwa drei Kilometer. Warum?«

»Ich behaupte, nicht viel mehr als einen Kilometer.«

Matthias schüttelte den Kopf. »Einen Kilometer? Niemals.«

Aber Varotto blieb bei seiner Meinung. »Doch.«

Matthias hob die Hand. »Moment. Du ...« Er stockte, dann riss er die Augen auf. »Mein Gott, jetzt verstehe ich. Luftlinie! Wenn man normalerweise eine Entfernungsangabe macht, meint man automatisch die Kilometer, die man auf der Straße zurücklegen muss. So wie Niccolò Gatto wahrscheinlich auch. Wir aber haben die hundert Kilometer in der Luftlinie abgezirkelt. So betrachtet, müsste das Kloster also ein gutes Stück näher an Rom liegen.«

»Genau. Ich würde sagen, wenn wir in etwa von fünfzig bis achtzig Kilometer Luftlinie ausgehen, könnte das passen.«

Alicia sprang auf. »Das können wir noch exakter haben. Ich suche im Internet mit dem Routenplaner einen Ort, der etwa hundert Kilometer von Rom entfernt ist. Dann schauen wir, wo er auf der Karte liegt, und schwupps, können wir einen neuen Kreis ziehen.«

Eine halbe Stunde später schwenkte sie freudestrahlend einen Zettel. Sie hatte tatsächlich zwei Gebäude gefunden, die infrage kamen. Beides waren ehemalige Klöster, die mittlerweile anderweitig genutzt wurden. Das eine befand sich südöstlich der Hauptstadt am Ortsrand von Veroli und war Ende der sechziger Jahre von der Gemeinde übernommen worden. Das zweite lag in einer Hügellandschaft etwa hundertzehn Kilometer nördlich von Rom. Das nächste Dorf, Marmore, war drei Kilometer entfernt. In der Nähe gab es die beeindruckenden, 290 v. Chr. künstlich angelegten Wasserfälle, die *Cascata delle Marmore*. Laut der Beschreibung, auf die Alicia im Internet gestoßen war, hatte das Anwesen ursprünglich einem alten Rittergeschlecht gehört. Aus Angst vor Überfällen hatte die Adelsfamilie eine hohe Mauer um den Gutshof errichten lassen, in der zur Verteidigung Schießscharten eingelassen waren. Dieser Mauer verdankte die Besitzung ihren Namen: *Il Castello*. Anfang des 18. Jahrhunderts hatte die verarmte Familie das Gehöft dann den Benediktinern überlassen. Nachdem der letzte Mönch 1974 das Zeitliche gesegnet hatte, verkaufte die Ordensgemeinschaft das Kloster an einen Privatmann.

Gespannt hatten alle zugehört, aber noch während Alicia die letzten Sätze sprach, runzelte Bertoni die Stirn. Er schien einige Sekunden angestrengt nachzudenken, dann hellte sich seine Miene auf.

»›Seine Burg wird sein neues Golgatha sein. Sie ist so falsch wie die Güte seines Vaters‹«, sagte er gerade so laut, dass die anderen ihn verstehen konnten.

»Was ist damit, Monsignore?«, wollte Matthias wissen.

»Der Anrufer. Er sagte: ›Seine Burg wird sein neues Golgatha sein.‹ Und Signorina Egostina hat ein altes Kloster entdeckt, das den Namen *Il Castello* trägt.«

Matthias sprang auf. »Aber natürlich! Und auch der nächste Satz passt: ›Sie ist so falsch wie die Güte seines Vaters.‹ Dieses Castello ist eine ›falsche‹ Burg, denn eigentlich ist es ja ein Gutshof.«

Wieder herrschte einige Sekunden Stille, bis Alicia sagte: »Und wie geht's jetzt weiter?«

Varotto räusperte sich. »Wir sehen uns das an. Wenn wir mit unserer Vermutung richtig liegen, verständige ich die Kollegen.« Erleichtert seufzte er auf. »Endlich haben wir eine Spur.«

»Wann brechen wir auf?«, wollte Alicia wissen.

Varotto sah sie an. »Wir? Ich werde mit Matthias alleine hinfahren.«

»Kommt überhaupt nicht infrage, Daniele! Und komm mir jetzt bloß nicht mit solchen chauvinistischen Sprüchen wie: ›Das ist viel zu gefährlich für eine Frau.‹ Erstens bin ich Reporterin und zweitens nicht aus Zucker. Und ich weiß, wo dieses Castello liegt. Entweder ihr nehmt mich mit, oder ich fahre alleine hin. Wir können ja eine Wette abschließen, wer eher da ist.«

»Das ist viel zu gefährlich für eine Frau«, antwortete Varotto, doch bevor sie aufbrausen konnte, grinste er breit. »He, schon gut, das war ein Scherz.«

»Das ist endlich wieder der Daniele, den ich kenne.« Alicia lächelte.

Bevor sie das Thema vertiefen konnten, sagte Matthias: »Also dann morgen früh um acht hier.«

Bertoni erhob sich mühsam und wandte sich an Matthias. »Sie haben meine Telefonnummer. Rufen Sie mich an, wann immer Sie mich brauchen. Ich stehe jederzeit zu Ihrer Verfügung.«

Matthias nickte. »Vielen Dank, Monsignore. Ich begleite Sie noch hinaus.«

Im Treppenhaus zog Matthias die Wohnungstür hinter sich so weit zu, dass nur noch ein kleiner Spalt offen blieb.

»Haben Sie Kardinal Voigt von dem Anruf erzählt?«, fragte er leise.

Bertoni hob die Schultern. »Er ist mein Vorgesetzter.«

»Verzeihen Sie, Monsignore, aber das beantwortet meine Frage nicht.«

»Nun, bisher kam ich noch nicht dazu, ihm davon zu erzählen, aber ich werde es noch tun.« Bevor Matthias ihn unterbrechen konnte, hob er die Hand. »Ich gebe zu, dass die Geschichte mit dem, was der Kardinal wusste oder nicht, ein wenig seltsam ist. Ich habe noch einmal darüber nachgedacht und bin mir eigentlich ziemlich sicher, dass Kardinal Voigt schon lange von der Verbindung zwischen Niccolò und mir weiß. Ich kann Ihnen nicht sagen, warum er es Ihnen gegenüber so dargestellt hat, als wüsste er nichts davon, aber ich bin überzeugt, dass es dafür eine plausible Erklärung gibt.«

Matthias schluckte. Sein Gefühl hatte ihn also nicht getäuscht. Bertoni hatte in seinem Büro versucht, den Kardinal zu decken. Voigt hatte nicht die Wahrheit gesagt. Welche plausible Erklärung sollte es dafür geben?

»Und Sie werden ihm von dem Anruf erzählen?«

»Das muss ich«, antwortete Bertoni.

»Darf ich Sie wenigstens darum bitten, ihm erst Bescheid zu geben, nachdem wir in diesem Castello waren?«

Bertonis Augen weiteten sich. »Sie glauben doch nicht ernsthaft, Kardinal Voigt könnte etwas mit dieser fürchterlichen Geschichte zu tun haben?«

»Bitte, Monsignore, könnten Sie so lange warten?«

Der alte Mann sah ihn bedrückt an. »Ich denke darüber nach, aber rechnen Sie bitte nicht damit. Das würde ja so aussehen, als zweifelte auch ich an ihm. Das würde er mir nie verzeihen.«

Damit wandte er sich ab und stieg, eine Hand am Geländer, langsam die Treppe hinab. Matthias hielt ihn nicht auf. Bertoni tat ihm leid. Er hatte den alten Monsignore in eine schwierige Lage gebracht, und er konnte nur hoffen, dass er sich in Bezug auf Kardinal Voigt täuschte.

»... das muss er einsehen«, sagte Varotto gerade zu Alicia, als Matthias das Wohnzimmer wieder betrat. Beide sahen ihn ernst an. »Wir haben gerade darüber gesprochen, dass du heute Nacht hierbleiben solltest«, erklärte der Commissario. »Wer immer versucht hat, dich umzubringen, weiß offensichtlich sehr gut über dich Bescheid und könnte ...«

»Schon gut«, unterbrach Matthias ihn. »Ich habe auch schon daran gedacht. Mir ist es zwar ein Rätsel, woher der Schütze weiß, wer ich bin und dass ich zum Zeitpunkt seines Anrufs hier war, fest steht aber, dass derjenige mit mir und meiner Vergangenheit ein ernsthaftes Problem hat. Es gibt nichts, weswegen ich heute noch in mein Zimmer müsste. Außer meiner Zahnbürste ...«

»Da versucht man diesen Mann vor einem weiteren Mordversuch zu bewahren, und er denkt an seine weißen Zähne.« Varotto sah Alicia an und machte eine kreisende Bewegung mit dem Zeigefinger neben seinem Kopf, und Alicia grinste zurück. »Ihr Deutschen seid wirklich ein seltsames Volk. Aber du hast Glück. Ich glaube, ich habe noch eine neue Zahnbürste. Originalverpackt. Ich sehe sofort nach.«

Als Varotto das Wohnzimmer verlassen hatte, schob Alicia die Papiere auf dem Couchtisch zusammen, griff nach dem kleinen Rucksack aus dunkelbraunem Leder, der ihr als Handtasche diente, und erhob sich.

»Ich bin so froh, dass du hierbleibst. Ich hätte sonst wahrscheinlich kein Auge zugetan vor lauter Sorge um dich.«

Matthias registrierte, dass sie wie selbstverständlich zum Du übergegangen war, und empfand es als angenehm. »Ja, ich denke, es ist besser so. Aber was die Sorge betrifft – die mache ich mir um dich auch. Ich bin ebenso wie Daniele der Meinung, dass unser Ausflug morgen früh zu gefährlich für dich ist. Schließlich wissen wir nicht, was uns dort erwartet.«

Sie sahen sich lange an, bis sie sich schließlich mit einem Ruck von seinen Augen losriss.

»Du glaubst doch nicht im Ernst, dass ich mir diese Story entgehen lasse? Außerdem werden wir uns dieses Castello doch sowieso nur von außen ansehen und sofort die Polizei informieren, falls uns irgendetwas komisch vorkommt. Nein, ich bin dabei. Wir sehen uns morgen früh um acht.«

Sie beugte sich über ihn und hauchte ihm einen Kuss auf die Wange, genau in dem Augenblick, in dem Varotto, eine noch verpackte Zahnbürste in der Hand schwenkend, wieder das Zimmer betrat.

»Sie gefällt dir, nicht wahr?«, bemerkte Varotto ganz nebenbei, nachdem hinter Alicia die Tür ins Schloss gefallen war.

»Wem würde diese Frau nicht gefallen?«, erwiderte Matthias.

Sie sahen aneinander vorbei und schienen ihren Gedanken nachzuhängen, bis Varotto sich zur Tür wandte und sagte: »Also dann – können wir in einer Viertelstunde fahren?«

Matthias sah ihn verwirrt an. »Fahren? Wohin?«

»Na, nach Marmore. Du glaubst doch nicht im Ernst, dass ich Alicia mitnehme? Wenn wir dort finden, was wir uns erhoffen, kann die Sache sehr gefährlich werden. Möchtest du sie dieser Gefahr aussetzen?«

»Nein, natürlich nicht. Ich dachte nur, weil du ihr …«

Varotto tat den Einwand mit einer Handbewegung ab. »Wie sagte schon Winston Churchill? ›Was interessiert mich mein Geschwätz von gestern.‹ Außerdem haben wir keine Zeit zu verlieren. Jede Stunde, die wir unnütz verstreichen lassen, können diese Irren dazu nutzen, eine weitere Kreuzwegstation nachzustellen. Mich wundert sowieso, dass noch kein …« Er stockte und sah auf seine Armbanduhr. Es war kurz vor Mitternacht. »Dass *heute* noch kein neuer Mord entdeckt wurde … Könnte allerdings auch sein, dass meine lieben Kollegen mich darüber nicht mehr informieren. Also: Abfahrt in einer Viertelstunde. Wenn wir dort ankommen, schläft wahrscheinlich alles. Das kann von großem Vorteil für uns sein.«

Der Gedanke, Alicia so auszutricksen, gefiel Matthias zwar ganz und gar nicht, aber wenn er sich vorstellte, sie könnte verletzt werden oder gar noch Schlimmeres …

»Gut«, sagte er, »ich schaue mir auf Google Maps noch die unmittelbare Umgebung von diesem Castello an, dann können wir los.«

Als Matthias das Zimmer verlassen hatte, ließ Varotto sich aufs Sofa fallen und schloss die Augen. Fast augenblicklich lief ein Film vor ihm ab, in dem der blonde Deutsche von einer Frau umarmt und innig geküsst wurde. Nicht auf die Wange, sondern auf den Mund. Als die Frau den Kopf hob, erkannte er, dass es nicht Alicia war, sondern – Francesca. Mit lautem Stöhnen riss er die Augen auf und schüttelte heftig den Kopf.

48 Kaum hatte Salvatore Bertoni seine Wohnung betreten, griff er zum Telefon und wählte die Privatnummer des Präfekten der Kongregation für die Glaubenslehre. Während der Fahrt hatte er hin- und herüberlegt und war schließlich zu dem Entschluss gekommen, den Kardinal trotz der späten Stunde noch anzurufen.

Voigt meldete sich bereits nach dem zweiten Klingeln. Bertoni entschuldigte sich für die späte Störung und erzählte ihm dann von dem seltsamen Anruf und dass er sich mit Matthias und der Journalistin bei Commissario Varotto getroffen hatte. Auch von dem Mordanschlag auf den Deutschen berichtete er und von der Verletzung, die dieser davongetragen hatte.

Der Kardinal wartete, bis Bertoni mit seinem Bericht zu Ende war, bevor er ihn fragte, warum er erst so spät darüber informiert werde. Bertoni erklärte, dass er schon auf dem Weg zu Varotto gewesen sei, als der Anruf kam, und er zuerst wissen wollte, was der Commissario, Matthias und Signorina Egostina darüber dachten. Von der Bitte des Deutschen, dem Kardinal erst alles zu erzählen, nachdem sie sich das Castello angesehen hatten, sagte er nichts. Ebenso wenig erwähnte er das offensichtliche Misstrauen, das Matthias mittlerweile gegen den Präfekten hegte. Kardinal Voigt bedankte sich und legte auf.

## 20. Oktober 2005

*Il Castello, kurz nach Mitternacht*

49 »Haltet euch bereit, sie kommen.«

Der Abbas presste den Hörer intuitiv fester ans Ohr, obwohl die militärisch knappen Worte klar und deutlich zu verstehen gewesen waren. Mit einer hastigen Bewegung legte er auf und verließ das Zimmer. Sein Herz raste, während er durch die langen, nur spärlich beleuchteten Gänge eilte. Direkt unter einer der Lampen machte er vor einer Tür halt und stieß sie auf. Der schmale Raum wurde nur durch den Streifen Licht erhellt, das von der Flurlampe hereindrang. Es reichte aus, dass er den Mann sehen konnte, der sich ohne Hast und ohne erkennbares Zeichen des Erschreckens im Bett aufrichtete. Der Mann blinzelte und hielt sich eine Hand vor die Augen.

»Es ist so weit«, sagte der Abbas. »Mach dich fertig.«

Der Mann nickte. Er schlug die Decke zurück, stand auf und schlüpfte in die braune Mönchskutte auf dem Stuhl neben sich.

Ohne ein weiteres Wort verließen sie hintereinander die Kammer. Während der Abbas zurück in sein Zimmer ging, betrat der Mann nacheinander mehrere der kleinen Kammern und weckte seine noch im Castello verbliebenen sieben Kollegen, die ebenfalls ihre braunen Mönchskutten anzogen. Gemeinsam stiegen sie anschließend hinunter in das Kellergewölbe, um die Männer aus den Betten zu holen, die sie noch immer als »die Jungen« bezeichneten.

Wenn alles so verlief, wie der Oberste es geplant hatte, würden sie in ein paar Stunden frei sein.

*Rom. Ein Kellergewölbe*

## 50

Sofort nachdem Luca den Hörer abgehoben hatte, begann der Anrufer zu sprechen.

»Ihr könnt ihn jetzt rausbringen. Du weißt, worauf es ankommt. Es hat sich allerdings eine kleine Änderung ergeben.«

Luca hörte sich genau an, was ihm aufgetragen wurde. Er hoffte, dass seine Fähigkeiten dafür ausreichten.

»Ich habe verstanden und werde alles erledigen«, antwortete er knapp.

»Gut«, antwortete der Anrufer zufrieden. »Ich weiß, dass ich mich auf dich verlassen kann. Und nun beeil dich.«

*Rom. Irgendwo am nördlichen Stadtrand*

## 51

Gegen halb zwei in der Nacht klingelte in einem kleinen Privathaus am Rand der italienischen Hauptstadt das Telefon. Der Hausbesitzer griff noch im Halbschlaf nach dem Hörer.

»Was war denn das?«, schnauzte ihn der Anrufer an. »Ich hatte dir ausdrücklich gesagt, du sollst von Keipen nicht verletzen. Er sollte nervös werden, sonst nichts.«

»Es war ein Versehen«, brummte der Mann zerknirscht.

»So, ein Versehen. Dann hör mir jetzt gut zu: Wir sind

nach über zwanzig Jahren kurz vor dem Ziel. Von Keipen soll seine Rolle im Schlussakt meines Stückes spielen. Ich möchte seine Augen sehen, wenn er erkennt, dass alles umsonst war. Ich möchte sehen, wie er zusammenbricht, wenn ihm bewusst wird, wer wir sind. Wenn du mir diese innere Befriedigung noch einmal durch ein Versehen gefährdest, wirst du Besuch bekommen. Und ich garantiere dir, dass dir das nicht gefallen wird. Haben wir uns verstanden?«

»Ich wollte«, stotterte der Mann kleinlaut, »knapp vorbeischießen, aber er ist mir praktisch in die Kugel gesprungen.«

»Du bist ein Stümper. Mit seinem Tod hättest du alles zunichte machen können. Ich werde kein weiteres Versehen hinnehmen. Wir haben nur diese eine Chance. Es muss alles so laufen, wie ich es geplant habe.«

*Marmore*

## 52

Während der ersten halben Stunde Fahrt hatten sie noch angeregt darüber spekuliert, was sie am Ziel wohl erwarten würde. Sie waren sich einig, dass sie kein Risiko eingehen wollten und sofort die Polizei benachrichtigen würden, wenn irgendetwas ihren Verdacht bestätigte. Irgendwann war das Gespräch ins Stocken geraten, bis sie schließlich nur noch stumm nach vorne auf die Straße gesehen hatten.

Kurz vor halb drei fuhren sie am Ortsschild von Marmore vorbei, während die Frauenstimme des Navigationsgerätes verkündete, sie hätten ihr Ziel erreicht. Matthias hatte nach der Beschreibung im Internet eine kleine Skizze mit dem Fußweg zu dem ehemaligen Kloster angefertigt.

Sie würden vom Ortsrand aus etwa drei Kilometer durch einen Wald gehen müssen, immer bergauf, da der Gutshof rund vierhundert Meter höher lag als der Ort.

Die wenigen Geschäfte entlang der Via Domenico Faggetti waren unbeleuchtet, die dunklen Schaufenster wirkten wie Mäuler, zu einem stummen Schrei aufgerissen. Fast war Matthias froh, dass der Weg sie von dem Ort wegführen würde und nicht durch ihn hindurch.

»Sehr einladend«, bemerkte er, während er die Häuser betrachtete, an denen sie langsam vorbeifuhren.

»Um diese Uhrzeit sieht es überall so düster aus«, entgegnete der Commissario, als müsste er den kleinen Ort verteidigen.

Zweihundert Meter weiter fanden sie am Ortsrand einen Schotterplatz, auf dem vier Autos parkten. Varotto hatte den Motor gerade abgestellt, als sein Mobiltelefon läutete. Er sah Matthias an.

»Wenn das Alicia ist, werde ich sie anlügen müssen, sonst setzt sie sich sofort ins Auto«, sagte Varotto. »Sei also bitte leise.« Er meldete sich mit einem langgezogenen »*Pronto*«, so als wäre er gerade aus dem Schlaf gerissen worden.

»Francesco hier. Entschuldige, dass ich dich wecke, aber gerade ist wieder ein Toter gefunden worden.«

»Mist!«, entfuhr es Varotto. »Weiß der Chef, dass du mich anrufst?«

»Nein, ich bin zu Hause. Ich habe es selbst eben erst erfahren.«

Varotto schnaufte. »Danke, dass du mich informiert hast. Du kannst mir ja vielleicht Bescheid geben, wenn du dort gewesen bist.«

»Ja ... Nein ... Daniele ...« Tissone zögerte. »Könntest du bitte zum Tatort kommen?«

Varotto war einen Moment zu verblüfft, um antworten zu können. Ungläubig schüttelte er den Kopf.

»Hast du vergessen, dass ich beurlaubt bin? Was, denkst du, wird Barberi dazu sagen?«

»Ach, Daniele, Barberi kreuzt doch nie am Tatort auf. Ich bin zum ersten Mal leitender Commissario. Ich möchte einfach sichergehen, dass ich alles richtig mache. Bitte, Daniele!«

Varotto stieß ein kurzes Lachen aus. »Und da möchtest du mich dabei haben?« Er dachte einen Moment darüber nach, ob er Tissone die Wahrheit sagen konnte, und gab sich dann innerlich einen Ruck. »Francesco, selbst wenn ich wollte, ich kann nicht an den Tatort kommen. Ich bin mit Matthias gerade irgendwo nördlich von Rom, über hundert Kilometer von dir entfernt.«

Tissone brauchte offensichtlich einige Sekunden, um diese Information zu verarbeiten.

»Hundert Kilometer von Rom entfernt? Um diese Uhrzeit? Und was tut ihr dort, um Himmels willen?«

»Es könnte sein, dass wir auf eine heiße Spur gestoßen sind. Du solltest jetzt zusehen, dass du zu deinem Tatort kommst. Du wirst dort alles richtig machen, da bin ich ganz sicher. Ich melde mich wieder bei dir. Sollte sich unser Verdacht bestätigen, kann es sein, dass wir hier schnell Unterstützung brauchen. Ciao.«

Bevor Tissone noch etwas entgegnen konnte, hatte Varotto den roten Knopf gedrückt und das Handy ausgeschaltet. Mit einem schiefen Grinsen sah er Matthias an.

»Wäre doch schade, wenn wir uns in bester James-Bond-Manier geräuschlos an dieses Castello anschleichen und mein lieber Kollege Tissone ruft mich in dem Moment wieder an.«

»Sie haben die nächste Station also gefunden«, stellte Matthias fest.

»Ja«, seufzte Varotto und öffnete die Tür. »Aber vielleicht liegen wir ja richtig, und es war der letzte Mord ... Hoffentlich.«

Matthias warf noch einen letzten Blick auf seine Skizze und steckte sie zusammengefaltet in die Jackentasche. Dann stieg er aus und ging im Schein der einzigen Straßenlaterne um den Wagen herum. Der Commissario hatte ihm den Rücken zugewandt und sah zum Waldrand hinüber, der etwa zwanzig Schritte weiter begann, eine undurchdringbar scheinende schwarze Wand.

»Ich hoffe, wir finden dieses Castello«, brummte Matthias. »Hast du die Taschenlampe?«

»Ja«, antwortete Varotto. Seine Stimme klang seltsam gepresst.

»Daniele?« Matthias trat einen Schritt näher. Als Varotto ihm das Gesicht zuwandte, bemerkte Matthias den leicht glänzenden Schweißfilm, der sich auf Varottos Stirn gebildet hatte. »Alles in Ordnung?«

Varotto zögerte einen Augenblick und sagte dann barsch: »Natürlich ist alles in Ordnung. Was soll die Frage?«

»Ich dachte nur ...«

»Es geht mir gut.« Varotto steckte jetzt eine Hand ins Innere seiner Lederjacke. Sekunden später hielt er Matthias etwas entgegen. »Hier, nimm das.«

Als Matthias danach greifen wollte, sah er, dass es sich nicht um die Taschenlampe handelte, sondern um eine Pistole. Erschrocken zog er die Hand zurück.

»Was soll ich damit?«

»Für alle Fälle. Nimm sie. Ich habe auch eine.«

Matthias schüttelte energisch den Kopf. »Auf keinen

Fall. Ich habe mir damals geschworen, nie wieder eine Waffe in die Hand zu nehmen.«

»Aber das hier ist doch etwas ganz anderes. Nur für den Fall, dass wir uns verteidigen müssen und ich nicht mehr dazu in der Lage bin. Na los, nimm sie schon.«

Er hielt ihm die Waffe wieder hin, als Matthias aber entschieden den Kopf schüttelte, ließ er sie resigniert im Inneren der Jacke verschwinden.

»Also gut, ich kann dich nicht dazu zwingen. Ich hoffe nur, wir werden nicht in die Situation kommen, in der wir das beide bitter bereuen.«

»Ich würde es auf jeden Fall bereuen. Ich möchte nie wieder auf einen Menschen schießen«, erwiderte Matthias leise.

»Gehen wir«, brummte Varotto und zog die Stabtaschenlampe aus dem Hosenbund.

Auf dem schmalen Trampelpfad tanzte der helle Lichtstrahl mit jedem Schritt unruhig vor ihnen her. Die Kronen der Laubbäume standen hoch über ihren Köpfen so dicht zusammen, dass sie ein fast lückenloses Dach bildeten und das Mondlicht nur als schwacher, schmutzig silbriger Schimmer wahrnehmbar war. Mit jedem Meter schien die Stille, die sie umgab, näher zu rücken wie ein hungriges Raubtier. Gleichzeitig wuchs die Panik, die Varotto Minuten zuvor nur gestreift hatte. Verdammt, dachte er, wann wird das endlich besser? Als er etwas auf der Schulter spürte, fuhr er zusammen. Nur mit Mühe unterdrückte er einen Aufschrei.

»Entschuldige, ich wollte dich nicht erschrecken«, sagte Matthias hinter ihm. »Meinst du nicht, es wäre besser, wir warten, bis es hell wird? Selbst wenn wir dieses Castello finden sollten, werden wir nicht viel erkennen.«

Varotto drehte sich um. »Hast du etwa Angst nachts im Wald?« Es klang aggressiv und tat ihm im nächsten Moment schon wieder leid. Er wusste genau, warum Matthias diesen Vorschlag gemacht hatte; es war ihm dabei ganz bestimmt nicht um sich gegangen. »Entschuldige«, erklärte er deshalb schnell. »Es ist alles in Ordnung, keine Sorge. Ich sag's schon, wenn ich nicht mehr weiterkann.«

Bald begann der Weg stark anzusteigen. Varotto keuchte, wollte die Lampe aber nicht an Matthias abgeben. Sie lenkte ihn von seinen Gedanken an feucht riechende Schwärze und dumpfe Stille ab, die ihm den Atem von den Lippen pflücken wollten. Eine Dreiviertelstunde waren sie schon bergauf durch den Wald gestolpert, als Varotto unvermittelt stehen blieb und die Taschenlampe ausschaltete.

»Was ist?«, flüsterte Matthias. »Hast du etwas gehört?«

Varotto schüttelte den Kopf. Erklären musste er nichts, denn nun sah auch Matthias deutlich den gelblichen Schimmer durch die Bäume.

Von ihrem Platz aus konnten sie eine etwa drei Meter hohe Mauer auf einer kleinen Lichtung erkennen, die die Größe eines Fußballfeldes haben mochte. Der obere Rand der Mauer war gleichmäßig von Schießscharten unterbrochen. Direkt hinter der Mauer ragte das Dach eines langen Gebäudes in die Höhe. Es zog sich fast über die gesamte Breite hin und wurde wohl von Bodenstrahlern angeleuchtet. Das Ganze wirkte sehr gespenstisch.

»Los, weiter, aber leise«, flüsterte Varotto.

Ohne das Licht der Stablampe war jedoch ein halbwegs leises Vorankommen unmöglich. Immer wieder knackten kleine Zweige unter ihren Fußsohlen, was ihnen jedes Mal wie ein Donnerschlag vorkam, sodass sie erschrocken innehielten, bevor sie vorsichtig den nächsten Schritt wagten.

Plötzlich packte Varotto Matthias mit festem Griff am

Oberarm und zog ihn nach unten in die Hocke, wobei er fast hingefallen wäre.

»Schschsch ...«

Mit der freien Hand deutete Varotto nach vorne auf zwei schemenhafte Gestalten, die vor der Mauer auf und ab gingen. Einer der beiden hatte etwas über die Schulter gehängt, das ein Gewehr sein konnte. Als sie an dem Mauerstück entlanggingen, das direkt vor Varotto und Matthias lag, betrug der Abstand zwischen ihnen nur noch etwa fünfzig Meter.

Da zuckte Matthias zusammen, und Varotto erkannte einen Gewehrlauf in seinem Nacken.

»Aufstehen! Aber schön langsam«, sagte eine schneidende Stimme hinter ihnen.

*Vatikan. Apostolischer Palast*

## 53

Schon wenige Sekunden nachdem der Sekretär an die Tür der Privatgemächer geklopft hatte, bat ihn die Stimme des Papstes, einzutreten. Es war der gleiche Ablauf wie jeden Morgen. Allerdings ließ der Papst sich normalerweise um fünf Uhr wecken, nun aber war es halb vier.

Vorsichtig, als könnte noch jemand in seiner Ruhe gestört werden, öffnete der Mann die Tür und ging mit leisen Schritten zu dem massiven Bett.

Der Oberhirte der katholischen Kirche schien sich der ungewöhnlichen Uhrzeit gar nicht bewusst zu sein. Freundlich sah er seinem Privatsekretär entgegen.

»Eure Heiligkeit, verzeihen Sie bitte, dass ich Sie mitten in der Nacht wecke, aber Seine Eminenz Kardinal Voigt ist am Telefon. Er meint, es gehe um Leben und Tod. Er klingt sehr aufgeregt. Ich wusste nicht ...«

Der Papst sah ihn voller Güte an und winkte ab. »Keine Sorge, es war richtig, dass Sie mich geweckt haben. Geben Sie mir bitte das Telefon.«

»Eure Heiligkeit«, hörte er kurz darauf die Stimme des Kardinalpräfekten, »bitte entschuldigen Sie die Störung zu nachtschlafender Zeit, aber es geht im wahrsten Sinn des Wortes um Leben und Tod.«

Der Papst zögerte einen Moment. »Was ist geschehen?«

»Bitte, Eure Heiligkeit, nicht am Telefon. Es betrifft Ihren alten Freund Niccolò Gatto.«

Ein Ruck ging durch den Körper des Papstes. »Heilige Jungfrau Maria! Kommen Sie sofort her.«

Für einen kurzen Augenblick herrschte Stille, dann sagte Voigt: »Das geht nicht. Ich bitte Sie, Eure Heiligkeit, Sie müssen in den Keller des Apostolischen Palastes kommen. Ich beschreibe Ihnen, wie Sie von Ihren Gemächern aus zu dem Raum kommen, in dem ich auf Sie warte.«

Niccolò Gatto. Leben und Tod.

»Gut, ich komme.«

Sosehr ihn die Bitte auch wunderte, machte sich das Oberhaupt der katholischen Kirche doch zehn Minuten später auf den Weg in den Keller des Apostolischen Palastes. Er ging alleine.

*Rom. Porta San Paolo*

## 54

Commissario Francesco Tissone war vor dem Torbogen stehen geblieben und betrachtete den langhaarigen jungen Mann, der mit verrenkten Gliedern mit dem Gesicht nach unten am Boden lag. Er war offensichtlich von dem etwa zehn Meter hohen Mittelteil der Porta San Paolo gestoßen worden. Zwischen seinen Schulterblättern lag ein kleines Holzkreuz. Die siebte Station: Jesus fällt zum zweiten Mal unter dem Kreuz, dachte Tissone und war dabei fast erleichtert, dass er keine der Szenen vorgefunden hatte, bei denen die Opfer wie ausgestopfte Tiere präpariert worden waren.

Die Szene wurde von den Scheinwerfern zweier Polizeifahrzeuge angestrahlt. Sicher würden bald auch die Kollegen der Spurensicherung eintreffen und ihre Scheinwerfer aufbauen. Mehrere Beamte der *Polizia di Sicurezza* hatten den Tatort von allen Seiten weiträumig abgesperrt. Auch die direkt daneben aufragende Cestius-Pyramide, das Grabmal des im Jahre 12 v. Chr. gestorbenen römischen Volkstribuns Caius Cestius Epulo, lag in dem abgesperrten Gebiet.

»Guten Morgen, Commissario Tissone«, sagte einer der Polizisten, ein sehr junger Mann mit fast weiblich anmutenden weichen Gesichtszügen. Er zeigte auf den Toten. »Er ist von einem Taxifahrer gefunden worden, der gerade von einem Kollegen vernommen wird. Treten Sie näher, ich möchte Ihnen etwas zeigen.«

Widerwillig sah Tissone dem jungen Beamten, der vor dem Toten in die Hocke gegangen war, über die Schulter.

»Sehen Sie, hier.«

Tissone beugte sich ein Stück nach vorne, konnte aber nichts sehen, weil sein eigener Schatten die Stelle verdunkelte. Er ging um den Toten herum und bückte sich. In den winzigen Querbalken des Kreuzes war etwas eingeritzt. Mit einem kurzen Blick auf den jungen Mann richtete er sich wieder auf.

»Konnten Sie entziffern, was dort steht?«

»Nein, es ist zu klein. Ich wollte nichts verändern, bis Sie …«

»Haben Sie einen Handschuh?«, unterbrach ihn Tissone und hoffte, dass er keinen Fehler machte, den ihm die Kollegen von der Spurensicherung später vorhalten würden.

Der Polizist reichte Tissone einen der dünnen Latexhandschuhe. Er streifte ihn über die rechte Hand.

So gerüstet packte er das kleine Kreuz vorsichtig mit Daumen und Zeigefinger an den Enden des Längsbalkens und ging damit zu den Polizeiwagen. Vor einem der Scheinwerfer bückte er sich und drehte das Kreuz so, dass die Schrift voll angestrahlt wurde.

Die Buchstaben und Zahlen waren ungleichmäßig, offensichtlich waren sie mit einer Nadel oder Ähnlichem von Hand in das Holz geritzt worden. Für einen Moment setzte sein Herzschlag aus: *D. Varotto † 20.10.2005.*

»Konnten Sie es entziffern, Commissario?«, wollte der junge Polizist wissen, der ihm neugierig nachgegangen war.

Tissone starrte auf die Inschrift. Er war zu keiner Regung fähig.

»Commissario?«, fragte der Beamte beunruhigt. »Was steht da?«

Endlich schaffte es Tissone, den Blick von dem Namen abzuwenden. Seine Gedanken rasten.

»Was … welches Datum ist heute?«, fragte er den Mann benommen.

»Der 20. Oktober, Commissario.«

Tissone erhob sich und hielt ihm das Kreuz entgegen, woraufhin der Mann entsetzt zurückwich. »Aber Commissario, ich habe keine Handschuhe an. Wenn nun …«

»Auf diesen Kreuzen waren noch nie Fingerabdrücke.«

Mit einem Mal schien sein Gehirn wieder zu funktionieren. Er musste sofort Daniele anrufen und ihn warnen. Nachdem der Polizist noch immer keine Anstalten machte, das Kreuz an sich zu nehmen, steckte Tissone es kurzerhand in die Jackentasche, zog sein Handy heraus und drückte die Wahlwiederholungstaste. Seine Hand zitterte. Nach nur dreimaligem Klingeln sprang die Mailbox an.

Langsam ließ Tissone das Telefon sinken. Er überlegte fieberhaft. Daniele konnte das Mobiltelefon ausgeschaltet haben, um nicht gestört zu werden. Möglich war auch, dass er vergessen hatte, den Akku zu laden, was ihm schon öfter passiert war. Oder aber... Hektisch wählte Tissone eine andere Nummer. Es dauerte einige Zeit, bis abgehoben wurde.

»Chef, hier ist Francesco.«

»Was gibt es?« Sofort bekam die Stimme den gewohnt festen Klang. Pasquale Barberi wusste, dass seine Mitarbeiter nicht ohne triftigen Grund bei ihm zu Hause anriefen. Schnell erzählte ihm Tissone von seinem Anruf bei Daniele Varotto und was er am Tatort vorgefunden hatte.

»Verdammt!«, rief Barberi, als Tissone seinen Bericht beendet hatte. »Dieser Dickkopf. Und Sie wissen nicht, *wo* Daniele hingefahren ist?«

»Nein, leider nicht. Ich habe ihn gefragt, aber er ist nicht darauf eingegangen.«

»Hm ... Und mit wem ist er unterwegs?«

»Mit dem Deutschen.«

»Und was ist mit dieser Journalistin, Alicia Egostina? Sie hatte sich doch auch an Daniele gehängt. Irgendwann hat er mir davon erzählt.«

»Von ihr hat er nicht gesprochen.«

»Versuch sie zu erreichen. Ich schicke Commissario Cileras zu dir. Er soll die Spurensicherung beaufsichtigen. Sobald er da ist, kommst du mich abholen.«

Andrea Cileras war ein noch junger, aber sehr eifriger Kollege. Er würde sich über die Bewährungsprobe freuen.

»Gut«, antwortete Tissone und fügte leise hinzu: »Ich mache mir große Sorgen.«

Eine Weile herrschte Stille, dann sagte sein Chef mit heiserer Stimme: »Ich auch«, und legte auf.

Alicia Egostina schien einen sehr leichten Schlaf zu haben, denn nach dem zweiten Läuten hob sie bereits ab. Nachdem Tissone sich mit Dienstgrad und Namen gemeldet hatte, konnte er förmlich spüren, wie sie sich mit einem Ruck im Bett aufrichtete.

»Ist etwas passiert? Wieder ein Mord?«

»Ja, Signorina, aber das ist nicht der Grund meines Anrufs. Es geht um Daniele Varotto.«

»Daniele? Was ist mit ihm?«

Man hörte ihren Worten deutlich die Angst an. Tissone atmete tief durch und erklärte ihr in ein paar knappen Sätzen die Situation.

»O mein Gott!«, sagte sie mit tonloser Stimme, nachdem er ihr von dem kleinen Kreuz mit Danieles Namen erzählt hatte.

Als Tissone dann aber von seinem Telefonat mit Daniele erzählte und sie fragte, ob sie wisse, wo er und Matthias sich aufhalten könnten, schrie sie ins Telefon: »Dieser Hund! Sind sie doch tatsächlich ohne mich gefahren ... Na, die können was erleben!«

»Signorina, das hört sich an, als wüssten Sie, wohin die beiden wollten.«

»Nicht die beiden, Commissario, sondern wir drei, und

zwar morgen ... heute ... später. Natürlich weiß ich es. Schließlich habe ich den Ort im Internet gefunden.«

»*Was* haben Sie gefunden?«

Alicia berichtete ihm hastig, wie sie mit Monsignor Bertonis Hilfe auf das Castello gekommen waren.

»Und wo genau liegt dieses Castello?«, fragte Tissone.

»Ich fahr mit Ihnen hin«, antwortete sie.

»Das geht nicht. Erstens weiß ich gar nicht, ob wir selbst hinfahren, zweitens darf ich keine Zivilistin zu einem Einsatz mitnehmen, und drittens ...«

»Und drittens verrate ich Ihnen nicht, wo dieses Castello liegt. Also?«

»Das kann nur mein Chef entscheiden, Signorina. Ich kann nicht ...«

»Was sind Sie? Ein jämmerlicher Kriecher? Oder auch ein Mann? Ich ziehe mich schnell an, während Sie sich auf den Weg zu mir machen. Ihr Chef wird Ihnen schon nicht den Kopf abreißen. Sobald ich in Ihrem Auto sitze, sage ich Ihnen, wo Daniele hinwollte.«

»Nein, Signorina, Sie werden es mir jetzt sofort sagen!«, brüllte Tissone zu seiner eigenen Überraschung. »Weil Daniele womöglich gerade in Lebensgefahr ist, während Sie hier mit mir Ihre Spielchen treiben! Also: Ich möchte jetzt auf der Stelle wissen, wohin Daniele und Signor Matthias unterwegs sind, haben Sie verstanden? Jede Minute zählt!«

Drei, vier Sekunden vergingen, dann sagte sie kleinlaut: »Das Castello liegt drei Kilometer von einem kleinen Ort entfernt, der Marmore heißt, etwa hundertzehn Kilometer nördlich von Rom. Die nächstgrößere Stadt ist Terni.«

»Terni kenne ich«, sagte Tissone. »Ziehen Sie sich an, ich hole Sie ab.«

Nur dreißig Minuten später brachen sie nach Marmore auf. Tissone fuhr mit hoher Geschwindigkeit durch die leeren Straßen Roms. Neben ihm saß sein Chef. Barberi hatte gleich nach Tissones zweitem Anruf die Kollegen in Terni informiert. Sie hatten ihm zugesichert, sofort mit mehreren Polizisten zum Castello aufzubrechen und dort nach dem Rechten zu sehen.

»Ich hoffe, wir finden die beiden«, murmelte Tissone nach einer Weile.

»Ich wünsche mir fast, dass wir uns mit dem Castello getäuscht haben und es dort niemanden gibt, der ihnen etwas antun kann«, sagte Alicia von der Rücksitzbank.

»Daniele kann sich jedenfalls auf etwas gefasst machen«, brummte Barberi. »Uns seine Erkenntnisse vorenthalten und auch noch auf eigene Faust weiterermitteln!«

»Was blieb ihm denn anderes übrig, nachdem Sie ihn beurlaubt hatten?«

Alicia hatte sich nach vorne gebeugt. Ihre Stimme klang angriffslustig.

Barberi drehte sich zu ihr um. »Die Beurlaubung ist nicht meine Idee gewesen, sondern eine Anweisung von ganz oben.«

»Und ist Ihnen noch nie der Gedanke gekommen, sich für einen Ihrer Mitarbeiter einzusetzen, wenn Sie das Gefühl haben, dass er ungerecht behandelt wird?«

»Signorina Egostina, wir wollen doch nicht vergessen, dass der Auslöser für Danieles Suspendierung ein Leitartikel war, der in *Ihrer* Zeitung erschienen ist.«

»Stimmt, aber ich bin nicht der verantwortliche Chefredakteur. Von dem Artikel habe ich erst erfahren, als Daniele es mir erzählt hat. Es ist doch wohl etwas anderes, wenn ...«

»Ich denke, wir sollten uns jetzt lieber um die Gefahr Gedanken machen, in die Daniele sich gebracht hat«, fiel Tissone ihr ins Wort.

»Sie haben recht, das sollten wir«, lenkte sie ein. »Aber wenn das hier vorbei ist, werde ich mir überlegen, ob ich nicht einen Artikel über das Obrigkeitsdenken in gewissen Polizeibehörden schreiben sollte.«

Barberi sog hörbar die Luft ein, schluckte dann aber seinen Ärger hinunter. »Tun Sie, was Sie nicht lassen können. Aber jetzt erzählen Sie uns bitte, was genau Sie herausgefunden haben.«

»Ein Freund eines Kurienmitglieds hat offenbar etwas mit dieser Mordserie zu tun«, begann Alicia. »Er...«

*Il Castello*

## 55

»Umdrehen! Und schön die Hände über den Kopf. Wenn einer von Ihnen eine komische Bewegung macht, schieße ich.«

Sowohl Matthias als auch der Commissario drehten sich langsam um. Die beiden Männer standen so, dass der gelbliche Schein des Castello seitlich auf ihre Gesichter fiel.

Matthias wusste selbst nicht, was er erwartet hatte, aber die kurzen schwarzen Jacken und Jeans überraschten ihn. Der Mann mit der Waffe im Anschlag mochte Anfang dreißig sein. Er war sehr muskulös und hatte ein kantiges Gesicht, das ihm mit den millimeterkurzen dunklen Haaren das Aussehen eines Söldners verlieh. Störend war nur der dicke auffällige Ring, den er im rechten Ohr trug. Der andere hingegen hatte ein Durchschnittsgesicht und mochte wohl zwanzig Kilo zu viel auf die Waage bringen, wie die rundlich ausgebeulte Jacke vermuten ließ. Auf den Jacken stand in weißer Schrift »*Guardia Di Sicurezza*«.

Ein Sicherheitsdienst?, dachte Matthias verwundert, und gleichzeitig schwand sein Glaube daran, dass in dem Castello tatsächlich etwas zu finden war, das ihnen bei der Aufklärung der Kreuzwegmorde weiterhelfen konnte. Serienmörder, die einen Sicherheitsdienst engagierten, konnte er sich jedenfalls nicht vorstellen. Ein kurzer Blick zur Seite zeigte ihm, dass Varotto offensichtlich die gleichen Gedanken beschäftigten.

»Wer sind Sie und was wollen Sie hier?«, fragte der Muskelprotz, dessen Gewehrlauf Matthias kurz zuvor im Nacken gespürt hatte.

Der zweite, offenbar unbewaffnete Mann war ein paar Schritte zurückgetreten und sprach in ein Walkie-Talkie.

»Commissario Daniele Varotto, von der Questura in Rom. Sie werden eine Menge Ärger bekommen, wenn Sie noch länger Ihre Waffe auf uns richten«, knurrte Varotto.

»Was Sie nicht sagen!« Der Sicherheitsmann grinste. »Tut mir leid, aber die Masche zieht nicht. Man hat uns schon vorgewarnt, dass diejenigen, die hier einzubrechen versuchen, sich als Polizisten ausgeben. Also noch einmal: Wer sind Sie?«

Man hatte sie vorgewarnt? Wieder sahen Matthias und der Commissario sich an, bevor Varotto sich an den Sicherheitsmann wandte.

»Ich habe meinen Ausweis in der Hosentasche. Wenn ich die Hände runternehmen darf ...«

»Aber ganz langsam, verstanden?«

»Finden Sie es nicht auch seltsam, dass man Sie *vorgewarnt* hat?«, fragte Varotto, während er in Zeitlupentempo seinen Ausweis erst in der linken, dann in der rechten Gesäßtasche suchte. »Könnte es nicht vielleicht sein, dass Ihre Auftraggeber wussten, dass die Polizei ihnen auf der Spur ist, und man Sie dazu benutzt, uns aufzuhalten?«

»Aber klar, die Polizei ist hinter ein paar Mönchen her«, antwortete der Mann. »Was haben sie verbrochen? Den Opferstock im Petersdom geklaut? So ein Blödsinn!«

Als seine Fingerspitzen auch in der zweiten Hosentasche nichts ertasteten, trat Varotto der Schweiß auf die Stirn. Langsam zog er die Hand wieder zurück.

»Ich habe meinen Ausweis nicht eingesteckt, weil wir mitten in der Nacht losgefahren sind. Aber Sie können mir glauben ...«

»Schnauze!«, herrschte der Mann ihn an. »Ausweis vergessen. Ha! Und dann noch ein paar tattrigen Mönchen auf der Spur! Ein besseres Lügenmärchen fällt Ihnen wohl nicht ein? Sagen Sie mir endlich, wer Sie wirklich sind und was Sie hier verloren haben!«

»Warum rufen Sie nicht die Polizei?«, mischte sich nun Matthias ein. »Wenn Sie uns für Einbrecher halten, ist es doch Ihre Pflicht, sie zu verständigen.«

»Wir sollen sie reinbringen«, erklärte in diesem Moment der zweite Sicherheitsmann, der mit dem Walkie-Talkie wieder näher trat.

»Was ist mit der Polizei?«, versuchte Matthias es noch einmal.

»Mund halten und umdrehen. Und die Arme schön oben lassen!«

Sie gehorchten und wurden gleich darauf am ganzen Körper abgetastet.

»Sieh an, der vermeintliche Commissario hat gleich zwei Pistolen. Die römische Polizei scheint viel Geld zu haben.«

Beide Sicherheitsmänner lachten laut auf, und nachdem sie ihnen auch noch ihre Handys weggenommen hatten, bekamen Varotto und Matthias einen Stoß in den Rücken.

»Los jetzt, vorwärts.«

Die Männer dirigierten sie nach rechts um die Mauer herum zu dem massiven doppelflügeligen Holztor. Etwa auf Brusthöhe war eine Klappe eingelassen. Noch bevor sie sich bemerkbar machen konnten, wurde sie geöffnet. Ein bärtiges Gesicht tauchte auf, dann eine Hand mit einer Taschenlampe, mit der ihnen ins Gesicht geleuchtet wurde. Geblendet schlossen sie die Augen.

Sekunden später wurde das Tor mit einem lauten Knarren geöffnet, und die beiden Sicherheitsmänner trieben sie unsanft auf einen großen rechteckigen Sandplatz, der von mehreren Scheinwerfern an den drei Gebäuden beleuchtet wurde, die den Platz u-förmig umgaben. Direkt vor ihnen befand sich das größte Haus, dessen Dach sie von außen schon gesehen hatten, rechts davon ein niedriges Gebäude, in dem sich früher wahrscheinlich die Stallungen befunden hatten, und links eines, das ebenso wie das Haupthaus Wohnräume zu beherbergen schien.

»Los, nach rechts, da hinüber«, kommandierte der Muskelprotz hinter ihnen.

Zwei Minuten später betraten sie einen Raum, in dem ein langer Holztisch sowie mehrere Holzschemel standen. Drei weitere Männer des Sicherheitsdienstes lehnten an der Wand und musterten sie mit unbeweglicher Miene. Feindseligkeit war in ihren Blicken nicht zu entdecken, eher Neugier, was Varotto und Matthias mitten in der Nacht im Castello zu suchen hatten.

»Hinsetzen!«, sagte der Kerl mit dem Gewehr und deutete auf zwei der Schemel. Kaum saßen sie, trat einer der Männer näher, zog Kunststofffesseln aus der Tasche, wie sie auch die Polizei benutzte, und band ihnen die Hände auf den Rücken.

»Was soll das? Warum nehmen Sie uns gefangen?«, fragte Varotto verärgert, während der Mann hinter ihm sich vergewisserte, dass der Commissario die Fesseln nicht lösen konnte, dass sie ihm aber auch nicht zu sehr ins Fleisch schnitten.

»Viel interessanter ist doch die Frage, warum Sie sich um diese Uhrzeit hier herumtreiben.«

Der Mann mit der sonoren Stimme hatte den Raum gerade erst betreten und baute sich nun, die Daumen lässig in die Taschen seiner Jeans eingehängt, vor den beiden auf. Sein braungebranntes Gesicht unter dem mit silbernen Fäden durchzogenen schwarzen Haar strahlte Autorität aus. Er mochte um die vierzig sein. Mit Sicherheit ist das der Boss, dachte Matthias. Auf der Brust war ein Namensschild aus Stoff auf die Jacke aufgenäht: J. Gimbala. Ein Verbrecher mit Namensschild?, fragte er sich im Stillen. Die Geschichte wurde immer verrückter.

»Das habe ich Ihrem Kollegen schon zu erklären versucht«, blaffte Varotto den Mann an. »Aber vielleicht haben Sie ja mehr Hirn als er und begreifen, dass Sie sich gerade in enorme Schwierigkeiten bringen. Ich bin Commissario Daniele Varotto von der Questura und mit der Aufklärung einer Mordserie beschäftigt. Die Ermittlungen haben uns hierhergeführt.«

Der Mann dachte einen Moment nach, dann verzog sich sein Gesicht, als hätte er in eine Zitrone gebissen.

»Oh, natürlich. Wahrscheinlich sind Sie der Commissario Varotto, über den gestern dieser interessante Artikel in der Zeitung gestanden hat.«

»Genau der bin ich«, knurrte Varotto.

»Er faselte etwas von einem Dienstausweis, nur leider, leider habe er ihn zu Hause vergessen. So ein Zufall aber auch.« Der Mann mit dem Gewehr lachte wieder laut.

»Schnauze!«, herrschte Gimbala ihn an. »Habt ihr nachgesehen, ob er seinen Personalausweis dabeihat?«

»Äh, nein. Aber der macht uns doch was vor. Und außerdem hat uns Pater Guillesso ja gewarnt, dass die Kerle uns dieses Märchen auftischen würden.«

»Seht nach«, sagte Gimbala nur, ohne den Blick von den beiden Gefangenen abzuwenden.

»Mein Ausweis ist in der linken Jackentasche«, sagte Varotto, und seiner Stimme war deutlich anzuhören, dass er hoffte, nun könne sich alles aufklären.

Der Mann, der ihn kurz zuvor gefesselt hatte, zog Varottos Portemonnaie aus der Jacke und reichte es an Gimbala weiter. Der zog den Ausweis heraus und studierte ihn intensiv. Dann sah er Varotto an.

»Nun gut. Nehmen wir mal an, der Ausweis ist echt und Sie sind tatsächlich Commissario Varotto, der an der Aufklärung dieser Kreuzwegmorde arbeitet. Warum geistern Sie dann nur zu zweit in der Nacht hier herum? Ich war früher selbst Polizist. So etwas hätten wir nie ohne Unterstützung getan. Wo sind Ihre Kollegen?«

»Wegen dieses verdammten Zeitungsartikels, den Sie vorher erwähnten, leite ich den Fall nicht mehr offiziell. Aber meine Dienststelle weiß, dass ich hier bin, und wenn ich mich nicht bald bei den Kollegen melde, werden sie Verstärkung schicken.«

Gimbala sah dem Commissario tief in die Augen, und Matthias hatte das deutliche Gefühl, dass er einen inneren Kampf austrug. Schließlich wandte er sich an einen seiner Männer.

»Weck Pater Guillesso und bitte ihn, herzukommen. Jetzt gleich. Sag ihm, es ist dringend.«

Der Mann nickte und verließ den Raum. Gimbala ging um Matthias und den Commissario herum und befreite sie von ihren Fesseln.

»Auf diesen Pater Guillesso bin ich sehr gespannt«, murmelte Matthias und rieb sich die tauben Handgelenke.

»Er leitet dieses Kloster hier«, erklärte Gimbala, »und hat uns engagiert, weil er einen Einbruch befürchtete.« Er zog einen der Holzschemel heran und setzte sich.

»Das hier ist doch schon lange kein Kloster mehr«, widersprach Varotto.

»Natürlich ist es ein Kloster«, erwiderte Gimbala überrascht. »hier leben doch Mönche.«

»Wenn diese Kerle in Mönchskutten herumlaufen«, entgegnete Matthias, »heißt das noch lange nicht, dass es ein Kloster ist. Es wird sich wohl eher um eine Sekte handeln.«

»Eine Sekte? Aber...«

Vor der Tür waren plötzlich hektische Stimmen zu hören, dann wurde sie aufgestoßen.

»Chef, es gibt da ein Problem.«

Gimbala fuhr herum. »Was ist los?«

Der Mann warf einen unsicheren Blick auf die beiden Gefangenen.

»Nun sag schon«, herrschte Gimbala ihn an.

»Carabinieri. Von allen Seiten kommen sie aufs Kloster zu. Was sollen wir tun?«

Der Chef der Sicherheitstruppe sah Varotto an, der süffisant lächelnd die Schultern hochzog, sich insgeheim jedoch fragte, wo plötzlich dieses große Aufgebot von Polizisten herkam. Er war sicher, Francesco nicht erzählt zu haben, wohin sie fuhren. Was hatte das zu bedeuten?

»Macht das Tor auf und lasst sie rein«, befahl Gimbala und erhob sich. »Wir haben nichts zu verbergen.«

»Das wird sich gleich herausstellen«, sagte Varotto spöttisch. »Wo bleibt Pater Guillesso?«

Gimbala begann nervös auf und ab zu gehen. Alle Gelassenheit war gänzlich von ihm abgefallen. Offenbar war ihm klar geworden, dass mit ihrem Auftraggeber etwas nicht stimmte. Er wandte sich an Varotto und Matthias.

»Verhalten Sie sich ruhig, bis ich zurück bin.« Und zu seinen Männern sagte er: »Die beiden bleiben hier, bis wir wissen, wer sie sind. Aber lasst sie in Ruhe.«

Es dauerte nur wenige Minuten, bis Gimbala zurückkam. Er wurde begleitet von zwei Carabinieri und einem Mann in Zivil, der dem Gesichtsausdruck nach zu urteilen äußerst schlechte Laune hatte. Varotto schätzte ihn auf etwa fünfzig. Er musterte zuerst Matthias, kam aber offensichtlich zu dem Schluss, dass die schulterlangen blonden Haare nicht zu einem Commissario der römischen Polizei passten. Also wandte er sich an Varotto.

»Commissario Daniele Varotto, nehme ich an?«

Varotto nickte. »Ja, der bin ich. Gut, dass Sie gekommen sind.«

»Ich bin Maggiore Aldo Gaetani. Ihr Chef hat uns über Ihren ›Ausflug‹ hierher informiert. Er scheint der Meinung zu sein, dass Sie sich damit in große Gefahr begeben haben. Diese Meinung teile ich durchaus, denn hätten wir Sie erwischt, bevor Sie hier eingedrungen sind, es wäre mir eine große Freude gewesen, Sie persönlich daran zu hindern. Ich habe in der Zeitung den Artikel über Sie gelesen. Wenn ich das hier so sehe, komme ich zu dem Schluss, dass er wahrscheinlich sehr schmeichelnd geschrieben war.«

»Wir sind hier nicht ›eingedrungen‹«, widersprach Matthias, woraufhin der Maggiore ihn ansah wie ein lästiges Insekt, das er gleich mit der Schuhspitze zerdrücken würde.

»Ach, und wie nennen Sie es dann? Wer sind Sie überhaupt?«

»Jemand, der sich nicht von einem Carabiniere anschnauzen lassen muss«, zischte Matthias, und Varotto wunderte sich über den ungewohnt scharfen Ton des Deutschen. »Und ich werde nicht tatenlos dabei zusehen, wie ein verdienter Offizier der römischen Polizei öffentlich abgekanzelt wird. Ich bin ein Zivilist mit ausgesprochen guten Kontakten zur Presse. Sie haben den Artikel über Commissario Varotto gelesen? Dann warten Sie mal ab, wie der über Sie aussehen wird.«

Varotto betrachtete den Maggiore. Der Stabsoffiziersgrad der Carabinieri entsprach dem eines Commissario Capo der *Polizia di Stato*. Damit hatte er den gleichen Rang wie Barberi. Aber im Grunde genommen spielte das keine Rolle, denn er, Varotto, war sowieso vom Dienst suspendiert. Interessant war ja vielmehr, wieso Barberi diesen Typen angerufen hatte. Woher wusste er, dass sie hier waren? Aber das würden sie sicherlich gleich erfahren.

Dem Gesichtsausdruck nach wäre der Maggiore Matthias am liebsten an die Gurgel gesprungen, doch besann er sich offenbar. Er wandte sich an den Chef des Sicherheitsdienstes, der den Wortwechsel interessiert verfolgt hatte. »Warum werden diese beiden Männer hier festgehalten?«

Gimbala hob bedauernd die Schultern. »Ein Irrtum. Wir sind vor zwei Tagen von Pater Guillesso, dem Abt dieses Klosters, engagiert worden, weil er einen Einbruch befürchtete. Offensichtlich besitzt die Klostergemeinschaft etwas, das so wertvoll ist, dass jemand auf die Idee kommen könnte. Es war alles ruhig, bis heute Nacht der Commissario und sein Begleiter um das Kloster herumschlichen. Wir haben sie festgenommen und dabei festgestellt, dass Commissario Varotto zwei Waffen bei sich trug, sich aber nicht als Polizist ausweisen konnte.«

»Und wo ist dieser Pater Guillesso, der Sie beauftragt hat? Das hier ist schon lange kein Kloster mehr.«

»Wir können ihn nicht finden.«

»Na, dann schaffen Sie mir jemand anderen herbei. Der Mann wird ja nicht alleine hier leben, oder?«

Gimbala trat von einem Bein aufs andere. »Nein, gestern Abend waren noch weitere Mönche da. Aber jetzt können wir leider keinen mehr finden.«

»Na so ein Zufall«, sagte Varotto spöttisch. »Maggiore, wie viele Männer haben Sie hier?«

»Achtzehn. Wie Ihr Chef mir sagte, hat man am letzten Tatort etwas gefunden, das darauf hindeutet, dass Sie in großer Gefahr sind. Deshalb habe ich die gesamte Nachtschicht aufgescheucht.«

»Man hat etwas gefunden, das mit mir in Zusammenhang steht?«, erklärte Varotto und schüttelte ungläubig den Kopf. »Aber ich danke Ihnen sehr. Wer weiß, was diese Bodyguards mit uns angestellt hätten, wenn Sie nicht gekommen wären.«

Dabei warf er Gimbala einen vielsagenden Blick zu.

Bevor dieser sich verteidigen konnte, wandte Gaetani sich schon zur Tür und sagte im Hinausgehen: »Gimbala, rufen Sie Ihre Männer zusammen. Wir werden die Gebäude jetzt durchsuchen. Hier scheint etwas ganz und gar nicht in Ordnung zu sein.«

Als er draußen war, sagte Gimbala zu Varotto: »Das war nicht fair von Ihnen. Ich hatte Ihnen schon die Fesseln abgenommen, bevor der Maggiore hier aufgetaucht ist.«

»Ich weiß«, antwortete Varotto und erhob sich. »Das

war dafür, dass Sie sich über den *interessanten* Artikel lustig gemacht haben.«

Er ließ den Mann stehen und ging, gefolgt von Matthias, ebenfalls nach draußen, wo Gaetani gerade zwei Gruppen zu je fünf Mann losschickte, die die anderen Gebäude durchsuchen sollten. Zwei Carabinieri postierte er am Eingangstor, bevor er gemeinsam mit den restlichen Uniformierten die Durchsuchung des Haupthauses in Angriff nahm.

Varotto und Matthias wollten sich anschließen, was der Maggiore ihnen jedoch verweigerte. Der Commissario erklärte, dass sie sich in der Zeit wenigstens das Gelände außerhalb der Mauern ansehen könnten. Dagegen hatte der Maggiore nichts einzuwenden.

»Was hältst du von dem Ganzen?«, fragte Matthias, kaum dass sie sich einige Meter vom Eingangstor entfernt hatten. Varotto hob die Schultern.

»Ich finde es, gelinde gesagt, sehr merkwürdig. Ein vermeintlicher Abt engagiert einen privaten Sicherheitsdienst zur Bewachung eines Klosters, das keines ist. Er warnt die Männer vor der Polizei und macht sich in dem Moment, als diese auftaucht, mitsamt seinen Mitbrüdern aus dem Staub. Gleichzeitig taucht ein Maggiore auf, der von meinem Chef benachrichtigt worden ist. Der wiederum kann aber eigentlich gar nicht wissen, dass wir hier sind. Das ist wirklich sehr, sehr merkwürdig.«

»Glaubst du, es gibt einen Zusammenhang zwischen den Morden und dem Ganzen hier?«

»Anfangs dachte ich noch, wir sind auf der falschen Fährte. Mittlerweile glaube ich allerdings, dass es doch eine Verbindung gibt. Aber warten wir ab, ob der Maggiore etwas findet.«

Wie zur Antwort hörten sie in diesem Moment aufgeregtes Geschrei aus dem Inneren des Gutshofes. Mit schnellen Schritten gingen sie zum Eingangstor zurück, wo einer der beiden Wachposten auf das rechte Gebäude deutete.

»Da entlang, Commissario.«

Vor den ehemaligen Stallungen stand ein Uniformierter. Er sah aus, als hätte er ein Gespenst gesehen, so kreidebleich war er.

»Da unten! ... Gleich links, die Treppe hinunter.«

Ein schwacher Lichtschein drang aus einer Tür, zu der eine Sandsteintreppe hinabführte. Von dort waren Stimmen zu hören. Vorsichtig stiegen Varotto und Matthias die ausgetretenen Stufen hinab.

Unten angekommen, sahen sie am Ende eines etwa zehn Meter langen, schmalen Gangs Gaetani mit einigen Polizisten stehen. Sie alle starrten mit fassungslosen Gesichtern in einen Raum zu ihrer Linken. Der Maggiore wandte sich um, als er Matthias und Varotto näher kommen hörte. Sein Gesicht hatte eine graue Farbe angenommen. Als sie das Ende des Gangs erreicht hatten, verstanden sie, warum.

*Im Wald von Marmore*

## 56

Sie hatten die hundertzehn Kilometer um einiges schneller zurückgelegt als Varotto und Matthias vor ihnen. Auf dem Weg zum Castello hatte Tissone einen Fahrstil an den Tag gelegt, den Alicia ihm nicht zugetraut hätte. Kaum hatten sie die Innenstadt von Rom hinter sich gelassen, war er aufs Gas getreten. Als Alicia in der ersten scharfen Kurve quer über den Rücksitz flog, hatte er nur kurz in den Rückspiegel geblickt und erklärt, dass er mehrere Fahrsicherheitstrainings absolviert habe. Barberi hatte dazu geschwiegen und sich nur mit beiden Händen an dem Haltegriff oberhalb der Tür festgeklammert.

Der Carabiniere, der von Maggiore Gaetani auf dem Schotterplatz hinter Marmore postiert worden war, um sie zu dem ehemaligen Kloster zu führen, war wortlos vor ihnen den steilen Weg hinaufgestiefelt und hatte dabei ein flottes Tempo vorgelegt, was sie ziemlich ins Schwitzen brachte. Nach einer Viertelstunde war Alicia gestolpert und der Länge nach hingefallen. Zum Glück hatte sie sich bis auf einen langen Kratzer quer über dem linken Handrücken nicht weiter verletzt und war auch sofort wieder auf den Beinen gewesen. Seitdem drehte sich Barberi immer wieder zu Alicia um und vergewisserte sich, dass sie noch folgen konnte. Alicia hingegen hatte das Gefühl, dass sie den Marsch noch am besten wegsteckte.

»Wie weit ist es noch?«, fragte Barberi in diesem Moment keuchend.

»Wir sind bald da«, erklärte der Carabiniere, ohne sich umzudrehen. »Das letzte Stück ist nicht mehr so steil.«

»Danke, das ... macht ... Hoffnung«, japste Tissone hinter ihm.

»Ich hoffe sehr, die beiden haben was gefunden. Wenn wir den Weg umsonst gemacht haben, kann Daniele ...« Barberi ließ den Satz unvollendet.

»Und *ich* hoffe, dass es ihnen gut geht«, sagte Alicia.

Nach gut zehn Minuten blieb der Carabiniere stehen und wartete, bis die drei zu ihm aufgeschlossen hatten. Dann deutete er nach vorne. »Dort ist es, sehen Sie?«

Tatsächlich war ein Lichtschimmer in der Dunkelheit zu erkennen.

»Worauf warten Sie noch?«, fragte Alicia und schob

den Carabiniere vorwärts. Sie spürte, wie die Angst mit jedem Schritt größer wurde.

*Il Castello*

57 Das große Holzkreuz lag auf dem sauberen Betonboden. Der massive Längsbalken musste um die drei Meter lang sein. Der junge Mann darauf war nackt, lediglich um die Hüfte trug er einen Lendenschurz. Eine Art Dornenkrone war ihm auf den Kopf gedrückt worden, die langen Haare waren von Blut verklebt. Der linke Arm des Mannes lag auf dem Querbalken, aus seiner blutigen Handfläche ragte ein eckiger Nagel. Auch in die übereinandergelegten Füße war ein dicker Nagel eingeschlagen worden. Der rechte Arm des Mannes dagegen hing schlaff vom Holzbalken herab. Auf dem Boden daneben lag ein großer, eiserner Hammer und ein weiterer, etwa zwanzig Zentimeter langer Nagel.

Der Tote befand sich in einer Art Käfig. In der Mitte des Gitters gab es eine Tür mit einem großen Schloss. Zusätzlich war sie noch mit einer schweren Eisenkette gesichert.

»Wer ist zu so etwas fähig?«, flüsterte Gaetani tonlos. Jegliche Selbstsicherheit schien von ihm abgefallen zu sein.

Matthias merkte, dass Varotto ihn von der Seite ansah. Seine Gedanken begannen zu rasen. Bisher waren alle Toten in Rom gefunden worden. Warum machten diese Wahnsinnigen hier draußen weiter? Die gleichen Gedanken schienen den Commissario zu beschäftigen, der sich nun an den Maggiore wandte.

»Könnten Ihre Leute bitte die Tür aufbrechen?«

Der Maggiore nickte und sagte leise etwas zu dem Carabiniere neben ihm, woraufhin der den Raum verließ. Matthias und Varotto traten ans Gitter.

»Ist dir der Geruch aufgefallen?«, fragte Varotto. »Man hat sich offensichtlich die Mühe gemacht, den Raum mit Kalkmilch zu desinfizieren, bevor man den armen Kerl hier abgelegt hat.«

Matthias antwortete nicht, sondern starrte weiter stumm auf die Szene des Gekreuzigten. Der Geruch war ihm auch aufgefallen. Er war noch nie in der Pathologie gewesen, aber das Ambiente musste dort ganz ähnlich sein. Das kalte Neonlicht hämmerte jedes Detail dieses Todes in seine Seele.

»Eigentlich wäre jetzt die siebte Station an der Reihe«, fuhr Varotto fort. »Jesus fällt zum zweiten Mal unter dem Kreuz. Aber das hier ist ja schon beinahe das Ende ...«

Endlich riss sich Matthias von dem furchtbaren Bild los und sah den Commissario an. »Ja, Daniele, das ist die elfte Station: Jesus wird ans Kreuz genagelt.«

Mit gerunzelter Stirn starrte der Commissario in den Käfig.

»Bisher ging es immer der Reihe nach. Wenn das hier wirklich die elfte Station ist, dann würde das bedeuten, dass ...« Er verstummte, als weigerte er sich, die Ungeheuerlichkeit auszusprechen.

»Das würde bedeuten«, sagte Matthias, »dass es in Rom in dieser Nacht mindestens vier Mordopfer gegeben haben muss ... Und dass spätestens morgen die zwölfte Station ansteht.«

»Daniele! Matthias! Was ...«

Der spitze Schrei ließ alle erschrocken herumfahren.

»Wer sind Sie?«, blaffte Gaetani.

»Das ... das sind die ... Kollegen aus Rom«, erklärte der Carabiniere, der hinter Alicia, Tissone und Barberi in den Raum gekommen war und nun wie die drei bleich vor Entsetzen auf den Gekreuzigten starrte.

»Commissario Capo Barberi«, erklärte Barberi und streckte Gaetani die Hand hin. »Ich danke Ihnen für Ihre Hilfe.«

»Maggiore Gaetani. Solche Einsätze gehören zwar normalerweise nicht zu unseren Aufgaben, aber natürlich helfen wir einem Kollegen aus der Stadt gern aus der Patsche. Und wenn wir so was hier vorfinden«, er deutete auf die Szene hinter dem Gitter, »dann hat sich der Aufwand ja gelohnt. Ich sehe schon die Schlagzeile in den Tageszeitungen: ›Carabinieri von Terni leisten entscheidenden Beitrag bei der Aufklärung der Kreuzwegmorde.‹«

Barberi schnappte nach Luft. Auf seinen Wangen zeigten sich rote Flecken, doch er schaffte es, über die selbstgefällige Bemerkung hinwegzugehen. »Haben Sie den Besitzer des Gebäudes schon verhört?«

»Auf dem Land sind wir zwar schnell und effizient, aber zaubern können auch wir nicht. Hier ist niemand mehr. Die Männer, die hier gehaust und den Sicherheitsdienst engagiert haben, sind spurlos verschwunden, Commissario.«

»Commissario Capo«, berichtigte Barberi und wandte sich an Varotto, der zu Alicia gegangen war, die ihren Kopf an seiner Schulter barg, um die Szene hinter dem Gitter nicht mehr zu sehen.

»Mit dir habe ich noch ein Wörtchen zu reden, Daniele. Glaub ja nicht, dass du mir so davonkommst, auch wenn wir das jetzt auf später verschieben. Und das Gleiche gilt für Sie, Matthias. Ich wundere mich, Sie hier anzutreffen.« Dann deutete Barberi mit dem Kopf zu dem Gitter. »Denkt ihr, das waren dieselben?«

Varotto nickte. »Ich gehe davon aus.«

»Sicher wissen wir es erst, wenn wir seinen Nacken gesehen haben«, sagte Matthias. »Wir haben den Maggiore schon vor einer ganzen Weile gebeten, das Gitterschloss aufzubrechen.«

»Halten Sie sich aus meinen Ermittlungen heraus!«, schnauzte Gaetani ihn an. »Zivilisten haben mir gar nichts zu sagen!«

Schlagartig färbten Barberis Wangen sich dunkelrot. In diesem Moment wusste Matthias, was nun passieren würde.

»Ihre Ermittlungen?«, schrie Barberi den Maggiore an. »Jetzt habe ich aber die Nase voll. Was denken Sie aufgeblasenes Landei eigentlich, mit wem Sie es hier zu tun haben? Ich bin der verantwortliche Leiter der Sonderkommission, die direkt dem Justizministerium unterstellt ist. Ich berichte dem Minister persönlich! Ich bin Ihnen und Ihren Männern wirklich dankbar, dass Sie mitten in der Nacht hierhergefahren sind, um meinem Kollegen zu helfen, aber das war's auch schon. Nicht *Sie* sind den Tätern auf der Spur, sondern *wir*, meine römischen Kollegen hier und ich. Wenn Sie damit ein Problem haben, können Sie es schriftlich formulieren und bei Ihrem Vorgesetzten einreichen. Ich überlege mir derweil, ob ich den Justizminister von Ihrem Verhalten in Kenntnis setze. Und jetzt lassen Sie endlich dieses verdammte Schloss aufbrechen. Außerdem brauchen wir Polizisten, die hier nicht wie eine Elefantenherde sämtliche Spuren zertrampeln. Sonst noch irgendwelche Fragen, Maggiore?«

Sie starrten sich an, der kleine, bullig wirkende Mann aus Rom mit dem hochroten Gesicht und der glatzköpfige Maggiore aus Terni, und es schien, als fochten sie mit den Augen einen Kampf aus. Es dauerte jedoch nicht lange, bis

Gaetani sich abrupt abwandte und zu seinen Männern mit gepresster Stimme sagte: »Wo bleibt das verdammte Brecheisen?«

Barberi atmete durch und sagte zu Tissone, nun wieder völlig ruhig: »Du bleibst hier. Wenn die Tür geöffnet ist, schaust du nach, ob er tätowiert ist. Und achte darauf, dass sonst niemand den Toten anfasst, bis die Spurensicherung hier ist.« Dann verließ er den Raum, gefolgt von Matthias und Varotto, der die immer noch leichenblasse Alicia sanft vor sich herschob.

Vor dem Gebäude atmeten alle vier tief die kalte Nachtluft ein. Barberi wandte sich zu Alicia, die leicht schwankend hinter ihnen stehen geblieben war und aussah, als müsste sie sich jeden Moment übergeben.

»Alles in Ordnung?«

Sie nickte wortlos.

Varotto wandte sich an seinen Chef. »Wie haben Sie uns gefunden? Und wieso befinde ich mich in Gefahr?«

»Dazu kommen wir gleich. Jetzt möchte ich zuerst ganz genau wissen, was hier los ist.«

»Also gut.« Varotto zögerte. »Eins muss ich vorher aber noch loswerden: Sie erwähnten eben, dass Ihre römischen Kollegen ...«

»Stopp!« Barberi hob die Hand, und Varotto verstummte tatsächlich augenblicklich. »Ich werde mich gleich morgen dafür einsetzen, dass deine Beurlaubung aufgehoben wird. Ich habe zu schnell auf den Druck von oben nachgegeben. Das war ein Fehler. Es tut mir leid. Noch bist du aber offiziell vom Dienst suspendiert. Vergiss das nicht, vor allem, wenn du mit diesem ... diesem Maggiore zu tun hast.«

»Danke, Barberi«, antwortete Varotto. »Aber das war

nicht, was ich sagen wollte. Ich wollte Sie nur darauf hinweisen, dass es Matthias war, der die entscheidende Entdeckung gemacht und daraus die richtigen Schlussfolgerungen gezogen hat.«

»Nun, Signor Matthias gehört ja ebenfalls zu meinem Team«, wandte Barberi trocken ein. »Was ich sagte, war also korrekt. Und jetzt erzähl mir endlich, was hier passiert ist.«

Varotto hielt seinen Bericht so kurz wie möglich, achtete aber darauf, nichts Wesentliches zu vergessen. Nach knapp zehn Minuten war Barberi im Bilde.

»Bleibt die Frage, warum man eine der Kreuzwegstationen plötzlich in dieses alte Gebäude verlagert hat. Konntest du etwas über den Besitzer in Erfahrung bringen?«

Varotto hob die Schultern. »Nein, bisher noch nicht, doch das sollte mithilfe des Maggiore kein Problem sein. Da ist aber noch etwas anderes. Diese Kreuzwegstation ... Wenn sie wirklich zu der Serie gehört, haben wir ein Problem. Das ist hier ...«

Eine leise klassische Melodie drang aus Barberis Jacke. Mit einem Griff zog er das Handy heraus und hielt es sich ans Ohr. *»Pronto?«*

Das Telefonat dauerte nur eine knappe Minute und wurde von Barberi lediglich mit einem Fluch und einem »Wo?« kommentiert, dann verschwand das Telefon wieder im Inneren der Jacke. Varotto hatte das Gesicht seines Vorgesetzten beobachtet. Ihm schien nichts Gutes zu schwanen.

»Das war Commissario Cileras. Sie haben noch eine Station gefunden, die zweite in dieser Nacht. Drei Tote, ein junger Mann mit der Tätowierung im Nacken und als schmückendes Beiwerk zwei Frauen mit Taschentüchern in den Händen, in einer Seitengasse des Trevi-

Brunnens. Die beiden Frauen sind den Kollegen von diversen Razzien auf dem Straßenstrich bekannt. Die Mörder haben die Presse vorher informiert und ihnen gesagt, wo die Toten liegen. Als die Kollegen am Tatort eintrafen, war dort schon die Hölle los. Jetzt hat sich der Polizeipräsident eingeschaltet. Na prima. Wir können also hierbleiben.«

»Nummer acht«, murmelte Matthias. »Jesus begegnet den weinenden Frauen.«

Eine endlos scheinende Weile standen sie da, zu keiner Reaktion fähig. Alicia hatte die Hände vor den Mund gepresst und schluchzte leise.

»Welche Station hat Tissone eigentlich beim letzten Tatort vorgefunden?«, sagte Varotto auf einmal und sah seinen Chef an.

Barberi atmete schnaubend aus und erzählte dem Commissario von dem kleinen Holzkreuz mit seinem Namen und Tissones Vermutung, er könnte in Lebensgefahr sein. Als er damit fertig war, fuhr sich Varotto nervös durch die Haare. Er war leichenblass geworden. »O Mann. Und das hier ist wahrscheinlich die elfte Station.«

Barberi riss die Augen auf. »Die elfte schon? Darauf habe ich überhaupt nicht geachtet. Was haben diese Irren vor?«

»Das weiß ich nicht, aber wir müssen damit rechnen, dass vielleicht nicht erst in fünf Tagen, sondern schon morgen das große Finale stattfinden soll.«

»Wenn wir Glück haben, und nicht schon heute Nacht ...«, warf Matthias ein.

»Was meinst du damit?«, fragte Alicia mit zitternder Stimme.

Matthias sah einen nach dem anderen ernst an und zeigte dann hinter sich auf das Gebäude. »Wenn das hier tatsächlich die elfte Station ist, woran ich mittlerweile nicht mehr zweifle, kann es sein, dass auch die zwölfte schon realisiert worden ist.«

»Verdammt! Verdammt!«, platzte es da aus dem Commissario heraus. In seiner Stimme lag ohnmächtige Wut. Mit kleinen schnellen Schritten begann er, vor ihnen auf und ab zu gehen. »Diese elenden Schweine führen uns an der Nase herum, wie es ihnen gerade beliebt. Und wir lassen uns wie die Trottel vorführen und rennen brav überall hin, wo sie uns haben möchten. Wahrscheinlich lachen sie sich gerade halb tot über uns Deppen.« Er war außer sich. »Es ist ja auch zum Totlachen. Während wir wie aufgeregte Hühner in der Gegend herumrennen, um einen Massenmord zu verhindern, der in wenigen Tagen stattfinden soll, bringen diese Schweine gleich heute alle auserwählten Opfer um.«

»Aber vorher fehlen noch zwei Stationen!«, bemerkte Barberi. Es klang wie der trotzige Widerspruch eines Kindes und wollte so gar nicht zu dem stämmigen Mann passen.

Alicia ging zu Varotto und legte ihm die Arme um die Hüfte. Sie wirkte schon wieder viel gefasster. Ruhig sah sie ihn an. »Er hat recht. Noch können wir hoffen, Daniele. Wir haben noch eine Chance.«

Der Commissario stieß ein humorloses Lachen aus. »Ja, ja, die Hoffnung stirbt zuletzt. Im Hoffen bin ich doch ein wahrer Meister.« Mit einem Ruck befreite er sich aus ihrer Umarmung und wandte sich seinem Chef zu. »Wie geht es jetzt weiter?«

»Lasst uns schauen, ob sie unten mittlerweile den Käfig aufgebrochen haben.«

»Ich warte hier«, erklärte Alicia. »Ich möchte das nicht noch mal sehen.«

Matthias, der mit Barberi und Varotto schon ein paar

Schritte auf das Gebäude zugegangen war, blieb stehen und wandte sich zu ihr um. »Soll ich bei dir bleiben?«

Die Antwort erübrigte sich, denn in diesem Moment kam Tissone die Sandsteintreppe herauf, dicht gefolgt von dem Maggiore aus Terni.

»Er hat die Tätowierung«, sagte er müde und frustriert, bevor jemand danach fragen konnte. »Verblasst und verwachsen wie bei den anderen.«

»Meine Männer haben sich das Zimmer, in dem das Telefon steht, etwas näher angesehen und dabei einige vielleicht interessante Dinge gefunden.« Gaetani zeigte auf das große Gebäude schräg vor ihnen. »Möchte der Commissario Capo aus Rom diese Dinge vielleicht selbst begutachten, bevor einer von uns Landeiern etwas falsch macht? Die Spurensicherung ist übrigens unterwegs. Der Leichenbeschauer für den armen Kerl da unten ebenso.«

»Es würde mir niemals einfallen, Ihre Carabinieri als Landeier zu bezeichnen«, sagte Barberi. Er machte eine Pause, in der er den Maggiore ansah und dann den Kopf schüttelte. »Maggiore Gaetani, was halten Sie davon, wenn wir das Kriegsbeil begraben? Wir alle haben nicht viel geschlafen und wahrlich Grauenvolles gesehen. Da benimmt man sich manchmal anders, als man es unter normalen Umständen tun würde. Lassen Sie uns konstruktiv zusammenarbeiten.«

Gaetani warf ihm einen nicht zu deutenden Blick zu, nickte dann aber. »Also gut. Vergessen wir's.«

Matthias sah seine Augen und war sicher, dass der glatzköpfige Mann nichts vergessen würde.

Barberi gab Tissone die Anweisung, mithilfe von Gaetanis Männern die gesamte Sicherheitsmannschaft erst einmal festzunehmen und den Chef zu verhören. Dass er und seine Männer allerdings etwas von der Kreuzwegszene in dem Kellerraum gewusst hatten, hielt Barberi eher für unwahrscheinlich. Danach ging er gemeinsam mit Varotto, Alicia, Matthias und dem Maggiore zum Hauptgebäude.

Das Zimmer war mit etwa vierzig Quadratmetern recht geräumig. Die anderen Schlafräume, an denen sie vorbeikamen, hatten wie Zellen gewirkt, gerade einmal groß genug, dass ein Bett, ein Tisch, ein Stuhl und eine schnörkellose Kommode darin Platz fanden. Dieser Raum unterschied sich auch in der Einrichtung, denn hier gab es zusätzlich einen massiven Holzschrank, einen schweren Ledersessel, der wuchtig eine Ecke beherrschte, und einen hüfthohen gusseisernen Ofen, dessen Rohr hinter ihm in der Wand verschwand. Er schien Hals über Kopf verlassen worden zu sein: Das Bett war zerwühlt, ein sackartiges dunkelbraunes Kleidungsstück lag auf dem Boden, als wäre es hastig ausgezogen worden, und auf der Kommode flackerten die Flammen zweier dicker Kerzen, die bis auf wenige Zentimeter heruntergebrannt waren.

Varotto, Matthias, Alicia und Barberi waren an der Tür stehen geblieben und sahen sich um. Hinter dem Ledersessel hing ein kleines Gemälde, das Matthias' Aufmerksamkeit auf sich zog. Ohne den Blick davon abzuwenden, ging er langsam darauf zu.

»Das ist *eine* der interessanten Entdeckungen, von denen ich eben sprach«, sagte Gaetani. »Sehen Sie sich das Bild einmal genauer an.«

Das Gemälde zeigte die Kreuzigungsszene aus einer sehr ungewöhnlichen Perspektive. Man stand als Betrachter auf einem Berg und sah auf den dornengekrönten Jesus herab, dessen Kreuz einige Meter den Hang abwärts in den Boden gerammt war. Im Hintergrund schimmerte die blaugrüne Wasserfläche eines Sees, an dessen gegenüberliegendem Ufer zwischen üppiger Vegetation winzig klein einzelne Häuser zu erkennen waren. Noch merkwürdiger als die Perspektive der Szene war allerdings die Gestalt am etwas kleineren Holzkreuz, das links neben dem des Gottessohnes aufgestellt war. Aus den Händen und Füßen des Gekreuzigten ragten ebenfalls große Nägel – und er trug die weiße Robe des Papstes.

»Seltsam, was?«, sagte der Maggiore, der hinter Matthias getreten war und das Bild ebenfalls betrachtete.

»Ja«, antwortete der einsilbig.

»Dieser Longa hat Mut. Für so einen Mist sollte man sich besser nicht zu erkennen geben.«

Matthias antwortete nicht. Jetzt erst fiel ihm die Signatur auf, die in der unteren rechten Ecke angebracht war. *A. Longa, 20/10/12/00.*

Matthias kannte sich mit Malerei wenig aus, war aber trotzdem sicher, den Namen Longa von irgendwoher zu kennen. Hatte er vielleicht schon einmal ein Bild von ihm oder ihr gesehen? Das konnte wichtig sein. Mit der Zahlenkombination, die hinter dem Namen stand, ging es ihm ähnlich. Er spürte ganz deutlich, dass er wusste, was sie bedeutete, aber dieses Wissen schaffte es nicht bis an die Oberfläche seines Bewusstseins. Es würde ihm sicher bald einfallen, aber... Er konnte den Gedanken nicht weiter verfolgen, weil Varotto in diesem Moment aufgeregt rief: »Matthias, sieh dir das hier bitte mal an.«

Er saß auf der Kante des Bettes und hatte ein Blatt Papier in der Hand.

»Das haben meine Männer unter dem Bett gefunden«, erklärte Gaetani. »Sieht aus, als wäre es jemandem heruntergefallen, vor Kurzem erst, denn es lag kein Staub darauf.«

Matthias nahm das Blatt und betrachtete es. Es handelte sich um die Kopie eines alten Schriftstücks mit unregelmäßigen Rändern. Der Text war in einer fremden Sprache geschrieben. Was ihm allerdings zuerst ins Auge sprang, war die kleine Zeichnung in der Mitte des Dokuments. Es handelte sich eindeutig um eine Darstellung der Nackentätowierung.

»Weißt du, welche Sprache das ist und wie alt das Dokument sein könnte?«, fragte Alicia, die zu ihm getreten war.

Matthias starrte fasziniert auf das Papier. Er bekam kein Wort heraus.

»Matthias?«, fragte Varotto nach einigen Sekunden.

Matthias zuckte ein wenig zusammen. »Ähm, ja … Die Sprache. Wahrscheinlich Aramäisch, vielleicht auch Hebräisch. Ich beschäftige mich erst seit Kurzem mit Handschriften, aber ich denke, das Dokument ist in Aramäisch verfasst. Komisch ist jedenfalls, dass die Zeichnung und die Worte unmittelbar darum herum«, er fuhr mit dem Finger einen imaginären Kreis um die Zeichnung nach, »offenbar nachträglich eingefügt wurden.«

Varotto runzelte die Stirn. »Woran siehst du das? Ich kann da überhaupt keinen Unterschied feststellen.«

»Wie gesagt, so gut kenne ich mich mit Handschriften noch nicht aus. Aber die Schrift sieht hier sehr gequetscht aus. Ich kann mich natürlich auch täuschen, aber warum sollte jemand das tun, wenn es während des Schreibens noch genug Platz gab?«

»Hm. Und was steht da?«

»Das kann ich leider nicht übersetzen.«

»Können Sie zumindest abschätzen, wie alt diese Schrift ist?«, wollte Barberi wissen.

»Hm …« Matthias hielt sich das Blatt dichter vor die Augen. »Soweit man es auf dieser Kopie erkennen kann, scheint es sich bei dem Original nicht um Papier, sondern um Leder oder ein ähnliches Material zu handeln, was dafür sprechen würde, dass es schon sehr alt ist. Aber für eine genaue Datierung müsste natürlich das Originaldokument untersucht werden. Eins ist jedenfalls interessant.« Er warf einen kurzen Blick auf das seltsame Gemälde an der Wand und sah dann Varotto an. »Aramäisch ist die Sprache, die Jesus gesprochen hat.«

Bevor der Commissario etwas dazu sagen konnte, war Gaetani neben ihnen und hielt Varotto ein durchsichtiges Tütchen hin, in dem ein etwa fünf Zentimeter breiter hellbrauner Fetzen steckte. An zwei Seiten waren die ungleichmäßigen Ränder verkohlt. Varotto sah es an, nahm es aber nicht in die Hand.

»Was ist das? Sieht aus, als wäre das der Rest von etwas, das verbrannt worden ist.«

Der Maggiore grinste. »Ja, das scheint mir auch so. Wir haben es aus dem Ofen gefischt.« Er deutete hinter sich. »Es lag neben einem Haufen Asche. Der Ofen war übrigens noch leicht erwärmt. Frisch verbrannt also.« Er zeigte mit der freien Hand auf das Blatt in Varottos Hand. »Halten Sie das doch mal mit der Schrift nach oben, waagerecht, sodass ich das Tütchen darauflegen kann.«

Varotto verstand zwar nicht, was das sollte, aber er tat es trotzdem und sah zu, wie Gaetani das Tütchen auf die linke untere Ecke platzierte.

»Fällt Ihnen etwas auf?«, fragte er grinsend.

Matthias, Varotto und Alicia brauchten nur einen Augenblick, um zu verstehen, was der Maggiore meinte. Auch Barberi hatte es sofort gesehen.

»Die Ecke hat genau die gleiche Form wie die des Schriftstücks, das hier abgebildet ist«, sagte er. »Das hier könnte ein Stück des Originalschriftstücks sein.«

Matthias nahm das Tütchen in die Hand und hielt es sich vor die Augen. »Hm … es könnte aus Leder sein. Aber zur Altersbestimmung muss es in ein Labor.« Damit streckte er Barberi das Fragment entgegen. Der nickte und nahm es an sich.

Anschließend wandte Barberi sich an Maggiore Gaetani und bedankte sich, so freundlich er konnte. Er erklärte ihm, dass er sich mit Varotto und Matthias noch ein wenig in dem Zimmer umsehen wolle, und bat Gaetani, in der Zwischenzeit Tissone bei der Vernehmung des Sicherheitschefs zu unterstützen. Als Gaetani zögerte, fügte Barberi hinzu: »Commissario Tissone ist ein fähiger Mann, aber er hat mit Verhören sicher nicht Ihre Erfahrung. Ich denke, dass Sie eher etwas aus dem Mann herausbekommen werden.«

Der Maggiore nickte selbstgefällig. »Darauf können Sie wetten.« Mit zackigen Schritten verließ er den Raum, während Barberi, Varotto, Matthias und Alicia weiter das Zimmer durchsuchten. Es dauerte nicht lange, bis Barberi einen Pfiff ausstieß. »Nun seht euch das mal an …«

Er stand vor dem massiven Schrank und hielt ein kleines stark abgenutztes Ledermäppchen in der Hand, das er in einer der Schubladen gefunden hatte. Auf der Vorderseite waren die Worte *Comune di Molochio* aufgestempelt. Die Schrift war schon stark verblasst. Darunter stand, deutlich besser lesbar, *Carta d'identità* und eine vierstellige, handschriftlich hinzugefügte Zahl. Barberi zog den alten Ausweis vorsichtig heraus und klappte ihn auf.

Auf dem vergilbten Schwarzweißfoto lächelte ein gut aussehender junger Mann mit glatt zurückgekämmten schwarzen Haaren über einem sympathischen Gesicht. Darunter befand sich eine krakelige Unterschrift. Deutlich lesbar war das Datum: 3.4.1953. Ebenso deutlich waren die meisten der offensichtlich mit Tinte geschriebenen Daten zu lesen, mit denen die linke Seite des alten Passes ausgefüllt war. Zuoberst stand der Nachname *Gatto* und darunter *Niccolò*. Die weiteren Zeilen sah Barberi sich gar nicht mehr näher an.

»Sieht so aus, als ob ihr recht hattet.«

»Alle Achtung, Matthias!«, sagte Varotto anerkennend. »Ich gebe zu, ich hatte zwischenzeitlich meine Zweifel, aber jetzt ...«

Matthias hörte kaum zu. Er starrte auf den Ausweis, und seine Gedanken kreisten um einen alten Mann in Rom, dessen schlimmste Befürchtungen sich hiermit bestätigten. Er versuchte, den Gedanken abzuschütteln, aber es wollte ihm nicht recht gelingen.

»Warum hat er wohl seinen Ausweis hier zurückgelassen?«, fragte er nachdenklich.

»Er hat mit Sicherheit einen neuen, denn der hier ist schon ewig nicht mehr gültig.«

»Das ist mir klar, aber warum lässt er etwas zurück, das ihn identifiziert?«

»Vielleicht, weil er *möchte*, dass er identifiziert wird, dass man weiß, wer diese Gräueltaten vollbracht hat?«

Matthias setzte sich auf die Bettkante, stützte die Ellbogen auf den Oberschenkeln ab und verbarg sein Gesicht in den Händen. Lange saß er so da, bis Varotto sich neben ihn setzte.

»Was ist? Worüber denkst du nach?«

Langsam hob Matthias den Kopf und sah ihn gequält an. »Ich dachte bisher, durch meine Vergangenheit hätte ich alle sonderbaren Verhaltensweisen kennengelernt, zu denen Menschen fähig sind, ihre Motivationen. In den letzten Tagen musste ich aber erkennen, dass ich an meine Grenzen stoße.«

»Was meinen Sie damit?«, wollte Barberi wissen. Er griff sich den Stuhl, stellte ihn vor die beiden und setzte sich verkehrt herum darauf.

»Ich verstehe dieses Verhalten einfach nicht«, erklärte Matthias. »Mir fehlt die Logik in dem Ganzen. Eine Gruppe entführt fast fünfzig Kinder in einem Zeitraum von rund zwei Jahren. Diese Jungen sind alle am selben Tag geboren und haben auch sonst noch einige Gemeinsamkeiten. Schon sie zu finden, muss ein wahnsinniger Aufwand gewesen sein. Dann werden diese Kinder zwanzig Jahre lang gefangen gehalten. Wieder ein enormer organisatorischer und auch finanzieller Aufwand. Und das alles mit dem Ziel, sich mit einem spektakulären Massenmord an Gott oder der Kirche zu rächen. Nun dieser mehr als deutliche Hinweis darauf, wer hinter der Sache steckt. Warum? Wo kommt dieser unbändige Hass her? Nur weil Gatto vor langer Zeit wegen der Schwangerschaft seiner Freundin die Kirche verlassen musste? Reicht diese Verbitterung wirklich aus für all das, was im Moment geschieht? Ich kann es mir einfach nicht vorstellen.« Er atmete einige Male tief durch. »Es gibt auch noch andere Dinge, die ich merkwürdig finde. Warum engagiert er einen privaten Sicherheitsdienst, um das Gebäude bewachen zu lassen? Wenn wir die Szene im Keller finden sollten – und das wollte man mit Sicherheit –, warum dann die Wachen? Und warum ist er mit seinen Helfershelfern so kurzfristig geflohen, wie es den Anschein hat? Warum haben sie die Szene inszeniert, dann aber gewartet, bis wir hier tatsächlich auftauchten, bevor sie flohen? Warum der Ausweis? Warum, warum, warum.«

»Also, was ist dein Fazit, Matthias?«, wollte Varotto wissen.

Bevor Matthias antworten konnte, betrat einer der Carabinieri aus Terni das Zimmer.

»Wir haben gerade einen Anruf von unserer Dienststelle erhalten. Ihre Kollegen aus Rom haben schon ein paar Mal versucht, Sie zu erreichen. Sie möchten sich bitte sofort dort melden.«

»Hier drin haben wir wahrscheinlich keinen Empfang«, sagte Barberi. Er zog das Telefon aus der Hosentasche und warf einen Blick auf die Anzeige, wo ihm ein Symbol zeigte, dass er tatsächlich keine Netzverbindung hatte. Bei der Gelegenheit sah er auch, dass es schon fast halb sechs am Morgen war. Er verließ den Raum und ging nach draußen.

Knappe zwei Minuten später war er zurück. Sein Gesicht war bleich. Wortlos ging er zu dem Bett und setzte sich auf die Kante.

»Was ist los?«, fragte Varotto. »Sie sehen aus, als wäre Ihnen ein Geist begegnet.«

»Schlimmer als das. Wir müssen sofort nach Rom zurück. Ein Hubschrauber ist schon unterwegs.«

Varotto brauchte nur einen Moment, bis ihm klar wurde, was das zu bedeuten hatte.

»Eine weitere Station?«, fragte er.

Barberi sah zu dem Carabiniere hinüber, der ihm die Nachricht von dem Anruf aus Rom überbracht hatte. »Würden Sie uns bitte alleine lassen?«

Es klang so, als würde ihm jedes Wort schwerfallen. Der Mann nickte kurz, machte zackig kehrt und verschwand. Sowohl Matthias als auch Varotto sahen Barberi an.

Seine Stimme war so leise, als er schließlich sprach, dass er fast nicht zu verstehen war.

»Der Papst. Er ist seit vier Uhr spurlos verschwunden.«

*8 Uhr 10. Rom. Questura, Via San Vitale 15*

58 Matthias und Varotto fühlten sich völlig ausgelaugt, aber an Schlaf war nicht zu denken. Nachdem der Hubschrauber auf dem Parkplatz hinter dem Präsidium gelandet war und Barberi sie beschworen hatte, vorerst kein Wort über das Verschwinden des Papstes zu verlieren, hatte Alicia ein Taxi zum Redaktionsgebäude des ›Cortanero‹ genommen. Der Vatikan bestand auf absoluter Geheimhaltung, selbst im Stadtstaat wussten nur einige wenige der Kurienmitglieder, was geschehen war, wahrscheinlich hoffte man, dass sich alles als Missverständnis herausstellen würde. Matthias war jedoch sicher, dass im Hintergrund schon eine Maschinerie angelaufen war, die den Geheimdiensten großer Staaten in nichts nachstand.

Seit ihrer Rückkehr hatte Matthias schon mehrfach versucht, Kardinal Voigt oder Bertoni zu erreichen, allerdings ohne Erfolg.

Barberi hatte sofort nach ihrer Ankunft dafür gesorgt, dass die Kopie des Schriftstücks und das Fragment ins Untersuchungslabor gebracht wurden. Beides hatte er einem Beamten in die Hand gedrückt mit dem Auftrag, dass ein Wissenschaftler, der sich mit alten Sprachen auskannte, gleich mit der Übersetzung beginnen sollte.

Seit anderthalb Stunden saßen Barberi, Varotto und Matthias nun schon in Barberis Büro und rekapitulierten anhand der Berichte der Kollegen wie auch ihrer eigenen handschriftlichen Notizen, was in den vergangenen Stunden geschehen war.

Varotto schlug mit der flachen Hand auf den Aktenstapel vor sich, sodass sein Chef und Matthias zusammenzuckten.

»*Merda! Porco mondo!* Nicht nur die italienischen Medien waren vor unseren Beamten am Tatort, nein, auch Fernsehteams und Radio- und Zeitungsreporter aus der ganzen Welt, die seit Tagen hier herumlungern und auf die große Sensation warten, haben sie mobil gemacht. Das ganze voyeuristische Pack! *Cazzo!* Nicht genug damit, dass wir am Tatort jetzt nichts mehr finden werden, weil Heerscharen von sensationsgeilen Medienfuzzis dort herumgetrampelt sind. Diese grauenhaften Szenerie wurde bis ins kleinste Detail fotografiert und gefilmt und ich bin überzeugt, dass einige nicht davor zurückschrecken werden, die Bilder auch zu veröffentlichen. *Porca madonna,* es ist zum Kotzen!«

Matthias sah den Commissario verwundert von der Seite an. Er hatte sich daran gewöhnt, dass Varotto schnell lauter wurde und auch schon einmal einen Fluch ausstieß, doch so vulgäre Ausdrücke hatte er in Matthias' Gegenwart bisher noch nie gebraucht. Ein Zeichen, wie sehr ihn das alles mitnahm.

Aber auch Matthias spürte deutlich, dass seine seelische Belastungsgrenze erreicht war. Die schrecklichen Ereignisse der letzten Tage, all die furchtbaren Morde und schließlich die Nachricht über das Verschwinden des Heiligen Vaters – das alles hatte ihm sehr zugesetzt. Wer konnte den Papst aus dem Vatikan entführt haben? Ein Außenstehender kam um diese Uhrzeit nicht infrage. Es musste jemand aus seinem direkten Umfeld sein. Der Name, der sich in sein Bewusstsein drängen wollte, ließ ihn schwindeln. Das seltsame Bild fiel ihm wieder ein, auf dem jemand im Gewand des Heiligen Vaters gekreuzigt worden war. Wie hieß der Maler noch mal? Longa ... Woher nur kannte er diesen Namen? Matthias war sich mittlerweile sicher, dass er ihm nicht in Zusammenhang mit der Malerei begegnet war. Woher aber kannte er ihn dann? Und was hatte es mit den Zahlen auf sich, die hinter dem Namen gestanden hatten?

»Können Sie mir noch einmal das Foto des Gemäldes reichen?«, wandte er sich an Barberi. »Auf dem der zweite Gekreuzigte ein Papstgewand trägt?«

»Ja, Moment ...«

Varottos Chef zog aus einem der Stapel eine Fotografie in DIN-A4-Größe heraus. Matthias wollte schon danach greifen, als das Mobiltelefon in seiner Hosentasche zu vibrieren begann. Er sprang auf und fingerte es mit nervösen Bewegungen aus der Jeans. Das konnte nur Voigt sein. Endlich.

»Ja?«

»Hier spricht Salvatore Bertoni«, hörte er die Stimme des alten Mannes. Sie klang müde und besorgt.

»Monsignore, Gott sei Dank. Ich habe schon mehrfach versucht, Sie oder Kardinal Voigt zu erreichen. Gibt es etwas Neues über den Heiligen Vater?«

Matthias erschien die Pause, bis Bertoni antwortete, wie eine Ewigkeit.

»Ja ... Nein, vom Heiligen Vater haben wir noch immer nichts gehört. Aber ich habe etwas erfahren, das man Ihnen wahrscheinlich noch nicht gesagt hat.«

Wieder entstand ein Moment der Stille, und Matthias wollte Bertoni schon drängen, fortzufahren, als der sagte: »Der Heilige Vater erhielt heute Morgen gegen vier Uhr einen Anruf, in dem ihn der Anrufer bat, ihn sofort zu treffen.«

»Um vier Uhr nachts?«, wunderte Matthias sich. »Wer kann den Papst um diese Uhrzeit anrufen?«

»Der Anruf wurde vom Privatsekretär des Papstes entgegengenommen, und der hätte den Heiligen Vater unter normalen Umständen auch niemals geweckt, aber der Anrufer war … Kardinal Voigt, und er sagte, es hätte mit Niccolò Gatto zu tun und es ginge um Leben und Tod.«

Matthias' Brust schnürte sich mit einem Mal so zu, dass er fast keine Luft mehr bekam.

»Kardinal Voigt?«, wiederholte er.

»Ja«, bestätigte Bertoni mit heiserer Stimme. »Seitdem sind beide verschwunden.«

*8 Uhr 25. Rom. Redaktionsgebäude des ›Il Cortanero‹*

## 59

»Das ist ja wirklich unglaublich! Auch wenn die Story jetzt schon auf allen Kanälen läuft – wir bringen das morgen auf der ersten Seite. Es ist nicht zu fassen. Da krebst man wochenlang herum und hat keine vernünftige Geschichte für die Titelseite, und plötzlich kommt eine, die hat den Stoff für zehn. Ich möchte, dass du an dieser Sache dranbleibst. Recherchiere die Hintergründe. Das ist der absolute Knaller. Ich seh schon die Schlagzeilen! Wir werden garantiert doppelte Auflage fahren.«

Alicia drückte ihre Zigarette aus und betrachtete ernst das ebenmäßige, leicht gebräunte Gesicht ihres Chefs.

»Ich werde keinen Zirkus daraus machen, Vincenzo.«

Azzani, der es nach vielen erfolglosen Versuchen aufgegeben hatte, mit Alicia zu flirten, beugte sich nach vorne. »Alicia, nur wir haben diese Story aus erster Hand, weil du als einzige Reporterin in diesem Castello warst. Das ist ein Glücksfall und gleichzeitig deine Chance für eine ganze Serie von Titelseiten. Mach das jetzt nicht kaputt.«

Sie verdrehte die Augen und blickte sich in dem Büro um, als würde sie sich langweilen. Ihr Blick wanderte an den geöffneten Schränken vorbei, in denen ein unvorstellbares Chaos aus Zeitungen und Dokumenten herrschte, streifte kurz das Familienbild im gebürsteten Aluminiumrahmen und kehrte dann wieder zu den braunen Augen zurück, die sie die ganze Zeit über musterten.

»Bevor du mir nicht erzählst, wie dieser bescheuerte Artikel über Commissario Varotto zustande gekommen ist, bekommst du keine Story. Und fang mir jetzt nicht wieder damit an, du wüsstest nichts. Wer aus dem Vatikan hat angerufen?«

Er hob die Schultern. »Wieso aus dem Vatikan? Das habe ich nie gesagt.«

»Nun hör schon auf. Du sagtest, ein einflussreicher Mann hätte angerufen, und du sagtest auch, Signor Manieri hätte sich gewundert, was alles im Namen Gottes geschehe.«

Azzani ließ sich in seinem Sessel zurückfallen und verschränkte die Hände vor dem Bauch.

»Also gut. Ich erfülle gerne die Wünsche von schönen Frauen, wenn es mir möglich ist.«

Alicia hielt sich die Hand vor den Mund und tat so, als würde sie gähnen, wovon ihr Gegenüber sich aber nicht beeindrucken ließ.

»Du hast recht, ich weiß, warum Manieri den Artikel haben wollte. Nicht weil er es mir gesagt hat, sondern weil ich einige Hintergründe kenne, die dich wahrscheinlich überraschen werden. Ich habe es dir nicht gesagt, weil ich ihr Andenken nicht beschädigen wollte, aber du hast andererseits auch ein Recht darauf, es zu erfahren. Es geht um deine verstorbene Freundin und Kollegin Francesca.«

Francesca? Alicia horchte in sich hinein. Sie wusste nicht, welche Reaktion sie erwartet hatte, aber dass sie nichts fühlte, außer dass ihr Herzschlag sich ein wenig beschleunigte, wunderte sie doch.

Azzani sah sie eine Weile an, als versuchte er abzuschätzen, ob sie verkraften würde, was er ihr zu sagen hatte, dann fuhr er fort: »Es ist schwer zu erklären; Alicia ... Francesca war vielleicht nicht immer so, wie du sie gekannt hast. Weißt du, sie hatte wohl das Bedürfnis ...«

»Komm zum Punkt, Vincenzo«, unterbrach Alicia ihn mit unbewegtem Gesicht.

»Also ... sie hatte ein Verhältnis mit Signor Manieri, bevor sie und Varotto sich kennengelernt haben. Sie hat Manieri erst verlassen, als sie den Commissario schon einige Zeit kannte.«

Das überraschte Alicia lange nicht so sehr, wie ihr Chef das vermutet hatte. Sie sah ihn einfach nur weiter an.

»Soll ich weiterreden? Es wird nicht schön.«

Sie nickte wortlos.

»Vor Manieri hatte sie schon mit anderen Männern aus der Redaktion ...«

»Auch mit dir, Vincenzo?«

Er senkte den Kopf. Sekundenlang, dann redete er weiter, sah Alicia dabei aber nicht mehr an. »Manieri war stinksauer, als sie ihn wegen Varotto verlassen hat. Als dann dieser Unfall passierte, hat er dem Commissario die Schuld an ihrem Tod gegeben. Ich weiß das aus verschiedenen Gesprächen, in denen er anklingen ließ, dass ›dieser Versager‹ den Tod seiner schönen Francesca zu verantworten hätte, weil er nicht in der Lage gewesen sei, auf sie aufzupassen. Er hat ihn die ganze Zeit über nicht aus den Augen gelassen, und als dann diese Kreuzwegmorde begannen und Varotto nach ein paar Tagen noch immer nichts vorzuweisen hatte, sah Manieri seine Chance gekommen, ihm eins auszuwischen.«

»Das heißt, der Artikel hatte überhaupt nichts mit den Ermittlungen zu tun und auch nichts mit dem Vatikan. Es war die billige Rache eines Mannes, der sich am schönen Körper einer Frau bedient hat und sauer war, dass dieser Körper ihm nicht mehr zur Verfügung stand.«

»Hm … ja, so ähnlich.«

»Und du hast da mitgemacht und den Artikel geschrieben. Du hast dafür gesorgt, dass ein Mann, der verzweifelt dagegen ankämpft, am Tod seiner geliebten Frau zu zerbrechen, auch noch das Einzige verliert, das ihn aufrecht hält: seinen Beruf.«

Azzani wand sich. »Was sollte ich denn machen? Er ist mein Boss.«

Alicia erhob sich. »Du bist ein elendes, feiges Schwein, Vincenzo.«

Auch der Chefredakteur sprang nun auf. »So redest du nicht mit mir, Alicia. Ich bin noch immer dein Chef!«

»Wirf mich doch raus«, sagte sie und verließ das Büro.

*8 Uhr 50. Rom. Questura, Via San Vitale 15*

## 60

Matthias brauchte eine Weile, bis er Barberi und Varotto erzählen konnte, was er gerade erfahren hatte.

»Dieser Voigt ist mir von Anfang an komisch vorgekommen«, brummte Varotto. Er schien nicht sehr überrascht zu sein. »Ich sage euch, der hat auch diese Lügenstory über mich in der Zeitung initiiert.«

Matthias' Gedanken rasten. Konnte der Kardinal wirklich etwas mit dem Verschwinden des Papstes zu tun haben? Vielleicht gab es ja auch eine plausible Erklärung dafür, dass die beiden nicht aufzufinden waren. Vielleicht hatte Voigt tatsächlich Informationen über Niccolò Gatto erhalten, die so wichtig waren, dass er sie dem Papst noch in der Nacht mitteilen musste. Vielleicht hatte Gatto sich sogar selbst gemeldet, weil er sich mit dem Papst treffen wollte. Falls dem aber so war, warum dann bei Voigt, den er doch gar nicht kannte? Warum nicht bei Bertoni? Das ergab keinen Sinn. Und selbst wenn Voigt kein falsches Spiel spielte, was Matthias immer noch glauben wollte, warum hatte der Papst dann noch kein Lebenszeichen von sich gegeben? Er musste doch wissen, dass man im Vatikan sein Verschwinden schnell bemerken und sofort Großalarm auslösen würde. Letztendlich blieb eine Entführung die einzig logische Erklärung. Eine Entführung unter der wie auch immer gearteten Mitwirkung von Siegfried Kardinal Voigt.

Matthias sah von Barberi zu Varotto, die ihn die ganze Zeit über beobachtet hatten.

»Nehmen wir einmal an, der Kardinal ist tatsächlich in die Sache verstrickt und hat den Heiligen Vater entführt. Welchen Grund könnte es dafür geben? Und wo könnte er ihn hingebracht haben?«

»Seit Tagen werden junge Männer umgebracht, die symbolisch für Jesus stehen. Wie die vergangene Nacht gezeigt hat, befinden wir uns schon vor der zwölften Station, bei der Jesus am Kreuz stirbt. Dass der Papst als Stellvertreter Gottes ausgerechnet in der Nacht entführt wird, die dieser zwölften Station vorausgeht ...«

Barberi stockte, sodass Matthias für ihn weiterredete: »... könnte bedeuten, dass er vielleicht das nächste Opfer ist.«

Matthias hoffte, dass seine Stimme nicht so niedergeschlagen und verzweifelt klang, wie es ihm selbst erschien. Barberi und Varotto machten ein betretenes Gesicht.

»Chef, das müssen Sie sich ansehen.« Einer der Männer, die kurz zuvor den Raum verlassen hatten, stand in der Tür. »Da ist ein Maggiore aus Terni in den Nachrichten von Rete 4.«

Barberi eilte aus dem Zimmer. Der Commissario und Matthias folgten ihm. Zwei Zimmer weiter, im Aufenthaltsraum, hatten sich mehrere Polizisten der Sonderkommission versammelt und starrten gebannt auf den Fernseher.

Gaetanis kahlrasierter Schädel glänzte vor der Kulisse des Castello. Neben ihm stand ein junger Mann im grauen Anzug und hielt ihm ein Mikrofon vor den Mund, während der Maggiore mit stolzgeschwellter Brust erklärte: »... haben meine Männer in einer nächtlichen Blitzaktion im Keller eines der Gebäude die Darstellung der elften Kreuzwegstation gefunden, die zweifelsfrei zu der Mordserie gehört, die die Kollegen aus der Hauptstadt vergeblich aufzuklären versuchen.«

Damit schaltete man zurück ins Studio, wo neben der Nachrichtensprecherin ein älterer Herr mit Brille zu sehen war, Dottore Vinti, ein bedeutender Religionswissenschaftler, wie am unteren Bildrand eingeblendet wurde. Hinter ihnen war ein Bild zu sehen, bei dessen Anblick Barberi einen lauten Fluch ausstieß. Es zeigte das alte Schriftstück, das sie im Castello gefunden hatten.

»Dieser Mistkerl hat Fotos gemacht und an den Fernsehsender weitergegeben«, schrie Barberi außer sich. »Dem werde ich ein Disziplinarverfahren an den Hals hängen, dass ...«

»Pssst!«, wurde er von Varotto unterbrochen, der auf den Fernseher deutete.

»... das gut 2200 Jahre alt sein könnte«, erklärte der Experte gerade. »Möglicherweise liegt hierin der Schlüssel für diese furchtbaren Verbrechen. Wie ich aus gut unterrichteten Kreisen erfahren habe, enthält das Schriftstück nicht nur deutliche Hinweise auf die Geburt Jesu, sondern auch auf seine Wiedergeburt nach rund zweitausend Jahren.« Dottore Vinti machte eine rhetorische Pause, bevor er fortfuhr: »Wenn man also davon ausgeht, dass Jesus von Nazaret wirklich gelebt hat – und aus wissenschaftlicher Sicht besteht darüber kein Zweifel –, so hat man seine Geburt über zweihundert Jahre zuvor prophezeit. Und die Prophezeiung von seiner Geburt hat sich erfüllt. Und so stellt sich für gläubige Menschen die logische Frage, ob nicht auch die zweite Prophezeiung gerade eintrifft: Vielleicht ist eines der Mordopfer tatsächlich der wiedergeborene Sohn Gottes.«

Im Aufenthaltsraum war es mucksmäuschenstill. Barberi starrte mit offenem Mund auf den Bildschirm. »Hören Sie dazu erste Stimmen, die wir vor wenigen Minuten in Rom aufgezeichnet haben.«

Das Bild wechselte, und zu sehen war eine alte Frau, der ein Mikrofon unter die Nase gehalten wurde. »Warum soll es nicht möglich sein? Damals hat auch niemand geglaubt, dass er es ist.« Schnitt, dann ein Mann, etwa Mitte fünfzig. »Wenn es Gott gibt, wäre es jedenfalls allerhöchste Zeit, dass er etwas tut. Ob die Menschheit noch zu retten ist, bleibt allerdings dahingestellt.«

Wieder der Experte im Studio: »So unwahrscheinlich es für uns moderne, aufgeklärte Menschen vielleicht auch klingen mag: Ein gläubiger Christ kann die Möglichkeit von der Wiedergeburt des Heilands auf keinen Fall kategorisch ausschließen. Ganz besonders brisant wird dies hinsichtlich der Lehren der katholischen Kirche, die ganz zweifelsfrei besagen, dass der Zeitpunkt seiner Wiederkehr der Tag des Jüngsten Gerichts ist. Die nächste Frage müsste für gläubige Katholiken also logischerweise lauten: Steht uns das Jüngste Gericht unmittelbar bevor?«

Schwenk der Kamera zur Sprecherin: »So viel im Moment zu den sensationellen Funden der Carabiniere aus Terni in der vergangenen Nacht, während auch hier in der Hauptstadt das wahnsinnige Morden weiterging. Nach der Werbung melden wir uns wieder mit einer Stellungnahme der römischen Polizei.«

Barberi ließ sich auf einen freien Stuhl sinken, während im Fernsehen nun ein Werbespot für eine große Versicherungsgruppe lief.

»Das ist doch nicht möglich«, sagte er verwirrt. »Wie können die wissen, was in dem Schriftstück steht, solange wir weder eine Übersetzung noch das Ergebnis der Analyse haben?«

»Vielleicht hatte Gaetani das Dokument schon längst fotografiert und einen seiner Männer damit nach Rom geschickt, bevor er es uns gezeigt hat«, murmelte Matthias nachdenklich. »Und dieser sensationslüsterne Privatsender hat einen Übersetzer drangesetzt, der schneller arbeitet als der der Polizei.«

Barberis Gesichtszüge verhärteten sich. Er sprang auf. »Sucht mir die Nummer von diesem Maggiore. Auf der Stelle! Das Gespräch in mein Büro!«

Dicht gefolgt von Varotto und Matthias, rauschte er aus dem Raum.

Es dauerte keine fünf Minuten, bis Gaetani tatsächlich am Telefon war.

»Hören Sie, Barberi«, fiel er dem Commissario Capo sofort ins Wort, der den Lautsprecher eingeschaltet hatte, sodass Varotto und Matthias mithören konnten. »Ich kann mir vorstellen, was Sie denken. Aber von mir hat dieser Sender die Informationen nicht.«

»Wollen Sie mich verschaukeln?«, bellte Barberi in den Hörer. »War das etwa nicht Ihre Visage, die ich eben vor dem Castello gesehen habe?«

»Doch. Aber die Informationen stammen nicht von mir. Ich ...«

»Nun reden Sie keinen Mist, Maggiore!«, fuhr Barberi ihm über den Mund. »Woher sollen sie sie sonst haben, wenn nicht von Ihnen?«

»Nun lassen Sie mich doch ausreden! Die Fernsehleute haben mich angerufen und mir erklärt, sie wüssten von dem Schriftstück und hätten gern ein Interview mit mir als Leiter des Mordfalls.«

»Sie *sind* aber nicht der Leiter des Mordfalls, Gaetani! Ich werde Ihnen so viel Ärger machen, dass Sie nie wieder auf die Idee kommen, sich mit fremden Federn zu schmücken.«

»Aus Sicht der Carabinieri bin ich der Leiter des Einsatzes gewesen. Zumindest bis Sie vor Ort waren. Aber die Informationen sind nicht von mir, das können Sie mir glauben. Der Aufnahmeleiter des Senders hat mir bei dem Interview erklärt, die Informationen seien ihrem Chefredakteur heute Morgen anonym zugespielt worden. In einem Umschlag. Mit den Fotos. Er hat sie mir gezeigt und wollte nur wissen, ob wir alles genauso vorgefunden haben. Was sollte ich denn tun? Ich konnte ihn doch nicht anlügen. Also habe ich es bestätigt.«

»Sie hören von mir. Das wird Konsequenzen für Sie haben!« Barberi knallte den Hörer auf die Gabel und stürmte zur Tür.

»Tissone!«, brüllte er über den Flur. »Rufen Sie bei dem

Fernsehsender an und quetschen Sie diesen Chefredakteur aus. Ich möchte wissen, woher der Sender die Informationen hat. Und in einer halben Stunde möchte ich die Übersetzung des Schriftstücks und die Fotos auf meinem Schreibtisch liegen haben!«

Mit rotem Kopf kehrte er ins Büro zurück. »Signor Matthias, können Sie im Vatikan anrufen und fragen, wann wir endlich die Großfahndung nach dem Papst und Voigt einleiten können? Und fragen Sie bitte auch, wann die Kurie zu diesem Blödsinn Stellung nehmen wird, den wir gerade gehört haben.«

Matthias schüttelte den Kopf und erhob sich. »Nein, ich fahre besser selbst hin, so erreiche ich mehr. Ich habe einen Passierschein, der mir sämtliche Türen öffnen wird.«

Er legte Varotto kurz die Hand auf die Schulter und verließ das Büro.

*9 Uhr 25. Vatikan*

## 61

Während der Fahrt zum Petersplatz hatte Matthias mehrfach versucht, Bertoni zu erreichen, aber weder in seinem Büro noch bei ihm zu Hause oder auf dem Handy ging jemand ans Telefon.

Matthias ging die paar Meter bis zu den äußeren Säulen der Bernini-Kolonnaden und lehnte sich mit dem Rücken gegen die erste. Er dachte an den Papst und wurde von dem Gefühl der Sorge in diesem Moment geradezu übermannt. Nicht allein aus dem Grund, weil er diesen alten Mann in den persönlichen Gesprächen der letzten Tage sehr schätzen gelernt hatte. Der Papst war es auch gewesen, der ihn durch sein Vergeben vor der lebenslangen Gefängnisstrafe bewahrt hatte. Er musste ihn retten! Entschlossen stieß er sich von der Säule ab und machte sich auf den Weg zum Eingang des Apostolischen Palastes.

Die beiden Schweizergardisten sahen ihm mit unbewegten Gesichtern entgegen. Anders als sonst hatten sie nicht die goldbespitzten Hellebarden in der Hand, sondern Maschinenpistolen. Als Matthias die Stufen zum Portone di Bronzo hinaufstieg, versperrten sie ihm den Weg. Er konnte ihre Anspannung förmlich spüren. Einer der beiden gebot ihm mit der Hand Einhalt.

»Halt! Wo möchten Sie hin?«

»Mein Name ist Matthias. Ich habe einen Passierschein von Seiner Eminenz Kardinal Voigt.«

Matthias zog das Papier aus seinem Portemonnaie und hielt es dem Schweizergardisten entgegen, der jedoch keine Anstalten machte, sich den Schein näher anzusehen.

»Tut mir leid, aber diese Passierscheine gelten im Moment nicht.«

»Aber ich muss unbedingt mit dem Kardinalstaatssekretär sprechen. Es ist wirklich wichtig.«

Die Schweizergardisten sahen ihn mit unveränderter Miene an.

»Bedaure«, schaltete der andere sich jetzt ein, »doch wir haben Befehl, absolut niemanden durchzulassen.«

»Aber ich bin hier im Auftrag der römischen Polizei«, versuchte Matthias seinen letzten Trumpf auszuspielen.

Die beiden Männer zeigten sich davon jedoch wenig beeindruckt.

»Gehen Sie jetzt bitte.«

Der Ton des Gardisten war nun deutlich schärfer geworden. Offensichtlich glaubten sie ihm kein Wort, und der Lauf seiner Maschinenpistole bewegte sich ein wenig in Matthias' Richtung, wie um seiner Aufforderung Nachdruck zu verleihen. Matthias sah ein, dass er nicht weiterkam, und wandte sich ab. Während er zurück zu dem wartenden Polizeiwagen ging, ärgerte er sich, dass er nicht vorher versucht hatte, den Kardinalstaatssekretär ans Telefon zu bekommen, und so wertvolle Zeit vertan hatte. Der Schlafmangel wirkte sich offensichtlich auf seinen sonst so scharfen Verstand aus.

*10 Uhr 05. Rom. Questura, Via San Vitale 15*

## 62

Im Einsatzraum saß Varotto an einem der Arbeitstische und telefonierte wie die meisten der anderen Beamten der Sonderkommission, als Matthias hereinkam.

»Na, wie war dein Besuch im Vatikan?«, sagte er und rieb sich die geröteten Augen, kaum dass er aufgelegt hatte.

Matthias ließ sich auf einen freien Stuhl neben ihm fallen. »Sie haben mich nicht reingelassen.«

Varotto lachte auf. »Das habe ich mir fast gedacht. Du hättest vorher anrufen sollen.«

»Ja, ja, ich weiß. Ich muss aber unbedingt mit dem Kardinalstaatssekretär sprechen.«

»Viel wichtiger ist, dass wir diesen Gatto und seine Bande rechtzeitig finden, bevor es zu dem großen Showdown kommt, und da sieht es im Moment mehr als düster aus.«

Gähnend rieb sich Matthias die Augen. »Konntest du herausfinden, wer diesem Fernsehsender die Informationen zugespielt hat?«

Varotto schlug mit der Faust auf den Tisch. »Nein, verdammt! Das ist genauso eine verquere Geschichte wie alles andere. Wenn der Glatzkopf aus Terni die Wahrheit sagt, dann kann das nur eines bedeuten: Diese Verbrecher müssen dem Sender die Bilder zugespielt haben. Und da wäre sie dann wieder, die Frage aller Fragen, die wir uns bei dieser Mordserie schon so oft gestellt haben: Warum?«

»Aus dem gleichen Grund, aus dem jemand bei Monsignor Bertoni angerufen und ihm Hinweise auf das Castello gegeben hat.«

»Nicht ganz. Ich gestehe dir ja zu, dass du in den letzten beiden Tagen oft den richtigen Riecher hattest, aber hier macht deine Logik einen Knick.«

Matthias' Miene war zu entnehmen, dass er Varotto nicht verstand. »Und warum dann?«

Der Commissario genoss es sichtlich, Matthias auf einen Denkfehler aufmerksam zu machen. »Der Anrufer bei Bertoni hat mit seinem versteckten Hinweis letztendlich erreicht, dass wir das alte Kloster gefunden haben. Ein Hinweis also auf den Kreuzweg, wie es vorher schon einige gegeben hat. Denk an die beiden Zettel.«

Erwartungsvoll blickte er Matthias an, doch der verstand noch immer nicht, worauf er hinauswollte.

»Du scheinst wirklich hundemüde zu sein«, sagte Varotto. »Überleg doch mal. Was will derjenige, der die Bilder und die Informationen über das Schriftstück an die Presse weitergegeben hat, wohl damit erreichen? Einen weiteren Hinweis liefern? Nein.«

Nun endlich dämmerte es Matthias. »Du meinst, sie geben zum ersten Mal Informationen weiter, die der katholischen Kirche schaden sollen, weil die sich zu diesem Schriftstück und den darin aufgestellten Behauptungen wird äußern müssen.«

»Ganz genau. Sofern tatsächlich das drinsteht, was diese Fernsehfuzzis behauptet haben.«

Als wäre es sein Stichwort gewesen, streckte Tissone in diesem Moment den Kopf zur Tür herein. »Ihr sollt zum Chef kommen. Er hat die Übersetzung und das Ergebnis der Analyse.«

Zwei Minuten später saßen sie Barberi gegenüber. Da nur zwei Stühle vor dem Schreibtisch standen, hatte Tissone sich mit dem Rücken gegen die Wand neben dem Schreibtisch gelehnt. Alle drei sahen den Commissario Capo erwartungsvoll an.

»Also, fangen wir mit dem Fetzen an. Das Labor hat anhand der Spuren an den Rändern bestätigt, dass es der Rest eines verbrannten Stücks Ziegenleder ist.«

»Dafür hätten wir kein Labor gebraucht«, meckerte Varotto, wofür er sich einen strafenden Blick seines Chefs einhandelte.

»Sie schätzen, dass es aus dem dritten Jahrhundert vor Christus stammt.«

»Wow!«, entfuhr es Tissone. »Das ist ja wirklich uralt!«

»Das ist allerdings nur eine vorläufige Datierung«, fuhr Barberi fort. »Das genaue Alter wird noch mittels der C-14-Methode festgestellt, was aber noch etwas dauert.« Barberi drehte das Blatt um. »Nun zu dem Text, der in Aramäisch verfasst ist. Ich lese euch die Übersetzung mal vor: ›Es wird ein Reis hervorgehen aus dem Stamm Isais und ein Zweig aus seiner Wurzel Frucht bringen. Auf ihm wird ruhen der Geist des Herrn, der Geist der Weisheit und des Verstandes, der Geist des Rates und der Stärke, der Geist der Erkenntnis und der Furcht des Herrn.‹ Der Übersetzer notiert hier, dass dieser Text identisch ist mit Jesaja, Kapitel 11, das von Jesu Geburt handelt. Weiter heißt es: ›Denn siehe, Finsternis bedeckt das Erdreich und Dunkel die Völker, aber über dir geht auf der Herr, und seine Herrlichkeit erscheint über dir. Und die Heiden werden zu deinem Lichte ziehen und die Könige zum Glanz, der über dir aufgeht.‹ So, wartet mal … hier. Im nächsten Kapitel geht es um das Zeichen für die Geburt Christi, ein Licht. Es könnte der Stern von Bethlehem gemeint sein. Der mittlere Teil mit der Zeichnung ist anscheinend später eingefügt worden, weil die Schrift eine andere ist: ›Wahrlich tausend Jahre wird sein Licht erstrahlen und für tausend Jahre wieder und wieder, wenn Brüder uneins, immerdar.‹ So weit die Übersetzung des Textes. Hier steht, dass keiner der Wissenschaftler, die die Zeichnung jetzt in der Hand hatten, so etwas schon einmal gesehen hat. Zu dem letzten Textstück ist keine entsprechende Bibelstelle bekannt, aber der Übersetzer vermutet, dass es heißen könnte, dass das Licht alle tausend Jahre wiederkommen wird, wenn die Menschen nicht ein für allemal in Frieden miteinander leben.«

»Was sie mit an Sicherheit grenzender Wahrscheinlichkeit niemals tun werden«, bemerkte Varotto.

Barberi legte die Blätter auf den Schreibtisch. »Was halten Sie davon, Matthias?«

»Das Alter, das Leder und eigentlich auch der Inhalt würden zu den Schriftrollen passen, die man vor rund fünfzig Jahren in Qumran gefunden hat. Einige dieser Rollen, die man auf 200 v. Chr. datiert hat, beschäftigen sich ebenfalls mit Jesaja und decken sich in großen Teilen mit dem alten Testament. Beduinen haben damit ihre Lagerfeuer angezündet und zeitweise wurden sogar welche per Zeitungsanzeigen verkauft.«

»Was? Die haben sie zum Feuermachen benutzt? Unglaublich.«

»Ja, sie hatten keine Ahnung, was sie da entdeckt hatten. Man geht davon aus, dass danach alle noch vorhandenen Dokumente wiedergefunden wurden. Sie werden in Museen in Jerusalem aufbewahrt und einige davon sogar im Vatikan. Jedenfalls sollten sich keine mehr in Privatbesitz befinden. Das wirft natürlich die Frage auf, wie diese geheime Organisation an das Dokument gelangt ist.«

»Eine gute Frage. Was könnte es mit der Zeichnung und dem nachträglich eingefügten Text auf sich haben?«

»Nun, wenn dieses Licht der Stern von Bethlehem war, der die Geburt Jesu verkündet hat, und dieses Licht alle tausend Jahre wiederkehren soll, würde das bedeuten, dass nicht das Jüngste Gericht ansteht, sondern dass Jesus alle tausend Jahre wiedergeboren wird, solange die Menschheit nicht in Frieden lebt.«

»So ein ausgemachter Blödsinn«, brummte Varotto.

»Aber diese Männer sind doch 1981 geboren, rund zweitausend Jahre nach Christi Geburt«, warf Tissone ein.

»Eben. 1981 und nicht 2000.«

»Wenn man davon ausgeht, dass das stimmt, was da steht«, sagte Matthias, »so wie es vielleicht diese Verrückten tun, könnte man argumentieren, dass die tausend Jahre sich auf die große Sternenkonjunktion beziehen, und die war für diese Jahrtausendwende definitiv 1981. Glaubt man die Theorie mit der großen Konjunktion als Erklärung für den Stern von Bethlehem, wurde Jesus nicht im Jahre Null nach unserer Zeitrechnung geboren, sondern sieben Jahre vorher.«

»Gut. Aber das würde auch bedeuten, dass Jesus vor einem Jahrtausend schon einmal wiedergeboren wurde. Und hat jemand von euch im Religionsunterricht davon gehört? Ich nicht.«

Matthias lächelte und schüttelte den Kopf. »Nein, aber es wäre doch durchaus denkbar. Vielleicht hatte er damals einen Unfall. Oder er starb an einer Krankheit. Oder er ist getötet worden.«

Varotto grinste süffisant. »Und das würde euer allmächtiger Gott zulassen?«

»Nochmals: Ich versuche es aus Sicht dieser Verbrecher zu sehen, und die könnten sagen: Warum nicht? Auch vor zweitausend Jahren hat er es zugelassen, dass Jesus gekreuzigt wurde. Sein Tod war Sinn seines irdischen Lebens.«

»Zur Errettung der Menschheit«, sagte da eine Frauenstimme in ihrem Rücken.

Die Männer fuhren herum.

»Sieh an, die Presse«, sagte Varotto. »Warum liegst du nicht im Bett und schläfst ein paar Stunden?«

»Und du?«, gab Alicia keck zurück und trat zu Matthias. Der sprang sofort auf.

»Bitte, setz dich doch.«

Lächelnd nickte sie ihm zu und ließ sich auf dem Stuhl nieder.

»Also, was gibt es Neues?«, fragte sie, während sie sich eine Strähne aus dem Gesicht strich.

Nach einem kurzen Blick zu Barberi, den dieser mit einem Nicken beantwortete, klärte Varotto sie über den Stand der Dinge auf. Er sah ihr dabei die ganze Zeit in die Augen. Matthias hatte sich neben Tissone an die Wand gelehnt und sah sie ebenfalls unentwegt an.

Während Commissario Daniele Varotto im Büro seines Chefs Alicia über die neuen Erkenntnisse im Zusammenhang mit den Kreuzwegmorden informierte, berichteten die meisten Nachrichtenkanäle – mittlerweile nicht mehr nur in Italien, sondern auch in vielen anderen Ländern Europas und in den USA – über den Fall. Fotos flimmerten über die Bildschirme, auf denen der Tatort der vergangenen Nacht zu sehen war. Gnädigerweise hatten die meisten Sender die Leichen mit schwarzen Balken verdeckt. Es war auch von dem sensationellen Inhalt eines alten Schriftstücks die Rede und von der katholischen Kirche, die zu keiner Stellungnahme bereit war. Die Moderatorin eines französischen Senders stellte als Erste eine gewagte These in den Raum: Würde man auch nur ansatzweise in Betracht ziehen, Jesus könne wiedergeboren worden sein, dann läge darin für die katholische Kirche die größtmögliche Katastrophe. Denn damit würden sich ihre Lehren als falsch erweisen, und das müsste ihr sicheres Ende zur Folge haben. Der forsche Auslandskorrespondent eines bekannten amerikanischen Kanals nahm den Faden kurze Zeit später in einer Nachrichtensendung auf und spann ihn dahingehend weiter, dass er die Frage stellte, wer ein Motiv dafür haben könnte, die potenziellen Gottessöhne zu töten.

Als der Kardinalstaatssekretär im Vatikan nur Minuten später die Sequenz vorgespielt bekam, griff er zum Telefon und rief den Leiter der »Sonderkommission Judas« an.

Barberi hörte dem hohen Geistlichen am anderen Ende zu, ohne ihn zu unterbrechen. Ab und zu nickte er. Als er den Hörer schließlich aus der Hand gelegt hatte, atmete er tief durch.

»Es ist so weit. Der Vatikan gibt bekannt, dass der Heilige Vater spurlos verschwunden ist und man eine Entführung befürchtet. Seine Eminenz Kardinal di Palmera hat uns soeben offiziell um Unterstützung gebeten. Die Schweizergarde sowie der vatikaneigene *Corpo di Vigilanza* sind schon mit den Ermittlungen beschäftigt. Deren Chefs werden uns mit allen nötigen Informationen versorgen.«

Alicia war blass geworden. »Was sagen Sie da? Man hat noch keine Großfahndung eingeleitet?«

Varotto beugte sich ein Stück zu ihr herüber. »Der Vatikan hat bis eben darauf bestanden, die Sache geheim zu halten. Außer uns vieren wusste es nur der Polizeipräsident.«

»Aber ... wie ...«, stotterte sie.

»So wie es aussieht, hat dieser Kardinal Voigt etwas damit zu tun; wahrscheinlich hatte er auch schon die Finger im Spiel, als das Lügenmärchen über mich in der Zeitung stand.«

»Nein, damit hatte er absolut nichts zu tun«, entgegnete Alicia und starrte dabei an Varotto vorbei ins Leere.

»Weißt du etwa Genaueres?«

Alicia hielt kurz inne, als überlegte sie, wie viel sie erzählen sollte, und sagte dann nur: »Es war eine interne Angelegenheit unserer Zeitung. Mit den Kreuzwegmorden hat es jedenfalls nichts zu tun. Bitte, lass es mich dir später erklären, ja?«

Es klang flehend, sodass Varotto ergeben die Hände hob.

»Schon gut. Aber irgendwann möchte ich es gern erfahren.«

»Was ist nun mit dem Papst? Wie kann jemand den Papst aus dem Vatikan entführen? Vielleicht wollte er einfach nur fliehen vor all den schrecklichen Dingen. Vielleicht ist er in Castel Gandolfo und hat niemanden informiert, weil er seine Ruhe haben wollte.« Man merkte ihrer Stimme an, dass sie selbst nicht glaubte, was sie gerade gesagt hatte.

Ein heißer Schauer durchfuhr Matthias' Körper. Es war zum Verrücktwerden. Seit Stunden schon hatte er das deutliche Gefühl, etwas Wichtiges übersehen zu haben, etwas, das vielleicht entscheidend sein konnte. Instinktiv nahm er das Foto des seltsamen Gemäldes vom Tisch. Im gleichen Moment wurde die Tür aufgerissen und ein Polizist streckte den Kopf in den Raum.

»Chef, schnell, kommen Sie!«, rief er hektisch und war auch schon wieder zur Tür hinaus. Barberi und Varotto sprangen auf und rannten aus dem Büro, gefolgt von Tissone, Alicia und Matthias, der noch immer die Fotografie in der Hand hielt.

Im Einsatzraum der Sonderkommission standen alle um einen Polizisten herum, der einen Telefonhörer am Ohr hatte. Als Barberi den Raum betrat, winkte ihn einer mit hektischen Bewegungen heran, während seine Kollegen Platz machten. Sekunden später standen auch Varotto, Matthias und Alicia hinter dem Mann, der nach einem kurzen Blick auf seinen Chef in den Hörer sagte: »Commissario Capo Barberi hört jetzt mit.«

»Ah, guten Morgen, Barberi.«

Die Stimme war weder technisch verfremdet, noch schien der Anrufer bemüht, sie zu verstellen, was aber auch nicht nötig war, denn keiner der Anwesenden kannte sie. Hektisch bedeutete Varotto einem seiner Männer, das Aufnahmegerät einzuschalten.

»Ich hoffe, auch Signor Matthias und Signor Varotto hören zu?« Ein kurzes heiseres Kichern, dann: »Ich habe einen Hinweis zu dem schmerzlich Vermissten.«

Alicia schlug sich die Hand vor den Mund und stöhnte leise auf, aber der Anrufer meinte offensichtlich nicht den Papst, denn er sagte: »Haben Sie sich heute schon im Kolosseum umgesehen? Das sollten Sie tun. Sehr interessant. Sie sollten sich jedoch beeilen. Ein toter Jesus ist für Roms Image nicht gerade förderlich.« Wieder das heisere Kichern. »Wenn Sie schlau sind, haben Sie auch noch eine Reise vor sich. Aber bis Mittag ist es nicht mehr lange.«

Varotto riss dem Polizisten den Hörer aus der Hand und rief: »Hören Sie, lassen Sie uns ...«

Ein Klicken ließ ihn verstummen. Der Anrufer hatte aufgelegt.

»*Merda!*« Varotto knallte den Hörer auf den Tisch.

»Nummer neun«, stellte Matthias fest und wunderte sich selbst darüber, dass seine Stimme noch relativ fest klang. »Jesus fällt zum dritten Mal unter dem Kreuz.«

Barberi sprang auf. » Wenn diese Schweine wieder die Presse informiert haben ... Nicht auszudenken! Worauf wartest du noch, Varotto?«, herrschte er den Commissario an, bevor er sich an die übrigen Männer wandte: »Fünf Einsatzwagen sofort zum Kolosseum. Zwei von euch bleiben hier und fordern bei den umliegenden Dienststellen Verstärkung an. Wer zuerst dort ist, lässt sofort das Gelände räumen.«

Vor dem Eingang waretete schon ein junger *agente* in einem Dienstwagen mit laufendem Motor, doch Varotto lief an ihm vorbei zu seinem BMW. Noch bevor Matthias die Beifahrertür richtig geschlossen hatte, hatte er das Blaulicht eingeschaltet und fuhr mit quietschenden Reifen los.

»Verdammt! Langsam machen diese Irren mich richtig wütend! Und unsere schöne Theorie mit Gattos Sohn wird auch immer unlogischer.«

Matthias sah den Commissario von der Seite an. »Warum?«

»Na, wenn Gatto junior am 24. Oktober gestorben ist, was macht es dann für einen Sinn, alle restlichen Männer schon am Zwanzigsten umzubringen?«

Matthias' Gesichtsausdruck veränderte sich schlagartig, was der Commissario nicht sah, da er gerade zu einem riskanten Überholmanöver ansetzte. Als er eingestiegen war, hatte Matthias das Foto des seltsamen Gemäldes, das er die ganze Zeit in der Hand gehalten hatte, auf seinen Oberschenkel gelegt. Nun starrte er es an. Dabei spulte er Varottos Worte noch einmal in Gedanken ab. *Na, wenn Gatto junior am 24. Oktober gestorben ist.* Heute aber war erst der Zwanzigste. Der 20.10.... A. Longa, 20/10/12/00...

Sein Puls begann zu rasen. Endlich war der Damm gebrochen, der die Erkenntnis bisher blockiert hatte. Deutlich spürte Matthias das Pochen seines Herzschlags in der Halsschlagader. Im gleichen Moment, in dem er die Zahlen verstand, konnte er die ganze Signatur entschlüsseln, die eigentlich keine Signatur war, sondern ... es war unbegreiflich, dass er das nicht sofort erkannt hatte.

»Daniele«, stieß er aus, »ich hab's! Mein Gott, dass ich das übersehen konnte!«

Obwohl er den BMW mit halsbrecherischer Geschwindigkeit zwischen den Autos hindurchlenkte, warf Varotto ihm einen fragenden Blick zu. »Was? Was hast du übersehen?«

Matthias wedelte mit dem Foto. »Die Signatur. Diese Zahlen.«

»Ja und? Was ist damit?« Varotto sah wieder nach vorne auf den Verkehr.

»20/10! Das ist ein Datum, und zwar das heutige. Und 12/00 kann nur eine Uhrzeit sein. Verstehst du?«

Nun sah Varotto doch wieder zu Matthias hinüber. »Was heißt das, ›Datum‹? *Welches* Datum?«

Wieder wedelte Matthias mit dem Foto. »Das Datum für die Kreuzigung, die hier dargestellt wird, Daniele. Die des vermeintlichen Gottessohnes. Und ...« Er stockte.

»Und was? Verdammt, nun rede schon.« Varotto schlug mit dem Handballen auf das Lenkrad.

»Und vielleicht auch die des Papstes, so wie es auf dem Bild dargestellt ist.«

Wieder ein Seitenblick des Commissario. Dieses Mal so lange, dass er fast auf ein Taxi aufgefahren wäre, das vor ihm fuhr. Nachdem er es überholt hatte, sah er auf das Display des Radios.

»Heute um zwölf«, stammelte er. »Das Finale. Und der Papst. Jetzt ist es zehn vor elf. Das wäre schon in siebzig Minuten. Wir...«

»Das ist noch nicht alles«, unterbrach ihn Matthias mit so erregter Stimme, dass Varotto augenblicklich verstummte. »Alicias Idee, der Papst könne sich vielleicht nach Castel Gandolfo zurückgezogen haben, hat mich letztendlich darauf gebracht, wenn auch sehr spät.« Matthias redete jetzt sehr schnell. »Das, was wir für den Namen des Malers hielten, ist nicht der Name eines Menschen, sondern der eines Ortes. Ich bin sicher, A. Longa steht für Alba Longa. In der Antike war das die Hauptstadt des Latinerbundes, sie spielte bei der Gründung Roms eine herausragende Rolle. Und sie lag an der Stelle, wo sich heute Castel Gandolfo befindet. Nun ist mir alles klar. Auch das, was der Anrufer sagte, erinnerst du dich? ›Wenn Sie schlau sind, haben Sie auch noch eine Reise vor sich. Aber bis Mittag ist es nicht mehr lange.‹ Verstehst du, Daniele? Wenn wir schlau genug sind, den Hinweis zu verstehen, haben wir eine Reise nach Castel Gandolfo vor uns. Und wir sollen uns beeilen, weil es bis Mittag nicht mehr lange ist. Gatto hat uns mit dem Bild nicht nur Datum und Uhrzeit, sondern auch den Ort genannt, wo dieses scheußliche Verbrechen stattfinden soll. Wir müssen sofort nach Castel Gandolfo. Mit allen Polizisten, die du zusammentrommeln kannst. Dort soll in etwas mehr als einer Stunde ein Massenmord stattfinden. Und eines der Opfer soll der Papst sein.«

Matthias' Atem ging jetzt so schnell, als hätte er gerade einen Sprint hinter sich gebracht. Die Aufregung und die Sorge, die mit der Erkenntnis in ihm hochgestiegen waren, peitschten das Adrenalin durch seinen Körper.

»Wir müssen den Vatikan informieren. Die gesamte Schweizergarde muss sofort nach Castel Gandolfo. Uns bleibt nicht viel Zeit, wir brauchen dort jeden Mann.«

Auch Varottos Gedanken schienen nun zu rasen. »Bis Castel Gandolfo sind es rund dreißig Kilometer. Selbst wenn wir optimal durchkommen, brauchen wir bestimmt eine Dreiviertelstunde. Das heißt, wenn du recht hast, bleiben uns vielleicht fünfzehn bis zwanzig Minuten, um sie zu finden. *Merda!*«

Er fischte sein Mobiltelefon aus der Jackentasche und drückte auf Wahlwiederholung. Sekunden später meldete sich sein Chef. Seine gehetzt klingende Stimme verhieß nichts Gutes. Noch bevor Varotto ein Wort sagen konnte, polterte Barberi auch schon los: »Seid ihr schon am Kolosseum? Es läuft gerade eine Riesensauerei. Vor zwei Minuten kam wieder ein Anruf. Das nächste Opfer, oben im Norden, in der Nähe der Piazzale Flaminio. Die zehnte Station. Die, an der Jesus seiner Kleider beraubt wird. Ich weiß bald nicht mehr, wo ich die Beamten hernehmen soll, um sie an die Tatorte zu schicken. Kannst du ...«

»Jetzt lassen Sie mich mal reden, verdammt!«, brüllte Varotto in den Hörer.

Barberi verstummte augenblicklich. Im Telegrammstil erklärte Varotto, was Matthias aufgegangen war, worauf Barberi ein für ihn absolut untypisches *»Merda!«* in den Hörer stöhnte.

»Die beiden letzten Tatorte sind jetzt nicht mehr so wichtig, Barberi«, fuhr Varotto mit beschwörender Stimme fort.

»Wir brauchen jeden Mann, den Sie auftreiben können, in Castel Gandolfo. Auch das Sondereinsatzkommando der Carabinieri. Und die gesamte Schweizergarde. Wenn die Pfaffen sich querstellen, dann sagen Sie ihnen, dass das Leben des Papstes am seidenen Faden hängt und dass es um jede Minute geht.«

Barberi zögerte nur wenige Sekunden, dann sagte er: »Gut«, und legte auf.

Varotto warf das Telefon achtlos auf die Mittelkonsole und trat das Gaspedal durch, während Matthias' rechte Hand blitzschnell nach dem Haltegriff über der Beifahrertür fasste.

Es brauchte einiges an Beharrlichkeit, bis Barberi den Monsignore am anderen Ende der Leitung davon überzeugt hatte, dass er sofort mit dem Kardinalstaatssekretär sprechen musste. Erst als er dem Mann versicherte, er werde bis ans Ende seiner Tage mit der Gewissheit leben müssen, am Tod des Papstes mitschuldig zu sein, wenn er dessen Rettung durch seinen Starrsinn weiter verhindere, gab dieser sich geschlagen und verband Barberi weiter.

Kardinal di Palmera hörte sich an, was der Commissario Capo ihm hastig erklärte, und zögerte danach keine Sekunde. Er versprach, sofort alles Nötige in die Wege zu leiten und legte auf.

Kurz nach elf rasten die ersten dunklen Limousinen mit dem Autokennzeichen SCV aus der Porta Sant'Anna. Eine Minute später folgten die nächsten Wagen. So ging es weiter, bis fast die gesamte Schweizergarde und die Beamten des *Corpo di Vigilanza* den Vatikan verlassen hatten. Nur die Gardisten, die an den Eingängen des Vatikans Wache schoben, blieben zurück.

Gleichzeitig schickte Barberi von der Questura aus zwei Hubschrauber sowie Sanitätswagen los und mobilisierte neben dem eigenen Einsatzkommando sämtliche Polizisten, die in einem Radius von zwanzig Kilometern um die päpstliche Sommerresidenz Dienst taten.

Während dieses riesige Polizeiaufgebot sternförmig auf Castel Gandolfo zuraste, stand Barberi am Fenster seines Büros und starrte hinunter auf den nun leeren Parkplatz, als könnte er dort eine plausible Erklärung auf die Frage finden, die sich mit der Wucht eines Orkans in sein Bewusstsein drängte: *Zu was sind diese Irren noch fähig?*

*11 Uhr 35. Castel Gandolfo*

## 63

Sie waren sogar besser durchgekommen, als Varotto prophezeit hatte. Obwohl die Fahrt sicher die rasanteste seines Lebens gewesen war, hatte Matthias während der ganzen Zeit keinen Laut von sich gegeben und lediglich den Haltegriff mit seiner rechten Hand so fest umklammert, dass die Knöchel weiß hervortraten. Sein Blick war starr auf die Windschutzscheibe gerichtet gewesen, die waghalsigen Manöver, die Varotto an manchen Stellen vollführte, hatte er jedoch nicht wahrgenommen.

Etwas war zurückgekommen. Etwas, das nicht gut war. Eine Leere, die so vollkommen war, dass Matthias den Eindruck hatte, selbst die Gedanken würden in seinem Inneren als Echo zurückgeworfen. Wie ein schwarzes Loch hatte diese Leere jegliches Gefühl geschluckt. Damals, als er sie zum ersten Mal gespürt hatte, während er auf dem Dach der Bernini-Kolonnaden gelegen und das Gesicht des Frischgewählten durch das Zielfernrohr ins Visier genommen hatte, damals war ihm der Gedanke gekommen, dass vielleicht mehr von seinem Vater in ihm steckte, als er wahrhaben wollte. Und nachdem er den tödlichen Schuss abgegeben hatte, war ihm bewusst geworden, dass dieser ihn darauf konditioniert hatte, in Extremsituationen unbewusst alle Gefühle komplett abzuschalten, die gewisse Handlungen hätten gefährden oder gar verhindern können. Mitleid, Schuld, Gewissen ... Bedeutungslos. In den Jahren danach, in der Einsamkeit des Klosters an den Hängen des Ätna, war ihm aufgegangen, dass es ein Schutzmechanismus seines Unterbewusstseins war, ohne den er seine schreckliche Tat nie überlebt hätte. Und nun, in diesem Moment? War diese Leere wieder ein Schutz? Und wenn ja, wovor? Vor dem, was du vielleicht bald sehen wirst, erklärte er sich selbst.

Varotto war dicht an die Sommerresidenz des Papstes herangefahren, die auf einem Hügel über dem Albaner See thronte und den Papstpalast, die Villa Cybo, den Palazzo Barberini, die Gärten des Belvedere und einen kleinen Gutshof umfasste.

Mindestens dreißig Polizei- und Zivilfahrzeuge parkten schon auf beiden Seiten der Zufahrtsstraße, auf der unzählige Polizisten, die meisten von ihnen in Uniform, herumstanden. Einer der Männer in Zivil, der eher wie ein Buchhalter als wie ein Polizist wirkte, kam mit schnellen Schritten auf den BMW zu und beugte sich zu Varotto herunter, der die Scheibe geöffnet hatte. Als er die langen blonden Haare des Beifahrers sah, stutzte er, fing sich aber gleich wieder und sah Varotto an.

»Commissario Varotto?«

»Ja, der bin ich.«

»Commissario Di Manelli. Gott sei Dank sind Sie endlich da. Fast gleichzeitig mit der Meldung, dass der Heilige Vater entführt worden ist, hat die Questura uns darüber informiert, dass er hier irgendwo festgehalten wird. Und dass die Drahtzieher dieser Kreuzwegmorde dahinterstecken könnten und Sie uns vor Ort Instruktionen geben. Also: Wo und vor allem wonach genau sollen wir suchen?«

Während Varotto seinem Kollegen von ihren Vermutungen berichtete und den Einsatzplan erklärte, stieg Matthias aus, sah sich kurz um und bahnte sich seinen Weg dann durch das Gebüsch, das an dieser Stelle die Straße säumte. Nach wenigen Metern hatte er eine Stelle erreicht, die ihm freie Sicht hinunter auf den Albaner See erlaubte. Er verglich die Fotografie mit dem Blick auf den See, während hinter ihm schwere Motoren zu hören waren.

»Hier sind wir falsch«, rief er laut, während er die letzten Zweige vor sich zur Seite bog.

Sowohl Varotto als auch Di Manelli sahen ihn fragend an. Matthias hielt die Fotografie hoch.

»Die Stelle, die auf dem Bild dargestellt ist, muss ein gutes Stück weiter nördlich liegen. Die Häuser am Bildrand sind noch nicht zu sehen. Schnell, die Zeit rennt uns davon.«

Mittlerweile waren die Wagen herangefahren, die Matthias gehört hatte. Es waren Limousinen aus dem Vatikan, die im Konvoi auf sie zukamen. Das erste der Fahrzeuge, ein schwarzer Alfa Romeo, kam mit quietschenden Reifen direkt hinter Varottos BMW zum Stehen. Die Türen flogen auf und vier Männer sprangen heraus.

»Commissario Varotto?«, fragte einer von ihnen, ein etwa 45-jähriger drahtiger Mann, der ein Stück kleiner war als Varotto. Die kurzen, fast völlig ergrauten Haare standen ihm wie eine Bürste vom Kopf ab. Als Varotto nickte, sagte der Mann: »Oberst Gunther Mähler, Kommandant der Schweizergarde. Können Sie mir bitte einen Lagebericht geben?«

Varotto zögerte einen Moment, und Matthias wollte dem Oberst schon erklären, dass dies die falsche Stelle war und sie schnellstens weitersuchen mussten, als das Mobiltelefon in seiner Hosentasche zu vibrieren begann. Eine Entschuldigung murmelnd wandte er sich ab und zog das Gerät heraus.

Schon beim ersten Wort des Anrufers gefror ihm das Blut in den Adern.

»Matthias?«

Noch bevor Matthias sich von seinem Schock erholen konnte, fuhr Kardinal Voigt mit fremder, monotoner Stimme fort: »Der Papst ist hier bei mir, und sein Leben hängt im Moment einzig und allein davon ab, ob Sie sich genauso verhalten, wie ich es Ihnen jetzt sage. Wenn Sie das verstanden haben, antworten Sie mit ›Ja‹. Dann gehen Sie unverzüglich und unauffällig so weit von Commissario Varotto und allen anderen weg, dass wir unser Telefonat ungestört fortsetzen können.«

Ohne Zögern sagte Matthias »Ja«, während er spürte, wie sich das, was sich auf der Fahrt als Ahnung angedeutet hatte, nun über sein Innerstes senkte wie ein Käfig, der seinen Verstand gegen alle Emotionen abschirmte. Aus den Augenwinkeln sah er, dass sowohl Varotto als auch der Oberst der Schweizergarde ihn beobachteten, und schüttelte den Kopf, als Zeichen, dass der Anruf keine Neuigkeiten brachte. Dann drehte er sich weg und schlenderte, das Telefon am Ohr, betont gelassen die Straße hinunter.

»Es kann mich niemand mehr hören«, sagte er schließlich leise.

Voigts Antwort kam mit einer Verzögerung von zwei Sekunden. »Dann hören Sie gut zu: Ich bin im Vatikan, und wie ich schon sagte, der Papst ist bei mir. Das heißt, er ist nicht dort, wo Sie im Moment sind.«

»Und die anderen Männer? Die damals entführten Jungen?«, fragte Matthias mit ruhiger Stimme.

Der Kardinalpräfekt zögerte lange, wobei Matthias das deutliche Gefühl hatte, dass der Telefonhörer zugehalten wurde.

»Sie sind nicht hier«, erklärte Voigt nach einigen Sekunden. »Das Leben Seiner Heiligkeit hängt wirklich an einem dünnen Faden, und wenn Sie mich noch einmal unterbrechen, muss ich das Telefonat sofort beenden. Haben Sie das verstanden?«

»In Ordnung«, antwortete Matthias ohne erkennbare Regung.

»Gut. Dann kommen Sie jetzt sofort hierher. An der Porta Sant'Anna erhalten Sie weitere Instruktionen. Kommen Sie unbedingt allein und verraten Sie vor allem niemandem, wohin Sie fahren. Lassen Sie sich etwas einfallen, was Ihr Verschwinden erklärt. Ich warne Sie: Wenn Sie sich nicht daran halten, wird man hier davon erfahren, bevor sie Castel Gandolfo verlassen haben. Die Konsequenzen können Sie sich sicher vorstellen. Sie haben genau fünfundvierzig Minuten Zeit.«

64 Jürgen Freinli, der alleine Wache schieben musste, wo sonst mehrere Schweizergardisten standen, wunderte sich, als der Mannschaftswagen auf die Schranke der Porta Sant'Anna zugerollt kam. Er hatte gedacht, die römische Polizei hätte ebenso wie der Vatikan jeden, der irgendwie entbehrlich war, nach Castel Gandolfo geschickt, um den Heiligen Vater zu retten. Freinli war noch sehr jung, er war erst wenige Monate zuvor im Damasushof vereidigt worden, am 6. Mai, so wie alle Rekruten der Garde. Es verstieß klar gegen jede Dienstvorschrift, dass er alleine vor der Schranke stand, die die Zufahrt zum Vatikan blockierte. Das wusste er so sicher, weil er seine Ausbildung erst vor Kurzem beendet hatte. Besonders die Wachvorschriften waren ihm noch gut in Erinnerung, weil sie in der Prüfung abgefragt worden waren. Die strengen Vorschriften empfand Jürgen auch als absolut gerechtfertigt, denn nur die Schweizergarde war es letztendlich, die den Heiligen Vater vor den Wahnsinnigen dieser Welt beschützte, die es da draußen leider zuhauf gab.

Nun also stand er alleine vor der Schranke und hielt die Maschinenpistole mit beiden Händen diagonal vor dem Bauch, als der dunkle Mannschaftswagen anhielt und der Fahrer, ein schon älterer Mann in der Uniform der Carabinieri, ihm durch das geöffnete Seitenfenster zurief: »Was ist? Nun machen Sie schon die Schranke auf.«

»Wa... Warum?«, stammelte Jürgen verunsichert.

Auf dem Gesicht des Mannes zeigte sich deutlicher Zorn. »Wir gehören zum Sondereinsatzkommando. Der Papst schwebt in Lebensgefahr und Sie stellen hier dämliche Fragen!«

Jürgen trat nun näher an den Wagen heran. Er spürte Wut in sich aufsteigen über die herablassende Art dieses Carabiniere. Wie zufällig hob sich dabei der Lauf seiner Waffe ein wenig. Was dachte der Kerl sich eigentlich, wen er vor sich hatte?

»Zeigen Sie mir zuerst einmal Ihre Ausweise«, sagte er mit deutlich festerer Stimme. »Wenn Sie zum Sondereinsatzkommando gehören, warum sind Sie dann nicht in Castel Gandolfo?«

Der Fahrer atmete schnaubend aus und warf seinem Beifahrer einen undefinierbaren Blick zu. Dann tauchte seine rechte Hand in der Fensteröffnung auf, ein trockenes Plopp war zu hören, und Jürgen kippte lautlos nach hinten weg.

»Weil ich mich sonst nicht um diese Angelegenheit hätte kümmern können«, sagte der Mann hinter dem Steuer und beugte sich ein Stück aus dem Fenster. Jürgen lag mit dem Gesicht nach oben auf dem Asphalt, die Augen starrten gegen die Unendlichkeit des Himmels. Ziemlich genau in der Mitte seiner Stirn befand sich ein dunkles kreisrundes Loch.

Kurze Zeit später war die Schranke oben und der Transporter fuhr ins Innere des Vatikans. Jürgens Leiche war verschwunden. Vor der Schranke stand nun ein anderer Mann in der Uniform der Schweizergarde. Er war eigentlich schon zu alt für diesen Posten, aber wem sollte das in diesen Stunden auffallen?

Es dauerte keine zwei Minuten, bis ein weiterer Transporter ungehindert die Zufahrt passierte und in den schmalen Straßen des Stadtstaates verschwand. Beide Fahrzeuge hielten mehrmals an und ließen jeweils zwei uniformierte Männer aussteigen, die dunkle Segeltuchtaschen bei sich trugen.

*Zur gleichen Zeit. Castel Gandolfo*

65 Matthias hatte das Telefon wieder in seine Hosentasche gesteckt und ging langsam zurück zu Varotto, der gerade dem Kommandanten der Schweizergarde zunickte, woraufhin dieser mit schnellen Schritten zu seinem Fahrzeug eilte. Sekunden später heulten die Motoren auf, und die Wagen der Schweizergarde rasten auf den Eingang des Papstpalastes zu.

In Matthias' Kopf arbeitete es. Diese eigenartige Leere, die sich seiner bemächtigt hatte, ließ ihn sachlich kühl die Situation durchdenken. Fakt war, dass er sich sofort auf den Weg zurück nach Rom machen musste, weil der Papst den Vatikan offensichtlich gar nicht verlassen hatte. In diesem Punkt hatte er sich getäuscht. Oder er war bewusst getäuscht worden. Ein weiterer Punkt, in dem er sich geirrt zu haben schien, war die Rolle, die Kardinal Voigt spielte. Wenn ihm in den letzten Tagen das Verhalten des Kardinalpräfekten auch nicht immer logisch erschienen war, so hatte er doch nie in Erwägung gezogen, dass Voigt ewas mit den schrecklichen Verbrechen zu tun haben könnte. Darüber musste er sich während der Fahrt Gedanken machen.

Aber erst musste er Daniele loswerden. Er traute diesen Kerlen durchaus zu, dass sie jeden ihrer Schritte beobachteten und mitbekamen, wenn er nicht alleine zurückfuhr. Und die Konsequenzen daraus wären furchtbar. Daniele würde ihn allerdings nicht ohne Weiteres alleine zurückfahren lassen. Eine Diskussion mit ihm würde jedoch zu viel Zeit kosten, Zeit, die er nicht mehr würde aufholen können. Matthias hasste es, zu lügen, aber in diesem Fall blieb ihm nichts anderes übrig. Er konnte Daniele nicht die Wahrheit sagen, wenn er das Leben des Heiligen Vaters noch retten wollte.

Varotto sah ihm fragend entgegen.

»Wie spät ist es?«

Varotto sah auf die Uhr. »Drei Minuten vor zwölf.«

»Ich brauche kurz deinen Wagen.«

Varotto sah ihn verdutzt an. »Meinen Wagen? Wozu?«

»Das kann ich dir erst sagen, wenn ich zurück bin. Bitte vertrau mir.«

»Ich komme mit.«

Matthias schüttelte den Kopf. »Nein. Ich muss nur etwas überprüfen. Bitte, Daniele, es kann sehr wichtig sein. Vielleicht sogar lebenswichtig. Ich bin gleich wieder zurück. Bitte.«

Varotto zeigte mit einer übertriebenen Geste auf sein Auto. »Also gut«, schnaubte er. »Der Schlüssel steckt.«

Ohne ein weiteres Wort stieg Matthias ein. Doch als er den Wagen auf der Straße gewendet hatte, hielt er noch mal kurz neben Varotto an und ließ die Scheibe herunter.

»Danke, Daniele. Ich werde dir später alles erklären. Drück mir die Daumen, dass meine Vermutung nicht zutrifft.«

*12 Uhr. Rom. In einigen Zeitungs-, Radio- und Fernsehredaktionen*

## 66

Der Ablauf der Telefonate war stets der gleiche. Der Mann verlangte, den Chefredakteur oder eine Person in leitender Position zu sprechen, und erklärte auf Nachfrage, er sei einer derjenigen, die für die Kreuzwegmorde verantwortlich seien. Spätestens nach diesem Satz dauerte es in den meisten Fällen nur Sekunden, bis die gewünschte Person am Hörer war.

Der Anrufer erklärte daraufhin, dass das große Finale anstände und man einigen wenigen ausgewählten Medienvertretern die Möglichkeit gebe, diesen entscheidenden Moment der Weltgeschichte hautnah mitzuerleben und exklusiv darüber zu berichten. Fragen beantwortete der Anrufer nicht. Er erklärte nur, man solle sich um 13 Uhr 30 vor dem Vatikan einfinden und die Kameras bereithalten. Und man solle den Petersplatz nicht betreten, sondern ein Stück außerhalb der Kolonnaden warten. Nein, mehr könne er nicht sagen, aber das sei auch nicht nötig. Um 13 Uhr 30 vor dem Petersplatz. Man würde schon sehen ...

In den Redaktionen hatte man kurz zuvor erfahren, dass die Ermittlungen der Polizei sich auf Castel Gandolfo konzentrierten, wo sich ein dramatisches Ende anzubahnen schien. Ein ganzes Heer an Reportern und Kamerateams war zur Sommerresidenz des Papstes unterwegs, sodass die Verantwortlichen dem Anrufer kein Wort glaubten. Wie alle aufsehenerregenden Verbrechen, so zog auch dieses offenbar verrückte Trittbrettfahrer an.

Nur einer der Chefredakteure wollte in der Sache zumindest einen kurzen Anruf tätigen, um damit sein schlechtes Gewissen zu beruhigen.

*12 Uhr 10. Rom. Via Appia Nuova*

## 67

Wütend warf Matthias das Handy auf die Mittelkonsole. Nach zwei vergeblichen Versuchen, Bertoni zu erreichen, hatte er es, einem spontanen Gedanken folgend, mit der Nummer des Kardinals versucht, was natürlich ebenso erfolglos geblieben war. Daraufhin hatte er es ausgeschaltet, damit Varotto keine Möglichkeit hatte, ihn anzurufen und eine Erklärung zu verlangen.

Mit halsbrecherischer Geschwindigkeit raste er zurück nach Rom. Alle ein bis zwei Minuten blickte er auf das Display des Radios. Fünfundvierzig Minuten, hatte Voigt gesagt. Wenn nichts Unvorhergesehenes geschah, würde er das schaffen.

Voigt. Welchen Grund konnte ein Mann wie Siegfried Voigt haben, diese fürchterlichen Verbrechen zu begehen? Die Gier nach Macht konnte es kaum sein. Voigt war als Präfekt der Glaubenskongregation längst einer der wichtigsten und auch mächtigsten Männer der Römischen Kurie. Weder diese Morde noch die Entführung des Heiligen Vaters konnten dazu dienen, mehr Macht zu bekommen. Oder war es vielleicht schlicht und ergreifend Geld, hinter dem Voigt her war? Die finanziellen Mittel der katholischen Kirche waren so unermesslich, dass ein Erpresser praktisch jede Summe fordern konnte. Warum aber hatte Voigt dann keinerlei Forderungen gestellt außer der, dass er, Matthias, alleine nach Rom zurückkommen sollte? Und warum hatte er bei der Frage nach den noch lebenden jungen Männern so lange gezögert und offensichtlich für mehrere Sekunden den Hörer zugehalten? Hatte Voigt seine Antwort darauf von jemandem erhalten, der bei ihm gewesen war? Warum aber hatte er selbst keine Ahnung, wo die Männer waren? Wenn Voigt tatsächlich zu den Verbrechern gehörte, konnte Matthias ihn sich in keiner anderen Rolle als in der des Oberhaupts der Bande vorstellen. Doch ein Anführer, der nicht wusste, was mit den Männern war, die eine Hauptrolle in seiner makabren Inszenierung spielten? Wie so oft in den letzten Tagen musste Matthias feststellen, dass das alles einfach keinen Sinn ergeben wollte. Was, wenn der Kardinal zu dem Anruf gezwungen worden war? Wenn er nicht Täter, sondern ebenfalls Opfer war? Wenn doch dieser Niccolò Gatto hinter allem steckte? Matthias suchte nach weiteren Argumenten für diese Theorie, als ihm der Mordanschlag auf ihn einfiel. Der Anrufer, der ihn in die Parkanlage gelockt hatte, hatte seinen wirklichen Namen gekannt und über seine Vergangenheit und sogar über seine Familie Bescheid gewusst. Es gab nur ganz wenige Menschen, die diese Fakten kennen konnten. Einer dieser wenigen war Siegfried Kardinal Voigt.

*12 Uhr 15. Castel Gandolfo*

## 68

Der anfängliche Ärger, den Varotto empfunden hatte, als Matthias ohne ihn losgefahren war, wich immer mehr der wachsenden Sorge um den Papst und die letzten der vor vielen Jahren entführten Männer. Und auch um den Deutschen machte er sich Sorgen, denn Matthias war nicht wie versprochen gleich zurückgekommen, und wenn die Vermutungen stimmten, die er selbst angestellt hatte, war der Zeitpunkt, der den furchtbaren Höhepunkt der Mordserie bilden könnte, schon seit einer Viertelstunde überschritten, ohne dass sie irgendjemanden gefunden hätten. Mehrere Versuche, den Deutschen telefonisch zu erreichen, waren erfolglos gewesen. Entweder hatte er dort, wo er sich im Moment aufhielt, keinen Empfang, oder das Gerät war ausgeschaltet.

Varotto hatte sich zu Commissario Di Manelli gesellt, der in einem Mannschaftswagen vor der Einfahrt zum Papstpalast die Kommandozentrale eingerichtet hatte. Dort liefen die Funksprüche der an der Suche beteiligten

Beamten zusammen, von dort aus wurden die einzelnen Teams koordiniert. Ständig klingelten Mobiltelefone, und die Gespräche wurden untermalt von krächzenden Stimmen, die aus den Lautsprechern der Funkgeräte kamen. Als Varottos eigenes Telefon läutete, brauchte er einige Sekunden, bis er es registrierte. Hastig zog er es in der Erwartung hervor, endlich etwas von Matthias zu hören. Vielleicht hatte er ja tatsächlich etwas erreichen können.

Aber nicht Matthias meldete sich auf sein »*Pronto*«, sondern Alicia.

»Azzani hat mich gerade angerufen und mir etwas erzählt, das vielleicht sehr wichtig sein könnte«, sprudelte es aus ihr heraus.

Varotto hielt sich das freie Ohr zu, um sie besser verstehen zu können.

»Dein Chefredakteur?«, fragte er. »Was sollte der...«

»Hör mir zu, Daniele. Er war maßgeblich an dem Artikel über dich beteiligt und hat nun wohl das Bedürfnis, etwas wiedergutzumachen. Ich soll dir ausrichten, dass er eben den Anruf eines Mannes bekommen hat, der behauptet, einer der Verantwortlichen für die Kreuzwegmorde zu sein. Er sagte, er wolle einigen wenigen Journalisten die Möglichkeit geben, ein geschichtliches Ereignis mitzuerleben, das die katholische Kirche für immer verändern wird. Sie sollen zum großen Finale um Punkt 13 Uhr 30 vor dem Petersplatz stehen und Kamerateams mitbringen. Mein Chef glaubt zwar nicht, dass...«

»Moment!«, unterbrach Varotto die Journalistin, während er auf seine Uhr sah: siebzehn Minuten nach zwölf. Matthias war zwanzig Minuten zuvor mit seinem Wagen losgefahren, als wäre der Teufel persönlich hinter ihm her, und hatte sich seitdem nicht mehr gemeldet. Sollte tatsächlich...

»Was hat er sonst noch gesagt, Alicia?«

»Nichts weiter. Ich dachte, es könnte ...«

»Danke, Alicia! Ich melde mich wieder.«

Varotto steckte das Telefon wieder ein. Für einige Sekunden verbarg er sein Gesicht in beiden Händen. Er musste sich konzentrieren. Und er musste eine Entscheidung treffen. Jetzt sofort. Seine Gedanken überschlugen sich. Der Anruf für Matthias, seine Geheimniskrämerei, der überstürzte Aufbruch. Alleine. Wohin? Zurück nach Rom? Dort gab es kaum noch Polizisten, und auch die Schweizergarde war fast vollständig in Castel Gandolfo angerückt ... Optimale Voraussetzungen, um in aller Ruhe einen Massenmord vorzubereiten und durchzuführen. Dann die Nachricht an die Redakteure, die für die nötigen Bilder und Schlagzeilen sorgen sollten.

Er erhob sich mit einem Ruck. Sein Entschluss stand fest. »Okay.« Mit einem Stift kritzelte er eine Zahlenkolonne auf einen der zerfledderten Notizblöcke, die auf der Ablage vor ihm lagen. »Das ist meine Handynummer«, erklärte er Di Manelli. »Ich muss los. Versuchen Sie, den Kommandanten zu erreichen, und bitten Sie ihn, mich anzurufen. Es ist enorm wichtig.«

Noch bevor Di Manelli ihm Fragen stellen konnte, war Varotto aus dem Mannschaftswagen gesprungen und lief auf zwei junge Polizisten zu, die etwa dreißig Meter entfernt neben einem Polizeiwagen standen und rauchten.

»Los, einsteigen«, rief er. »Wir müssen sofort nach Rom zurück.« Als die verdutzten Polizisten nicht sofort reagierten, brüllte er sie an: »Wird's bald?«, und riss die hintere Wagentür auf.

Sekunden später fuhren sie los. Der schmalschultrige junge Polizist auf dem Fahrersitz war offensichtlich vom barschen Ton des Commissario so beeindruckt, dass er den Wagen mit einer irrsinnigen Geschwindigkeit durch die schmalen Straßen und engen Kurven jagte. Varotto zerrte sein Mobiltelefon aus der Hosentasche und wählte die Nummer seines Chefs, dabei rutschte er auf der Rücksitzbank hin und her wie auf einem Kutter bei hohem Seegang. Schließlich hatte er es geschafft, Barberis Nummer zu markieren. Er wollte schon auf die grüne Taste drücken, da hielt er inne.

Was würde sein Chef tun, wenn er ihn informierte? Er würde die wenigen in Rom noch verfügbaren Polizisten schnellstmöglich zum Vatikan schicken. Und dann? Was auch immer im Stadtstaat gerade vor sich ging – Matthias hatte es offensichtlich nach diesem ominösen Anruf für unabdingbar gehalten, alleine loszufahren. In den wenigen Tagen, die sie nun zusammenarbeiteten, hatte er den Deutschen als einen sehr rationalen Menschen kennengelernt, der jede Entscheidung genau abwog. Dafür, dass er ihn, Varotto, weder über sein Ziel noch über den Inhalt des Telefonats informiert hatte, musste es einen zwingenden Grund geben.

Sekundenlang starrte Varotto auf die Rückenlehne des Beifahrersitzes, dann stopfte er das Handy wieder in seine Hosentasche. Er hoffte, dass er nicht gerade im Begriff war, einen Fehler zu machen, der fürchterliche Folgen haben konnte.

»Geht das nicht ein bisschen schneller?«, knurrte er und der junge Fahrer trat noch ein bisschen mehr aufs Gas.

Varotto griff mit der rechten Hand nach dem Haltebügel über der Tür und sah gedankenverloren aus dem Seitenfenster, an dem die Häuser mit irrsinniger Geschwindigkeit vorbeiflogen.

*12 Uhr 36. Rom*

69 Matthias hatte den Weg durch die Stadt gut gefunden. An der Via Borgo Vittorio, Ecke Via di Porta Angelica sprang er aus dem Wagen. Es war allerhöchste Zeit, fünfundvierzig Minuten waren fast um.

Er hatte sich noch keine fünf Schritte von dem BMW entfernt, als eine kräftige Stimme ihn veranlasste, stehen zu bleiben und sich umzudrehen. Ein schon älterer untersetzter Carabiniere lief etwa zwanzig Meter hinter ihm von der anderen Straßenseite aus auf ihn zu und gestikulierte wild mit den Armen. Matthias verstand über die Entfernung kein Wort, aber die Tatsache, dass der Polizist immer wieder auf Varottos BMW zeigte, ließ kaum einen Zweifel daran, was er Matthias klarmachen wollte.

»Was denken Sie sich, wo Sie hier sind?«, blaffte er, als er Matthias fast erreicht hatte. »Fahren Sie sofort den Wagen da weg.«

Matthias ließ den Blick zwischen dem Polizisten und der Porta Sant'Anna hin und her wandern. Seine Gedanken rasten. Er konnte sich keine Minute Verzögerung leisten. Entschlossen griff er in seine Hosentasche und hielt dem Mann den Autoschlüssel hin.

»Bitte, ich bin im Auftrag der Justizbehörde unterwegs und muss sofort in den Vatikan. Es hat mit dem Verschwinden des Papstes zu tun. Dieser Wagen gehört Commissario Daniele Varotto. Setzen Sie sich mit ihm in Verbindung, er wird Ihnen alles erklären.«

Der Carabiniere war so überrascht, dass er den Schlüssel wortlos entgegennahm. Matthias kam jedoch nicht weit, da ein wütendes »Stopp« in seinem Rücken ihn erneut innehalten ließ.

Bevor er sich umdrehte, registrierte Matthias den

Schweizergardisten, der einige Schritte an der Schranke vorbei nach vorne getreten war und die Szene nun interessiert beobachtete, während er gleichzeitig telefonierte.

»Sie fahren jetzt sofort Ihren Wagen da weg«, zischte der Polizist. Auf seinen schlaffen Wangen hatten sich große rote Flecken gebildet. Mit zwei entschlossenen Schritten stand er vor Matthias und drückte ihm den Schlüssel in die Hand. »Es ist mir egal, wer Sie sind und ...«

»Signore, bitte, kommen Sie. Man erwartet Sie schon dringend.« Bevor er sich umdrehen konnte, war der seltsame Schweizergardist schon neben ihm aufgetaucht und sah erst ihn und dann den Carabiniere an.

»Was ist los?«, wollte dieser wissen. Die Wut in seinem Gesicht wich einer deutlichen Verunsicherung. Der Gardist warf ihm einen vorwurfsvollen Blick zu und sagte streng: »Der Präfekt der Glaubenskongregation, Kardinal Voigt, erwartet den Signore seit einer halben Stunde. Sie wissen doch wohl, dass der Heilige Vater entführt worden ist. Soll ich dem Kardinal sagen, die Suche nach dem Heiligen Vater müsse warten, weil ein Verkehrspolizist ein falsch geparktes Auto für wichtiger hält?«

Noch bevor der mittlerweile völlig verunsicherte Carabiniere etwas entgegnen konnte, wandte Matthias sich ab und ging mit schnellen Schritten durch die Zufahrt. An der herabgelassenen Schranke vorbei betrat er den Vatikan.

»Gehen Sie zum Petersdom«, hörte er hinter sich die Stimme des Mannes, der zwar die Uniform der Schweizergarde trug, der aber – das ahnte Matthias – bestimmt nicht zu der persönlichen Schutztruppe des Papstes gehörte. Er musste ihm auf dem Fuß gefolgt sein. »Man erwartet Sie.«

Einem ersten Impuls folgend wollte Matthias sich zu ihm umdrehen, doch dann dachte er an den Papst und ging zügig weiter.

Von dieser Seite aus hatte er den Vatikan noch nie betreten, aber die Kuppel des gewaltigen Doms, die er hinter einigen langgezogenen Gebäuden aufragen sah, wies ihm die Richtung.

Eines der schmalen Kirchenportale stand weit offen. Matthias ging darauf zu und betrat dann, ohne zu zögern, den Petersdom.

*12 Uhr 47. Am Stadtrand von Rom*

## 70

Nach einer halsbrecherischen Fahrt bogen sie eben von der Via Appia Antica in die Viale Delle Mura Latine ein, als Varottos Handy klingelte. Er zog es umständlich aus der Hosentasche und hielt es sich hastig ans Ohr. Als er hörte, wer der Anrufer war, stieß er einen erleichterten Seufzer aus.

»Endlich rufen Sie an, Oberst.«

»Was gibt's, Commissario?« Die Stimme des Schweizers klang verärgert. »Meine Männer drehen hier jeden Stein um, aber bisher konnten wir noch keine Spur entdecken. Ich ...«

»Oberst Mähler«, unterbrach ihn Varotto. »Ich brauche dringend eine Information von Ihnen.«

»Immer der Reihe nach, Commissario. Beantworten Sie zuerst meine Frage. Wo sind Sie?«

Varotto fuhr sich nervös mit der Hand über die Augen und seufzte. »Also gut. Eine Kurzfassung, aber dann muss ich etwas von Ihnen wissen.«

Wenige Minuten später, sie hatten den Vatikan fast erreicht, steckte Varotto das Telefon wieder in seine Hosentasche. Er hatte erfahren, was er wissen wollte. Nun würde sich bald herausstellen, ob er die Situation richtig eingeschätzt oder einen gravierenden Fehler begangen hatte. Er beugte sich nach vorne und tippte dem Fahrer auf die Schulter.

»Fahren Sie zur Engelsburg.«

Der Mann sah überrascht in den Rückspiegel, nickte dann aber und konzentrierte sich wieder auf den Verkehr.

Varotto lehnte sich zurück. Er schloss die Augen, und für einen Moment schweiften seine Gedanken ab. Er sah das sorgenvolle Gesicht einer schönen Frau vor sich und wunderte sich im gleichen Augenblick. Es war nicht Francesca, die er sah.

Es war Alicia.

*Zur gleichen Zeit im Petersdom*

## 71

Matthias hatte den Dom durch das Seitenportal betreten. Zögernd ging er nun an der Cappella della Pietà vorbei, wo hinter Panzerglas Michelangelos Pietà stand, die einzige seiner Arbeiten, die der weltberühmte Bildhauer und Maler je signiert hatte. Matthias hatte in diesem Moment jedoch keinen Blick für die Schönheit der Skulptur. Unruhig ließ er seinen Blick nach links und rechts wandern, während er auf die Mitte des Doms zusteuerte. Seine Schritte hallten laut in dem menschenleeren Gotteshaus wider. Eine Stimme, die vom Hauptaltar her kommen musste, ließ ihn stocken.

»Ah, da sind Sie ja, Herr von Keipen. Kommen Sie doch näher, wir haben Sie schon erwartet.«

Durch die Akustik hatte die Stimme sicherlich einen anderen Klang als sonst, aber Matthias war absolut sicher, dass sie nicht Kardinal Voigt gehörte, sondern jemand anderem. Jemand, den er ebenfalls kannte. Der ihn *Herr von Keipen* genannt hatte, obwohl er diesen Namen eigentlich gar nicht kennen durfte.

Für einen Moment schien der Boden unter seinen Füßen zu schwanken, dann hatte er sich wieder gefasst und ging langsam weiter. Seine Gedanken begannen zu rasen. Wie war das möglich? Wie hatte dieser Mann ihn und die römische Polizei so täuschen können? Woher wusste er, wer er wirklich war? Und wie konnte er über so viele Jahre unentdeckt sein falsches Spiel spielen?

Unweit vor ihm überspannte der gewaltige Bronzebaldachin von Bernini den Hochaltar über dem Petrusgrab, der ausschließlich dem Papst und bestimmten Kardinälen vorbehalten war. Hinter dem gewaltigen Marmorblock trat nun dieser Mann hervor und streckte ihm eine Hand entgegen.

»Bitte, Hermann, kommen Sie. Die Zeit drängt etwas, und ich denke, Sie haben noch eine Menge Fragen. Ich verspreche Ihnen, die Antworten werden sehr interessant für Sie sein.«

Er lächelte dabei. Matthias überkam ein fast nicht zu bändigendes Verlangen, sich auf den Mann zu stürzen und in sein lächelndes Gesicht zu schlagen. Wie konnte ein Mensch nur zu solch furchtbaren Dingen fähig sein, wie sie dieser Mann begangen hatte? Ein Mitglied der Römischen Kurie!

## 12 Uhr 55. Engelsburg

72 Der Fahrer hatte ihn am Lungotevere Castello abgesetzt, nachdem Varotto ihm befohlen hatte, nach zehn Minuten Barberi anzurufen und ihm mitzuteilen, wo er – und vermutlich auch Matthias und der Papst – sich aufhielten.

Nun stand er am Eingang zur einstigen Festung von Adelsgeschlechtern und der Folterkammer der Inquisition, die aber auch von jeher Fluchtburg der Päpste gewesen war. Von hier aus führte ein spiralförmiger Weg über die fünf Ebenen des gewaltigen Rundbaus nach oben. Über einen achthundert Meter langen Gang war die Engelsburg mit dem Apostolischen Palast im Vatikan verbunden, aber dieser Gang interessierte Varotto in diesem Moment nicht.

In der Burg musste er einen Augenblick warten, bis sich seine Augen an die schummrigen Lichtverhältnisse gewöhnt hatten. Dann sah er sich suchend nach der schweren Holztür um, die er schließlich auf der linken Seite, etwa zehn Meter entfernt, entdeckte. Mit schnellen Schritten ging er darauf zu. Auf sein Klopfen hin öffnete ihm ein schlanker Mann Anfang dreißig, der zwar zivile Kleidung trug, von dem Varotto aber nach dem Gespräch mit Oberst Mähler wusste, dass er Soldat der Schweizergarde war.

»Ich bin Commissario Daniele Varotto«, stellte er sich vor. »Hat Oberst Mähler Sie ...«

»Ich weiß Bescheid, Commissario«, unterbrach ihn der Mann. »Bitte, kommen Sie. Oberst Mähler ist mit dem Großteil der Schweizergarde auch schon auf dem Rückweg.«

Das Zimmer entpuppte sich als Überwachungsraum, der vollgestopft war mit allerlei technischen Geräten und

Monitoren. Auf einem der Tische breitete der Gardist vor Varotto eine Papierrolle aus, die Kopie eines offenbar schon ziemlich alten Plans, und begann mit einem roten Stift, einen Weg einzuzeichnen, den er ihm gleichzeitig erklärte.

Kurze Zeit später rollte Varotto die Karte zusammen. Der Gardist gab ihm eine starke Taschenlampe und führte ihn dann durch einige modrig riechende Gänge, die teilweise so niedrig waren, dass Varotto sich bücken musste. Dreimal mussten sie vor massiven Türen anhalten, die der Schweizergardist mit seltsam aussehenden Schlüsseln öffnete, bis sie schließlich ein Gewölbe erreichten, von dem aus eine steile Treppe nach unten in die Dunkelheit führte.

Der Mann zog einen weiteren Schlüssel aus der Tasche und reichte ihn Varotto. Er erklärte ihm noch einmal, wo er die Tür dazu finden würde. Varotto dankte und machte sich an den Abstieg, während er – zum ersten Mal seit Francescas Tod – ein Stoßgebet zum Himmel schickte, dass seine Vermutung stimmte und es noch nicht zu spät war.

*13 Uhr 01. Petersdom*

## 73

Matthias starrte auf die beiden Männer, die nebeneinander und mit auf dem Rücken gefesselten Händen hinter dem Hochaltar standen. Papst Alexander IX. hatte den Oberkörper etwas nach vorne gebeugt. Es fiel ihm offensichtlich schwer, sich auf den Beinen zu halten. Kardinal Voigt war so dicht an ihn herangetreten, dass er ihn, trotz der gefesselten Hände, zumindest mit der Schulter ein wenig stützen konnte.

Matthias drehte sich zu dem Mann um, der ihn noch immer anlächelte. Als Matthias nur noch etwa zehn Schritte von ihm entfernt gewesen war, hatte er aus der Innentasche seines schwarzen Sakkos eine Pistole gezogen und sie auf ihn gerichtet.

»Damit wir unser Gespräch in Ruhe führen und ich meine Aufgabe ungestört beenden kann«, hatte er erklärt.

Nun sah Matthias ihm voller Abscheu in die Augen. Es war fast nicht zu glauben, wie sehr dieser Mann sich verändert hatte.

»Was sind Sie nur für ein Monster, Bertoni. Zu was sind Sie noch fähig?«

Das Lächeln wurde breiter und gemeiner. »Das ist das perfekte Stichwort, von Keipen, denn in der Tat habe ich noch einiges vor.« Er warf einen Blick auf seine Armbanduhr. »Für halb zwei habe ich die Reporter bestellt. Zum großen Finale, wie Sie sich denken können.« Seine Stimme klang dabei so, als würde er ihm die Szene eines Theaterstückes erklären. »Es ist jetzt drei Minuten nach eins. Wenn Sie also noch Fragen haben, beantworte ich sie Ihnen mit Freude, denn es ist mir wichtig, dass Sie die Gründe für all das kennen, bevor Sie ... Sie wissen schon ... Wenn ich Sie also bitten dürfte, Herr von Keipen« – Bertoni deutete mit der Pistole auf die beiden gefesselten Männer – »gesellen Sie sich zu meinem alten Freund Massimo und Ihrem Landsmann. Das vereinfacht die Sache.«

Als Matthias nicht sofort reagierte, hob Bertoni die Waffe etwas höher und zielte damit auf seine Stirn, sodass er schnell zu Voigt trat, den er lange ansah.

»Sie haben gestern Nacht mit Ihrem Anruf dafür gesorgt, dass Seine Heiligkeit sein Zimmer verlassen hat und entführt werden konnte. Warum?«

Voigt zog die Mundwinkel nach unten. »Bertoni stand

während des Telefonats hinter mir. Mit der Pistole in der Hand behauptete er, er habe einen Sprengsatz unter dem Apostolischen Palast deponiert, den er zünden und der alles zerstören und alle Bewohner töten würde, wenn ich nicht anrufe. Ich habe ihm erst kein Wort geglaubt. Dann aber sagte er mir, wer er ist und woher er Sie kennt. Da wurde mir klar, dass alles möglich ist.«

»Nun, zu diesem Zeitpunkt war die Sache mit dem Sprengsatz vielleicht noch ein wenig übertrieben, Kardinal, aber mittlerweile stimmt es, und es geht sogar noch um einiges weiter, wie Sie ja mitbekommen haben. Aber dazu gleich mehr.«

Bertoni schien die Situation sichtlich auszukosten und grinste Matthias unverschämt an.

Als Matthias keine Anstalten machte, die Fragen zu stellen, die Bertoni erwartete, zog er einen der Stühle heran, die seitlich des Altars für die Messdiener bereitstanden. Er platzierte ihn weit genug von den dreien weg, sodass Matthias ihn nicht mit einem Sprung überraschen konnte, und ließ sich gemächlich darauf nieder. Die Waffe hielt er die ganze Zeit über auf den Papst gerichtet.

»Meine Vergangenheit ist eng mit der Ihres Vaters verknüpft«, begann er und sorgte schon mit diesem ersten Satz dafür, dass Matthias' Knie weich wurden.

»Wie Sie sich bestimmt erinnern, war Ihr Vater nicht nur ein intelligenter, sondern auch ein sehr misstrauischer Mensch. Als die ersten Mitglieder der Simonischen Bruderschaft nach Rom berufen wurden, begann Ihr Vater sich Gedanken darüber zu machen, was alles geschehen konnte, wenn eines Tages tatsächlich einer von ihnen zum Oberhaupt der katholischen Kirche gewählt werden würde. Er, der Magus der Bruderschaft, wollte auch in Rom die Fäden fest in der Hand halten. Was aber, wenn dieser neue Pontifex maximus plötzlich auf die Idee kam, zu vergessen, wer ihn auf den Thron gehoben hatte? Was, wenn der Neugewählte beschließen würde, ihn durch einen Handstreich zu entmachten und die Herrschaft an sich zu reißen?«

Papst Alexander IX. stöhnte auf und taumelte vor Schwäche, sodass Matthias, der neben ihm stand, seinen Arm nahm.

»Würden Sie dem Heiligen Vater bitte einen Stuhl geben?«, zischte er. »Sie sehen doch, wie erschöpft er ist.«

Doch Bertoni lächelte nur süffisant und fuhr fort: »Ihr Vater musste sich also irgendwie absichern. Er hatte natürlich Leute, die jeden Auftrag für ihn erledigen würden, aber das genügte ihm nicht. Sie wissen ja, wie perfektionistisch Ihr Vater war. Die belanglose Bemerkung eines seiner Vertrauten brachte ihn schließlich auf eine Idee. Dieser erwähnte in einem Gespräch mit ihm Anfang 1981, dass es am 4. März des Jahres eine große Sternenkonjunktion von Jupiter und Saturn geben würde, die ... aber das wissen Sie ja schon. Ihr Vater schmiedete den Plan, Jungen zu entführen, die an diesem Tag geboren waren, sie von der Umwelt zu isolieren und sie zu ›wiedergeborenen Gottessöhnen‹ zu erziehen, wie er sich ausdrückte. Natürlich in seinem Sinne. Würde später einmal ein Simoner zum Papst gewählt, der sich nicht an die Vorgaben Ihres Vaters halten wollte, würde er einen dieser Jungen in einer geschickten Inszenierung als wiedergeborenen Heiland präsentieren. Sie können sich vorstellen, dass es Ihrem Vater so gelungen wäre, die Kirche in ernsthafte Schwierigkeiten zu bringen. Denn erstens bedeutet die Wiederkehr des Gottessohnes laut katholischer Kirche, dass das Jüngste Gericht gekommen ist, was damit widerlegt wäre, und zweitens würde der Stuhl Petri überflüssig, denn wer braucht einen Stellvertreter, wenn er das Original haben kann?«

»Das ist doch hanebüchener Unsinn«, stieß Voigt aufgebracht aus. »Sie glauben doch nicht im Ernst, dass das tatsächlich funktioniert hätte!«

Bertoni wiegte den Kopf hin und her. »Es stimmt schon, dass Friedrich von Keipen zu dieser Zeit bereits erste Anzeichen einer, sagen wir, emotionalen Labilität zeigte. Aber ich habe ihm dennoch zugetraut, dass er die Kirche damit in ihren Grundfesten hätte erschüttern können. Aber letztendlich war es nicht meine Aufgabe und es stand mir auch nicht zu, Entscheidungen des Magus infrage zu stellen. Wichtig für mich war, dass er mich mit der Organisation und der Durchführung der Sache beauftragte.«

»Das heißt, Sie gehörten dieser schauerlichen Bruderschaft an?«, fragte Papst Alexander IX. mit zitternder Stimme. »Und ich dachte, Nico ... Was ist mit Niccolò Gatto geschehen?«

Bertonis Gesicht verzog sich zu einem hämischen Grinsen. »Nun, Niccolòs Geschichte hat einen großen Teil dazu beigetragen, dass ich ein Mitglied der Bruderschaft wurde. Lucias Tod nach der Geburt unseres Sohnes Paolo schürte meinen Hass auf die irrsinnigen Dogmen der katholischen Kirche.«

Die drei Männer waren zusammengezuckt und starrten Bertoni jetzt ungläubig an.

»*Ihres* Sohnes?«, fragte Papst Alexander IX. leise.

»Ja, meines Sohnes. Lucia war eine herrliche Frau, viel zu schade für Niccolò, dessen heimliche Freundin sie war. Als sie von mir schwanger wurde, haben wir uns darauf geeinigt, dass wir Niccolò in dem Glauben lassen, er sei der Vater des Kindes.«

»O mein Gott!« Der Papst schwankte bedenklich, sodass Matthias alle Mühe hatte, ihn auf den Füßen zu halten.

Schließlich nickte Bertoni. »Holen Sie ihm schon einen Stuhl, von Keipen. Aber langsam.«

Vorsichtig ließ Matthias den Arm des alten Mannes los, bereit, sofort wieder zuzugreifen. Als er merkte, dass Papst Alexander IX. stehen blieb, zog er einen der Messdienerstühle heran. Der Lauf der Waffe blieb dabei die ganze Zeit auf ihn gerichtet. Noch während das Kirchenoberhaupt sich langsam auf den Stuhl sinken ließ, redete Bertoni weiter.

»Dann beging Niccolò jedoch den Fehler, sich seinem engen Freund Massimo anzuvertrauen und ihm von der Schwangerschaft zu erzählen. Und der hatte nichts Besseres zu tun, als es dem Bischof zu berichten. Und weil der daraufhin Niccolò quasi aus der Kirche schmiss und er und seine Freundin – meine Lucia – der Schande wegen flüchten mussten, kam mein Sohn unter Umständen zur Welt, die dazu führten, dass seine Mutter starb. Sie ist verblutet, Massimo Ferdone.« Bertonis Stimme war schärfer geworden, und er sah den Papst nun direkt an. »In jedem Krankenhaus hätte man sie retten können, aber ihr selbstgefälligen Pfaffen habt sie in Schande fortgejagt, sodass sie das Kind heimlich auf einem alten Bauernhof bekommen musste wie ein Stück Vieh.«

Die Augen des Papstes wurden feucht, aber er sagte nichts.

»Damals habe ich zum ersten Mal die katholische Kirche verflucht«, fuhr Bertoni fort, »aber es brauchte noch viele Jahre, bis ich mich endgültig dazu entschloss, es euch heimzuzahlen. Niccolò liebte meinen Sohn, den er für seinen eigenen hielt. Ich konnte aus der Ferne beobachten, wie Paolo zu einem stattlichen jungen Mann wurde.«

Bertoni machte eine kurze Pause, bevor er weitersprach.

»Als er 1973 von einem Wegelagerer erschlagen wurde, nahm Niccolò sich noch in der gleichen Nacht das Leben. Um den gutgläubigen Nico tat es mir zwar auch irgendwie leid, aber mit meinem Sohn hatte euer Gott mir den letzten Menschen genommen, der mir je etwas bedeutet hatte.«

Matthias nickte. »Ja, er hat Ihnen so viel bedeutet, dass Sie sich nicht um ihn kümmerten und zusahen, wie er jemand anderen für seinen Vater hielt.«

»Halten Sie den Mund!«, fuhr Bertoni ihn an. »Was wissen Sie denn? Ich habe ihn geliebt, und sein Tod war die indirekte Folge der Starrsinnigkeit der Kirche. Hätte man damals nicht ...«

Er stockte und atmete tief durch.

»Ich habe damals den Brief geschrieben und mit Niccolòs Namen unterzeichnet«, fuhr er schließlich fort, wieder an Papst Alexander IX. gewandt, der jedoch nicht darauf reagierte, sondern nur starr vor sich hin sah. »Als ich kurze Zeit später von einem Priester angesprochen wurde, der mir etwas von einer geheimen Bewegung erzählte, die die Kirche grundlegend verändern wolle, hatte ich den Weg gefunden, mich an der Kirche zu rächen. Ich wurde Mitglied der Simonischen Bruderschaft.«

*13 Uhr 14. Tief unter dem Petersplatz*

## 74

Varotto wischte sich fluchend zum wiederholten Male die klebrigen Fäden eines Spinnennetzes aus dem Gesicht. Die stickige Luft in den niedrigen Gängen hatte ihm den Schweiß auf die Stirn getrieben, aber er hatte es bisher geschafft, seine Gedanken auf das zu konzentrieren, was vor ihm lag. Mit der Stablampe leuchtete er die ausgebreitete Karte an und versuchte sich anhand der eingezeichneten roten Linie zu orientieren. Wenn er sich nicht verlaufen hatte, musste es die letzte Gabelung vor einem Gang sein, der an der Nekropole vorbeiführte, jener Totenstadt, die sich unterhalb des Petersdoms ausdehnte und in der sich auch das Petrusgrab befand.

Varotto rollte den Plan wieder zusammen und richtete den Strahl der Taschenlampe in den niedrigen Tunnel vor ihm, aber der Lichtstrahl verlor sich in der Finsternis, sodass er kaum etwas erkennen konnte.

Schwer atmend und in gebückter Haltung ging er weiter. Er hoffte, dass er die niedrige alte Eisentür finden würde, von der der Schweizergardist in der Engelsburg gesprochen hatte. Nicht auszudenken, wenn er sich hier unten verirrte. Lange würde er die Enge und den Geruch nach Erde und modriger Feuchtigkeit nicht mehr aushalten.

*13 Uhr 18. Petersdom*

## 75

»Knapp ein Jahr nachdem ich der Bruderschaft beigetreten war, hatte ich die große Ehre, Ihren Vater kennenzulernen.«

Bertoni beobachtete Matthias genau, während er davon erzählte. Dieser hoffte, dass man seinem Gesicht die Qual nicht ansah, die der Bericht in ihm auslöste. Er hatte gehofft, sich nie wieder mit dieser schrecklichen Zeit beschäftigen zu müssen.

»Nach vielen Gesprächen, die ich mit ihm führte, übertrug er mir schließlich die Organisation und die Realisierung der Entführungen.« Bertonis Mund verzog sich wieder zu einem Lächeln. »Ich habe mir die kleine Spielerei erlaubt, meine Leute in Priesterkleidung zu stecken, wenn sie sich die Jungen schnappten. Selbst wenn sie jemand dabei beobachtet hätte ... wer glaubt schon, dass eine Gruppe Priester einen Jungen entführt?«

Er blickte die drei Männer vor sich an, als erwartete er Beifall von ihnen. Nach einem schnellen Blick auf seine Armbanduhr hob er bedauernd die Schultern.

»Ich muss meinen Bericht jetzt leider etwas abkürzen, meine Herrn, es bleiben uns nur noch wenige Minuten, bevor wir in die Geschichte eingehen.«

Sowohl Matthias als auch Kardinal Voigt wollten etwas sagen, doch Bertoni brachte sie mit seiner Pistole zum Schweigen. »Ich bin noch nicht fertig. Nur mit dem Geld und der weitverzweigten Organisation der Simoner war dieses gigantische Unternehmen möglich. Ich schaffte die Jungen auf ein Anwesen in Südafrika, wo sie ohne Kontakt zur Außenwelt heranwuchsen. Eine Handvoll Erzieher unterwies die Jungen im Sinne von Friedrich von Keipen, unterzog sie einer Gehirnwäsche, sodass sie die wenigen Jahre bei ihren Eltern völlig vergaßen und mit den Jahren immer fester an ihre Bestimmung als wiedergeborene Söhne Gottes glaubten. Ganz im Sinne des Magus.«

»Und was bedeutet die Tätowierung im Nacken der Männer?«, fiel Matthias ihm ins Wort, woraufhin Bertoni breit grinste.

»Nichts. Es war nur eine kleine Spielerei von mir. Ein einfaches Brandzeichen für meine willfährigen Schafe, wenn Sie so wollen. Wie hätte ich damals auch ahnen können, wie sehr ich mich einmal darüber amüsieren würde, dass die gesamte römische Polizei und Friedrich von Keipens Sohn sich den Kopf darüber zerbrechen, was diese Tätowierung wohl bedeuten könnte.«

Er schüttelte lachend den Kopf und schlug sich dabei auf die Oberschenkel. Als er sich wieder beruhigt hatte, sah er erneut auf seine Armbanduhr.

»Um es kurz zu machen: Nachdem Sie, Hermann von Keipen, das Lebenswerk Ihres Vaters zerstört hatten, indem Sie Strenzler nach seiner Wahl zum Papst erschossen und so die gesamte Bruderschaft auffliegen ließen, erkannte ich, dass das Misstrauen Ihres Vaters mich als einen der wenigen davor bewahrt hatte, enttarnt zu werden. Außer dem Magus, der nur noch ein einziges Mal in Südafrika auftauchte, und meinen mir treu ergebenen Männern wusste niemand etwas von den Gottessöhnen. Dennoch haben Sie auch mein Leben zerstört. Dreißig Jahre lang habe ich das Leben als Mitglied dieser verlogenen Kurie nur ertragen, weil ich ein großes Ziel vor Augen hatte: Diese Kirche und ihre selbstgefälligen Fürsten zu zerstören und im Sinne der Simoner neu aufzubauen.«

»Bruder Matthias hat mit seiner Tat die Welt vor dem Untergang bewahrt«, sagte der Papst so leise, dass Bertoni ihn fast nicht verstand. Der stieß ein verächtliches Lachen aus.

»Das ist eine Frage der Perspektive. Jedenfalls stand ich in diesem Moment vor den Trümmern meines Lebens. Die einzige Frau, die ich je geliebt hatte – gestorben durch die Schuld der Kirche. Mein geliebter Sohn – gestorben durch die Schuld der Kirche. Mein Lebensinhalt, der mich davor bewahrte, am Schmerz über ihren Verlust zugrunde zu gehen – zerstört durch Hermann von Keipen. Und dann wurde auch noch derjenige zum Oberhaupt dieser elenden Kirche gemacht, der durch seinen gemeinen Verrat damals alles ausgelöst hatte: Massimo Ferdone.«

Matthias sah zur Seite, aber der Papst zeigte mit keiner Regung, welche Wirkung diese Worte auf ihn hatten.

»Und als ob das alles noch immer nicht genug gewesen wäre, wurde ich durch Zufall auch noch Zeuge eines Telefonats, in dem Sie, Kardinal Voigt, mit dem Justizminister über von Keipens Freilassung sprachen. Da begann der Plan in mir zu reifen, die Sache alleine zu Ende zu bringen. Sie müssen mir zugestehen, von Keipen, dass der Plan so genial ist, dass er von Ihrem Vater hätte stammen können. Ich habe Sie und die Polizei mit meinen kleinen Inszenierungen hingelenkt, wo auch immer ich Sie haben wollte. Die Idee mit dem Gemälde im Castello war doch genial, oder etwa nicht? Ich wusste, Sie würden auf die Idee kommen, auf die Sie kommen sollten. Sie sind schließlich Ihres Vaters Sohn. Ein bisschen spät war es zwar, aber immerhin ... Nachdem die Schweizergarde dann aufgrund Ihrer scharfsinnigen Schlussfolgerungen so nett war, fast komplett zu verschwinden, habe ich meine Männer hierherbeordert. Sie haben an ausgesuchten Stellen, wie zum Beispiel unter den Museen, in der Sixtinischen Kapelle und der Vatikanischen Bibliothek, im Apostolischen Palast und natürlich im Palazzo Sant' Uffizio und hier unter dem Dom so viel Sprengstoff gelegt, dass ich damit den gesamten Vatikanstaat in die Luft jagen kann.«

Er machte eine Pause, die sich zur Ewigkeit zu dehnen schien. Dann zog er ein Mobiltelefon aus der Tasche und sah nochmals auf seine Uhr.

»Und genau das werde ich in zwei Minuten und fünf Sekunden per Knopfdruck von diesem Telefon aus tun. Wie ich es der Presse angekündigt habe, werde ich die Welt um Punkt halb zwei von der katholischen Kirche mitsamt ihrem Oberhaupt, ihren Schätzen und allem, was sie repräsentiert, befreien. Der Vatikan wird pulverisiert. Und auch wenn Sie es nicht mehr erleben werden, kann ich Ihnen eins versprechen: Davon wird sich Ihr verlogener Verein nie wieder erholen.«

»Vielleicht hätten Sie Ihrer Mörderbande das Schießen beibringen sollen. Das Attentat auf Matthias jedenfalls ist Ihnen eindeutig misslungen.«

Bertoni fuhr herum und starrte Varotto an, der mit erhobener Pistole etwa zehn Meter seitlich von ihm stand. Sein Gesicht war ebenso wie die Kleidung total verdreckt, die Haare glänzten feucht.

Bertoni erholte sich erstaunlich schnell von dem Schreck und korrigierte seine Waffe so, dass sie direkt auf die Stirn des Papstes zeigte.

»Wie auch immer Sie hier hereingekommen sind, Commissario, lassen Sie die Waffe fallen, sonst muss ich den Papst gleich erschießen.«

Varottos Wangenknochen traten hervor. »Einen Teufel werde ich tun. Da Sie sowieso in zwei Minuten alles in die Luft jagen wollen, können Sie mir wohl kaum noch drohen. Los, geben Sie mir die Waffe und das Handy!«

Bertoni sah dem Commissario stumm in die Augen. In der rechten Hand hielt er die Waffe, mit der er auf den Heiligen Vater zielte, in der linken das Mobiltelefon. Varotto hob seine Waffe noch ein Stück.

»Wenn Sie sich auch nur einen winzigen Millimeter bewegen, verpasse ich Ihnen einen Kopfschuss.«

»Ich werde die Explosion trotzdem noch auslösen können, das wissen Sie.«

Matthias spürte, wie sich ein Schweißtropfen an seiner Schläfe löste und am Ohr vorbei zum Hals lief. Er musste Bertoni irgendwie ablenken.

»Was ist mit den letzten der entführten Jungen, Bertoni?

Wo sind sie? Und wo sind Ihre Männer? Bringen Sie die auch mit um?«

Bertonis Blick blieb unverändert auf Varottos Gesicht haften.

»Im Gegensatz zu Ihnen habe *ich* meine Arbeit vollendet, von Keipen. Sie wissen, es gab vierzehn Kreuzwegstationen. Meine Männer haben vor wenigen Minuten den Vatikan verlassen. Sie werden mit dem Rest des Vermögens, das der Magus uns damals für unser Projekt zur Verfügung gestellt hatte, ein sorgenfreies Leben führen können.«

Ohne den Arm mit dem Telefon zu bewegen, sah er auf sein Handgelenk.

»Noch eine Minute, dann wird sich die Welt verändern.«

Matthias sah Varotto flehend an.

»Erschieß ihn, Daniele«, sagte er mit beschwörender Stimme. »Los, drück ab. Schnell!«

Varottos Gedanken rasten. Es gab nur eine Möglichkeit, und auch die war sehr riskant. Selbst wenn sein Vorhaben funktionierte, war der Papst in großer Gefahr. Und sollte er danebenschießen ...

»Noch zwanzig Sekunden«, sagte Bertoni, und der Triumph war seiner Stimme deutlich anzuhören.

»Daniele, um Gottes willen, schieß!« Matthias schrie fast.

In diesem Moment nahm Varotto aus den Augenwinkeln eine Bewegung wahr und handelte. Schnell hintereinander fielen zwei Schüsse, eine Sekunde später ein weiterer. Sowohl Bertoni als auch die drei Männer vor ihm gingen zu Boden.

Varotto stand unbeweglich da, die Waffe noch in derselben Position haltend, der Lauf zeigte ins Leere.

Erst nach einigen Sekunden löste er sich aus seiner Starre und registrierte erleichtert, dass keine Explosion erfolgt war.

Mit schnellen Schritten war er bei Bertoni und kickte dessen Waffe zur Seite. Die Hand des Alten, die das Telefon gehalten hatte, war blutüberströmt. Hektisch suchte Varottos Blick nach dem Handy und fand seine Einzelteile über den ganzen Altarboden verstreut. Befreit atmete er auf, packte den Mann an der Schulter und rollte ihn auf den Rücken. Auf der linken Brust konnte er auf Höhe des Herzens ein kreisrundes Loch erkennen. Beide Schüsse hatten ihr Ziel also getroffen. Varotto legte zwei Finger an Bertonis Halsschlagader. Der alte Mann war tot.

In diesem Augenblick hörte er ein Stöhnen hinter sich. Erst jetzt wurde ihm bewusst, dass noch ein dritter Schuss gefallen war. Mit einem Satz war er bei den drei Männern. Kardinal Voigt versuchte sich gerade aufzurichten. Ihm schien es gut zu gehen. Der Papst hingegen lag mit geschlossenen Augen auf dem Rücken, Matthias bäuchlings über ihm. Varotto drehte den Deutschen vorsichtig um und sein Blick fiel dabei auf die weiße Soutane des Papstes, die blutdurchtränkt war.

»Er hat sich vor mich gestellt. Er hat mit seinem Körper die Kugel abgefangen, die mich treffen sollte«, stammelte das Kirchenoberhaupt mit brüchiger Stimme

Nun erst begriff Varotto, dass es nicht das Blut des Papstes war, das er sah.

»O nein!«, rief er aus und bettete Matthias vorsichtig auf den Boden. Der gesamte Bauch war dunkelrot. »Nein! Matthias!«

Als hätte er ihn gehört, schlug der Deutsche noch einmal die Augen auf. Er schien zwei, drei Sekunden zu benötigen, um zu verstehen, was geschehen war, dann zeigte sich ein flüchtiges Lächeln auf seinem Gesicht.

»Gott sei Dank, der Vatikan steht noch«, flüsterte er. »Was ist mit dem Heiligen Vater?«

»Es ist gut, Matthias. Es geht ihm gut.« In Varottos Stimme lag eine solche Zärtlichkeit, dass sie ihm selbst fremd erschien. »Ich rufe einen Arzt. Halt durch. Du wirst bald wieder auf den Beinen sein.«

»Nein. Mir ist kalt. Ich spüre meine Beine nicht mehr, Daniele. Hör zu, die ...«

»Nun rede keinen Unsinn«, unterbrach Varotto ihn betont barsch. »Du wirst wieder gesund.«

Matthias atmete flach, das Sprechen fiel ihm sichtlich schwer. »Daniele, bitte, hör mir zu. Die beiden letzten Stationen. Du musst die Männer retten!«

»Welche Stationen, zum Teufel, Matthias! Ich muss jetzt dafür sorgen, dass dir geholfen wird.«

Doch der Deutsche schüttelte nur schwach den Kopf und erzählte Varotto, was er vermutete. Er musste immer wieder eine Pause machen. Mit den letzten Worten schlossen sich seine Augen.

Mit Tränen in den Augen zog Varotto sein Mobiltelefon heraus und schaltete es an. Dann wählte er die Nummer eines Polizisten, und bat ihn, sofort mit einer Hundertschaft auszurücken.

## Vier Tage später

*Vatikan. Campo Santo Teutonico*

76 Siegfried Kardinal Voigt hatte sein letztes Gebet beendet. Nun standen sie stumm zwischen Palmen und üppig blühenden Büschen und hielten den Kopf gesenkt: Alicia, deren Gesicht von einem schwarzen Schleier verdeckt war und die sich bei Varotto eingehakt hatte, Seine Heiligkeit Papst Alexander IX. mit geschlossenen Augen in ein stummes Gebet versunken, Barberi, Tissone und Oberst Mähler. Alle betrachteten sie die graue Steinplatte, die das Grab zierte. Der Text darauf war kurz:

*Matthias*
** 1958*
*† 2005*
*im Dienste der Heiligen Mutter Kirche*

Das Recht, auf dem deutschen Friedhof beerdigt zu werden, hatten eigentlich nur Mitglieder der Erzbruderschaft sowie einige religiöse Gemeinschaften deutschen Ursprungs. Papst Alexander IX. selbst aber hatte dafür gesorgt, dass der Tote dort seine letzte Ruhe fand.

Gemeinsam verließen sie Minuten später den Friedhof, der wie ein tropischer Garten anmutete. Als sie vor dem schmiedeeisernen Tor standen, den gewaltigen Petersdom direkt vor sich, blieben sie stehen.

»Ich danke Ihnen nochmals, Eure Heiligkeit, dass das Grab hier im Campo Santo liegt«, sagte Varotto.

Der Papst nickte. »Bruder Matthias hat sehr viel für die Kirche getan. Das war das Mindeste.« Damit wandte er sich ab, begleitet von seinem Sekretär, der sich etwas abseits gehalten hatte.

Kardinal Voigt wandte sich an Varotto. »Ich habe die Geschichte von den Männern in diesem Castello gehört, Commissario. Unfassbar!«

Varotto nickte. »Ja, auch das haben wir Matthias zu verdanken. Er hat sich nicht nur trotz seiner schweren Verletzung daran erinnert, dass der Kellerraum in diesem Castello so unglaublich sauber war und dass es dort nach frischer Farbe gerochen hat, sondern er hat auch noch die Verbindung herstellen können zu der letzten Kreuzwegstation: Jesus wird ins Grab gelegt. Maggiore Gaetani hat mit seiner Truppe die Mauer gerade noch rechtzeitig aufgebrochen, bevor die Männer dort erstickt sind. Sie haben nur so lange überlebt, weil der schalldicht isolierte Raum ziemlich groß ist. Sie werden im Krankenhaus behandelt, aber keiner von ihnen ist ernsthaft verletzt. In den nächsten Wochen werden sie mit ihren Eltern zusammengebracht. Aber es wird sehr lange dauern, bis sie ein halbwegs normales Leben führen können.«

Der Kardinal nickte und reichte erst Alicia und dann dem Commissario die Hand. »Ich danke Ihnen für alles.«

Damit wandte auch er sich ab und ging.

Varotto sah sich nach Barberi um. Der stand einige Schritte hinter ihnen mit dem Oberst der Schweizergarde zusammen.

»Wollen wir gehen?«, fragte Alicia.

Varotto nahm sie in den Arm und nickte. »Ja, lass uns nach Hause gehen.«

# Drei Monate später

*Sizilien*

77 Der Mann saß am Rande einer Esplanade, von der aus man einen herrlichen Ausblick über das Tal am Fuße des Ätnas hatte. Er sah zu seinem Freund auf, den er seit vielen Wochen zum ersten Mal wiedersah, und kniff die Augen ein wenig zusammen, weil die Sonne ihn blendete.

»Und ihr seid sicher, dass keiner davongekommen ist?«

»Absolut. Die Schweizergardisten kamen genau in dem Moment an, als die Bande den Vatikan verlassen wollte. Sie sind Mählers Leuten quasi in die Arme gelaufen.«

»Gut so ... Wie war eigentlich die Beerdigung?«

»Traurig, aber dem Manne würdig, der einmal als Bruder Matthias hier gelebt hat. Nun hat er endlich die Ruhe, nach der er sich gesehnt hat, und wird von niemandem mehr gestört.«

»Und wie geht es dieser unglaublichen Frau?« Dabei warf er einen schelmischen Blick zur Seite, wo eine junge Frau etwas abseitsstand und die Aussicht genoss.

Der andere lachte. »Gut.«

»Behandle sie bitte gut, sie hat es verdient.«

»Bruder Hermann!«, rief in diesem Moment ein Mann in einer dunklen Mönchskutte vom Tor des Klosters aus. »Komm, du musst deine Übungen machen.«

Wieder sah er seinen Freund an.

»Hilfst du mir?«

Wortlos packte der die Griffe des Rollstuhls und schob ihn so schnell an, dass Hermann fast herausgekippt wäre. Lachend erreichten sie die Pforte.

Als Daniele Varotto und Alicia Egostina das Kloster eine Stunde später verließen, winkte ihnen Bruder Hermann vom Tor aus nach. Seine langen hellblonden Haare wehten dabei wie eine Fahne im Wind.

# Danksagung

Mein Dank geht an alle, die direkt oder indirekt etwas zur Entstehung dieses Romans beigetragen haben. Im Besonderen danke ich:

Johannes Kolz und Peter Zender für die wirklichen interessanten Brainstormings;

Dr. med. Christian Glöckner und Pfarrer Jörg Dunsbach, die jederzeit ein offenes Ohr für fachliche Fragen hatten und mich bei der Recherche unterstützten;

Alexander Steinmetz, der mich ohne Klagen tagelang und unzählige Kilometer kreuz und quer durch Rom begleitet hat;

Silke Frohn, die mich mit ihrem fachlichen Rat und wohlwollend-kritischem Blick bei all meinen Projekten unterstützt;

unseren Freunden (und hier ganz besonders Chris und Elke Berweiler) für ihr Verständnis und ihre Unterstützung in vielen Alltagssituationen;

meinen Kindern, die (nicht ganz freiwillig) manchmal auf ihren Papa verzichten mussten, weil der am Schreibtisch saß, statt mit ihnen zu spielen;

meiner Frau, die mir die Zeit zum Schreiben verschafft und weil sie die wahrscheinlich sachlich-kritischste Leserin ist, die ich habe;

und Ihnen, liebe Leserin, lieber Leser, für Ihr Interesse an meinen Romanen.

*Arno Strobel*